# 一手遮天 一手捶地

上

容九 著

北京联合出版公司
Beijing United Publishing Co.,Ltd.

**图书在版编目（CIP）数据**

一手遮天，一手捶地：全2册 / 容九著. —北京：北京联合出版公司，2015.8（2015.11重印）

ISBN 978-7-5502-5769-6

Ⅰ. ①一… Ⅱ. ①容… Ⅲ. ①言情小说—中国—当代 Ⅳ. ①I247.5

中国版本图书馆CIP数据核字（2015）第167859号

**一手遮天，一手捶地**

作　　者：容　九
选题策划：北京磨铁图书有限公司
责任编辑：孙志文
版式设计：刘碧微

---

北京联合出版公司出版
（北京市西城区德外大街83号楼9层　100088）
北京慧美印刷有限公司印刷　新华书店经销
字数745千字　700毫米×980毫米　1/16　印张44
2015年10月第1版　2015年11月第2次印刷
ISBN 978-7-5502-5769-6
定价：59.80元（全2册）

---

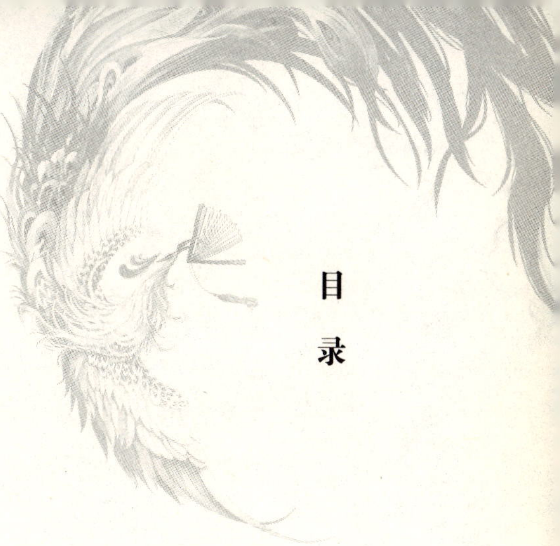

# 目录

# 第一章 和风与煦方

蒸好了米，我撩起裙摆蹲坐在门槛边，苦苦守望着村口方向。煦方说晚上他会买两条大青鱼回来给我熬汤喝，庆贺我大病初愈。

说来我也叨扰有些时日了，打从今年盛桃季他在崖边救下了自寻短见的我，这日子便过得不大顺意了。

我似乎患了一种奇难怪症，常常一梦醒来便忘了所有，包括我姓甚名谁。

那时，煦方回回都得起大早，唯恐我先醒来会因记忆空白而惊慌失措。他总是不厌其烦地说着同样安抚的话语，即便第二日我准又忘个干净。

这种状况维持了很长一段时间，直到某个清晨，我睁开眼时吱了声：“煦方，我渴。”

他足足愣了半盏茶工夫才去烧水，缓了许久，斟茶的手还是抖个不停。

此后我的病情逐渐好转，初时偶有健忘，近来连些鸡毛蒜皮的琐事也念得十分清楚，煦方心情大好，便早早出门挣工钱了。

他当真是纵容我的。

我的脾性不算好，时来嫌弃粗茶淡饭，待他用攒来的铜板买来肉脯，我又开始念叨邻居的王姐穿了件新棉袍。

煦方极少恼我。撞上我无理取闹的时候，他会耐着性子听，尽可能地满足我，若是力不能及，便搂着我吹竹箫哄我听。

我曾问他："为何待我这么好？救了我后发现我是麻烦鬼，丢了便是，我们原本就素不相识。"

他答："主要是我无聊。"

我一脚踹得他哇哇叫，他抿着嘴看着我乐了小半晌，说："和风，因为我比任何人都知道没有回忆的痛苦。"

和风是他给我起的名字，其实煦方也是他给自己取的，一年前他被村长捡到时就失了忆，大夫说只等他后脑勺的瘀肿完全散去，大抵便能回想起过去。

其实，私心里我是不大情愿他恢复记忆的，我常与他说，不管你有什么过去，都不准抛下我，可即使他承诺一百遍，我都不曾安过心。

正在犯傻之际，一只手在我脸上掐了一把，耳畔传来煦方的声音："想什么想得口水都流出来了？"又盯着他手中的青鱼，"小鱼儿，你娘想你想得心都碎了。"

我狠狠推了他一下："你才是它娘！"

他眉眼一弯："你是它娘，我自然是它爹。"

我霎时心花怒放，用力掩下微扬的唇角，没掩住，煦方用力揉了揉我的头："砧板洗好了没？我来给你做青鱼大补汤。"

不知是他手艺好还是鱼鲜，我难得吃得心满意足，趁他刷碗时神神秘秘地将一支玉箫塞给他："送你的。"

煦方怔了一怔，问："哪来的？"

"买的。"

"你哪来的这么多银子？"

"……存的。"

煦方摆出一副"你骗不了我"的姿势，我讪讪地说："是替村长夫人洗衣赚来的。"

他眼里泛着一眶心疼之色，"我，现在的我根本给不了你锦衣玉食，可若……"

我问："什么？"

他顿了半晌却不肯继续说，只是拉着我在树旁坐下，说："不如我吹箫给你听。"

箫声缓缓奏起，清风拂过，黑发飞扬，斜晖衬得他如画中人一般。

我不由得看痴了。

日子过得如想象一般平静而惬意，就在我以为我们会一直这样天荒地老下去时，我无意间在市集的石墙上看到了一则告示。

寻人告示，寻的是夏阳侯世子，聂然。

不愧为四大家族之首的聂家，告示上的画像惟妙惟肖，但凡见过世子本尊的恐怕无人认不出。

更遑论与他朝夕相处的我了。

到家的时候煦方正在厨房炒菜，那锅铲的吭吭声生生将我路上掂量出的话全又给咽回肚里。

他是尊贵的夏阳侯世子，即便他不嫌弃，他的家族又岂容得下我这来历不明的野丫头？

然而，该来的终究躲不过。第二日醒来时，煦方未如往常那般坐守我床边。

我慌慌张张地寻遍整个屋子，都没有瞧见他的影子。

直到听见前院的动静。

我蹑手蹑脚地踱到门旁，一眼望见院内跪了一地的人，脸上都露着惶恐的神情。煦方就那么施施然站在其中，淡淡的嗓音透着一股威严：“都给我回去。”

为首的长者战战兢兢道：“世子，侯爷和夫人一直都在找您，还有少夫人她……”

煦方冷冷瞥了他一眼，我从未见过他这种神情，从我这个角度看去，像是愤怒的样子，“我若是不走，你们还想押我回去不成？”

那些人登时噤若寒蝉，不住叩首求饶，煦方颇为不耐地挥挥袖子，道：“罢了，过几日我自会回绥阳向爹请罪。”

直到那群人离开，煦方才回转过身，瞧见站在门边的我，慌道：“和风，你怎么醒了？”

我直愣愣盯着他：“你是什么时候恢复的聂然的记忆？”

煦方神色微变：“你都知道了？你……”

我打断他的话：“你有妻室？”

煦方说不下去了。

我的眼泪不争气地滴下来：“你要回去和她团聚？”煦方过来拉着我的手，我一把甩开，“要回去就回去，我不要你可怜。”

煦方不顾我的挣扎，用力抱紧我，急急地说：“和风，我怎么可能不要你……她，我和她还未正式拜过堂，所以你，你别恼我。”

我颤着手揉着眼睛，煦方吻去我的眼泪：“和风，我不喜欢她，我会回去和爹说，我想娶的人是你，若然他们不允，我便带你离开，天大地大，何处不能为家？”

他眼睛晶晶亮亮地看着我，我哭了好一会儿才缓过来：“你可不准骗我。”

他听我这般说，将腰间玉箫解下，放在我手上，说：“若我变心，你就用这玉箫狠狠敲我的头，好不好？”

我摩挲着玉箫，嘬嘴道：“那岂不便宜你了？”

煦方索性抱起我转了几个圈，边转边笑，那一瞬间，我真的还以为，不管他是煦方还是聂然，都会永永远远如此刻这般疼我宠我。

三日后我们启程去绥阳。

煦方雇了一辆马车，我直怨这该抵他多少工钱，他似乎也觉得有些铺张浪费：“若我爹非要我娶别人，私奔前我得把我娘的首饰偷些出来，这样亡命天涯会比较淡定。”

我听他如此说法，却是有些不大欢喜，“你爹很喜欢那姑娘？”

煦方摇头：“近年来圣上龙体抱恙，太子年幼，襄仪公主辅政，朝局随时有可能发生动荡，我是聂侯世子，她是赵首辅千金，聂赵两家若能联姻，那……”

我不关心那些，只问：“你们青梅竹马？”

煦方忙否认：“我只当她是个小妹妹。”

我说：“你刚救回我时也同外人说我是你小妹妹来着。”

煦方郑重道：“诚然我第一眼见你便是贪恋你的美色，不然你爱跳崖不跳崖与我何干？”

我一拳打得他马车直晃。

到了绥阳煦方把我安置在一间客栈内，他换了一身干净的儒袍，将银两统统交与我，让我在客栈等他一晚，是去是留，明日来同我说。

我从失忆以来就未曾试过独自过夜，拽住他的袖子不让他走，又说不如让我跟着，煦方道他绝不能让我受到一丝伤害，他不能保证贸贸然带我回府会发生什么事。

我委屈地坐在一旁，煦方斟来一杯茶，笑道："我明日若赶不回来，你也不必害怕，大抵是让我爹扣住了，我总有法子带你走。倘若他发现了你，怕是会差人来劝说什么，你权当耳边风便是，切不可如戏本里的柔弱女子般黯然离开。"

我总算松开他的袖口："那好，我可会死缠到底。"

他吻着我的耳垂："别怕，我会和你在一起，和风。"

后来我常常午夜梦回，无数次悔恨为什么那晚要放他走。

煦方再也没有回来找过我。

我在客栈待了两天，以为他当真被他爹软禁，便常常假作路人徘徊在聂府门前，直到一日我瞧见一个身材颀长的蓝袍男子从府中走出来。

他束着高高的发冠，优雅俊逸到极处，而他的臂膀正搀着一位容貌绝佳的女子，行得缓慢，仿似唯恐走得快了就会摔伤她。

正是煦方。

我没有哭，也没有冲上前去，那时我居然侥幸地以为，煦方只是在演戏给他爹看。

我尾随他们走了很长一段路，直到见那女子进了一家成衣店挑选衣裳，才瞧准时机拦下煦方。

他见我忽然闯出来，神情中浮起一抹疑色。我问："煦方，你为什么不来找我？"

他露出一丝了然的神色："姑娘怕是认错了人。"言罢便要转身。

认错了人？我难以置信地拖住他："煦方，你在说什么？你不要吓我！"

煦方恭谨地退后一步："在下并非姑娘所要找的人，我姓聂。"我急得舌头打结："我知道你姓聂，你是聂然，也是煦方啊……"

也许因为我的情绪太过激动，引得不少路人纷纷驻足围观，煦方挥手甩开我，低叱道："姑娘请自重。"

我愣住了。

煦方他，从来不会用这种口气和我说话。

这时，那名女子从成衣店走出来，漫不经心看向我，问煦方：“然哥哥，她是谁？”

他冷冷地瞥了我一眼，又转向那女子，温言道：“我不认识。”

心底霎时一片冰凉，无助和恐惧涌遍全身。

忽然想起之前有一次，我故意装作不认得煦方，急得他险些抓狂，后来我实在憋不住笑声，他才恍悟是被我唬住，恼得半日不理我。

而这回，换他说忘记我了。

我多么希望他突然弯下腰哈哈大笑，说：喂，你被骗了吧。

可我知道不会。

我看着他的神情，冷漠、疏离，还有一丝鄙夷。

那不是煦方看和风的神情，那是属于聂然的，我不认识的聂然。

他是真真正正忘掉我了。

我看着他们的背影，只想，若就这样简简单单结束，那我也不是和风了。

煦方绝对舍不得和风受委屈。那么，没有煦方守护的和风，也绝不会容忍自己受到一丁点委屈。

我慢慢握紧拳头，叫住煦方：“聂公子。”

他和那女子同时回转过头，煦方蹙起眉头：“这位姑娘，在下说了……”

我伸出一指，道：“一年，这一年的记忆，聂公子可还有印象？”

他先是呆了一呆，旋即神色一变：“姑娘这话是什么意思？”

“聂公子分明明白我的意思。”

煦方神色晦暗地看着我，正待说些什么，他身旁的女子道：“你在胡说什么？然哥哥受了重伤昏迷一年，何来记忆可言？”

她尖锐装嗲的声音严重地干扰了我的思考，我不得不重新打量她：“姑娘是首辅大人千金赵嫣然吗？”

她诧异地瞪着我：“你是……”

“你方才说，聂公子昏迷一年，那么你可知道，常人若是一年不醒，会因经脉不得活络而面色枯槁，行动不便吗？”我死死盯着她，“你认为，聂公子现在像是昏迷一年之人吗？”

赵嫣然一时语塞，不知如何辩驳，正当我以为事情有所转机时，煦方沉沉带点怒意地打断：“够了。若没有嫣然对我的百般照顾，我又岂会醒转？我与她的情分，岂容你这外人随意挑拨？这位姑娘，不论你是谁派来的，是想阻碍我们的婚事抑或是其他图谋，倘若再危言耸听，休怪我不顾念你是一名女子！”

他放下话转身带着赵嫣然离开，由始至终都没有回头瞧我一眼。

我呆呆地站在人行如织的街面上，任由路人指指点点。

其实，他们在说什么我根本就不知道。

脑海里，煦方最后的声音一遍一遍地重复回响，像无数把尖刀一刀一刀地剜向我的心口。

我突然间很想念很想念曾经的煦方，我想和他说一句话。

我想说，煦方，我真的，已经很努力很努力不让人伤害到我了。

可惜那个人是你。

那么，即便是天不怕地不怕的和风，也无能为力。

我在客栈内过了两天以泪洗面的日子。

当然，哭累了会歇息，歇饿了会吃饭，吃饱了会睡觉。所谓以泪洗面利用的是正常作息以外的时辰。

然而这绝不表示我不够难过。事实上那晚我当真悲痛欲绝，一个没想开，关上屋门解下腰带，悬梁自尽去了。

然后，把房梁整塌了。

此后饶是我费尽唇舌地将责任归咎于木梁的材质上，掌柜还是让我赔了三两银子，他显然认为主要是我太重了。

我心痛欲绝，索性破罐子破摔，将大把大把的银两花在美食上。

总归要死，也当作个饱死鬼。

哪知这家客栈虽不大牢固，菜肴却是上佳，吃着吃着竟忘记见阎王这档子事了。等到想起时我大致度过了绝望期，神志也逐渐恢复正常。

我不由得反省自己怎么总是一冲动就去自尽，虽然我已记不得年前是为何事跳崖，但默默吊死客栈绝对是种愚蠢的行为。

死有重于泰山，太过低调的死法一点人生意义也没有。

我琢磨着来场轰轰烈烈的牺牲，譬如吊死在聂赵两家举办的婚宴上。

想到这儿我再次以泪洗面。

我如此思念煦方，念着如何为他死，可他却要娶另外一个女子。

一年前他们的婚礼出了意外，一年后他们再续姻缘。一年的空白也许他并不在意，可对我来说，那是记忆里满满当当的全部。

我觉得我不能坐以待毙，应该鼓起勇气去抢亲。诚然我坐在客栈里不会被毙，去抢亲的话大抵能够得偿壮烈牺牲的夙愿。

首先我没有喜帖，没有办法光明正大地走进去，然后我没有武功，没有能力畅通无阻地闯进去，最后就是聂府的围墙实在有点高，若是架着梯子爬上去再往下跳那就是出师未捷身先死。

思来想去我放弃了这种太过激进的想法，认为还是约煦方出来好好谈谈比较稳妥。

如何约他出来又是一大难题。若然时间充裕，我也许会考虑死缠烂打抑或全天跟踪等法子循序渐进，只可惜，他们后日便要成亲了。

我写了两封信。

趁着赵嫣然逛街时，我用糖葫芦诱惑了一个孩童，让他将其中一封信交与赵嫣然。

通常这种时候赵嫣然在看完信后会发问："小弟弟，这是谁给你的呀？"而那孩童立即摇头说不知道然后跑开比较符合逻辑，谁知她只看了那信封一眼就面色绯红地笑逐颜开，并赏了小弟弟一锭银子，着实令我觉得十分惊悚。

好在她拆开信后神情大变，随即骇然地东张西望，最后提着裙子匆忙跑开。

这才是正常人的反应。

我背着包袱从死角里走出来，慢悠悠沿着街面晃荡两圈，晃到聂府门口时将另一封信递给看门护卫，顺手把从小弟弟那儿抢来的银子塞给他，方才心满意足地去赴约。

约会的地点是城郊竹林，约会的对象是赵嫣然。

约她并非是因为我被煦方抛弃所以移情别恋，即使我真要移情也不至于移到她身上，虽然不得不承认她算是个大美人。

美人此刻独自倚立竹林境中，那娇柔温婉的身躯被风刮得颤颤巍巍，显得弱不禁风。我悄无声息地走近她，亲厚地说："赵姑娘穿这么少，小心着凉。"

赵嫣然见来人是我，倒退两步："你……你怎么才来？"

她大约是恼我不够守时，我歉然道："路上有事耽搁了，有劳赵姑娘久候。"

她又开始慌慌张张地左顾右盼，直到确认现场仅我们二人时，从衣袖里掏出那封我给她的信，咬牙切齿地问："为何要用然哥哥的笔迹写这封信？"

我一怔，无怪她在看到信时流露出那种神情，想来以为是她的然哥哥写给她的情信，我笑了笑："我曾与他亲密无间，便是会写他的字，又何足为奇？"

赵嫣然气急败坏地盯着我："你这么说，他也不会信你。"

"赵姑娘既然来了，便是担心纸包不住火，"我无所谓地摊手，"你若是不怕，那我们何必再谈？"

她犹豫片刻，从衣内取出一沓银票，塞给我："一千两，一文不少，东西呢？"

我瞬间有些无语凝噎，不禁感慨这大小姐是否太过单纯，竟连"一手交钱一手交货"的道理也不懂。我取下包袱，往她身后一瞄，谨慎问道："不知赵姑娘武功如何？"

赵嫣然顺着我眼神的方向慢慢回头，有些害怕地说："我，我不会武功啊，怎么了？"

我松了一口气，淡定地掏出包袱里的麻绳："那就好。"

赵嫣然瞠目结舌地盯着那根麻绳，结结巴巴地道："你、你要做什么？！"

我说："你放心，我也不会武功……"

她也舒了一口气。

我只是话没说完："但是力气蛮大，应该打得过你。"

赵嫣然："……"

等我把她五花大绑绑得严严实实后，她总算是骂累了："我要是少了一根头发，然哥哥绝不会放过你。"

我俯下身，伸手拔了她一根头发："不如把这发丝给你然哥哥瞧瞧，让他心疼心疼？"

她大约从未见过我这类绑匪，哽了好半晌，那娇滴滴的模样着实令人怜惜，我叹了叹："我不会害你，只是有些事，想当面与他说。"顿了顿，"其实你是知道我的吧，你应该也知道他是……为什么忘了我。”

她默默转过头，没有答话，似乎是在伤心，我想我猜到她为什么伤心，却委实不愿多想。

煦方来的时候正好是月沉时分。他在看到我们时，那双漆黑的眼眸里，蕴着沉沉怒气：“你究竟是谁？！”

我愣了半晌才明白他是在和我说话，方才因嫌赵嫣然聒噪，已用布帕堵上她的嘴，此刻看去果真是挟持的样子，我索性将袖中匕首露出，抵在她的脖颈旁：“你再靠近一步，休怪刀剑无眼。”

他冷冷看着我，终归退了一步：“你有什么目的？”

没有目的，只是想和你好好说话，煦方。

我没有这么说，而是将写给赵嫣然的那封信掷给他：“你知道为什么她会来吗？因为我告诉她，我有你这一年来在陈家村生活的证据，还有一张当日夏阳侯寻你的告示，用这些，换她一千两银票。”我把银票撒在他面前，“你看，她居然真的给了。”

煦方皱着眉头看了信与告示：“你……”

“我的目的，就是告诉你真相，虽然我不知你为何会一夜间忘了这一年以来的事，但我……不希望你在没弄清真相前，就这样稀里糊涂地和她成亲。”

赵嫣然无助地想摇头，又唯恐被匕首伤到，只得睁着泪汪汪的眼睛，委屈地呜咽着。

良久，煦方放下信，声音听不出情绪：“姑娘是想告诉我什么呢？告诉我这一年来，变成另外一个人？可这与我要娶她又有什么关系？”

我不可置信地道：“你、你不好奇这一年发生了什么事吗？你怎么知道经历了那些事你还……愿不愿意娶她？”

朦胧月色下，煦方一眼不眨地看着我：“莫非，姑娘是说我在这一年中变了心？”

我心头一紧。

他说：“我原本就与嫣然有过白首之约，若当真如姑娘所说，岂非做了负心汉？上天既然让我忘掉这段记忆，我又为何要执着想起？承蒙嫣然不舍不弃，我就更当对她全心全意的好，不是吗？”

不是吗？

我看到赵嫣然潸然泪下。

原来，从一开始就是我错了。当日，他们这对苦命鸳鸯被迫分开，是我乘虚而入。如今，他们就快要终成眷属，又是我搅局添乱。

我紧紧抿住唇，克制自己不要哭出声来。煦方死死盯着我拿匕首的手：“还不放了她！”

我没有放手，我还是……不甘心。可是，有什么办法呢？

那天，煦方嘱咐我不可黯然离开，如今，我除了离开，还能做些什么呢？

我甚至没能好好地和他告别。

我将腰间玉箫取下，看着他：“你可以为我奏一首乐曲吗？”

他冷然道：“你还想玩什么花样？”

我把玉箫丢在他脚边，说：“那首曲子叫《煦风和月》，你吹完，我便放了赵姑娘。”

他说：“我从未听过这个名字。”

是啊，煦风和月，这是煦方为和风编的曲子，他已经忘了煦方，又如何会记得这支曲子？

他曾说，若他变心，就让我用玉箫狠狠敲他的头。

可我终究舍不得这么做，只说：“那我唱一句，你吹一句，可好？”

他没有拒绝。为了保护他的嫣然，他怎么敢拒绝？

月光下的竹林，一名女子轻声哼唱，一名男子林中吹箫，此情此景何其美好，一如和风与煦方还在乡间的那段岁月。

吹出的调子，吹箫的样子，从容而静谧的姿态，他是我最喜欢的煦方。

可这些都是假的，是我抢来的。

我忽然唱不下去了，箫声亦戛然而止，煦方维持着举箫的姿势，平淡的表情蓦然一动：“姑娘……是否寄情于我？”

我一呆。

他定定地看着我，眉间隐隐流露出我熟悉的神色：“寄情于过去一年里的我？”

我不知所措地一颤："你、你是否想起什么了？"

正当我跨出半步想要靠近他时，眼前的黑影携风掠过，肩上着着实实地挨了一掌，刹那间仿佛听到什么碎裂的声响，煦方已抱着赵嫣然远离我几步以外。

荒草随风摇曳，我跌坐在其中，迷茫地捂着心口，不禁奇怪为何这一掌明明打在肩上，这里却撕心裂肺地痛呢？

煦方解开赵嫣然身上的束缚，确认她并未受伤后，方才对我道："你可知劫持首辅之女犯的是什么罪？"

我没有回答。是什么罪，都无所谓了。

许久，他道："你走吧。"

赵嫣然讶然开口："然哥哥，你怎么可以就这么放她走？"

他没有答她，又对我说一次："你走吧。"

我还是没能走成。

下一刻，眼前出现一道道皓皓白光。

一瞬的怔愣，周围不知何时突然出现许多持刀的黑衣人，他们的目标是煦方，这群黑衣人训练有素，狭长的刀影收放自如，即使煦方身手不俗，但他进攻之际还要分心护住赵嫣然，自然处处落于下风。

许是先前他们看到煦方对我出手，认为赵嫣然才更具备威胁的价值，故而忽视坐在地上的我，招招逼向她，此时我若是趁机逃走，大抵亦不会有人分心追上。

可惜我又犯了一回傻。

当其中一名眉疤狰狞的黑衣人将袖箭的箭尖指向煦方时，我下意识地扑身去挡，然后……成功挡到了。

这种时候剧情的发展通常是我瘫软在他背上，他震惊地转过身扶住我"你为什么要这么做……""因为我喜欢你……""你、你这又是何苦……""你不要内疚，今后好好和赵姑娘一起，白头偕老……""不！和风！我都记起来了，你别走……"然后我就完满地死在他怀里。

然而戏如人生，人生不如戏。

就在我感受到后背被利刃穿刺而过时，煦方一个奋不顾身的掠身，搂着赵嫣然急急地躲过一阵刀光剑影。

他压根没有发现我替他挡了一箭，他满心满意顾念着的还是赵嫣然。

我不晓得那支箭是否在我的背上穿了个窟窿，只是当尖锐的剧痛传遍周身，身上的痛竟远没有心中的痛剧烈。

真遗憾，没能在那瞬间死去。

黑衣人不敢相信这世上还有我这种傻子会为人挡箭，重点是挡了还被那人无视，他大概也觉得如我这般活着早已生无可恋，便即朝我挥刀欲要替我了结此生，哪知锵的一声响，却被煦方拦了下来。

他不知我中了箭，喝道："你们快走！"

我早已痛得说不出话，赵嫣然亦吓软了腿，如何走得了。

黑衣人如涨潮般层层上涌，煦方一面劈砍一面道："走！"

我瞧见他那副焦急的神情，不知哪来的力气，擦了擦嘴角细细流下的鲜血，费力撑起身子，一把拖起赵嫣然往峭壁方向跑。

我想我真是疯了，连自己都保不住还管她，却又觉得不算太疯，至少还能想起山崖下是一汪江流，也许能寻得另外一线生机。

背心的疼痛迅速蔓延，我举步维艰地往前，不知下一刻会不会力竭而亡，忽听赵嫣然声如细丝地问："为什么……你要替他挡这一箭？"

她的唇白得惨淡："他明明已经不记得你了。"

我别过头去，一直攀到峭壁边上，回望煦方亦步步朝此退来，才对赵嫣然轻声道了句："他总有一日会记起我，只是这样想想，都会觉得很幸福。"喉头一哽，"跳下去吧，他水性很好，一定会救你。"

旋身坠下悬崖的那刻，我听到煦方失声叫着赵嫣然的名字。

我闭上眼，祈求上天，就到此为止吧。

不知在冰凉的水里漂浮了多久，我听到了熟悉的声音："抓紧！"

怀疑自己产生了幻听，我艰难抬起头睁开眼，竟然真的看到煦方。

我欣喜若狂，想着此时便是死去也是值得，却在一个晃神间看到了他紧拥在怀中的赵嫣然。

抓紧。不是对我说，而是对赵嫣然说。

他又说："别怕，我会和你在一起，嫣然。"

别怕，我会和你在一起，和风。

一模一样的声音，一模一样的话语，萦绕在耳边，萦绕在心里。

赵嫣然紧紧揪住我的袖子，对煦方道：“她、她中了箭……”

“哦？”煦方这才转头看向我，漆黑的眼睛冰冷，“姑娘自知性命不保，便想着拉嫣然陪葬吗？果真是蛇蝎心肠！”

蛇蝎心肠？煦方他……他在说什么。

身子突然感觉到波涛汹涌的冲击，煦方紧紧攀着岩壁，极是吃力地对着赵嫣然喊：“水流太大——你再不放开她我们都要死……”

赵嫣然快抓不住我了：“然哥哥，我们不能见死不救……”

手腕蓦地一紧，千钧一发之际煦方抓住了我，神情残酷：“我是看在嫣然的分儿上救你。”

山影错落不堪，眼前一片水雾朦胧，我猜他如果看到，会以为这是感激涕零。

事到如今，我终于知晓上苍为何迟迟不让我咽气，那是要清清楚楚地叫我看明白，彻彻底底击碎我的梦。

生命无法抑制地一寸寸流失，往事如一盏辗转不止的走马灯，忽隐忽现。

我觉得自己像一条濒死的鱼，被鱼钩紧紧钩住，再努力仰着头，再竭力睁着眼，无论如何都无法将那两个影子重叠在一起了。

我慢慢腾出一只手，却没有伸向他，而是折转到后背生生握住箭身，血顺着指缝滑落，我越握越紧，突然使尽浑身气力拔出来。也许是因为动作幅度太大，又或许是这番动作带出血痕，煦方整个人僵在那里：“你……”

我终究还是没敢告诉他，这一箭是替他挡下来的，我害怕他讥讽我这毒如蛇蝎的女人信口雌黄，这种话，一句，就足以令我灰飞烟灭。

夺眶而出的眼泪模糊了视线，风中传来赵嫣然的声音，我一个字也没能听清，其实我很怕死，虽然我常常任性不顾死活，那是因为我以为煦方会一直陪在我身边。

我听到自己轻声说：“聂公子，方才你问我是不是寄情于你，现下，我告诉你。

“没有。

“我喜欢的那个人，叫煦方。”

箭尖扎进他拽住我的手臂那刻，恰逢巨浪袭来，心底那份沉沉重重的什么仿佛刹那间烟消云散了。

这次自尽，应该不会再搞砸吧。

真好，这样，我就可以去找煦方了。

那个会因为和风被针扎到心疼得要命的煦方，那个这世上对和风最好最好的煦方。

林木清芬，纤纤柳枝柳叶青青。

能看到如斯美景就代表我仍健在。

苍天待我时薄时厚，折磨我一番死去活来，总算大发慈悲留我一条活路。

我顺着江流撞上了游湖郎中的木舟，他在救醒我后和我解释："你肺中蓄水，乃是我用九转轮回针驱之，你血流泉涌，亏得我家传止血秘方……"其实尽是废话，简单地说就是他医术高明，医者仁心。

仁者神医姓周，名字死活不肯说，我瞧他一把年纪了估计有什么难言之隐，也懒得追问。他道他倚着这一叶扁舟一路北漂朝京，是为了赶上太医院试。

原是极好的事他却一路自怨自艾，我闲暇问了两句，他便絮絮叨叨地说自己本有旷世医才却逼不得已入凡尘随俗流争虚名，愧对师祖教诲云云。

我本不想打击他，但见他一味抬高自己，不免反驳："您老若真有本事，太医院还不巴望着求您？"

他吹胡子瞪眼，骂骂咧咧："老夫医术再高没医着个大人物，何能扬名？难得从鬼门关救回你这么个小丫头片子，又没个旁人见证，到头来还是白救。"

他到底还是白救。

我既不是名扬四海的大人物，他也并非什么开收容所的大善人，船靠上了岸，我们分道扬镳。

先前他一路嘀咕自己没有盘缠，待拿走了我身上银两做诊金后，自是兴致勃勃地嘱咐我早些回家，上京赶考太医去了。

我委实不知哪儿才能寻到我的家。我曾把一个人当成这个世上的唯一，可直到他把我遗忘的那一刻我才发现，原来天大地大，我根本不属于任何一个地方。

我衣衫褴褛地一路流浪，不吃不喝，精神恍惚地想，原来，我人生的终结是暴尸街头。

事实证明，我没能死于坠崖，没能死于上吊，没能死于暗箭，没能死于滔滔江流，自然更不会死于饥饿和寒冷。

当我半死不活地从蒸笼摊前飘过，咽着口水盯着摊贩大叔时，心中设想的情节是在他得知我连一个子儿都无后挥手赶人，不料大叔塞了俩包子给我：“小姑娘离家出走了吧？早些回去，莫叫家人挂心。”

当我瑟瑟发抖地蹲在寒风中，黯然怅惘再也见不到明天的太阳时，恰巧出来挑水的老婆婆硬拉我进屋烤火，说什么都不同意我在外边过夜。

每逢此时我总禁不住鼻子泛酸，又不由得暗怨这地方民风会不会太过淳朴了些，这不是京郊吗，离那繁华骄奢的京城才几步远啊。

就在我任由自己自生自灭却无论如何都灭不了的时候，无意间撞上了一出官兵欺压百姓的烂戏。

说来也巧，那被欺压的百姓正是前几日慷慨赠包子的大叔。

那些腰间挂刀的官兵砸烂了他的摊子，冲进他家折腾了好一阵子，但听领头人喝了句什么，继而跪地求饶的包子大叔满口喊冤，毫无疑问地被忽视。

我靠在旁边一面啃着馒头一面观察着事态发展，只见屋里跑出个肚子微隆的大婶追喊“相公”，果然是大叔的妻子。那些官兵嫌她碍眼推推搡搡，我这才察觉到事情的严重性，赶忙起身扶住了险些摔倒的大婶。

没了阻碍的官兵们很顺利地将大叔架走了。

没走远，又见另一群军士封住了繁华的道路，并命令两旁百姓跪身，说是襄仪公主殿下出巡，体恤民情。

那几个原本趾高气扬的官兵一听公主的名号，忙恭谨地让出道来，谄笑不止。我倒觉得这劳什子公主是吃饱了撑的，真要体恤民情不如微服私访来得牢靠，这般架势纯属出来耍耍威风。

金黄的轿辇随着浩浩荡荡的队伍迎面而来，场面之威严无须言表，公主殿下坐在四四方方的轿辇里，谁都瞧不见她的样子，想来她正透过帘缝俯视一群百姓整齐跪地的和谐场景，心底甚是畅快。

可惜老天偏不让她畅快。

我怀里的大婶大抵是受了太大刺激一个不清醒，竟冲到辇前，满脸泪痕撕心裂肺地吼："公主殿下……求公主殿下做主啊……"

我不由得抚了抚额，所以都说了还是微服私访较为方便，这样兜一圈不知该招来多少喊冤的百姓。

公主殿下不愧为公主殿下，饶是大婶的哭声多么声嘶力竭她也不为之动容，任由军士们将大婶拖到一旁，直到轿辇远去都不吭一声。

待到车走人散，留下的是瘫软在地上绝望而泣的大婶。

我想了想，扶她进屋，安抚说："大婶您别急，和我说说这是怎么一回事，看看我能否帮什么忙。"

她疑惑地瞧着我，我解释说："我曾受过您相公的恩惠。"不多不少两个包子。

她打量我半晌，终究摇头："姑娘的好意我心领了，但这事……"

这事确实难办，她虽然表述能力有限，但也不算难懂。

大婶的相公即大叔叫王启，他们原有个儿子在京城凌家做家丁，两年前说是得了急病，那边的管家将他抬回来时尸首已然腐烂，丧子之痛险些让这夫妻俩都搭上命去，可谓凄惨。

这事过去许久，不知王启打哪儿听来说儿子其实是让凌家少爷活活打死的，事发当日恰巧被人看见，他悲愤之余将凌家少爷告上了京师衙门。说来这凌家在京城是大户，衙门府尹新官上任自是万万不愿得罪，加之王启虽有人证却无物证，这案子也就这么不了了之。

然而凌家少爷却没那么大度量，三天两头找碴儿也就罢了，此回更称府内金库失银百两，追盗所踪追到了王启家，这不，那一班子官兵还真在他屋里搜出了金库钥匙，直将他押往大牢，过两日升堂若是定了案，几十年的牢狱之灾怕是免不去的。

我说："很明显，是凌家少爷想除掉眼中钉以绝后患，这案子虽有漏洞，他们一官一商一口咬定，大叔怕会坐实罪名。"

大婶闻言涕泪交流。

我又说："原本您还可以考虑去刑部申诉，可方才您那么求公主她都置之不理，那些官员必会有所耳闻。她乃是监国公主，太子殿下亦让三分，如此，这桩案子还有谁敢过问？"

这会儿我惊觉自己思路清晰尤甚，却不知是什么缘故。

大婶哭得就差没晕厥，我反省自己是不是话不投机，正想噤声，却听她哭道：“他若回不来，我也不能独活。”

这句话在我心弦上挑了一下，我起身夺门而出，可一直压在心中的那个念头挥之不去，终究停下脚步。

大婶见我去而复返显然怔住，我勉强扯了一笑，左右是不想活了，帮帮他们又有何妨。

两日后正是农历七月初四，七四七四谐音去死去死，寓意不佳，我十分想打退堂鼓，然而先前把话说得太满，不得不硬着头皮上阵，这个教训令我深刻体会到三思而后行的精髓，所谓吃一堑长一智，就不知我还有没有机会用上这一智，只能自我安慰朝闻道，夕死可矣。

京师府衙果真不同凡响，三班六房齐集排衙，连府尹都是一派气度威严，喝堂威时就差没将大叔大婶震厥过去。我站在堂中觉得身子和思想一般轻飘飘地不着力，眼神不时往凌家少爷方向瞅。

其实我只不过是在感慨这眉清目秀的少爷怎会做出如此惨无人道的事，然而，当他对着堂上威风凛凛的大人挤眉弄眼时我瞬间领悟了。

话又说回来，我之所以能以王启远房外甥女的身份，以事发当晚也寄居他们家为由，大摇大摆作为目击证人待在堂中，也得多亏了这凌家少爷，我诓他说我急缺银两想与他合作陷害大叔，他一听便乐颠颠地给了我一两银子，还承诺事成再给一两。

用二两银子买通人作伪证，私以为依他这种智商若当真栽在我手里倒也不冤枉。

府尹大人例行公事地鬼扯，重点是他扯得跟真的似的，什么倒夜香的老公公、卖油条的小妹妹都可以作为人证，最后还是我演得比较逼真，道睡梦间看到大叔扛着一个箱子在后院偷偷摸摸，一打开，哇，全是白花花的银子，讲到这儿，府尹和凌家少爷露出了满意的笑容。

按说这案子人证、物证俱在，差不多可以了结了。

故事往往在千钧一发之际会有神转折，这时堂外围观审案的百姓中有人提出质疑：“姑娘，你说深夜在院内看到箱内的银两，可七月初一压根没有月亮，你是如何看到的？”

我一呆，凌少爷一怔，府尹大人怒道：“大胆刁民，竟敢在公堂重地喧哗……

来人！”

人已经不见了。

我嘘了口气，十两白银请来街边的大嗓门乞丐吼这一声，再趁众人注意力集中在公堂时溜走，对他来说确是大大地值得。所以说做人要大方，切不可天真地以为二两银子可以收买人心。

演戏演全套，我做唯唯诺诺状：“我……是大叔他，他点了火把……”

群众中又有人反驳：“那夜不是大雨吗？如何点燃火把？”“对呀，偷了东西的人哪还敢见光……”这回均是自发性。

强有力的质疑令在场众人议论纷纷，我拉着凌少爷的衣袖：“少爷，我都按您说的说了，他们为什么不信啊……”

霎时，周遭一片寂静。

凌少爷铁青着脸颤着手指指着我：“原来你们是串通好的，你这是污蔑！”

就是污蔑怎样！我继续哭丧着脸：“那一两银子你还给不给我啊……”

场面毫无疑问地乱作一团。

最后还是府尹大人的惊堂木镇住骚动，他怒气腾腾对着我道：“我算是看出来了，你这厮根本就是故意来扰乱公堂！”

您老倒总算是瞧出端倪来了。

我瞅着这戏演到头了，松了松紧绷的脸，正色道：“他们原本就没有罪，大人。”

府尹瞠目结舌地看着我翻书一般迅速的变脸能力，好半天才冷笑：“本府的官兵在王启家中搜到凌家金库的钥匙，你莫不是说本官有意诬陷王启？”

这话说得确实重了，通常情况下应当矢口否认“哪敢哪敢，大人廉明公正，怎会做出如此行径”云云，不过既是打定主意要救大叔，我自然是答：“我正是此意。”

场内传来一片倒抽凉气的声音。

府尹气得鼻子都歪了：“大胆刁民，竟敢诬陷朝廷命官，来人，杖责五十！”

我波澜不惊地站起身，负袖四顾，厉色道：“谁敢！”

这声“谁敢”，既要有淡淡不着力的威严又要有云淡风轻的气度，表情和动作都要拿捏得分毫不差，虽然这两日我练习得不伦不类，但此时此刻竟能顺顺当当地演绎出来，不由得自我佩服几分。

衙役们显是被我震慑住，没有立刻冲上前来，府尹更是一头雾水：“我为何不敢……你，你是何人？”

我勾了勾嘴角，从怀中掏出一枚玉佩，在他眼前晃了晃，慢悠悠地道：“大人不认得本宫，难不成连它也不认得吗？”

府尹茫然的表情在看清玉佩上的字后霎时凝住，浑身止不住地哆嗦：“您、您是襄仪公主……”

我收起玉佩，拂袖冷笑：“倒还不算是有眼无珠。”

这算是个戏本里的套路了，他青白着脸呆了一呆，连忙跪身磕头：“下……下官参见公主殿下，下官有眼不识泰山，还望公主恕罪。”

看着四周跪倒求拜的人，我摩挲着怀里的玉佩，暗想这情形会不会有些太过顺当，怎么和事先预想的都不同。

诚然这玉佩是我在玉器店买的，上头的“襄”字亦是我自己刻上去的，刻痕依在，和真正的凤玉定有着天壤之别，这府尹该不是脑子进水了，连这都辨别不出来？

他见我不答话，悚然道：“不知公主为何这身打扮，又为何……”

“几日前这妇人拦了本宫的凤辇大呼冤枉，不知此事大人是否听闻。”

“略……略有耳闻。”

“本宫原也懒得理会，后来细想这妇人身怀六甲胆敢冲撞本宫，或许真有冤屈尚未可知，再者大人新任此位，太子亦是极为关注的。”我笑了笑，尽力笑得诡异，“本宫乔装，一来是为查明案情，二来是想瞧瞧京师府尹这位置你坐得牢不牢靠，怎料……”

我故意拖长音节，没把话说完，府尹咽了咽口水，磕头不止：“下官办事不力……”

我见凌家少爷已然吓得连跪也跪不稳，便对大叔大婶温言道：“本宫做证王启的清白，你们可以起身了。”

大叔大婶呆呆地看着我，一个劲地磕头谢恩，我面上一派气定神闲，心中甚为愁苦，你俩别拜了成不，拖久了等他们缓过劲就穿帮了，到时候逃不了要鞭尸的。

这时候，有人忽然说：“她不是公主。”

众人齐刷刷往声音的来源方向看去，却是个年迈的老人，我认出她是那晚收留我过夜的挑水婆婆，她颤巍巍地对着我道：“姑娘，那夜你冻得浑身发抖，是我救的你，你可还记得？哎哟，冒充公主可是死罪，你可不能乱来啊。”

已经乱来了，本来没准还能逃过一劫，您这么一吆喝，鞭尸是板上钉钉的事了，老婆婆。

府尹看出不对劲了。

他犹疑片刻，爬起了身，差人将老婆婆带上公堂，仔仔细细地盘问，莫看她年迈行路缓慢，记事的本事倒是不差，那盘根错节说得一丝不落。

唉，此回倒也确实不假。

府尹听完以后面色稍霁，似又不大敢确认，怕搞不好当真是公主吃饱了撑的体验民间生活，那他就要吃不了兜着走，遂又去问凌少爷：“你曾随令尊参加过宫宴，可认得她是不是公主殿下？”

凌少爷挠头看我：“初时瞧着有几分相似，现在看来又不大像了……”

我颇惆怅地叹了叹气，所以说凌少爷这话说了等于白说，一看就知道压根没见过公主本尊。

府尹显然也意识到这点，最终还是将目光移回我身上：“可否将玉佩再给我瞧上一眼？”

我耸肩表示请随意。

府尹拿走玉佩看了半晌，终于指向我：“你根本不是公主！”

我挑了挑眉。

“此物玉质拙劣，雕工粗鄙，断不会是宫中之物！大胆刁民，胆敢冒充公主殿下！”

眼下彻底没戏，跑不了路，我索性束手就擒，不料突然从府衙外跑进个衙役，急匆匆地道：“大人！宋大人来了，说是要见您！”

那府尹闻言竟然仰头大笑：“快快有请！不想驸马爷到访，果真是来得巧！”

驸马都给惹来了？

我总算可以彻底松一口气。

其实，什么作伪证、什么假玉佩都是浮云，这林林总总为的不过将这宗冒充公主审案的事情闹大，闹得越大才能传到公主耳里。

既然此前是她忽视，那么唯有让她重新重视，这个案子才能有所转机。

毕竟这荒唐的冤案半点都禁不住推敲。

当然，不排除公主一怒之下将一干人等统统灭掉以泄心头之恨，但转念一想，反正王启若被判罪也早晚被灭口，早死晚死都逃不了，赌上一局又有何妨。

至于我……若能这般归西虽谈不上死无余憾却也算得上死得其所了。

恍惚之际听到府尹诚惶诚恐的拜倒声，这才惊觉驸马爷已跨入堂内。

府尹说："宋大人，您来得正巧，这儿有一刁妇假冒公主殿下，意欲扰乱公堂……"

"哦？"清淡而平静的声音，"何人竟有这番胆量？"

正是区区不才本姑娘。

我释然地回转过身。

那是一个挺直的身影，玄色官袍衬出一股儒雅尊贵的气派，宛如游春绿波，好不风光。

原来这便是鼎鼎大名的大庆第一驸马。

有些人天生一副好皮囊，而有些人则天生含着金汤匙。拥有前者的未必就能拥有后者，而拥有后者的，也不一定就能拥有前者。

两者都拥有的人，一定要遭天谴的。我如是想。

他见着我，僵了僵身子，极其不可置信地道："你……"

我什么？不就扮了下你娘子，有什么好惊讶的。

他仍将我定定地望着，清澈的目光直看进我眼中，我被这种神情瞅得有些发怵，稍稍退了一步，始料未及的是他忽然快步迎上前来，不给我一点儿反应的机会，竭尽全力般将我搂住。

古人有句老话，大难不死，必有后福。

一直以来，我不明白自己明明大难不死数次，后福为何迟迟不来。如今忆起，不禁感慨这后福不是不来，而是福分太大，须得缓缓，一旦来了那便是来势凶猛。

驸马拥了我良久，吐出两个字："公主……"

彼时我那一派混沌的脑子莫名其妙地冒出一句话来。

当朝驸马宋郎生，风华绝代天公羡，襄仪公主萧其棠，一手遮天万人承。

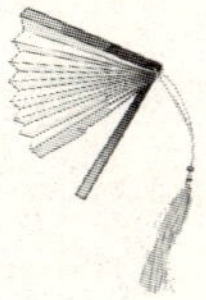

# 第二章 公主和面首

襄仪公主是大庆王朝最尊贵的公主，跟太子一个娘的嫡亲姐姐。

其实依着寻常人的思路，区区一个小公主又能尊贵到哪儿，看是生在皇家的面上给个好吃好喝、绫罗绸缎什么的，若不巧遇上番邦袭击，还能送去和个亲，促进两国友好邦交，百姓象征性地挥挥手绢，史官大笔一挥，亦算不枉此生了。

不过凡事总有特例，当今皇上在还不是皇上的时候，因为一个疏忽累得他最敬重的姐姐死于沙场。据说这位长公主在咽气前拉着他的手说自己会投胎做他的女儿，望他不必伤心难过。任谁听来都知道是安慰性质的扯淡之词，偏巧年轻的皇上就信了，后来他讨了媳妇，心心念念的便是生公主。也不知是他人品太好还是太差，这些后妃的肚子一个比一个争气，男娃争先恐后地蹦跶出来。有老太监说那段时间，皇上偶尔瞧着自家那一排成串的皇子，眼里满是落寞讨嫌的神情。

襄仪公主便是在这种情况下千呼万唤始出来的。

可想而知，陛下对她的呵护该有多么令人发指，不仅册封她的生母为后，还立了她的胞兄为太子。虽说那之后也偶有嫔妃诞出公主，鉴于每个人所能奉献的爱极为有限，贵为天子的皇帝陛下也不例外，故而这位公主压根就没有为争宠父爱而烦恼过。

毫无疑问，这众星捧月成长的公主，难以避免地养成一些不大好的习惯，诸如穷侈极奢，骄横跋扈，久而久之，公主妄名响彻京中。许是从那时候起，朝廷重臣们就开始打歪主意了。

恰在公主及笄之年，吐蕃大举攻庆，后使者求和，蕃王欲与大庆和亲结为谊邦，这种时候，朝中总有呆臣注定会成为炮灰——礼部尚书在群臣怂恿下忠言直谏，其言辞振振，仿若皇帝不允和亲，天下即会大乱，百姓即将遭殃。

皇上于心不忍：“爱卿言之有理，可朕实不舍让自家孩儿去那苦寒之地。”

礼部尚书伏跪在地，泪流满面，直道微臣亦明晓陛下苦处，若非臣家中无女，定为陛下分忧，惜哉惜哉云云。

皇上一听便笑了：“爱卿忠君体国实令朕感动，只是你有所不知，那蕃王素喜男色，此回亦坦言若是男子和亲更妙，朕原还顾虑我堂堂大庆男儿怎可屈尊番邦，既然爱卿如此舍己为民，朕也不忍拂了你一番好意啊。”

同年，礼部尚书的独子穿上大红嫁衣，在爹娘汹涌澎湃的泪河之中，凄凉赴往吐蕃，终此一生，再未回境。

历史的血和泪不容忽视，如此，襄仪公主在朝中颇有威名日盛的兆相。

都说皇宫大内无情，其实在公主十五岁前都还算风平浪静，兄弟姐妹、后宫嫔妃相处得甚为融洽，怎奈好景不长——除善战者如睿王，千里之遥者如廉王，生性古怪者如康王，其余皇储们基本非死即残，大半都因谋反被诛。

无独有偶，当众位兄弟为了争夺上头那把龙椅一起手拉手共赴黄泉之际，最具贤名的太子殿下却为了所爱的女子抛弃皇位，云游四海去了，皇上龙体大不如从前，处理政事亦有些力不从心，几番思量之下，颁了两道旨：

一是册立年仅十四的十一皇子萧景宴为新太子；二是册封襄仪公主萧其棠辅政监国。

圣谕刚传达完没两日，言官们弹劾的奏折还没拟清，正酝酿着情绪准备上朝忠言直谏，哪想皇上一个眩晕便一倒不起。自此，襄仪公主理所当然地被推上风口浪尖，如此半载，一手遮天这名声也就此而来。

以上这档子事是我这几日大体所了解的，据说实情更为错综复杂，一个不慎都有可能堕入万劫不复的境地。说这些个据说的人是驸马，在他好不容易接受我失忆这种情况后，便时常危言耸听，听他描述昔日的那些林林总总，我只能讲本人相当无奈。

诚然我对于我是公主这个事实也掂量了许久，以至于到现下都没能完全消化。

上回说到我在公堂之上扮公主被府尹拆穿，被驸马强抱之后便没了下文，其实怪不得我，且不追究是体力不支还是受了太大刺激，总之，我是昏过去了，醒来后便躺在公主府的软榻上。

听闻那府尹也吓得一头往地面上栽，场面还不算乱得不可收拾。好在这一出烂戏还是成功地将凌家少爷给收拾干净，王启夫妇得以洗脱冤屈，替儿子讨回公道。

这自是全仗大理寺明察秋毫，与在府中歇养的我不大相干。当然，大理寺卿宋郎生既身为我的驸马，还是有我一点点功劳的。

那日我初醒，见他坐在几案后，案头堆了一大沓卷宗，一双明目停留其上，时而皱眉，时而含笑，对着我的那半边面孔在烛火的映衬下像是勾了金边，端的是容色如春。

这样的人若肯展颜而笑，醉人的清风就会萦绕心头，经久不散。

那时我半个头都昏昏沉沉，还当自己已入了阴曹地府，所以下意识地脱口问："你是判官吗？"

后来宋郎生同我说，他那时险些以为我得了失心疯，震得他也差不多发疯。

我猜我以前应当是很喜欢驸马的，他不仅样貌好看得不像话，待我更是无微不至，除了脾性有些小古怪以外。

譬如这几日我们虽同榻而眠，他大抵是顾及我身子羸弱没有做出僭越之举，昨日夜半却突然想要俯身吻我，我惊得一把推开他，见他僵住身子我忙补救道："我……我如今记忆尽失，你于我而言还极是陌生，所以……"

所以我还没说完，他便施施然爬下床披着外袍出门，临末抛了句"我回我房里便是，不叫公主为难"。我有些忐忑地思考他是不是不高兴了，哪想他过了一小会儿折返回来站在我榻前，不甘愿地伸出手指指着我榻内的枕头，"那个，我睡惯了。"

我呆了好半晌才反应过来将枕头给他，他一声不吭地离开后，我才有些断定他是真的生气了。

麻烦的除了驸马还有太子，他在得知我回归后当晚就冲出宫来到府里，见我不曾醒转便叫了十个八个御医，御医们表示我只是吃得太少睡眠不足以致体力不支，调养一段时日即可，可太子仍死死拽着我不肯走，若非驸马相劝只怕御医们更要有的忙活。

宋郎生说，知道我失踪一年的人，除了他便是太子，也就是我的弟弟了。

那时我问："我不在的这段日子，便是你与太子极力隐瞒下来的？"

"不错。"驸马答道，"寻得一个身形与公主相仿的女子，每日易容为公主的样子上朝，人在屏风之后，众臣自是难以辨别。”

“为何要这么做？”

“为了朝局稳定，也为了保护公主的安全。”宋郎生说，“朝中争斗因皇上病重愈演愈烈，以赵首辅为首的岭南派世族官员，与次辅李国舅为首的江淮一系两党相争自是不言而喻，睿王与康王明面上虽不干预，私底下却有与其结交之嫌，四大家族的聂家与凌家亦有渗入内阁之意，另外两家虽说按兵不动，只怕是在隔山观虎，伺机而动。如今时局混乱，而公主您，正是平衡掣肘的中心。”

我听得毛骨发寒，“我？”

“赵首辅曾任公主少师，与公主相交甚厚；李国舅自会看在皇后面上让公主三分；睿王和康王自小看着公主长大，对公主更是百般宠溺；太子年纪尚轻，所依仗的更是公主，故而……”

其实驸马这么一大段话简化起来的意思就是，现在朝中有好几股势力在抗衡，主要人员是我师父、我舅舅、我叔叔、我哥哥，还有我弟弟，本来这种时候出来治理的人都是我爹，不过他老人家身体不中，恰好我与这群人的私交都还不错，就把这个艰巨的任务交给我了。

明面上，我貌似掌握了生杀大权，翻云覆雨，实际就是个泼冷水的存在，每当其中一方快要压倒另一方的时候，我就会蹿出来友好地说“哟！兄弟，别伤和气，来来，坐下来喝杯茶”，到最后谁也没赢谁。久而久之，这满肚子火无可发泄，就往往朝那人身上发。

这就是为什么历史上偶尔会发生诸如弑君啊篡位啊这类事的根由，当然，绝大部分人还是会忌惮劝架人的身份，不然那龙椅轮换的速度太快，坐起来也无甚意思。

言归正传，据宋郎生说，在此以前，我这个劝架人做得还不错，至少瞧上去四海升平，有我辅佐太子，他那储君之位尚算稳当，故而在得知我失踪后，太子首先做的便是隐瞒。试想，若让人得知监国公主失踪，谁来辅政将成为头等大事，彼时不论是睿王还是康王，被压制的一定是太子。再往深究，不管赢家是谁，只怕都盼望着流落民间的公主永不归返吧。

太子用假公主撑了一年，如今好容易将我寻回，本当算是万事大吉，但，悲哀的是，我失忆了。

这种状况别说处理政事，连人头都认不清楚，总不能随随便便往朝堂上一站，用手指一指：哎！那谁，你说得挺在理的，我支持你！哪个臣子信服得了这种监国公主?

至于是否要告知太子失忆一事，宋郎生认为还是由我自己来决定。

我仰望着房上的莲花顶，嘟囔了一句不应出自皇族人之口的话：这公主当得还不如公公自在。

“诚然当驸马连公主都不如。”

宋郎生这话将我打回现实。

我皱眉瞪着他，他板着一张脸，不再作声。

唉，果然还在为昨夜的事恼着，连用膳都不给我好脸色看。

此刻厅中只坐我们两人。

侍女们摆上菜点后便退了下去，因为体虚而吃了几日薄粥的本公主，看着桌上繁花似锦的菜式，垂涎三尺。一一尝过后，我心满意足地开怀大用，到半饱时才发觉宋郎生由始至终都没动筷，只一心捧着本卷宗细阅，我略略一想，伸手夹了一道口感最好的菜放入他碗中，道：“这清风鲵鱼着实鲜美，你也尝点吧。”

宋郎生抬起头，用那双雪亮的眼将我看了又看，“公主是如何得知这道菜名为‘清风鲵鱼’的？”

我怔住。

是啊，我怎么知道这菜叫清风鲵鱼的?

“就下意识地脱口而出了……”我眨了眨眼，“我以前是不是很喜欢这道菜？”

“公主确是极爱鲵鱼。”宋郎生细嚼慢咽，慢悠悠地道，“公主记得它，却已不记得我，想来我竟连一条鱼都不如。”

又来了。

我讪讪地笑了笑，“我连我自己都不记得，可还记得驸马的名字，这样相比之下，驸马于我而言比我更重要。”

其实之所以能记得他的名字只因他名声太响，这般说若能逗他笑一笑也是无妨，谁知他的手顿上一顿，那一脸不高兴的样子依旧不变，我也就放弃了这不现实的想法。

这家伙，明明长着一张好脾气乖巧的脸。比如他有一双黑黑润润的眼睛，好像沁在水里的黑玉，不大明显的内双，低眼时可以看到长睫温柔地下垂，眼睛瞪大了就变得呆呆的模样，带着一股特有的草木气息。

所以越是冷着脸，反越显得一副孩童恼怒的模样，半点威慑力也没有，我不禁沉思，他究竟是怎么当他的大理寺卿的。

“公主在想什么？”

我忙笑道：“没想什么，也想不起什么。”

宋郎生叹了一声，夹了块菊香肉放在我碟子里，说：“公主记不起过去的事，莫非连失踪后的事也记不起？你双脚磨出了水泡，显然是走了很长一段路，背上受过利箭穿刺之伤，想必亦是凶险万分，你在民间究竟吃了多少苦，经历了多少事，为何一次都不曾与我提起？”

脑海深处忽然闪过一抹墨蓝色的身影，那夜寒月凛如刀锋再次戳入心底，我僵硬地别过头去，道：“自不是什么美好的回忆，说不说都无所谓……”

“无所谓？”宋郎生一掌拍在桌上，“你知不知道你不在的这段日子……”

他收口没说，我呆呆地看着他，“怎么了？”

宋郎生气咻咻飞了个白眼给我，语气却是淡淡，“我就是要吊公主胃口，你不说，我也不说。”

……这驸马果真不能以常理度之。

“不过，驸马，你究竟是怎么当上我的驸马来着？政治联姻还是……”我吞了吞口水，“两厢情愿？”

他看着我，不说话。

空气一时寂静无声。

半晌，漂亮的眉眼绽出一丝笑意，“一厢情愿。”

我愣了一下，这的确是个始料未及的答案，“你……对我一厢情愿？可我若不喜欢你，皇……呃，父皇又岂会招你做驸马？他不是很宠我的吗？”

“我想公主是理解错了，”宋郎生饶有兴味地道，“我的意思是，公主对我一厢情愿。”

我：“……”

他笑道：“先是对我一见钟情，再见倾心，而后强行将我掳入府中，生米煮成熟饭后逼我去向皇上请求赐婚，否则以冒犯公主之罪置我于死地，我抵死不从你便以我族人性命逼我就范，于是最后，我妥协了。”

我：“……”

他耸耸肩表示他说完了。

我结结巴巴地道：“你、你、你是在说笑吧？”

他端起碗，波澜不惊地看着我说：“这于我而言也并非什么光彩之事，我为何要诓公主？”

我目瞪口呆地看着他，“那……那你不是恨透我了？”

他若无其事地点点头：“确实。”

我：“……”

“不过，”宋郎生做出思考的模样，像在斟酌着怎么说，“我们成亲后公主待我千依百顺，言听计从，久而久之，我也略略有些感动。”

我：“……”

他安详地啃着鸡肉，添了一句：“所谓爱恨本在一念之间……”

我已经思考无能了，“所以你就……由恨转爱了？”

对面宋郎生淡定道：“是爱恨交织。”

我：“……”

就在我搞不清他究竟是真的诉说事实还是在说笑时，一位侍女匆匆地跑进偏厅来，急道：“公主殿下，驸马爷，韩大人登门求见。”

宋郎生眉眼不抬，“告诉他我们在用膳，没空搭理他。”

那侍女道：“奴婢都说了，可韩大人这次说非要见到公主殿下不可，他会一直等下去。”

“那就让他索性等到明日和我一起上朝吧。”

侍女战战兢兢看着我，眼神里满是求救的意思，想来那韩大人也不是什么好应付的角，我挥了挥手，“知道了，我一会儿出去见他，让他候着吧。”

侍女这才退下。

我问：“这韩大人是谁，听话里的意思找我不止一次，你可知是什么来意？”

“他是吏部尚书，也没什么要紧事，就是来要个人，从公主失踪到现在，他来了不下十回，每次都让我挡了回去。”

我盯着他手中的酒杯，“他要的是什么人？为何找我要？”

宋郎生端起酒杯送到口边，再又放下，“既然公主这么好奇，出去会会便知。”

这韩尚书果然守在正厅之内。几案上的茶点他动都未动，见我和驸马踱步而出，忙站起身走近几步，拂袖跪下，头咚的一声磕出响，吓得我心肝一颤，“你……这是做什么？”

他头也未抬，额头抵着冰凉的地板：“求公主开恩。”

我沉默着。

我本来想接“韩大人，有话好好说”，总觉得这语气太过屈尊纡贵，还是说“您请起请起”，又怕这算是应承的一种说法，所以只能沉默。

这韩尚书见我不吱声，只得曲着身子纹丝不动，可怜那腰板看上去委实不大利索，“公主，老臣深知犬子之举令殿下您受到伤害，老臣也感念公主对那孽障的不杀之恩，然事情已过许久，那不孝子毕竟是老韩家三代单传的独子，还请殿下看在老臣一片报效朝廷之心，放过他吧。”

我一头雾水地看向宋郎生。

他轻咳一声，沉声说：“韩大人，你自己都说令郎罪无可恕，公主宽宏大量才留他一条性命，如今却还想得寸进尺，虽说大人身居要职，家中世代为官，却也不能因此徇私枉法。”

我想我大概有一些明白了，我比较感兴趣的是这韩尚书的儿子究竟怎么对我造成伤害了，可惜不能当场询问。

这韩尚书瞅着宋郎生油盐不进，又把注意力转回我的身上，继续道：“若得公主殿下首肯，大可依律法处置犬子，杖刑也好流放也罢，也总好过在公主府内……”

怎么样？我等着他继续说，可他偏偏哽咽不语，我不免有些闹心，“韩大人话里的意思是我把他留在府内，倒是委屈了他不成？”

宋郎生目光微凝地瞥向我，我也有些诧异这霸道的语气说得很是顺溜，好在韩尚书没察觉到什么，肃然道：“殿下既已有了驸马，何苦还不能放下犬子，他……他终是负了殿下，留在眼皮底下，也不过是徒增殿下伤怀。”

我又被他这话搅得云里雾里，“什么叫我放不下他……”

他大抵是听差了我的疑问语气，反倒像下定什么决心似的抬起头，清清楚楚地道："既然公主心中已没有犬子的位置，那就恳请您放他出府，便是少了这一个面首又有何妨！"

我想我应当没有听差。

韩尚书说的是——面首。

面首的意思就是，就是……男宠吗？

我的心肝随着这句话不由自主地乱颤，半天答不出一个所以然，韩尚书大抵以为我被他此举惊住，当然被惊住是毫无疑问，他伏倒在地，抖着身子道："还求公主体谅微臣一片爱子之心。"

我用茫然的神色望向驸马，他只是淡然地站在我旁侧，也不解围，仿佛这韩尚书说的不是面首而是面条，我着实吓到不轻，却也不能一直沉默下去，半晌方道："既是如此，韩大人便把令公子领回去便是。"

不论如何，本公主暂且顺了他话中的意思，容后再说。

韩尚书不可置信地看着我："公主此话当真？"

我嗯了一声，转头问宋郎生："不知驸马意下如何？"

宋郎生大有深意地看着我："公主宅心仁厚，郎生亦受所感。"

这厮定是成心嘲讽我来着。

话既放出自然没有收回的道理，驸马悠悠挥挥手差人将那韩公子带出来，我在一边狂饮凉茶以掩心中不安，不多时，两名带刀侍卫果真将人带了上来。

从走廊外踏入厅内的时候，晌午的光线耀着整个背景金光闪闪，可以看出人影的轮廓身材很高，骨肉匀称，说是进来了，不知怎么又是一副打盹的模样，看到自家老父跪在一旁，也没露出什么表情，直走到近处看见我，才懒洋洋地躬身行礼："见过公主。"顿了一顿，"见过驸马。"

是个英俊的青年，五官处处生得恰到好处，虽不若宋郎生那般漂亮到极点，反倒有种坦荡荡的气质，我不由得暗自佩服昔日自己的眼光，下一刻又觉得这种思想绝对要不得，只得摆了摆头，朝驸马使了个眼色。

宋郎生道："韩公子在公主府内倒是闲了些，似乎比刚来时多了份悠然之态。"

那韩公子似笑非笑："托公主洪福。"

我头皮麻了麻，又听宋郎生道："可惜你这好日子算是到头了，公主同意让你出府了。"

韩尚书在一旁忙提醒道："还不快谢恩。"

"哦？"韩公子将眼帘稍微抬了抬，朝我露出了一星儿笑，"确是公主的意思？"

自然是我的意思，可叫他这么一问，倒让我迟疑这与失忆前我的意愿有无相左。韩尚书口中所谓的伤害究竟是个怎么回事我没弄清，若贸贸然松了口，殊不知会否令人起疑。我假作无奈的神情，掂量着道："本宫纵有不舍，亦不忍拂了令尊那一片爱子之心，事已至此，也罢也罢……"

也罢什么我是不懂，好在这韩公子懂了，他神情十分复杂地望着我，终是了然一笑，朝韩尚书行了一个大礼："感念父亲大恩，然斐儿不能随您回去。"

韩尚书面色大变："你、你说什么！"

韩斐磕了三个响头后起身看了我一眼，对他爹道："我曾辜负了公主一片真心，蒙公主不弃，得以在府中侍奉，韩斐感激涕零，又岂愿离开？父亲，我与公主是两情相悦，求您成全。"

所谓语不惊人死不休。

这番话成功地让人至死方休。韩尚书颤抖的手僵在半空中，脸色乍青乍白，不知如何应对，说句实在话，他没有当场晕厥过去亦算是胸有万水千山了。这本当是极为感人的戏词因为驸马的存在整个扭曲，我抽着嘴角看着宋郎生清风白月般泰然的笑容，顿悟原来真正扭曲的人是本公主。

韩尚书这次瞧我的眼神实在像是要以下犯上的意思，我拢了拢衣襟，还想劝那韩斐几句，不料宋郎生又开了腔："韩大人，事到如今再说无益，时候不早，恕不奉陪。"

这便是下了逐客令了。

韩尚书背影消失在厅堂时我觉得脚下的地面有些浮，尤其是宋郎生和韩斐这般施施然站着，我真的不知道该如何自处。我想索性转身离开，干脆什么也别说，不料韩斐先打破了这阵沉默："公主，可还满意？"

我讶异地看着他，他脸上的神情已不再是那派闲云野鹤，眼里泛着一眶的厌恶之色，冷笑道："若然折磨韩斐便是公主的乐趣，我会奉陪到底，但公主实不当将家父牵扯进来。"

我的脸上几乎挂不住，宋郎生挑眉道："韩公子这话是从何说起，令尊几番入府叨扰，公主尚未怪罪，如今你反倒怪上公主了？”

韩斐敛住了冷笑：“如此韩斐是要感恩戴德了？”

宋郎生道：“什么时候你韩斐会对公主感恩戴德，太阳就该从西边落下了。”

韩斐脸上声色不动水波不兴：“太阳原本就是从西边落下。”

“所以你原本就当对公主感恩戴德。”

我顿时无语地看着宋郎生，他这是在打趣韩斐吗？可惜韩斐未能体会其中趣味所在，狠狠地扫了我和驸马一眼，便即甩手离去。

可能是事情的进展太过变幻莫测，我忽然问了宋郎生一句话。

我问：“我过往是否很喜欢韩斐，所以才像留你一样强行将他留在府中？”

这话说出口我就后悔了。且不论事实如何，对着自己的夫君问自己有否喜欢自己的男宠，怎么想怎么觉得是件讨打的事。

果然，宋郎生面上浮起不悦之意，道：“公主你何曾会将心意同我表露？”

我瞅着他那副孩童恼怒的模样，讪讪道：“我不过是因为记忆空白问了两句，这又是在生什么闷气？”

“记忆空白？”宋郎生不由得提高了声调，“公主若当真记忆空白又岂会夜夜梦呓到落泪？”

这一声猝不及防地砸在我的心尖子上，震得我不知所措。

原来，我会夜半梦呓而落泪，原来，心一旦烙上了印就难以磨灭，而我竟还不自知。

想着想着我眼角一酸，眼泪止不住地掉，宋郎生这才有些慌：“公主，这么一句就哭，未免太娇气了罢……”

他不说倒还好，一说我愈发委屈，宋郎生手足无措地抹去我不断涌出的泪珠：“是我太过小气，顶多答应公主，以后，尽量大气一些……”

我扑哧一声，忍不住又让他逗笑出来，这哭哭笑笑，实没什么皇家体统，我抬袖擦干眼泪，说：“驸马，等到可以释怀的时候，我一定都告诉你。”

这便算是和好了。

说来也怪。昔日与煦方相处，饶是他费心讨好，若然惹哭了我，我势必恼他几日才肯罢休；这宋郎生不仅喜怒无常，连道歉之语都说得这般不甘不愿，遑论我如今贵为公主，难道不应该将骄纵蛮横进行到底吗？可对着这副傲娇的表情，心灵瞬间治愈，不快烟消云散，那也是没办法的事。

还是回到关于“我过往是否很喜欢韩斐”这个问题上。

宋郎生说，韩斐，是原来的驸马。

他话还没说完就被我迎头截回牙关：“我和他成过亲？”

匪夷所思也该有个限度罢。

宋郎生道：“韩公子是在与公主大婚之日逃婚的。”

“逃婚？他倒是胆大妄为，如何逃的，后来有没被抓到？”

宋郎生斜眼，“这时候不是应该关心他为何逃婚吗？”

我点头摊手，表示不再打断。

宋郎生说：“韩公子逃婚的理由，其实，我也不晓得。”

我：“……”

“因为他从未解释过。”

我想一想分析：“他会否和你一样也是被我胁迫逼于无奈才同意成婚，但因内心深处更有傲骨，宁死也不屈服强权，故而有此一举？”

宋郎生瞪着我没说话，脸上浮出一丝红意，约莫是气得不轻，苦于前一刻刚答应要“大气一些”，只得撑着抽搐的嘴角，从牙缝里蹦出一句：“韩公子是在琼林宴时主动与公主示好，应是心仪的架势。”

我不由得讶然：“如此说来他是对本公主始乱终弃？所以我一怒之下才把他捞到府内折磨他，以泄心头之恨？”

宋郎生说：“公主大怒是真，不过当韩尚书领着韩斐求皇上赐罪时，亏得公主求情免予一死，这事才得以不了了之。”

我摸摸鼻子，“我那时没事吧？莫非是另有阴谋？”

宋郎生拉长着脸：“怎么公主似乎很希望自己心理阴暗吗？”

难道不是？咳，当然不是。

我望着窗外有些刺眼的朝阳，和蔼地道：“本公主是被自己的境界感动了，就如艳阳在空无限美好。”

宋郎生将袖子抬到嘴边轻咳了一声，显然是被呛到了，我等了等，见他没回应，只道：“那后来，他又是为何入府做我的面首呢？”

“不得而知。”宋郎生道，“他先我进府，我对公主的事素来不多过问。”

话题进展至此就没办法接下去了。

其实我还有不少问题，诸如“韩斐平时在府中做什么”“我有没有招他侍寝过”此类，不过眼下这气氛确是难以启齿，日子还长，也不急于一时，姑且将疑问放上一放。

宋郎生贵为大理寺卿自不能成日在屋里陪我聊这些情感问题，用过早膳便出府了。

我闲来无事，窝在书房里览阅那些看去翻得甚勤的旧书籍，熟悉一些今朝史料政事。那些密密麻麻的字迹只是走马观花地扫去一眼，竟记起七七八八，不免有些令人惊喜。

传言襄仪公主殚见洽闻，斗酒百篇，看来此言流传得很是那么回事。

我查翻了两本通鉴纪事，又随手捻起书架上一本红皮书，面上未见任何字迹，正奇怪时又听到了侍女急急躁躁的求见声。

唉，为何公主府里的侍女成日都是一副如履薄冰的模样。

竟是又有来客，来的还是宫里的公公。

当这小哥儿穿着湛蓝色对襟长袍跨步入屋，我暗自喟叹这内侍不知入宫时是否净身没净干净，如此英伟的身姿只怕上阵对敌都无不可，哪和太监沾上一丝边。

不错，这正是侍奉我那太子皇弟的年轻公公，成铁忠，贴身又忠心。

打我回府，时常能看到他的身影，前面说到我弟弟担心我担心得不得了，可他身为太子政事繁忙，最近貌似又被什么江浙水患烦得脱不开身，故而一有贡品补药就让成公公给我捎来，这一来二往，我对他也有些熟络了。

所以他一进屋，我头也不抬地问：“太子殿下又送什么来了？”

成公公道：“高丽参。”

我说：“本宫火头正旺，不宜食用过多补品，回去告诉太子，再把人参鹿茸往我这儿搁，我统统拿去剁碎了敷脸。”

驸马说，这就是公主与太子说话的态度。

成公公笑了笑：“公主说笑了。”

我嗯了一声，兀自翻书，见他还不走，问：“怎么成公公还有什么事儿？”

成公公问：“公主凤体安好？”

我点头道：“无甚大碍。”

他踌躇了一下，道：“公主若得闲，进宫看看太子殿下吧，他念叨公主得紧，却又搁不下手中的事儿，唉，打公主病起，太子殿下便愁眉不展……”

成公公开始没完没了地阐述东宫太子的那点事儿，无非就是想劝我进宫，原本没有驸马相陪我是不大愿意单独见太子的，可转念一想，若是露出什么马脚顶多坦承失忆，这本不是多大的事。

“罢罢罢，本公主要再不进宫耳朵就该起茧子了。”

这皇宫比想象中还要大些。

下了马车还坐了好一会儿凤辇都没能到东宫，我索性停了轿出来舒展舒展筋骨，慢慢闲逛御花园。这一路上百转千回凭着直觉走，倒真没乱了方向，大抵是这路段太过烂熟于心，脑海中还遗存着几分方向感。

晃到东宫时看到不远处成公公的身影，他先我一步进宫回话，此刻正守在房门边，我刚走近就听到里头有人一声暴喝，隐隐夹杂着奏折落地的声音。

“赈灾银两被劫？筹了三个月，半个江淮十万多口灾民等着救命，现在你们以为通报一句灾银被劫，就可以用来敷衍本王？”敢在东宫大呼小叫的应该就是东宫之主了。

成公公见我来了，正要进去通报，我朝他打了个噤声的手势，站在门外听了起来，只闻有人道：“官银是在淮东一带被劫，扬州和淮安知府已全力追捕，当日押运官银的宋将军与军士亦押入大牢等候处决，与此案相关人等……”听这话的语气应当是处理这桩案子的主审官员，有可能是江浙一带的浙直总督，也有可能是刑部尚书，不过眼下既然已是水深火热的阶段，总督当留在江浙镇守才是，所以刑部尚书的可能性大一些。

“何尚书，本王现在不是要你们砍人，如果砍人就能解决问题的话何不将你们一并砍了！”太子已经震怒到口不择言了。

“太子殿下。”另外一个声音道，“当务之急是尽快重筹灾银，差人到附近未受灾害的州县借粮，稳住民心，若然激起民变，局面只怕更难收拾。”

屋内一时寂静。说这话的人敢驳刑部尚书的语意，品阶自是高上一等，应是内阁首辅大员，又在太子发飙时出声劝诫，我猜十之八九是我舅舅李次辅，宋郎生说赵首辅城府极深，不到万不得已不会轻易发话落人口实。

太子沉默一下，道：“李国舅此言得之。”

我琢磨着这时气氛缓和些许，朝成公公点点头，他会意地喊了一声：襄仪公主到！

喊毕，我不疾不徐跨入书房，太子起身向我迎了上来，我瞧着那明黄色的身影，心底浮出一丝暖意，这便是那小我三岁的亲弟弟萧景宴，那眉眼神情虽还年少，但也瞧得出日后必出落得俊俏非常，不知那时又该引起多少后宫美人尔虞我诈。当然，只要能登上皇位，即便他出落得像个猪头，幔帐幕帘下的女人照样为他斗智斗勇。

厅中乌泱泱小半厅人，朝我行完礼后神情紧绷，我不由得奇怪太子明明降了火，他们还瞎紧张什么，等人给我摆了个正位坐下后我才恍然，让氛围再度升温的人正是本公主。

宋郎生说，在朝臣面前，襄仪公主不发狠的时候还是比较和颜悦色的。

我端起茶杯用瓷盖拨了拨茶叶，道：“你们继续，无须理会本宫。”

他们这才将视线重新移回太子身上，继续讨论政事。我一面品着这东山碧螺春，一面思考在我失踪这期间，假公主定是无法堂而皇之地坐在这儿参与政务，想来找个借口搪塞过去，次数多了，那些臣子会当公主有心让太子独揽政事。所以今日，只怕个个心中惶恐是否事态严重才让公主再度出山。

国舅爷又道：“眼下应派遣一人将所筹物资送往江淮，辅佐浙直总督张显扬处理紧急事宜。”

太子沉吟片刻，问：“众位大人可有举荐之人？”

于是又陷入一片沉默。

我不由自主地撇了撇嘴，这可是份苦差，莫说艰难险阻无数，稍有差池，也是人头落地的事。不过，若是让内阁推举的人去做倒是份肥差，打着赈灾的旗号筹集银两，借朝廷的名义以权谋私，这其中有多少肥水自是不言而喻，如今父皇卧病在床，太子势单力薄，真要追查怕只怕是无头公案。

果不其然，大部分的官吏一脸为难默不吭声，李次辅见状道：“臣推举一人，户部侍郎陈庸，曾授淮安推官，对淮江一带民情所知甚深……”

我瞅着太子的脸色有些不好看，这是理所当然的事。让户部那群管账的人掺和这烂摊子，还不要黑个底朝天。舅舅您没事吧，贪污不要贪得这么明显好不好，真的，早晚会被干掉的。

太子听完后，不置可否地点了点头，把在场官员的脸扫了个遍，最终落到一人身上：“赵首辅可有什么合适人选，不妨说说看。”

原来这个看上去就快要睡着的老头儿就是当朝首辅赵庚年，他听到太子呼唤的声音张开眼睛，慢吞吞地抬起头，道：“老臣……”咳了两声，“老臣……”又咳了两声。

老臣果然是老臣，如此老成持重的说话速度，不得不令人钦佩。

我淡定地饮茶。

但听赵首辅缓缓地说完：“老臣推举，夏阳侯世子，聂然。”

我被这口茶水呛得面红耳赤。

众臣纷纷转头投来关切的目光，太子甚至起身替我抚背顺气：“皇姐可有哪里不适？”

“无……咳，甚大碍。”甚有大碍。

此等情况下忽然听到聂然这个名字，我整个心窝子活脱像是被揍了一拳。

是了，我竟忘了，赵首辅正是赵嫣然她爹，也就是说，他现在推荐的是自家女婿。我已经无暇顾及此举暗里的旮旯是个什么模样，那些朝廷里斗来斗去的事若掺上他，终有一日……

总之是断断使不得！

我心中热了一热，就这么脱口而出道：“赵阁老倒是丝毫不避嫌啊。”

赵首辅温吞地道：“公主此话何意？”

“听闻令千金与聂家世子联姻，不知婚事操办得如何了？”

赵首辅一脸平静，极缓地道：“多谢公主挂怀，与聂家的婚事已然延期，怪只怪小女太过骄纵任性，老臣教女无方，此事不提也罢。”

我心里忽然升起一种潮楚的波澜，婚事延期了？为什么？可惜此时追问不得，甚至不宜表现出太过惊讶的神情：“既是赵阁老的家事，本公主也不便多问，阁老推举聂世子，不知有何缘由？”

赵首辅若有所思地看了我一眼，似乎在思考着我的问题，又似乎只是在琢磨为何我会如此发问，我心底忐忑，却听他道："聂世子自甲科入仕以来，已做绥阳知州三年有余，夏阳侯与老臣提起过世子历练滋事，如今既有这份空缺，虽未见得上佳，老臣不过提上一提，若有更能胜任的人选，老臣自当附议。"

反正什么话都让他说尽，这内阁首辅果然是只老狐狸。

我不置可否地点了点头，心思还停留在别处，太子大抵觉得这事一时半会儿难做决断，冲众位大臣甩甩袖子，让他们退下。

他卸下那一脸霸气外露的表情，坐我身旁端起凉茶，道："要不是皇姐开了口，只怕那差事就落在那聂然的头上了。"

我心中些微的虚："怎么，太子对他不满意吗？"

"且不说他如何，要这事给他办成，赵庚年怕会顺水推舟让聂然进内阁，唉，那时内阁里岂非都是他赵家说了算……"

我道："不还有咱们舅舅嘛……"

太子说："姐，你这时候提他，是在讽刺他啊还是在讽刺我啊……"

我是在自我嘲讽。

他替我斟满茶，关切地问："皇姐身子可调养好了？"

"没好我就不会进宫来蹚这浑水了。"

太子挠头看了我一眼道："瞧这话说的，皇姐不在的这段日子，我都不敢公开寻你，既怕你出事又怕你真出了事，成日提心吊胆会被人拆穿假公主的事。那日驸马说把你找回时，你都不知道我……"他有些激动得欲言又止，只牢牢抓着我袖子不放，"总之，你能平安回来比什么都好……"

心里涌起的那股热流就快从眼角冒出来了。

他是襄仪公主最疼爱的弟弟，是东宫的太子殿下。就算忘了，那份血浓于水的亲情又岂能感受不出来?

我有些感激地看着他，又听他说："这样，那些繁乱的政务就有人帮我分担了……"

我："……"

"皇姐，你究竟是因何失踪？那么长时间都跑哪儿去了？听太医说你受过重伤，是否有人要害你？"

我犹豫该不该把真相告诉他，如若坦白，难保他一怒之下派人将聂然处理掉。

罢罢罢，终究不舍，我也就这点出息。

“之所以不回来，只因我根本不记得要回来。”我顿了顿，“为何失踪我自是不记得了，那段日子无非在一个小村落里过日子，后来遭人追杀死里逃生，再让驸马无意找到……”

太子目瞪口呆地看着我：“皇姐的意思是……”

“其实，我失忆了。”

等我心平气和地将那一大段省略煦方的缩减版故事讲完，太子已经有些怄得肺疼的迹象了。

于是被他炒豆子似的嘘寒问暖拉着走都走不了。

最后还是拿困乏做借口他才悻悻放手。

不过临走前，我多问了句关于派遣江浙的人选打算，太子恍然：“不提差些忘了，我就是为了这事才着急找你来，皇姐，综观满朝文武，除了岭南派便是江淮派，不论派谁去都是一个结果，你晓得吧。”

我道：“总是有忠于父皇的清流吧。”

太子摇摇头：“清流诸人，精明务实，现今时局不稳，自当明哲保身，哪还有敢站出来与赵庚年或李国舅为敌的？便有心向着我们，或鞭长难及，或人微言轻，阔于事情，根本没有处理危机的魄力。”

一个大拐子绕过来，我更加头晕了：“太子究竟看中的是什么人？”

太子笑笑：“是……皇姐府上的韩斐。”

我觉得太子的笑容有些那个啥，不过也懒得辩解，没准真相就是他误解的那么回事，我问：“他有什么本事可以和两派权臣对抗的？”

太子整了整颜色：“他能冒天下之大不韪揭露恩师的罪行，所奉行的不过是一个‘律’字，只有这样的人，不论站在任何外力前都能依照自己的良知行事，才是对抗那些党派最强劲的利器。”

未料他竟是此等人。“这种人，不是最容易被奸佞之徒干掉的吗？”

太子哈哈一笑，“可他是皇姐的人，又有谁敢乱动呢？”

我有些罪恶感地摸摸鼻尖，岔开话，“你说揭露恩师的罪行……是否是方良一案？”今日方从旧卷宗里看过，隐约记得那案人证是韩斐。

太子说：“不错，皇姐你竟还记得，这案的主审正是驸马呢。”

“太子既觉得韩斐能够胜任，我倒是无妨，回府交代一声，他大抵不会拒绝。”那家伙一脸和本公主多待一刻就会发霉的模样，怎么可能拒绝，没准听完就开始收拾包袱了。

太子喜道：“那就有劳皇姐了。”

回府的路上我将今日在宫中所见所闻过滤了一下，觉得需要回忆起来的事当真不少。途经大理寺的时候，略略算了算时辰，让人将车马停下，想着进去参观掌刑狱重案的大理寺，当然，主要还是好奇嫩得像草一样的驸马断起案会是个什么气象。

这儿的寺丞一见到我就极为熟稔地带我转悠，到了典客署的书房奉上茶汤，说一句“宋大人尚在前堂审案，请公主稍候”就没了下文自顾忙活，我估摸着自己过去应当经常闲晃大理寺，才造就了如此薄弱的存在感，当然比起唯唯诺诺的客套还是这样自在。

这是宋郎生的书房，我打起精神在书架旁晃了晃，除了卷宗便是律本，实在枯燥，难为他脾性古怪，成日与这些刑律典籍为伍，好好的人都得憋出些什么。

我正打算溜出去，袖子不小心蹭到书柜角落的什么物什。

是把旧扇。我随手捡起来把玩，扇骨透着一股幽幽的沉香，绫绢扇面，不似俗物。我将扇子打开，只见折扇的一面只题着四个大字：“不若相忘。”笔势飘逸，落款处只写了一个郎字。再翻过另一面，画着艳阳下蜜蜂采花的场景，十分简洁。

让我感到奇怪的是扇面中间的缝隙，长长一条，像是被谁弄坏过后来又缝补的痕迹。

真是把眼熟的扇子。

我合上折扇收入袖中，径直穿过走廊越到前方升堂的侧门，透过屏风看堂上正在审案的宋郎生。他穿着绛红官袍，宽白袖口蓝色镶边，衬得他面如美玉。

不知是否因为公堂的庄重，他的神情显得甚为肃穆，目光锐利得竟有些令人不敢逼视。不给堂下犯人太多喘息的时机，寥寥数语居然慑得人哑口无言，等反应过来的时候，所有申辩都苍白得像是狡辩，而当罪犯本人都无力为自己争取，这宗案件既成定局。

这才是大庆的大理寺卿。要做到“推情定法”“刑必当罪”，使“狱以无冤”。

我看着堂上那个与平日截然不同的驸马，心底升起了千种百种的滋味翻腾不休，既熟悉又叫人瘆得慌。

宋郎生无波无浪地擎出一支令签，声音板正：“依律决杖一百，拘役四年。”

令签啪地落地的声音像是一把锁，毫无预兆地开启记忆深处的某个匣子。

同样的人，同样的姿势，对着当年堂下还是大司马的方良下了外放受黜的处决。

那日下堂以后，早已在书房里等候的我看到宋郎生进来时，愤怒地道：“宋大人，本公主早已交代过不可妄动方良，你怎么可以如此草率地判他罪立？”

宋郎生道：“方良受贿是事实，下官不过是依律判处，绝无草率之嫌。”

我说：“他贪污是真，但不是为了自己的利益。你可以去看看他的府宅，比一个知县还不如！他所求的不过是能在那个位置上更久更稳，他做的事亦是实实在在的利国利民！”

宋郎生冷道：“这一贪贪的是几万生民，千秋之罪绝不可恕。”

我一掌拍到桌上：“一个方良牵连的是整个太子党，一个方良要倒下多少人，你可知朝廷这水有多深？”

宋郎生凝目看了看我，平淡其实有力地道：“所谓持政者，计算利害多少，斟酌短长所宜，而持法者，不枉直，不漏恶。公主有公主的立场，下官有下官的立场，下官与公主原本就不是一路人，公主何必费尽唇舌呢？”

可能是他的语气不佳，又或是我真的气疯了，当余光瞥见桌上的那柄折扇，下意识拿起用力撕裂，宋郎生见了，快步上前从我手中夺过，却因力道太重将我一把甩开，重重跌到地上。

他见我被拽倒，这才意识到酿下大祸，伸手欲要将我扶起。

而我，用力甩开他的手道：“心上人送给你的扇子被弄坏，心疼吗？宋大人，先别急着恼，今后，本公主会做出更多让你痛心的事，你且先受着吧！”

一瞬间的恍惚，过往的片段一闪而过。

我久久站在原地，不由得苦笑。

第一次恢复属于公主的零星记忆，居然是这样的场景。

真糟糕。

# 第二章 初见陆陵君

我不知道自己不等宋郎生就先走了，其实无妨与他打趣两句说我想起了过往欺辱他的片段，凶神恶煞地甚有公主威严，再忍受他的白眼一阵，这事便算是揭过了。

就如他轻描淡写地同我说起我的一厢情愿，好像真的在说笑一般。

是不是当久了和风，就会不齿襄仪这样不可一世的公主，可以呼风唤雨，可以轻易玩弄别人的人生来成全自己一时的任性。

越想，不知怎的心里越不是滋味。

我一个脑瓜着热，让车夫加快马鞭，一踏入家门便差来府丞，让他带我去见韩斐。

府丞柳伯是我的娘家人，七舅公还是表舅爷我是弄不清了，据说以前李国舅还给他在扬州安了个能捞油水的职务，初时，当地的权贵络绎地把珍玩给他送去，偏生他四书五经孔孟之道念到骨子里，退了折却许多人情不说，连同自己那点俸禄都贡献给百姓，没多久这官也就做不下去了。后来皇上为公主，也就是我兴建公主府，恰好缺个府丞，我母后便想起他了。

综上所述，其实我想表达的是，柳伯是个蛮厚道的老好人，许多事务交代他办还是比较靠谱的。

而他这样的老实人在听说我要见韩斐时都忍不住抖了抖，直道："韩公子近日除了偶尔在院里练剑，大都在房内看书作画，这会子应当在水榭抚琴。"

我不耐烦地点点头：“甚好，带路吧。”

柳伯又道：“殿下，驸马爷快要回府了。”

我的脸终于开始抽筋：“这与我要去见韩斐有什么关系？”

柳伯皱着那张灰白的老脸叹了口气，终不再多说什么，领着我从游廊拐上小道，绕过别院走到府邸的水榭处。

府内的水榭架在湖中心，有木廊直通岸上，植草栽木，有绿树浓荫相衬，硬生生地将南风搬到了北地，烂漫处处，很能彰显公主府的风雅别致。

到了湖边廊口，满目葱茏一色，秀美明净，我不由得问说：“韩公子人在何处？”

话音刚落，便瞧见了他。

木廊半中腰的小亭中，有人盘坐奏曲，琴音随风飘扬，伴着烟柳沙响，别有一番闲和萧散之韵。

我让柳伯先行回去，独自踏入这水榭亭央。

听到脚步声，琴音一停，弹琴的人转过头来，见来人是我，怔了一怔，站起身来，微微行了一礼。

还好，我一直担心他会趁着没人直接拔剑刺来。

他如我想象中一般沉默，我先开了腔：“你方才所奏是何曲目？听去颇有些高秋紫穹，醉诗狂客的意思。”

韩斐道：“一首民间的闲曲罢了，未见有多高的意境。”

我见他神情冷漠，笑了笑：“意难平。”

韩斐有些意外地朝我看了看，我道：“是叫这名吧？”

韩斐道：“未曾想公主也听过。”

我挑了个日晒不着的阴凉处坐下，说：“以前听人吹过这首曲子，本以为再也听不到了。”

韩斐依然没说话，一副“谁给你吹过什么曲子关我何事”的表情，原本打算和他交流几句让气氛缓缓，哪想彻底冷场，果然我不是一个善于沟通的人，还是直接进入正题为上：“听闻韩公子平日在府里除了吟诗作画就是弹琴发呆，可闷得慌，不知愿否为本公主做些事情？”

其实我估摸着以他的态度应该会拒绝，哪想他听我说完脸色骤变，阴晴不定地绷着脸，半晌方道："若驸马不介意，我又有什么不愿意的资格？"

我茫茫然看着他，这又和驸马扯上什么关系了？但见他背过身，负手而立，语气凝重："既然这一天早晚要来，到了晚上公主差人来嘱咐一声便是。"

我："……"

乖乖，我竟忘了他现在的身份是公主面首，所以他以为我专程跑来想请他做……那种事吗？果真是天大的冤枉，这韩斐仪表堂堂，怎的思想如此不纯洁？以及，他这一副忍辱负重的架势又是怎么回事？就算我真是要找他那啥，千算万算吃亏的都是本公主吧！

我努力将自己的心态调回平衡点，揉额道："我想韩公子是误会了，我若贪图韩公子的……唉，我若对韩公子心怀不轨，也不至于等到今日才下手。"这话听起来真是别扭得紧，好在从他方才的话中隐约察觉到我尚未把他怎么样……是以他还是清白之身，想来洽谈起来也会稍容易些。

韩斐看我没有染指他的意思，这才放下心来，道："不知公主找在下所为何事？"

我憋屈地吐了吐气，把今日在宫里与太子商议的监察使人选一事简略地提了提，顺带修饰了一番太子对他寄予的厚望，只等着他点个头这事便算了了。

我说完后一时寂静，韩斐蹙着眉愣是不吭声。

我忍不住问："韩公子不愿意？"

韩斐似在沉思，思了好一会儿，还是不说话，我问："你在想什么呢？"

他抬头盯着我，"公主……究竟要愚弄我至何时？"

我："……"

他说："公主是要将我逼死才善罢甘休吗？"

我一动不动，眼都直了，当日我究竟是如何将他掳到府上来，以至于令他怨念到扭曲的地步。何以回回听韩斐说话都有种震撼的感觉。

我说："我不明白你的意思。"真不明白。

韩斐露出一丝轻蔑的笑："公主总不至于忘了我为何会沦落至此吧。"还真是忘了。

他抱琴而起，没有继续与我废话的意思，"殿下若无他事，韩斐先告退了。"

我终于有些恼火："你既不惧本宫，又何必将话说得那么遮遮掩掩？说我愚弄你逼死你，你切莫自视过高，若非太子的意思，我也忘了府中有你的存在，你要是贪生怕死，不愿沾江浙这摊子，直说便是，无须在这儿打什么哑谜。”

韩斐足下一顿：“公主忘了我，莫非连方雅臣也一并忘了？”说完对我躬身一揖，出了小亭。

方雅臣？这号人物又是从哪儿钻出来的？和他和我又有什么关系？

我有些疲惫地叹了叹气，襄仪公主啊，你还只是个少女啊，这公主当得是有多不容易啊，故而最后才不堪重负跳崖轻生的吗……

回到正苑的时候，宋郎生已经回来了，他换上一身清爽的闲适棉袍坐在厅内看书，见我进来瞄了一眼，“听说公主去过大理寺，怎么不等我就走了？”

我坐在他旁边的椅子上，顺手端起桌上的茶杯，润润嗓说：“看驸马审案审得正酣，不忍搅了你的雅兴。”

宋郎生没有抬头看我：“你现下这个情况若到处乱晃，撞上熟人却因认不出而露馅，麻烦可就多了。”

我道：“我去看看你也不行吗？”

宋郎生依然捧着那本书：“哦。”

我又说：“回府去了趟水榭与韩斐聊了聊这才回来。”

他嗯了一声，还是捧着那本书。他看着书，我看着他，看他什么时候转过眼来瞧我。

宋郎生很有毅力，对着书盯了半炷香未翻过一页，也未抬头看我，俨然是要成为雕塑的意图，我决定还是让他一让，问：“方雅臣是谁，你可知晓？”

宋郎生回忆了一下，说：“方雅臣……似乎是公主的面首吧。”

我：“……”

怎么又是面首！

何以每当我好奇地问“这是谁”时，答案都一字不差？

我艰难地问：“所以……他现在也在府里吗？”

宋郎生道：“不。”

我：“……”

驸马你是中了什么风突然变得这样惜字如金的。

我问：“那他人在何处？”

宋郎生道："国子监博士。"

我一时五味翻涌："为什么我的面首会跑到国子监教书去了？"

宋郎生继续淡定："能够平安逃出公主府，应是个胸有丘壑之人，去国子监授习有何不可？"

我："……"

驸马，你暗喻讽侃的习惯就不能改改嘛，这样和你对话压力很大啊。

我耷拉着脑袋，"因为韩斐提及方雅臣，他们之间似乎有什么瓜葛……"

宋郎生哦了一声，"他们曾在翰林院共事过。"

然后就没说别的了。

无怪驸马被我画地为牢，如此狭隘心胸几时得以逃出生天。

我叹了叹气："看来你做我驸马，在朝中少不了一些闲言碎语。"

宋郎生道："这倒也是。"

我决意今日拒绝同他说话。

宋郎生见我囫囵吞枣地咽下糕点，掸掸衣衫："公主可拿走了我的一样东西？"

我想了想道："唔……你说的是扇子吗？"

宋郎生伸手，我眯眼看着他："怎么，一柄破扇子罢了，拿了就拿了。"

宋郎生道："既然于公主而言只是柄破扇子，拿了又有何用途？"

我想起记忆深处的那句"心上人"，不痛快地别过头去："不给。"

宋郎生皱眉，他大抵觉得我这是无理取闹。

虽然我记忆全无，但无论如何也不希望自己的夫君心中装着别人。

我想和宋郎生说这句话。

我问："这扇子有什么故事吗？为何你这么宝贝它？"

宋郎生神情有些恍惚，午后的日光从窗口斜射进来，一时间，我花了眼，竟觉得他在难过。

我从袖子里取出扇子归还给他，自顾回了卧房："算了，反正我从来都搞不懂你。"

或许，我根本没有资格说他的不是，不论是因为过去那些与面首乱七八糟的关系，还有现在心里念念不忘那个人。

我发觉黯然伤怀这种情绪在我心里的遗存时间不会超过半日。

驸马饭后回大理寺忙活大案，我在榻上躺着躺着有些躺不住了。

太子交代我的事随口应承下来，却被那个韩斐阴阳怪气地拒绝，还如何同那皇弟交代?

想到国子监方雅臣，我从床上滚了一圈下来，还是觉得应该做些什么。

我换上一身儒衫，将头发束起，粘上一小撇胡子便大剌剌出门了。

这身女扮男装的行头是翻箱倒柜倒腾出来的，单论胡须来说就有十来种，什么八字须、两撇胡、络腮胡应有尽有。昔日的我定然极爱变装微服私访，又或是内心深处藏着一个男儿梦，倘若当真身为男子，必会是个时常更换胡子的美髯公，断不会学驸马那般日日躲屋里整理个一尘不染，穿上官袍分明是个斯文败类。

我在大街上转悠了好半会儿，晃到南朱雀门那边的一家茶馆去小坐。

本来茶馆旁边有家月扬酒楼，在京中享誉盛名，除了菜色上佳，价钱更是出了名的贵，别说小户人家，官当得周正些都不大敢进那门，以免落个俸禄不足贪污买醉之名，故而去的大多是些富商和权贵。

其实我本意是去这家酒楼尝尝鲜，迎头倒先看到一间茶馆。

岳麓茶馆。

看这名字就晓得这间茶馆的老板应是附庸风雅之辈，稍向附近路人一打听，掌柜的竟还曾是国子监门生，当过几年不大不小的文官，经历了些风雨，辞了官，跑去湖南的岳麓书院教书，如今上了年纪随子嗣回到京来，开了这么间茶馆。

这其中大抵还有不少拉拉杂杂的传奇，京中不少仕子儒生望名而至，时常还能吸引国子监的监生，更有翰林院翰林偶来小酌，久而久之那名气竟是丝毫不亚于月扬酒楼了。

这家茶馆的小伙计还是极热情的，刚进门就十分殷勤地迎上前来，知我未订雅间，便热情地引我朝往二楼，小伙计指着台面的方向道：“这会子是渊平楼请来的清倌人唱唱小曲，到了时辰自会有先生说书，不少文人雅客都冲着听书来的。”

我听那唱曲的声音清脆甜美，端的是绕梁三日，不住点头，又问：“楼上是个什么场所？”

小伙计道：“三楼处的高，可透窗赏到湖景梅香，本是雅致之处，可今儿个让国子监的监生给包了场，说是为了散论所用，公子您要是有兴趣，不如先在这楼听听小曲儿……”

我有意顿住悬在手中的扇子，装作意外又释然的表情：“原来他们也在这儿……”见小伙计露出疑问的神情，我一把折扇摇了摇，“不瞒这位小哥，在下亦是新进的监生，难得在此遇见同门……”小伙计很识趣地抬手引路，“如此，公子这边有请。”

随着步步拾级而上，隐约可闻人辩合之声，等到挑开锦帘，音量瞬间放大，风涌而来，首当其冲的一句便是：“本以为襄仪公主有所收敛，孰料今日又开始干预朝政，听说，拦的还是赵阁老推举之人。”

“江浙乃是赋税重地，出了这等事自是要着手安抚民心，哪有搁置的道理？”

“怕只怕襄仪公主又会安插自己的人去做这趟差使，若得太子首肯，旁人还敢多说什么？”

我颇为惆怅地闭了闭眼。

合着这群天子门生青天白日之下辩的正是本公主。

关于在民间的那点名声，我隐隐约约还是知道一些的。以往隔着京城老远都会听说书人侃襄仪公主云云，只是当时没留那份心去听，后浪迹京途的那几日，倒是得出了这公主权势虽大，在老百姓尤其文士们眼里那就是个黑角，在尔虞我诈的庙堂争斗中，一手翻云覆雨一手遮住朗朗乾坤。

当然，人们在扼腕愤慨之际还是会抱着一颗憧憬美好的心，他们相信善恶终有报，世道转轮回，总有一日诸如本公主这样的奸佞之徒会尝到应有的报应。

眼前这二十来个书生很显然就是这般想的。

他们三两一桌扎堆而坐，义愤填膺地阐述自己的观点，除了抨击我的言论有些许过激外，不乏一些颇具实诚的见解，越如此我瞅着他们越瘆得慌。国子监生大多是官宦子弟，保不准叫人认出，又一番“襄仪公主暗访心思叵测”说辞将要传扬开来。

看座儿满了七八，我瞅准一个不大显眼的角落坐下，落座时才发现桌旁板凳上仰躺着一人，脸盖着本闲书，看样子是睡着了，小伙计给我斟上茶，端上点心便先退下了。

听到折扇啪地一合，一直不吭声的一个蓝衣书生突然开口道：“公主手握监国印玺，怎能说是干预朝政？尔等再不忿也不当如此说法！”

我眼前亮了亮，哎哟，不想还有人替我说话？

但见那蓝衣书生一挑眉，意气风发拱手说：“依我所见，当召集天下仕子联名上书，列举襄仪公主诸多劣迹，引言官弹劾奏疏，令众朝臣群而攻之，恳请公主将印玺授予太子手中，让出监国大权，方为上上之策。”

我：“……”

兄弟，只怕这策还没上，你就先被人给上了。

我低头抿茶，忽地又听啪嗒一声，不过这回不是合扇，而是那蓝衣书生被一本书给砸中脑袋了。

在场诸位的眼神倏然就飘过来了，我茫然地眨着眼，很显然并不是我砸的，虽说我确有这个动机。

一直躺在凳子上睡觉的人打着哈欠坐起身，却是个样貌相当俊逸的少年公子，“江玄清，脑子不好使就安分待着，别张嘴就是天道就是民心的。”

那叫江玄清的书生道：“我们所议乃是关于黎民之危的苍生大计，你知道些什么？”

少年公子端起茶杯漱了一遍口，睁着那双又大又黑的眸子直视江玄清，“我只知道，公主监国是圣上的英明决策，你们大放厥词乃是对圣上的不敬，若我去告上一状，别说今年恩科，怕是今后朝堂上都看不到你们这群笨蛋的影子了。”

此话一出，在座的众人纷纷变色，江玄清试图让自己冷静下来：“你一人之言，又有谁会信？”

少年公子站起来舒展身子，我这才发现他一身紫衣尤为鲜亮，实未有半点书生气息，笑得倒很是开怀：“我说的话没人信，待中了一甲总该有人信吧？你们不服气的话，抢走个状元威风威风？啊，不对，今年的监元是本少爷，若国子监真要出个状元，那也是我的囊中物，你们是没戏啦。”

看来论成绩在场没人的底气有这位少年公子来得足，江玄清一时间竟全然忘了文人的修养，声音高了几个调：“姓陆的，你那龌龊思想整个国子监又有谁不知？若连你这等人都能出仕为官，整个朝政还不和黑乌潭似的乌七八糟？”

少年公子饶有兴致地勾了勾唇：“你倒是说说，我的思想怎么个龌龊法了？”

江玄清整张脸几乎快绿了，颤着手指指着他：“你、你、你……”

少年公子索性一脚踩在木凳上，一下撩开袍角，三分戏弄三分坦然地闪着睫毛：

“统共就那么一句话都说不完整，果真百无一用是你们。我陆陵君一不求入仕拜相封侯，二不羡清名流芳百世，平生最大的志向便是做襄仪公主的面首，便是说出来又有何妨！”

在这个名为陆陵君的少年公子毫无征兆地蹦出这句惊天动地的大论后，我居然还能面不改色地保持端茶的姿势，私以为本公主的宽宏雅量已经晋升到了一个新境界。

很显然在场其他人没能拥有此等广阔胸襟，尤其是江玄清，一张一缩的鼻孔彰显着他的汹涌澎湃，几次想要开口却欲言又止，最后索性一脚踹翻一张桌子，拂袖离去，留下其余人茫茫然左顾右盼，亦悻悻然离开。

于是整层楼只剩下我和陆陵君两人。

我们俩静静对视，谁也没有说话。

其实我是真不知该从何说起，心下打了几种腹稿，是道“兄台真是志向远大小弟佩服”好呢，还是“阁下见解在下委实不敢苟同”？可是，不管说什么，都无法掩盖这位俊美公子扭曲内心的事实啊。

好在，还是由对方先开口了：“你是谁？”

…………

我咳了咳，行礼一笑：“在下本在馆内听小曲，得闻国子监生在此散论，一时好奇心起遂来瞧瞧，若有冒昧之处还望兄台谅解。”

陆陵君做恍然大悟状，问：“不知阁下对我方才所言有何看法？”

我的看法就是……其实我家的面首真的够多了。

我收扇道：“兄台实不像是会来参与这等场合之人，方才怕是为打断同门所言故而有此一说，所谓祸从口出患从口入，若在下所料不错，兄台是在帮他们。”

陆陵君愣了愣，旋即拱手而笑：“看来这位小兄弟是聪明人，不知如何称呼？”

我险些把“和风”二字脱口而出，时下又觉得这名字早已随心境而逝，何须再提？但也总不能说本公主姓萧名其棠，怕这名字刚念完陆兄就直接倒地不起了。

我透过窗瞥见隔壁月扬酒楼的牌匾“天上白玉京”，笑说：“鄙姓白，双名玉京。”

陆陵君邀我入座，大抵觉着我这人应不是迂腐陈旧之辈，而此刻这般近处才发觉，陆兄脸庞五官精致得像是玉雕一般，浑身上下都透出一股子灵透之气，颇有能继承驸马美貌的趋势。不过话又说回来，好在我如今是失忆状态，否则眼前这位佳郎恐也难逃毒手，甚幸甚幸。

陆陵君抿了一口茶说：“白兄这话是说对一半，其实，我的志向的的确确是当襄仪公主的面首。”

我眼角抽了一下，含笑道：“不知陆兄何以有此想法？据闻襄仪公主骄纵蛮横，即使身为她的驸马都苦不堪言，遑论区区面首？”

陆陵君笑了笑，“襄仪公主的每个面首下场如何，白兄可知？”

每个？话说，我到现在都还没弄清我有几个面首来着。

陆陵君伸开五指一个个数道：“第一个卫清衡，在公主及笄前任公主少师，少师是个什么职务想必白兄心中明了，可他仅在公主府待上半年，出来后便直任内阁学士，如今更兼我们国子监祭酒。人都说，非进士不入翰林，非翰林不入内阁，入了内阁那便是步步往朝中最高的方向走，可若是进了公主府，这中间战战兢兢的几十来年，一次全省，一步到位。”

我揉了揉额角不住跳动的青筋，原来本公主第一个面首叫卫清衡。

陆陵君说得头头是道：“第二个张显扬，本是应满门抄斩的罪臣之子，公主带回府一年，如今任浙江巡抚兼浙直总督，江淮系官僚的以李国舅为首，以他为辅，在具有声望的地方官员中，以他最为年轻，前途不可限量。”

张显扬……这名字还真是熟悉，啊，是了，江浙水患就是要找一个能辅佐浙直总督之人，我……我说太子那一脸讪笑透着阴谋诡计，合着是让我的现任男宠去辅佐前任男宠！

“第三个则是前大司马方良之子方雅臣，方家因方良案而没落，照理说方雅臣也会因此受到牵连，莫说出仕，方良为官树敌良多，恐连性命都难保，可因公主殿下，”陆陵君挑唇一笑，“他现如今任国子监广文馆博士，掌领国子学生业进士者。”

我默默擦了擦额角冒出的冷汗，问：“方雅臣是你们的授课博士？”

陆陵君点了点头又摇了摇头：“我是，他们不是。方才那群人是国子学的学生，说穿了就是三品以上的国公子孙，大多只会高谈阔论，我嘛，我可不同。”

我接过话头，笑道：“陆兄乃是本届监元，在下钦慕不已。”

陆陵君有些害羞地别过头，“哪里哪里。”顿了一顿，又转过头正色道，“其实我也对我自己钦慕不已。”

我：“……”

“至于第四个韩斐嘛……”陆陵君皱眉道，“说句实在话，韩家世代为官的关系，他的仕途一向顺当，后还拜了方良为师，按理说是个平步青云的典型，就不知为何自毁前程。”

我很是同意他的看法，韩斐的确是在自毁前程。不过转念将这些烂事在心中横竖琢磨，小小年纪招揽一群面首，怎么琢磨都觉得我才是那个自毁前程的。

说到这里我觉得陆陵君这人十分不错，对着陌生人也可以如此热情地慷慨陈词，原还以为这是心灵扭曲，现下看来，他的志向还是有理有据的，只可惜我已经有驸马了，更可惜的是我现在决意改邪归正不再继续禽兽，要不还是可以稍稍考虑实现他的美好心愿。

陆陵君托腮看我：“白兄似乎对我所说也有些兴趣，莫非是志同道合之人？”

我连连摆手：“陆兄说笑了。”陆陵君哈哈大笑：“白兄你可真有意思，我不过是说笑，你竟就红了脸。白公子家在何处，看你的装扮，不像是读书人。”

我道：“家住京城，读书人称不上，家中有点小钱，不过是游手好闲之徒。”

陆陵君点头：“原来白兄是富贵闲人，这可是我追求的最高境界啊，甚羡甚羡。”

我和陆陵君你来我往正到酣处，楼下忽然一阵嘈杂。陆陵君踱到门口往下望了望，回头对我说：“原来说书的都来了，再不走，怕是赶不及要关门了。”我点点头：“陆兄走好，这顿账便算我的。”陆陵君很高兴地朝我摆摆手：“那就多谢白兄了，下回再叙。”然后一溜烟人不见了，闪得无比迅速。

我在二楼听了一会儿说书也琢磨着该回府了。出了茶馆辨别方向，慢慢往公主府走，越走心情越沉重。公主府里那个大麻烦提起就头大。还有方才陆陵君说的男宠，一二三四地排下来，说者有趣，听得我更加焦躁不安。我甚至想，还不如做回我的和风，一辈子不要恢复记忆，以免记起来自己是个荒淫公主祸害更多无辜貌美少年。

拐弯的时候因为愣神没看路撞倒了人，抬眼一看还是个有些岁数的爷爷辈，那老爷爷气焰嚣张地问我不知道他是谁吗，我忙扶他起来连连道歉，等快回到公主府时才想起来，我可是襄仪公主，管他是谁我都没有什么好怕的吧。

所以我始终觉得，我并非大家传言的那样嚣张跋扈，我本质还是非常和蔼可亲的。

奈何世人愚钝，不知其中真意，本公主不与他们一般见识。

这样一想我整个人柳暗花明又一村，连回府后看驸马都觉着他生得更加玉树临风。

好吧，前面这一句只是表达心情的一种修饰，其实我回府后连驸马的影子都没瞧着，他差人带回个口信说要忙案子，晚上不回来用膳了。

没有驸马相陪的晚膳用得十分无聊，虽说驸马本人是个很无趣的人，但是至少和他待着不会闷。

我一个人看着映着月色的池水，想起以往，此时会和煦方坐在小院内赏月，他比驸马有趣许多，会讲故事，会说笑话，还会奏箫，重要的是还可以任我欺负，和他在一起，整颗心就会安定下来，平静而又舒服。

想着想着眼眶居然又湿了，心里怪愁得慌。看来一个人胡思乱想不是个事，我拍拍脑袋，决定还是回书房去看书转移注意力。

回到书房后我才想起上次摸到的一本红皮书，因为成公公的造访没能翻阅，此番忽然来了兴致，索性让侍女沏了壶茶，坐下来慢慢看。

这本书捧在手心怪沉的。

翻开扉页竖着三个歪歪扭扭的字：棠心簿。

我下巴差些掉到桌上。这个棠，该不会就是指我吧？掀开下一页，见其字曰：“今日阿棠练字，父皇夸阿棠笔法洒脱，有板有眼。”

就……就这种幼稚难看如蝌蚪文一般的字迹，居然还洒脱？父皇你不能睁着眼睛说瞎话，真的，小女孩不能乱惯的，惯久了很容易无法无天，于是才会造就日后的襄仪……

我揉揉眉峰，故棠心簿的意思莫非就是……阿棠的内心簿录吗？

倒还有点意思。

我这下来了兴致一页页地翻。

“太子哥哥给阿棠买的糖葫芦和蜜枣糕，阿棠舍不得吃，留到昨天才吃完，昨夜不适，太医说我吃了坏东西，父皇恼了，骂了太子哥哥，罚他抄《道德经》十遍，我去看太子哥哥时，他抄得眼睛都红了，还道再也不给我买好吃的了。”

“母后的肚子越来越大，她问我喜欢弟弟还是妹妹，我说喜欢妹妹，太子哥哥说喜欢弟弟，我们吵了起来，最后还是太子哥哥道歉，不然我再也不要理他了。”

“母后居然真的生了弟弟，太子哥哥得意得要命，以后一定要多多欺负小弟。”

…………

这样，小弟貌似就是现在的太子殿下。

不过，看来我儿时真的很黏那太子哥哥，几乎页页都能扯上他。只可惜前太子萧景岚，在我十四岁时就随心爱的女子远遁天涯，不然也不致沦落到让我监国的局面。读着字里行间对兄长的喜爱之情，一时之间，心里的感触很难描述。我想，若我没有失去记忆，一定时常念着他。

就如看戏本一般，我发现越往后我的笔迹越端正秀雅，和现在因模仿煦方而来的字迹全然不同。别说，还真有点洒脱的味道，父皇真不愧是父皇，原来一早就用发展的眼光看待问题，是我错怪他了。

“前几日因捅了蜂窝，惹了许多蜜蜂都飞来蜇我，太子哥哥将我围在他怀里，他浑身都被蜇出包来，结果我的脸上还是被蜇肿，我们一起发了烧，母后让我们去宫外玉龙山庄歇养，太子哥哥却说这是因祸得福。我很伤心，满脸都起了小泡泡，哪里是福啊。”

看到这儿，我忍不住笑出声来，然而指尖在下一页忽然顿住。

“原来太子哥哥没有骗人，真的是因祸得福。我认识了一个大哥哥。”

…………

“大哥哥不知我是公主，还当我只是太子的小宫女。”

“大哥哥说我是他见过的最难看的小丫头，也是他见过的最可爱的小丫头。”

“我想，我是喜欢上大哥哥了。”

所以这是本公主的初恋吗?

我赶忙往下翻，却发现后面几页均是空白，待再次出现字迹的那一页，只留余一句话：“大哥哥走了，阿棠在枫树下等了他一天，他还是没来。他没有遵守和阿棠的约定。”

约定？是什么约定？

我怀揣着好奇想接着看，可这之后就再也没提及任何有关于这“大哥哥”的事，从字迹的成长状态看来，我应有很长一段时间都没碰过这本日记。

直至最后一页纸，笔劲早已真正龙飞凤舞的我，却端端正正地用行楷写道：“阿棠明日成亲，那个人不是他。用四年时间没能等到的人，盼再用四年能够真正遗忘。”

没了。

我闭了闭眼，忍了忍再睁开。

不是吧，所以这么厚一本下来，半点都没提这个“大哥哥”姓甚名谁吗？

好歹画个肖像行不行？

这样胃口完全被吊起来，悬在半空中可难受得紧啊。

我意兴阑珊地把红皮书来回翻了个遍，还是未能找到蛛丝马迹，最后索性赌气地把簿册朝桌上一扔。

或许是力道太大，又或许是屋外风巨，掀得书页啪啪作响。

然后，有什么夹杂在其中的物什飞了起来，风散去后，慢慢落在我的手心上。

一片枫叶。

不，是一个巴掌大的纸片，绘着枫叶的颜色，裁成枫叶的形状。

我浑身一僵。

如此陌生，如此熟悉，周身的一切恍若消失，眼里心间只余下这片纸枫。

毫无征兆，毫无理由地，我的心开始悸动。

脑海深处响起少女稚嫩的声音：“你，听过关于枫叶的传说吗？传说呢，在枫叶落下之前能接住的人会得到幸福，若能与心爱之人共睹千百枫叶似雪飞舞飘落，两人就永远都不会分开。”

茶香渗进了风里，荡漾于屋中，我慢慢把手按在心口的位置。

为什么，明明什么都没有回忆起来，却根本无法阻挠这颗如鹿撞如鼓擂的心。

我摸着胸腔那颗突突跳的心，将纸枫夹回书中，又把棠心簿安放回原处。

一抹湖色出现在门外，我抬眼望去愣了愣：“驸马，你回来了？”

宋郎生点头道：“回来时见公主不在屋内，听下人说是来了书房。”他走到近处，蹙了蹙眉，“何以你面色如此苍白？”

我道："不知怎么，看书看得好好的忽然就心跳如雷。"

宋郎生神情瞬间肃穆起来，下一刻紧张地握住我的手腕，我吓了一跳，问："怎么了？"

他没有回答我的话，似乎在斟酌着什么，不知是不是灯光太幽暗，我觉得他看着我的眼神没有焦距，仿佛完全没有在听我说话，半晌，他终于开口："我在把脉。"

我："……"

我讶然道："原来驸马竟通医理。"

宋郎生淡淡地看了我一眼，说："嗯，就是没摸到公主的心脉，所以感觉不到跳动。"

我："……"那你把了半天是在把个什么玩意儿啊。

宋郎生道："无故心跳剧烈，极有可能是心疾，此前公主受过箭伤，离心脉差之毫厘，恐怕该症与此有关。"

被他这么一说我也觉着有些对路，心疾可是了不得的大事："那当如何是好？"

不知要否请太医来诊治？可瞅他这样子，仿佛是件需要深思熟虑之事。

宋郎生松开我的手，在幽暗的夜色中侧转过身，背对着我，沉默半晌，道："当然是请太医。"

我："……"这心疾没准就是让他给吓出来的。

徐太医赶来的时候，其实我心已经不跳了，哦，不该这么说，是已经恢复正常律动。我们将症状和他说明后，他俯身，眯眼，观我气色许久，神色凝重地说："公主脉象平稳，可为何老臣越是把脉殿下的心跳就越快？"

您老这副看上去像在我为默哀的表情，能不叫人胡思乱想吗？

宋郎生问："可是心疾之症？"

徐太医摇头："公主殿下无甚大碍，亦无心疾之状。不过……"

我和宋郎生等着他说不过什么。

徐太医说："或许是医史上未曾出现过的隐性心疾，老臣不敢妄下定论。"

这分明就是给自己留条后路的说法。

徐太医这老家伙居然还是太医院之首，难怪我父皇到现今为止依然昏迷不醒，我很是为宫里王储们的健康担忧。

徐太医正欲打道回府，临末我想起一事：“近日太医院是否有招纳新的医士？”

徐太医道：“礼部堂官已到院内主持考会试，当下已有十人静候面试，不知公主何故问起？”

我没直接回答他的话，又问：“这其中可有人姓周？”

徐太医想了想，道：“有一人叫周文瑜，是诸位入选医士中最通晓医理之人，可惜年龄太大，态度轻狂，与其他几人都有不大不小的嫌隙。”

想来就是那个救我一命的“仁者神医”了。

我用指节敲了敲几案，道：“这个周文瑜医术高明，昔日本宫在民间微服私访时亲眼见过他起死回生之术，心中一直很是记挂。这样说，徐太医可明白？”

徐太医老脸微颤，说：“此人不喜循规，纳入太医院只怕会酿出大祸。”

我笑了笑，“徐太医所虑甚是，可轻易放了医才实也可惜。不如，让他先来公主府做做医官，若用得还算妥当，再以本宫的名义向太医院举荐，您看如何？”

徐太医抖着胡子看了我一眼，战战兢兢应承下来，叩拜完背着医箱发足奔出本公主的寝室。

我指着他的背影茫然看向宋郎生：“他在怕什么？”

宋郎生把玩着桌上的瓷雕，悠悠道：“应该担心自己晚节不保。”

我奇道：“是怕周文瑜进了太医院闯出大祸？我明明说了，是以我的名义推举的，有何问题，他权可赖我头上。”

宋郎生抬眼瞅了我一下，隐约有点像在翻白眼：“公主某些名声，响得有些慑人。他大概是见公主要人这架势，颇为眼熟。”

我将宋郎生这话滤了滤，等到悟出精髓，恍然道：“他是以为我招周文瑜是招面首来着？”

宋郎生道：“嗯。”

我继续道：“然后他琢磨着他年纪和周文瑜相仿，相貌比周文瑜更加深邃泰然，察觉到自己的危机性，故而恐慌了？”

宋郎生道：“嗯。”

我微笑说：“所以本公主的忘年恋嗜好就要传扬开了吗？”

宋郎生道：“嗯。”

我也点头嗯了一声，顺手拾起床上的枕头，用力掷向宋郎生，宋郎生一个没留神还真被砸中了，可脸上憋着的笑反倒一触即发，索性捧腹笑个不止。

凡事总得把握个度，宋郎生见好就收，将那枕头还给我，说：“公主还是早些歇着吧，明日早朝议事，不好再找岔子说不去。”

这点，太子倒是提及了，既然已经病愈能够入宫，就没有监国公主不上朝的道理了。

宋郎生的眼神瞟到我床边位置，那是以往属于他的，先前却生生叫我赶了走，眼见我也没有叫他回来的意思，神色动了动，像要说什么，却又没说，摸摸我脑袋就回他的房里去了。

我躺下之后，难以入眠。

心里掂量着许多事，无论如何都化不开。来回翻了几趟身，索性披着件外袍出去吹风，一敞门，就看见卧房外延着的那道廊边站着一人，亦在看孤月寒星，夜不能寐。

我踱了过去，从廊口可以看见小院内的小池、芭蕉、葡萄架，虽不若水榭那处雅致，倒也算意境得趣。

宋郎生听到脚步声回头看过来，道：“公主怎还未歇下？”

我靠在木栅栏上，说：“有些事没想通，睡不稳当。驸马呢，心事重重，莫非同病相怜？”

宋郎生挑开身旁的细竹帘，道：“我想不通的是案子。”

我问：“你以前也是这样吗？”

“什么？”

“就是这样，”我指了指他蹙紧的眉头，“成日忧心公事，态度冷漠，喜怒不形于色。”

宋郎生不置可否地笑了笑。

“那我呢？”我凝视他灯下的侧颜：“是否真如传闻一般骄纵蛮劣，倚权弄势，只手遮天？”

他把我的目光望进眼中，问：“公主自己认为呢？”

我叹道：“我分明已忘了……”

他说：“并非说是失忆前，自你失忆起，你认为自己是什么样的人？”

我愣了愣，未料他会如此相问，但他既然说起，不妨扪心自问，和风是个什么样的人？

“唔……任性，脾气也不好，稍不顺心就喜欢无理取闹，也不怎么爱吃苦。”我一边回忆一边笑说，“攀比心也挺重，常常羡慕别人，常常嫌弃自己。”

宋郎生没有插嘴，继续听我说。

“有些东西明明在手，却总是如履薄冰地患得患失；有些事情明知道是错，却总是一条道走到黑，到了最后，除了认栽和怨天尤人，一点办法也没有。”

说这话的时候我虽是含笑，但没撑着，想必神情应有些落寞，恰好上头的乌云散开，月光洒了我一身，还挺刺眼，我听出身旁的声音略有波澜：“倒还有点自知之明。”

我瞥了他一眼，“你这是讥是讽啊？”

宋郎生道：“又讥又讽。”

…………

宋郎生又揉揉我的头发，他似乎有种把人弄得乱糟糟的嗜好，“公主，现在的你有一样和过去不同。”

“哪样？”

宋郎生面容与眼底似有什么一闪而过：“就算是一条黑路，只要公主认定，就一定会走到底，永远不会认栽，永远不会放弃。”

有那么一恍惚，我以为他这话中充满着善意和赞许。

宋郎生道：“因此才会有那么多可怜人栽在公主手上。”

看来什么良好的交流根本就是个错觉，他可是鼎鼎大名的毒舌驸马，我居然还差些沉浸在这良辰夜景中。

我负气转身，决定两天不同他说话，却在下一刻被一只大手握住，“包括我。”

我讶异转头。

宋郎生手上稍使了些力，拉着我往廊外的草地走，然后拽着我一起坐下，说：“躺平。”

我挣不开他，“喂”了一声，他说：“现在，连牵手也不可以了吗？”

我一怔，识趣摇头，“我并无此意。”

他将牵手的姿势换作十指紧扣，自顾枕在草丛中，我坐得有些局促，只能如他所愿挨着他躺下，学着他仰头望着夜荧闪烁。

他忽然说："现今是调换过来了。"

我疑道："什么？"

"彼时，我一点也不喜欢公主，更不愿和公主独处，公主总是用皇权来胁迫我，我亦是积怨颇深。有一次，你就是这样毫不讲理，逼我躺在这儿陪你看月亮。"宋郎生把声音放低了一笑，"其实那晚根本就没有月亮，连颗星星都瞧不着，两人就这样黑漆漆地躺着。"

我忍不住说："那不是挺恐怖的？"

宋郎生道："反正和公主在一起就是件恐怖的事，我早就将生死置之度外了。"

我瞪了他一眼，想了半天想不出怎么反驳，"罢了，看在你第一次谈及我们的过去，就姑且不与你计较。"

宋郎生瞧着我，淡淡笑了笑，没有再说话。渐渐地，倦意席卷而来，天地间一片虚空，不知何时就已进入梦境。只是梦了什么，第二天醒来，却也想不起来了。

今日是我失忆后头一遭上朝。

空着的龙椅旁有两张椅子，分别是留给太子和我的，昔日我就是坐在那儿充当着不可一世的监国公主。然此刻靠在上头俯视下面百官朝会，顿觉惊心动魄，有些撑不住场面。

朝会的开始，太子发表了几句关于我回归的感言，完了下面一伙子人纷纷应和，我象征性地微笑颔首，然后进入正题。

说来说去还是关于江浙水患的事。

赈灾官银被劫，太子下了拨银的旨意，不料，这一拨，就拨出了新问题——国库亏空。亏空不是一时半会儿可以明了的事，再者，通常状况下也不外乎宫内开支过度和官员上下贪墨两大原因。倘若真要彻查到底，揭的就是皇族和两党官宦的老底，莫说太子这储君位置还没坐热，即便父皇未病，也未必敢轻易动刀，这一刀没准就把自己给动了。

太子无奈之下只能把这桩事搁在一边，主要重心转移到解决的方案上。

以赵党为主心骨提出的乃是土地兼并、改耕为牧、增加赋税等政策，即私有的田地纳为公有，可将稻田改为桑田，养蚕织绸，以丝绸的收益摆脱国库困境，至于没了田的农民可以改当牧民聊以为生，总之用他们的话说颇有一举多得的意思。

持反对意见的则是朝中的清流，理由无非是工程浩大，内里政策的试行，等等，至于李国舅这回破天荒地保持中立，估计是在权衡着利弊，静观其变。

眼瞅着朝廷之上半老的官员们相互攻讦，言辞之犀利令太子头痛欲裂，我一边半走神地听，一边半走神地想。

我主要在想昨晚睡得到底有多沉，以至于驸马将我抱回屋都没被吵醒。

宋郎生站在第三排的位置，双眼平静地看着前方，清贵泰然之态，没有半点平日里和我在一起时的别扭模样。

唉，人前一套人后一套，当真虚伪至极。

我心下感慨万分，不由得摇了摇头，正好让某位慷慨陈词的学士瞧见，还当对他有所异议，大惊下噤了声。太子扭头看向我，问：“皇姐有何提议？”

我“呃”了一声，道：“还是先听听诸位大臣所言吧。”

太子知我失忆不宜多言，遂又把话题移回诸位朝臣身上，不料在场有人高声道了一句：“襄仪公主乃掌监国之职，既然众位大人各秉所见，不如由公主殿下决断，何故争执不休？”

话音刚落，立刻就有三两官员表示赞成，继而大半人都抬袖颔首，满是请我示下的意思。

我眯着眼往说话的人方向看去，一看之下不由得大惊，这个虬髯老臣居然是昨日我在路上撞倒的老爷爷，此时神情肃穆，与周围站着的一圈朝臣一起虎视眈眈地盯着我。

昨日他气焰嚣张地问我他是谁时，我的回答是……不认识。

身为监国公主又岂会不认识当朝重臣。

我把视线移向赵首辅，他依旧是那一副快要睡着的模样，只是嘴角浮起一丝笑意。

被……嗅出了什么味道吗？

太子正想开口替我说话，李国舅道：“既然公主有不同见解，说说无妨，众位大臣素来是俯首听命于公主殿下的。”

我不动声色，但五内一片空白。

永远对立相互掣肘的内阁两派今日出乎意料地口径一致，所要针对的人，是我。

更确切地说，是要在太子羽翼丰满前，断去其最强大的后盾。

这个架势，不像是偶然为之。只怕的是假公主因垂帘听政已让人起疑。如果说昨日的露馅是导火索，那么我此刻若震慑不住场面，只能会验证他们的猜测。

彼时便是真的公主，也会变成假的。

就算说出失忆的真相，仍会被质疑一个记忆尽失的公主，何能担任监国大任？

我垂眸看着那光滑如镜的地面映着的众臣身躯，沉默着。

那领头说话的老臣见状，面露得逞之色地上前一步，道："昔日公主殿下举措审谛能行其道，何以今日……"

"闹够了吗？"

一个声音打断了他的话。

说这话的人，正是我。

我慢慢站起了身，面无表情地看着他，道："杨睿林，从不在朝上主动吭声的杨大人，今日，是谁借给你这个胆子，大放厥词的？"

杨大人张张嘴，愣是没反应过来我在说什么，或者是，我为何可以叫出他的名字。

我扫着殿上百官，一张一张脸看得分明。这最细微的动作，漫不经心地仿若看得出涟漪。

杨大人也许觉得我是在虚张声势，面色苍白地道："不知公主此话何意？老臣不过是……"

我道："敢问杨大人，盗权窃柄，废业误国，该当何罪？"

杨大人结结巴巴道："公……公主何以有此一问？老臣……"

我拾起御案上的一份奏章，用力掷到杨大人脸上，厉色道："土地兼并！增加赋税！杨大人，你身为殿阁大学士，拿朝廷的俸禄，民难当头，想到的竟是这等馊主意吗！"

杨大人浑身一哆嗦，跪下身来，我冷冷瞥着众臣，凌厉道："江浙是什么地方？七山二水一分田！粮食自给不足，百姓糊口尚成问题，现在你们把农民赶走，想把他们的田地据为己有，是要逼他们上绝路吗？他们就快饿死了，还提什么赋税，还敢提什么桑田，饭都吃不饱，生丝价格又岂能卖出好价！蚕丝做成丝绸，得到这中间利润的是商人，若海面不靖，运不出去又当如何是好？

“单就一个改稻为桑，你们算过所涉人员有多少吗？从皇储到江浙百姓，从浙直总督、巡抚、布政使、按察使、知府、县令，从浙江到江苏、安徽三省丝纺局、丝绸商人全部要卷进来，这上上下下轮一轮，到头来还有多少进得了国库？

“国库亏空，是因上下挥霍无度，你们首先想着掠之于民，若激起民变，便掠之于商，杀富济贫，你们倒是说说看，这不是盗权窃柄，废业误国，还能是什么！众位大人是觉得太子与本宫不计较你们之前的那笔糊涂账，便学会颐指气使，无所忌惮吗！”

大殿内立即万籁俱静，一直处于昏睡状态的赵首辅闻言，忽然睁开双眼，颤颤巍巍地跪下身，道：“臣之大罪，已不可用昏聩名之。”

我缓缓走下，一步一步脚步声极重，来到赵首辅跟前，道：“杨睿林是你赵阁老一手举荐之人，今日你若处理不妥，怎让百官知悉你赵首辅至公无私的宰辅襟袍！”

满朝文武闻言终于齐齐跪下，齐齐颤声道：“求公主息怒。”

我默默将袖中不住发颤的双手负于背后，然后，朝由始至终都气定神闲的宋郎生绽出了一丝微笑。

# 第四章 似是故人来

我维持着那盛气凌人的姿势看着众臣哆哆嗦嗦的身影。

直到太子道："今日就先退朝吧，此事改日再议。"

拖沓了许久后，赵首辅山呼千岁，百官也跟着大呼起来，待我和太子拂袖一走，众官才纷纷离去。太子绕过拐角转身笑道："皇姐，方才你那气势威震不凡啊，连我都给唬住……"

我在回廊下收了脚步，叫住他："太子弟弟，你过来一下……"

太子疑惑着退回步伐，我一把揪住他的袖子，"没大事，就是腿软了，让我撑一撑……"

太子："……"

等到僵硬的四肢恢复点气力，我那如筛子般抖个不停的手才缓过劲来。

还好得以瞒天过海。

万幸事先早有防备。

今早宋郎生给了我一沓纸。

我瞅每张纸上都绘有一个人像，并用小楷注明此人姓名、官职及性情特质，好奇问道："这是？"

宋郎生道："早朝的官员大抵都在此，公主将此记熟，可在朝会上一一认出，不易出错。"

我恍然道：“这是你画的？”

宋郎生负手而立：“不错。”

我道：“画得真丑。”

由于背对着我，我瞧不见他的反应。

我又道：“你居然还把你自己给画上了，拜托，我难道连你也认不出吗？”

还是不晓得他是何神情。

我继续说：“话说回来你是如何绘出你自己的？莫非你平日躲在屋里就是偷照镜子来着，还是说你在画此像时搂着面镜子照着画的？啧啧……”

宋郎生转身把那沓纸夺走信步离开，我只得跟着后头道：“好好好，驸马你笔工上乘，画得惟妙惟肖……”

这倒是句大实话。

这些画像虽比不上什么大家名品，至少神形皆足，想来若是看过一眼，待见真人定会一瞅一个准。我趁早膳时笑吟吟地看，只到末尾愣了片刻：“此人……”

宋郎生探头瞄了一眼，道：“此人乃是十三道监察御史，名叫杨睿林，有何问题？”

我嘴中有些发苦地道：“竟是御史言官，这下麻烦可大了……”遂将路上撞倒老爷爷一事简单地说了一遍。宋郎生听罢问：“公主没认出他，他可认出了公主？”

我回忆了一下，道：“现下想想那时他起先是破口大骂，待看清我的脸确是噤了声，然我当时光顾着道歉，没注意到不妥……”

宋郎生搁下饭碗，起身道：“公主，随我来书房一趟。”

到了书房，他指着书桌上散落着的奏疏问：“这些可是太子差人送来给公主过目的？”

我点了点头。

宋郎生想了想，向我微微躬身：“不知公主可否让我一阅？”

我忙点头答应，又说：“多大的事，何必行这种礼，你这样我瘆得慌……”

宋郎生看着奏疏道：“这本是越权，有时依矩行事方不会出纰漏。”

我听着怪不是滋味，却又不知该如何反驳。宋郎生看了一轮，最后拣了其中一份杨睿林关于“改稻为桑”的奏疏，说：“这份东西只怕杨睿林是想不出的，他是赵阁老的人，此策应是赵庚年的意思，然而赵庚年的奏疏却对此策只字未提，反倒让个不起眼的御史去说，想来欲要在朝上给太子殿下和你一个措手不及，加之公主你未认出杨睿林一事，不论赵庚年有否生疑，都免不了起了对你的试探之心。”

每每宋郎生滔滔不绝地说起这些朝中破事我都听得悬乎，这次更是被绕得可以，只得问：“你的意思是，一会儿早朝，赵庚年会有心让杨睿林为难我？”

宋郎生点头：“并非没可能。”

我冷汗涔涔，“我记忆尽失，他若问起那些朝廷要事，我回答得不利索，不就露馅了？”

宋郎生微挑眉：“公主对这奏章上所写，有何看法？”

“问我？我……我可什么都忘个干净……”

宋郎生说：“不妨说说看。”

他这样问，分明是有心考我，我揉了揉隐隐跳动的额角，“我……觉着不大靠谱。现今这个时期，天灾人祸不断，温饱尚未解决，还指望发展其他什么产业充盈国库……”

宋郎生脸露笑意，示意我继续说。

我硬着头皮道：“除非等大庆海军剿平了为祸东南的倭寇，肃清海路，打通与西域诸番往来的丝绸之路，带动丝织、棉纺、水陆运输等行业发展，这些国策才有实施的可能性吧，凡事总归是要循序渐进，事缓则圆嘛。”

宋郎生抬眼向我眼中瞧了瞧，把奏疏朝书桌上一放，道：“看来是我多虑了。公主你这个脑子就算把我给忘了，都忘不了这些治国之道。”

我揪住他的袖子，说：“你都没说我说得对不对，一会儿再这么说行吗？”

宋郎生嘴角微扬，扬起的嘴角噙出了一抹意味深长的神色，“公主你只需要相信自己，找回襄仪公主所属的气势，就没人能算计得了你。”

驸马爷抛下这句听上去高深莫测实则说了等于没说的话就走了。直到朝上杨睿林当真冲我发难，我才一个激灵虚张声势地豁出去了。好在，没砸了场子，虽说被吓得身子有些虚。

太子搀着我走：“好在皇姐给他们来了个下马威，昨儿我还在思虑如何驳了赵庚年这改稻为桑之策呢。”

我抑郁地叹道：“算是兵行险招了，虽解了眼前之困，得罪那姓赵的，后患无穷。”说完我才反应过来，太子昨日就看出赵庚年的主意，看来他这小脑瓜子不可小觑啊。

太子道：“我本来还指望舅舅能帮忙说句话，谁晓得他那糨糊似的外表还藏着一颗同样的心——腻腻歪歪，哪儿好沾往哪儿沾。”

我笑出声来，揪着太子的脸扭啊扭：“什么叫糨糊的外貌，亏你还是太子，这般口无遮拦。”

这个捏脸动作浑然天成，做完以后我愣住了，太子也愣了愣，随即笑了开来：“皇姐你……好久没这样捏我了，以往我还总怕这张脸被你捏出毛病来。”

我讪讪收手，转移话题道：“父皇近日身子如何了？”

太子摇了摇头，“还是老样子，大多时候昏昏沉沉，偶尔醒来也只能靠在床上说几句话，有时说要看奏折，我也只能挑着给，太医说他尚未调养好，不可操劳过度。”

我拢了拢袖子道：“自你被册封，父皇的病就时好时坏，一直这么吊着也不是个事，就不能换换太医吗？这太医院的几个老臣，求的是安生保命，用的药亦是安分保守，总是不能根治顽疾的。”

太子苦着一张脸道：“换太医可是了不得的大事，好了固然好，若是用错了药……总之母后定是万万不肯的，要不，皇姐再去看看父皇，顺便同母后说说？”

我可不愿意去。

失忆以来，我总共就去父皇寝宫探望他两次，两次都撞上母后，两次都被我那母后弄得神经兮兮。

看来宋郎生说得不错，襄仪公主天不怕地不怕连皇上都可以无视，唯独有些惧母。本来失忆了谁都认不出，应是无知者无惧地统统无视吧，结果一瞅母后那张淡然到极点的脸，手持佛珠念念有词，我整个人都有些撑不住，最后母后还邀我陪她到佛堂跪一个时辰为父皇祈福。福祈没祈到我是不晓得，总之和母后与佛像待在一块儿，也离往生不远了。

我露出良善的神情对太子道：“还是你去吧，你是太子，母后应该比较听你的话。”

太子看了看天空：“天色不早了，我猛然想起我还有许多政务未处理，先走一步……”

早朝刚结束啊，皇弟……

他走出两步又退了回来："还有韩斐一事，宜速战速决，皇姐你懂的……"

我："……"

回到公主府我踌躇了约莫大半日还是换了身男装出去了，我心中生了一计，横竖是得见见那个陆陵君。这个时辰国子监也没什么事，去岳麓茶馆蹲点没准还能遇上他。

可当我真在岳麓茶馆喝了两壶龙井听了一场子说书还没遇着人时，这心才有些堵得慌。

看来还是得另寻目标才能打入国子监内部啊。

于是等我再晃回去，敲开公主府的后门时，忽然听到身后有人道："白兄？"

我一时没转过弯，回头瞧见一个熟悉的人影，咯噔一下，这家伙怎的忽然冒出来了？

陆陵君用一双疑窦重重的眼看着我跨入府门的脚，道："何以白兄会……在此？"

这个问题的确很难回答。我干笑反问："陆兄又为何会在这里？"

陆陵君道："方才我在不远处看见一人身影像极白兄，便跟了过来想打声招呼，果然没有认错人，只是白兄为何在此？又是为何要从后门进公主府？"

我站在门边不知如何作答，陆陵君眨着眼上下打量我，突然神情大变，颤着手指着我问："你……你是公主……"

我叹了一叹，终究是瞒他不过啊。

"……的新男宠吗？"

我："……"

陆陵君流露完全醒悟的神情："难怪白兄说家住京城却不是读书人，又难怪每每说起公主白兄如此有兴致，原来你是替公主打听她在外的名声啊。"

我："……"

陆陵君春风得意地拍拍我的肩，很兄弟地道："我说我与白兄怎么会一见如故，原来果真是志同道合之辈，白兄，你瞒得我好苦啊。"

我："……"

他探过头来问："你可曾与公主说起过我？"

我：“……没有。”什么没有，我这算是承认自己是自己的面首了吗！这哪儿跟哪儿啊！

陆陵君左顾右盼了一下，索性拉着我，“这儿不是说话的场合，咱们换个地儿好好叙叙。”

我被他拖到隔壁一间小酒馆里喝酒。

上好的花雕，两坛。

他摆出一副想要和我对饮到天明的架势，着实令我很是汗颜，不过令我感到奇怪的是，他难道不应该把我看作是他的情敌吗？陆陵君见我不大乐意地皱着眉，笑着给我斟满酒说：“白兄看来对我敌意很重啊。”

我：“……”

陆陵君左手一抛扇子右手接住：“将来我们总是要同住一个屋檐下，熟络熟络感情也好。”

我咳了一声：“陆兄说笑了。”

陆陵君颇为暧昧地说：“我的心思白兄再明了不过，若有机会，以后齐心协力好好服侍公主便是。”

他这话活活砸得我天灵盖冒出星碎儿。

也许平日里听着还能当个乐子，可现下我才意识到这事儿的严重性。这哥们儿是真把入公主府当面首当成人生一大志向啊。人生苦短，若不及时掰回来，恐怕毁了他一生。

我清了清喉咙，道：“既然陆兄不怪我先前欺瞒，那我也当以诚相待。”

陆陵君很是受用地点了点头。

我道：“实不相瞒，其实在公主府里，并非陆兄所想那般逍遥。”

陆陵君一怔：“哦？”

我故作悲戚，黯然道：“当今驸马本已是容色天姿，陆兄，你可知公主又为何一而再再而三地招纳面首？”

陆陵君浑身一抖，“为何？”

我连连摇头苦叹：“我本不愿将这些说出来，但更不忍陆兄也堕入这万劫不复的深渊。罢罢罢，公主实则是个心理有重大缺陷之人。”

陆陵君道："公主有何缺陷？"

我骤然抬起头，阴森森地凑到他耳边小声道："其实……她放着驸马不要，只因驸马他……不能满足公主的欲望。"

陆陵君瞪大双眼，有些结巴地道："你、你是说，当、当今驸马不……"

"嘘——"我装腔作势地将食指放在唇边，"此事不可告知第三者……"

陆陵君咽了咽口水，"未、未曾想他看上去仪表堂堂，竟是金玉其外败絮其中……"

我会意地点点头，心中默念，"此乃权宜之计，驸马莫怪，阿弥陀佛……"

陆陵君又问："那……也不需要那么多面首吧？"

我眯起眼："本来一个也就足矣，可是，公主低估了驸马的醋意。驸马他……唉……我简直难以启齿，总之……但凡是陪过公主过夜的，此生再无机会得享春宵之乐了……"

陆陵君眼直了，"白、白兄的意思是，驸马……把他们都给……阉了？"

我连连叹息，叹得陆陵君整张脸都绿了，"所、所以……卫清衡、张显扬、方雅臣他们都……都是……"

我点头："不然他们为何至今仍未娶妻？"

我在心中继续默念，"此乃权宜之计，诸位面首们莫怨，善哉善哉……"

陆陵君的面色煞白，他的眼神瞟到我腰间，"那、那白兄你……"

我道："我还未被公主宠幸过，不过……就是今夜了。"

陆陵君倒吸了一口凉气，恨恨地道："这事公主都不管的吗？公主若不喜欢驸马，休了他便是，哪能如此……"

"陆兄，"我道，"这事一旦传扬开来，公主就会成为万人笑柄，她又岂愿败坏自己的名声？唯有明面上留着驸马，暗里养着男宠。驸马亦是无可奈何，若是有面首让公主有了身孕，这公主府又怎会容得下他？"

陆陵君望着我道："那你为何不离开？"

"公主的眼线遍布京师，根本无处可逃。"我凄凄惨惨地仰望远方，努力挤出泪花，"过了今夜，我白玉京也不再是个男人，呵，便算是飞黄腾达，此生亦不会再感到快乐，所以陆兄，我偷跑出来，就是为了告诉你一声，今后经过公主府一定要离得远远的……"

“够了！”陆陵君打断我的话，“白兄如此重情重义，我委实……不知当说什么好！”

我郑重其事地拱了拱手道：“陆兄，趁我还是个男儿时能同你喝酒，倒不失为一件快事。时候不早，我得回去了，一切珍重。”说罢目光定了定，拂袖转身就走。

待我拐回府里，关上门，方才嘘了一口气。

不晓得方才胡诌的那些话能否打消陆陵君荒唐的念想。料想他是个懂分寸的人，不拿着到处说就好。就是我这么扯了半天，似乎就没一句扯到正题上，兜了一圈，怎就忘了找陆陵君的初衷。

我游荡在回廊里，穿过层层院落，荡到一人影跟前，一抬头望见宋郎生那双清清亮亮的眼，笑着打了声招呼：“驸马，你回来了……”

宋郎生瞧着我这身行头，问：“公主又扮了男装去见谁？”

就路上撞见个人和他闲侃两句公主府秘闻来着。我自然没缺心眼儿到说真话，支吾了一句，“不过是嫌闷在附近转两圈。”

宋郎生眉睫一动，“白天朝上闹的那一出，赵党回去没准就开始琢磨些新法子来对付你和太子了，看来公主倒安乐得很，半点也不操心。”

我笑了笑，“这不有咱驸马爷撑着嘛。宋郎生，我发现你真挺料事如神的，当初你还同我说什么持政斟酌短长持法不枉不纵，如今看来你是二者皆备，实在不凡，不凡。”

宋郎生闻言忽然变了脸，捏住我双肩道：“你想起来了？”

我怔住，想起什么了？啊，是了，此前回忆起的那个片段，并未同他提起。

我道：“一点点而已。”

宋郎生眼光跟刀子似的，“一点点是多少？”

我被他瞅得莫名其妙，索性挣开他，“一点点就是一点点，为何要告诉你？再说，我想起过去你不是应该高兴吗，这算是什么反应？”

宋郎生几番欲言又止，结果还是板着脸不吭声，我耸耸肩绕过他回到屋里，心想还是换回公主的装束再好好说话。

谁知这脸上的胡子刚卸下来，就听到门外一个声音冷冷道：“说！白玉京在哪儿！”

我的小心肝抽了一下：这声音……

然后是宋郎生不咸不淡的语气："这里没什么白玉京，刺客，你窜错门了……"

我扒开一丝窗缝往外望去，只见一蒙着黑巾一身夜行衣打扮的人持着一把明晃晃的长剑架在宋郎生脖子上，冷冷道："少装模作样，你这个驸马令人发指的诸多劣迹我已有所耳闻，今日我也不想计较，把白玉京交出来！否则……"言罢将剑身往驸马脖子上靠了靠。

宋郎生若无其事地用手指了指剑，好心提醒道："你拿反了。"

刺客："……"

我无语凝噎地看着身旁的墙，有种想要一撞见苍天的冲动。

要命的陆陵君啊，我还是低估了你的勇气……以及高估你的智商了。

宋郎生嫌眼前这位刺客不够热情，添油加醋道："既然你认得出我，看来你没找错地儿。这白玉京我确是不知，不如你说说他的特征，我不妨帮你找找看。"

陆陵君哼了一声，"他是公主新收纳的面首，你岂会不知？"说完还真把我男装的特征描述了一番。

他每说一句，宋郎生脸便阴郁一分，终于从牙缝里蹦出一句："你要找的人现在正在公主的房里。"

我叹了一口气，可怜见的，我是何苦来着，这回全露馅了。

陆陵君朝我这方向大声喝道："公主——你在里面吗——"

自然是在的。

正当我把手搭在门框边准备推门而出时，陆陵君又道："我知道今日擅自闯府是大罪，但是人命关天，我也是情急之下才出此下策。公主还记得我吗？我是陆陵君。你可还记得你小时候与我的约定？现在，我拿这个约定来换白玉京，你可答应？"

小……时候的约定？此话又是从何说起？

我忽地想起棠心簿上的那句："大哥哥走了，阿棠在枫树下等了他一天，他还是没来。他没有遵守和阿棠的约定。"

乖乖，莫不是这姓陆的就是我心心念念的大哥哥吧？

这时宋郎生问道："什么约定？"

陆陵君哼道："凭什么要告知你这种人，我都听白兄说了，其实你……"

我登时推开门，出现在他们跟前，陆陵君收了口，怔怔看向我："白兄，你怎会在此……”

我刚要回答，又听他恍然说：“你……莫非已和公主……”

我擦擦冷汗：“陆兄，其实我就是……”

陆陵君将长剑紧紧地抵在宋郎生颈旁，两眼闪闪发光：“自兄放心，我断不会让驸马有机可乘，做出伤害你的事！”

宋郎生皱了皱眉头：“我？我为何要做出伤害她的事？”

陆陵君喉咙里飞出一声冷笑：“你阉了公主众面首，还妄图瞒天过海吗？”

我被他噎得说不出来，驸马爷可不是吃素的，这话一出直戳我脊梁骨啊。宋郎生侧首瞧着我，一张脸冰得可以刮下层霜：“这话是她告诉你的？”

眼见陆陵君这个大嘴巴还想再说些什么惊世骇俗的话，我挥袖截断他的话头：“陆兄！你今日太过鲁莽了，快些走吧。”

陆陵君道：“我必须救走你，否则你亦难逃驸马毒手。”

我不敢直视宋郎生，苦口婆心地劝道：“驸、驸马并非此等人，先前是我打趣陆兄，总之……趁未惊动更多人，你速速离去，来日……”

“哪还有什么来日！”陆陵君目光闪烁，“我这般挟持驸马，他又岂有纵虎归山的道理？”

我道：“驸马宽厚良善，不会计较你此番行为……”

宋郎生不冷不热道：“谁说的？”

他说这话时其实陆陵君的注意力是向着我的，所以当宋郎生手肘一个后击，陆陵君就下意识避开身，而宋郎生则不费力地脱开剑刃的掣肘，他解下腰带，冷冷道：“你休想逃脱。”

陆陵君忙拢了拢衣襟，“你想对我做什么……”想了想神色稍安，“不过你也做不了什么……”

我：“……”

宋郎生手腕一顺，绸条落时腰带俨然已是一把软剑，他右手持剑，臂向前伸直，乃是攻击的架势，不等我出声阻挠，剑已刺出。

当朝驸马可与几任武状元匹敌，曾习上乘武学，此事乃是众人皆知，陆陵君啊，你委实不知天高地厚了。就在我意欲冲上前拦下他们时，两人竟在顷刻间过了数招，我目瞪口呆看着陆陵君浑身流畅的身姿，不由得深深领会到人不可貌相这句的精髓。

二人你来我往地对上百招，皆流露出愈战愈勇的神情，传说当高手遇高手时会大战三天三夜后惺惺相惜，我正暗自琢磨着要不要备好菜让他们把酒言欢，宋郎生忽然跃到一旁，平静地打了个响指，下一瞬，府内暗卫从屋顶草丛树后等角落诡异地蹿出，群而攻向陆陵君。

我拉住正要转身的驸马："你为何不打了？"

宋郎生道："到了晚膳时辰，饿了。"

"……"都说了此人不能以常理度之，怎么总是不长记性。

眼见陆陵君陷入新一轮战圈，这样下去被擒住是迟早的事，我道："让他走吧。"

宋郎生不痛不痒道："公主让他们停手，他们自然就停手了。"

若是如此，陆陵君就会质疑何以公主府的暗卫会听从一个区区面首的指令。

虽说方才我是想向陆陵君坦白，此时此刻，我却改变主意了。

我揪住宋郎生，道："不如你让他带我走吧。"

宋郎生仿佛没听清："你说什么？"

我清了清喉咙："你先让他带走我，迟些我会同你解释。"

宋郎生沉着脸："你不说明白，我为何要听你的？"

我道："因为我是公主。"

宋郎生怔住。

我道："我才是这个府的主人，难道不是吗？"

宋郎生大抵未料到我会在这种时候拿公主的身份压他，他的神色变了一变，跟着道："这倒是你失忆来第一次这么与我说话。"

我没接话，他看着还在应对暗卫的陆陵君："是因为他，还是因为他说的约定？"

我摇了摇头："我有我的理由，亦能够把握分寸，所以……希望驸马能信我。"

宋郎生长眉一挑，眼底似有什么一闪而过，完了别过头去，让那些暗卫退下去，挥了挥手对陆陵君道："既然公主有心放你，我亦不愿拂了她的意，好自为之吧。"

他果然还是赌气，话毕也不再停留，走了，红袍下摆似一条游弋的鱼，摆个尾便消失不见。

陆陵君有些气喘地用剑撑着地，闻言讶异地踱上前来，问我："公主当真这么说？”又探头朝屋子里望去，有些失望地道，“公主既然记得我，为何不愿出来见我？”

我怕露馅，忙拉着他：“你有什么话，总还有机会与她说的，走吧。”

于是我就这么莫名其妙地跟着陆陵君私……唉，不是，是出走了。

他早已备好了一匹马，我们两人一起跑了一段后下了马，他用马鞭狠狠将马背抽出血痕让它自行奔走，又拉我朝相反的方向快步而行，显是唯恐驸马临时反悔顺着马蹄印追上来。

我见他有些郁郁寡欢，试探问：“陆兄，怎么从未听你提起与公主儿时有过约定？”

陆陵君叹道：“反正，是关乎终身大事，总之我晚了一步。”

我屏气凝神，这话里的意思似乎和棠心簿里不谋而合，“敢问陆兄是哪年出生的？”

陆陵君奇道：“问这做什么？”

“陆兄不顾安危救我，从今往后便是白某的兄弟了，这般一想倒还不知我们谁做兄长，妄谈良朋知己啊。”

陆陵君道：“我是壬辰年末出生的，二十有一。”

我道：“愚弟略小一岁。”

陆陵君笑了笑：“既是如此，以后我便喊贤弟，你叫我一声陆大哥，我还是担得起的。”

我一面点头一面想，儿时对着个同样幼稚不着调的顽童喊大哥哥？莫不是连脑子都被蜜蜂蜇坏了吧？

我问：“那……你与公主约定时，大约有多大啊？”

“唔……我那时有十岁了吧。”

十岁？我是在十八那年同驸马成亲，即便棠心簿说的成亲是与韩斐逃婚的那次，倒推回去四年，他至少也该十四了吧？所以说，他果然不是大哥哥。也对，若是大哥哥，见我的面又岂有认不出的道理？

我舒了一口气，换气时又忍不住疑惑我为何要松这口气，以及，我似乎从开始就不愿相信他是大哥哥。陆陵君是大哥哥有什么不好？相貌堂堂、幽默热血、文武双全，颇是俊秀良才。不过话说回来，我九岁时和他做过什么约定呢？他又凭什么以为，襄仪公主会用这个约定来交换白玉京呢？

陆陵君察觉到我一直偷瞄他，索性回敬我一眼：“怎么？是不是发现我英俊潇洒、风流倜傥，感到无比嫉妒、悔恨……”

“你为何要救我？”我问，“其实我与陆兄不过萍水相逢，犯不着用你所重视的约定交换，你……不是一直想进公主府做面首的吗？”

陆陵君摇头晃脑想了想，“人命关天啊……”

“我又不至于丢了命……”

“男人的命根比命还重要好不好……再说，”陆陵君对我微微一笑，“白贤弟很不同的，我也说不上来，就是一想到你要遭受那种苦难，心里就不是滋味，这大抵便是白首如新，倾盖如故吧。”

我道：“好一个白首如新，倾盖如故，殊不知陆兄想怎么安置我这一见如故的贤弟？”

陆陵君驻足，指着面前巍然耸立的牌楼，道：“这儿，贤弟可有兴趣？”

果不其然，陆陵君带我来了这儿。

我努力使脸上不浮出笑容，悠悠地看着那蓝匾金漆三个大字——国子监。

陆陵君京中举目无亲，临时起意来救我，不论接下来打着什么算盘，依他的性格，会把最危险的地方当作最安全的地方。

所以国子监，是最好的掩人耳目之所。

国子监戒备森严，堂宇宿舍，饮馔澡浴，俱有禁例，此时已过了自由出入的时辰，成贤街上颇为冷清，我们也不大引人注意。

我问：“我们从正门进去？”

陆陵君微笑道：“白贤弟你太幽默了。”

幽默的白贤弟：“……”

于是轻功尚可的陆陵君带着我飞檐走壁，穿过一条小径，绕过太学门，直达国子监生寝楼。看他一路顺当至此，不难想象平日里他是有多不喜走正门，享受这种刺客般的境遇。

让我感到奇怪的是，这一路上几乎未遇什么人，按理说，即便监生按时用膳或歇息，也不致连博士、助教、掌教也不见吧？

陆陵君将我带入寝间，关上门，从衣柜里翻出一套监生的蓝袍，边换边道：“今日戌时在辟雍大殿有吉礼，人都聚在那儿，你暂且待着别乱跑，我赶过去，礼毕后拜访祭酒大人讲明你的情况，其余诸事另行打算。”

我点点头，陆陵君又简要交代几句，戴好儒帽便狂奔出去。

我刚想关门，却倏然让一只黑手按住门柄，拦了下来。好吧，其实这双手本身不是黑的，奈何天色灰暗，阴影颇重，看不清来人的模样。我叹了叹气：“驸马，你来得好迅速……”

想也不用想，他还是放不下心尾随前来，这一路上陆陵君竟丝毫未觉，姑且可以证明驸马在轻功上的造诣还是略胜一筹的。

宋郎生毫不客气地拉着我就走，我被他此举弄得丈二和尚摸不着头脑，“喂？”见他不理我，我又道，“你该不会是想带我回去吧？”

宋郎生总算松开我的袖子，停步道：“公主这场闹剧也该闹够了吧？”

我道：“我不是胡闹。”

宋郎生冷笑：“你莫非还想和那监生共处一室过夜？”

“我说，你……”我伸手指着他的鼻子，“不要用这种语气、表情和我说话，我会觉得你是在吃醋。”

宋郎生下意识地脱口而出：“我本来就是在……”然后收了口，轻咳一声，“公主说会给我一个解释，现在无人，倒是说说看，你来此处是为何事？”

我道：“太子希望韩斐能任此次江浙的监察使，可他拒绝了，拒绝的理由没明说，却是因为方雅臣，而方雅臣就在国子监任授课博士。”

宋郎生神情中浮起一抹疑色，“你若想从方雅臣身上入手，直接见他便是，何必多此一举？”

我耸肩道：“方雅臣此人我尚不了解，见了面又该说些什么？问多了还会暴露失忆这事，得不偿失。有些事还是当眼见为实，心中有个底方能谋定而后动嘛。”

宋郎生默不作声。

我推了推他的手臂：“我说你怎么总是满脸不情愿的模样啊？”

宋郎生抿抿嘴，语调轻得像半山暮霭：“公主似乎更愿意和他们待在一起。”

他们？他们是指……我的面首们吗？

我弯腰瞥他低头的神色，笑道：“你不会真的是吃醋吧？”

宋郎生狠瞪着我："我不愿公主与这些人接触，有何不妥？"

我看他这样一本正经地说，忍不住好笑："我就因不想再和他们有纠葛，才这样做的。"

宋郎生扭过头："强词夺理。"

月色照耀下，宋郎生的眉眼间流露着不悦之色，他这样的人，率性特立，本当从容不迫，何故这般蛮不讲理？

我伸手扳过他的头，让他直视我："驸马，从我失忆被你找着，到现在，足有三个月了吧？"

宋郎生不置可否地嗯了一声。

"你可知，我对于过去的我，最大的感受是什么吗？"

宋郎生面露疑色。

我说："厌恶。"

宋郎生微微一愣。

我认真地道："我真的真的很厌恶襄仪公主。厌恶她仗势欺人，厌恶她劣迹斑斑，厌恶她面首如云。我完全不愿、不敢相信，我就是她。当你和我说，我强迫你做驸马，利用你的家族威胁你，你可知我心里在想什么吗？我想离开，想逃得远远的，我甚至想，还不如失忆一辈子，在别的地方杵着也比成为她强。"

"公主并非那种人。"

宋郎生望着我，我回望着他清澈的双眼，一时之间，心里的感触很难描述。

我道："我是何等人，其实，你也不了解，是吗？"

宋郎生又怔了。

我问："你此前说起关于我的一些事，统统都是真的，不是吗？虽然……嗯，虽然你的确有不少事瞒着我，或许……是一些你待我不好的往事，你不愿提，但是，至少我可以从驸马身上感受到对我的关心，让我觉得……我应该并非传闻的那般毫无可取之处。所以我想尽我的力，把那些什么面首啊什么谣言啊全部清理干净，这样说，你还不明白？"

宋郎生愣了下，一双眼在月光下熠熠生辉，"公主不是失去记忆，对周围所有都感到陌生吗？"

我展眉道："人与人之间最早不都是从陌生开始的吗？正如我现在对着你就没那

么生疏没那么戒备了……”

宋郎生瞥了我一眼，道：“敢情你对我一直都戒备着……”

我讪讪笑了笑：“现下这不是重点，诚然相较我昔日的哀乐，还是今后的喜怒更为重要，既然我们要一直在一起，就应该……”

宋郎生打断我：“你说什么？”

“什么什么？”

“你说……”宋郎生有些结巴，“我们一直在一起？”

我诧异道：“废话，你是驸马，你不和公主在一起，难道还想和府上的面首在一起不成？”

浓墨一般的云朵遮住了月牙儿，四周忽然黑漆漆起来，等云雾飘过，又见那副云淡风轻的神情，我说：“说了这么多，可以放我走了吧？”

宋郎生没答话。

我喂了几声，他才道：“公主躲在国子监里，朝中诸事又作何打算？”

我道：“这儿离咱府就半个时辰马程，我一有空就回去看看，不过数日，应付得来。”

宋郎生道：“既然公主决定了，我亦不再相劝。”

说完一个纵身消失在黑夜中了。

我僵硬地看着他远去的身影，有种想要挠头的冲动——你这失魂落魄的是个怎么回事啊，回去的路我不认得啊，会出事的。

于是，果真出事了。

就在我四顾晃悠七拐八拐，指望能绕回陆陵君的寝间之际，一个阴森森的声音在背后道：“你是哪个院的监生？吉礼时辰怎会在此处逗留？”

看来是撞上国子监的巡查博士了。

我的下意识反应是拔腿就跑，直跑了一大段路，惊动了全院人我才恍然大悟，其实我不妨同那人表明我的身份。

最终造成的结果就是随处可见打着灯笼搜查的人，不时听人嚷嚷“有刺客混入国子监来”“速速查办”之类的话语。

我惊险地躲到某间空房里，不由得思索，堂堂公主被一个闯入公主府的刺客带到国子监来又被误认成刺客，真是人生堪比戏台，婀娜多姿。

戏本里的角儿总会在各种危难关头逢凶化吉，就在我思考我是不是有这个命时，忽听门外有人道：“祭酒大人，要否让人先查探屋中有无刺客？”

我心下一紧，但听一个清清静静的声音：“无妨，若真是刺客，倒不至于愚到擅闯敬一亭厢房来，你们先下去吧。”

“是。”

我发觉此刻已避无可避，只闻嘎吱一声门响，有人跨门而入，然后……刚好与站在房中的我四目相对。

严格来讲是面面相觑，这确是个水深火热的场景。

我借着月光仔细望去，但见此人在凉风中站得笔直，一身清华之气仿若可以御寒，宁如谪仙。

谪仙只怔一瞬后气定神闲地关上门，点亮屋中油灯，朝我笑了一笑，声音如幽兰般清净：“又有什么风，把公主殿下您给吹来了？”

我咽了咽口水，不确定地道：“卫……清衡？”

他轻声笑笑，笑得良善，“不过一年未见，公主莫非认不出我了？”

我脑中划过陆陵君的一句话：他在公主及笄前任公主少师，仅在公主府待上半年，出来后便直任内阁学士，如今更兼国子监祭酒。

卫清衡，不想竟是此等人物。

如此风华之人倘若做过我的面首，当心存忌恨才是，然瞅他态度倒是良善，且道……一年未见？岂非在我失踪之前还与他见过面？

卫清衡见我杵着，笑笑：“怎么傻愣愣的？方才外边那么大动静，该不会是你惹出来的吧？”

他的语气委实……不像是一个臣子对监国公主该有的。

我就近拣了个红木凳坐下，问：“是否又给你添麻烦了？”

卫清衡理所当然地点点头，直截了当：“这回，要我帮你什么？不妨说说看。”

这回？这么说我过去常找他，应是可信之人。我道：“我想在国子监查证一些事。”

卫清衡饶有兴致地瞧了我一眼，“是国事还是私事？私事不偏帮，国事需慎重。”

我微微讶然，旋即道："是关于方雅臣的。"

卫清衡噢了一声，"那应是国事了。"

我又怔住。

方雅臣曾为我的面首，怎么看都是私里暗头的事，何以他就断言此乃国事？

卫清衡垂眼道："他和韩斐那档子问题，是该解决了。"

哦？莫非他知道韩方二人此前有过什么嫌隙？话说，我能否直接问他啊。

卫清衡道："如此，公主便以广文馆监生之名暂留，除方雅臣，其余几位博士都不曾见过公主，无甚大碍。最看不惯公主的司业王大人告老还乡了，我明日会交代下去，但凡认识公主的，权且无视，公主亦非头一遭体验国子监生活了，东厢那处的寝房还给你留着，一切照旧，如何？"

他一大溜子串下来面面俱到，倒把我噎得哑口无言。卫清衡将眼帘稍微抬了抬，"怎么？"

"没，就是觉得似乎没我什么好操心的了。"

卫清衡露出了一星儿笑："不过，这届广文馆的监生都是各地贡生佼佼者，不乏资质颇佳之材，公主不妨稍加留意。"

我道："啊？"话说，他这是在暗示我……可以挑几个拿来做面首吗？

他道："有几人若在参试榜上有名，进了朝廷，会是廉政党林中的新栋梁。公主替太子甄选栽培，自是有益无害。"

我："……"

自、自当上这公主以来，遇到匪夷所思之事过于频繁，以至于现下难得撞上个正经人，倒衬托了本公主满脑子不利索了。

我把他前头的言行举止放心上过了一遍，酝酿出一种漫不经心的语气道："一想都这么久未见，上回见面时是个什么光景，呵呵，还记得吧？"

卫清衡笑了一笑："当日公主为了给驸马爷做寿，足足在我这儿学了三个月水墨画，后来驸马可还中意？"

我道："啊……那、那是自然。"

怎么曾经如此用心地为驸马准备寿礼？这……究竟要喜欢到何种程度啊？

卫清衡又说："虽说公主笔触尚不厚实，意境倒是到了，比起多年前描了那幅人像图让我帮着找什么大哥哥，倒是好上许多。"

我心头一跳，“多年前？大哥哥？”

卫清衡道：“嗯，那幅画还一直搁在我这儿，后来公主嫁了人，也未再提及此事……”

“现在在这儿？”我激动地一拍桌子，“能否拿出来给我看看？”

卫清衡见我如此反应，不觉一怔，随即起身在桌后陶缸的画卷中掏了掏，不过多时拣了一卷纸递给我，笑道：“公主该不会一直都不记得这画是放在这儿了吧？”

我迫不及待接过展画，直见画中所绘，不由得倒吸一口凉气。

“这画的是人是鬼啊？”

卫清衡道：“勉强算得上是人画符吧。”

我惆怅地看着那令人毛骨悚然的画，大哥哥若真生成这副模样，只能说明我小时候是个极为注重内涵的人……

卫清衡淡淡笑道：“公主就是拿着这让我务必寻到此人，我当时甚至想过是否收拾好细软连夜逃出京城……”

我尴尬地挠了挠头：“那还真是委屈你了。”

卫清衡点点头：“幸而公主是个尊师重道的好学生。”他从衣柜中拿了件监生儒衫，挂在椅背上，“今夜先在这儿歇着，我现在要出去处理你的烂摊子，晚些会回隔壁厢房住一宿，有什么急事可以准许你不敲门，明日换了这身衣衫，就算正式的国子监生了。”

我抬袖行礼道：“谨遵祭酒大人命。”

卫清衡嗤笑地说了声“你啊你”就披着外袍出去了，我瞧着他挺拔的背影，不觉感慨此人真是极好相处，言谈举止得体大方，应是胸有丘壑之辈。当然也可以放下心里的一块大石，他过往果然是货真价实的公主少师，面首这种谬论安放在他身上还真是羞辱了他。

画还摊摆在桌上，我正准备卷起做个留念，却突地顿住手。

我说，这画中人的眼神怎么那么熟悉？越瞅越神似谁来着？

我歪头琢磨了好一阵子，还是没琢磨出个所以然，索性拾掇拾掇熄灯睡觉去。

国子监乃是当朝最高学府，天下世子莫不景仰，下辖国子学、太学、广文馆、四文馆等。其中以国子学为尊，三品以上国公子孙方能入学，而广文四文大抵是各地庶民儒生之俊才，若能高中，自也是官运亨达，前途不可限量。

其实简单地说，国子学太学就是群官二代，广文这头是平民百姓，另有律学算学不乏捐监者，当然这种局面下，整个监院明争暗斗，内里硝烟弥漫，隔三岔五惹出麻烦那也不是没有的事。

理所当然地，国子监的戒律是极为森严的。

但凡怀有异心、抗拒不服、撒泼闹皮，违犯敕谕者，轻则打五十竹篦，稍微重点或充军或充吏，反正祭酒大人一道命令下来，就只能奔往那烟瘴地面去；不过若犯了重罪，处斩也非史无前例，譬如辱骂公主什么的。好啦，这例子只是我的遐想而已。

把重点移回来。

当卫清衡领着我到广业堂时，监生们正在堂中听课。老博士正捧着卷书在堂中晃来晃去，振振有词道：“厉公将作难，胥童曰：‘必先三郤，族大多怨。去大族不逼，敌多怨有庸。’公曰：‘然。’”授的似乎是《左传·成公》。

卫清衡进堂与他私语了几句，不时往我的方向指指，不过一会儿，老博士略略点了点头，对着全堂监生道：“今日广文馆新来了一名贡士，乃是扬州江都县的举人，此前家中应急不能赶上国子监选，应祭酒大人保鉴，从今往后便是尔等同门，务以诚相待。”说完看了我一眼，我忙跨出一步，躬身作揖道：“在下白玉京，望诸位同门共勉指教。”

这时有人嬉笑道：“白兄当真是貌比潘安，这下某人可不能再自称是国子监第一俊才了。”

众人听完都心照不宣地扭头，我也顺着他们的目光望去，恰好对上陆陵君充满震惊之色的眼珠及……乌暗的眼眶。

糟糕，我居然把这货给搁脑后了，昨晚他回来不见我人，加之国子监内还闹着抓刺客，定然忧心忡忡一夜难眠了，此时此刻此地以此种形式再见到我，不知会否吓出点什么毛病来。

陆陵君愣了又愣，直到神情放松下来，脱口道：“胡说，他生得哪有我风流倜傥！”

众人：“……”

看来我是瞎操心了。

自我介绍完我正欲挑个位置入座，老博士却忽然叫住了我，问道：“《左传·成公十七年》，你可读过？”

我下意识地点点头。

他又问：“历公作难时，郤至是如何作答的？”

我又下意识地瞥向卫清衡，他微笑着朝我点点头。

喂，你个姓卫的微笑是什么意思啊，难道这个问题我回答出来是理所应当的吗？

说来也怪，盯着卫清衡那张优雅从容的脸，顿觉这问题确实很是耳熟，由耳入心，脑海中登时涌出许多画面。

年幼的我正襟危坐，少年的卫清衡拿着戒尺在我身边绕来绕去：“公主殿下，这个论题我早就和你说过，怎么一晃眼又给忘了？”

我道：“忘了就是忘了，你奈我何？”

他晃了晃戒尺：“我会罚你。”我摊手笑道：“你不敢。”他挑了挑眉，用力将戒尺挥到我手心上，我嚷道：“我要告诉父皇和母后！”他说：“我根本没有打到公主。”我低头一看，果真未觉疼痛，奇道：“可是我明明感到一麻。”他道：“那是因为公主眼见戒尺，下意识感到害怕，身体亦会做出相应的反应和错觉。”我夺过他的戒尺，也朝他使劲一挥，却见他面不改色，我问：“你又是何故不惧？”他装模作样扯道：“此乃信、知、勇三者使人立。”

回忆的片段戛然而止，我想了想对老博士答道：“郤至曰：‘人所以立，信、知、勇也。信不叛君，知不害民，勇不作乱。失兹三者，其谁与我？死而多怨，将安用之？君实有臣而杀之，其谓君何？我之有罪，吾死后矣。若杀无辜，将失其民，欲安，得乎？待命而已。’”

老博士微微颔首道：“入座吧。”

卫清衡走后，老博士继续悠悠然讲《左氏春秋》，这半天的课上得浑浑然，主要是因为我没有课本，放堂后我正思忖要否去监丞那儿领一套，身后有人大步跟上来同我打招呼。

我认出他是方才大嚷我和潘安很像的监生，不免添了几分好感，他道：“我叫苏樵，泸州人，不过我娘是扬州人，她常说扬州水土养人，我原还不信，今日看了白兄方才知她未唬人。”

我正欲谦虚两句，一只手伸出截开我们的距离，陆陵君硬挤到中间，朝苏樵瞪了两眼："白玉京可是我的人，你休妄染指。"

苏樵不爽道："大家都是同门，你怎还分门别派的？"

陆陵君哼哼唧唧地道："既然如此，你去找国子学太学那群小子做自己人啊。"话毕拖着我快步走出一段距离，我忍不住道："陆兄你这话说得忒不厚道了。"

陆陵君连连摇头："你不懂，咱们国子监阳刚之气过盛，会造成火头太旺无处可解之对象，对于此类人就该敬而远之。"

我哈哈笑说："你该不会被祸害过了吧？"

"我这么英气逼人怎么看怎么像是祸害别人的吧……"陆陵君转头，"白贤弟，别扯开话题，你先答我，这是怎么回事？"

我道："就……其实我和祭酒大人……嗯……是远房亲戚，然后大家曾经同病相怜就……唔，收留了我。"

陆陵君将信将疑："那你为何不早同我说？"

我"哎"了一声："是你忽地就劫我来了，我来不及说啊。"

陆陵君道："祭酒大人不怕因你而得罪公主殿下？"

"不是你用条件换我出来的吗？公主应该不会追究了吧……再说，"我把双手抱在胸前，"我觉得祭酒大人其实不怎么怕公主的……"

陆陵君道："这你又是从何得知？"

我挥挥手："不谈这些，哎，问你，何时才会有方雅臣博士的课？"

陆陵君想了想："前日方上过算学，至少要等到后日吧，怎么了？"

我问："那他其他时间一般在哪儿？"

"问这作甚？"

我推着陆陵君的背，笑道："带我去，路上再同你解释。"

方雅臣住在国子监南处的院楼里。据说早前是处闲云书斋，后来公主殿下发了话，便成了他避世之所，少有人搅。

绕过影壁，进到院门，花架上种着爬墙虎，旁边的小鱼池上浮着几片睡莲，格外美好的景致。陆陵君说这处叫藏雅阁，是公主取的名字，听到这儿我不免槽牙泛酸。

走到近处，里头隐约传来袅袅琴音，是首颇阳春白雪的曲儿，满院清高幽回。我示意陆陵君停下脚步，透着木栏往里望去，只见一个人半低着头，临门而坐，专心抚琴。

乍看之下此人目光如潭，灰色布衣，再素雅不过。然而瞧得仔细，反倒看出一丝难以言传的妩媚，有种隔靴搔痒的微妙之感。我幽幽一叹，这样的风情赋予一个男子，叫我们女子情何以堪?

方雅臣一曲弹毕，下一曲再起，陆陵君正待踏入，我抬手止住，示意他再听一阵。

这个曲调，十分耳熟。

似诗经柏舟，又似意难平。

意难平。不正是韩斐那日所奏吗?

我瞥见那架梨花焦尾琴，与韩斐那把果然是一对“高山流水”，同出一系。我看着方雅臣那张清高的面容，听着曲子缭绕，想起很久以前，也是在这个院落，我吟诵道：“泛彼柏舟，亦泛其流。耿耿不寐，如有隐忧。微我无酒，以遨以游。”我看着他：“你当真舍得？”

他淡笑：“人大抵如此，我不舍，他舍；我舍，他就舍不得。既终究注定无果，何必心留执念？若从此风清月朗再不相欠，于我们而言，未尝不是一件好事。”

我道：“本宫可以成全你，但若然心之忧矣，如匪浣衣，终是自欺欺人；若心有不甘，就当问个是非明白，而非避而远之，再也不见。”

方雅臣勾了勾唇，眼睛晶晶亮亮地看着我：“这番话，让我相信公主，是个真正的好人。”

陆陵君张开手掌在我面前晃了晃，轻声问：“你在发什么愣啊？”我眨眨眼，没有进院去找方雅臣，而是掉回头慢慢走。

陆陵君快步上前，“你到底怎么了？”

我道：“有些事本想弄明白，却感觉越来越糊涂，我得多想想。”

陆陵君一头雾水：“那是什么意思？”

我笑了笑：“没什么意思。”陆陵君识趣不再多问，我们一同去监丞那儿领了套书具和日常用品，我抱着一床旧旧的棉被，有些郁闷地道：“我喜欢睡觉的时候把半颗脑袋都放被窝里啊。”

陆陵君叹道：“好东西都让国子学的那群人物包了，哪还轮得着我们。不如我们出去买一床新的如何？”

我觉着可行，便说好，放下东西一起去，可到了寝门前，见一书童已在房内铺好了床，还安了暖炉，不由得奇道："是祭酒大人让你来的吗？"

书童摇了摇头："是一位公子爷交代的。"

我瞧了被铺一眼，问："那位公子爷人呢？"

"他刚走，应该还未走远。"

我转身，想了想扭头对陆陵君道："我一会儿再来找你。"说完快步朝监门方向奔去。

从寝房到大门的距离不算短，所幸追到时还能隐约看见那人的背影，我缓下脚步喘了喘，叫住他："驸马！"

宋郎生回转过头。

路上芳草鲜美，落英缤纷。宋郎生的红色官服上沾上了不少花瓣，犹如春夜海棠，倚风自笑。然则他本身气质冷然，虽着丽装，尤见其洁，一刹那，片片落花都化作神怡气静。

他看到我时似乎微微讶异，神情却无大异，气场却仿似柔和少许。

我笑眯眯道："我刚刚看到被褥还有枕头就知道是你送来的，你怎么说也不说一声就走了？"

宋郎生不冷不热道："公主现下不是白玉京吗？和我说话让太多人见了，要如何解释？"

我道："就说我们是故交知己，没什么大不了的。"

宋郎生哦了一声，问："你还想在这儿待多久？"

我抿嘴道："我才刚待一天啊，就舍不得了？"

宋郎生别过头去，眉毛动都不动："太子差人来找过公主，早朝不是天天有，需要公主时，公主不能缺席。"

我点点头："知道了。"

宋郎生欲言又止，最后道："那你好好照顾自己，我先回去了。"说完转身往马车方向行去。

我看着他的背影，忽然提高了几个声调道："其实，我也是归心似箭的。"

他足下顿了一瞬，随后若无其事地继续前行，直到钻入马车，逐渐驶远，都没回过头一次。

好在，他那红透了的耳根出卖了他。

我摇着衣摆一路欢快轻步。

然后拐弯时突然被陆陵君的一张脸挡住视线。我吓了一跳：“你干吗？”

陆陵君哀怨道：“刚刚监丞来通知说，新司业大人来了。”

司业这个职务……就是国子监的第二把手嘛。我耸耸肩：“来了就来了。”

陆陵君遗憾道：“现在就召我们去集会，我还想和你出去玩呢。”

我笑道：“反正棉被都有了，太阳也快下山了，就不出去了。是说现在吗？那赶紧啊，迟了要挨罚的。”

我们推推搡搡一路赶到辟雍殿时，那里已聚满了人。六学监生齐聚一堂，景致好不壮观，我也就暂时忽略各种监生眼神间的腾腾杀气了。

有人说：“这次的司业大人听说来头不小。”

有人接道：“连祭酒大人也让他三分，能小觑吗？”

陆陵君意犹未尽地看着窗外，估计还在惦记外头的花花世界，我正要打趣他，门吱呀一声开了，一道身影先走了进来。

是卫清衡。他进来时整个场面就瞬间静了下来，所有人整齐地向他颔首行礼。

好静。

卫清衡说了几句关于新司业继任事宜，紧随其后，一道蓝色身影飘然而过。

陆陵君还在走神，我用手肘撞了撞他，他整个游魂还散在千里之外，我也懒得搭理，然后回过头，看清了新来的司业大人。

他一身朴素蜀锦蓝袍，每一个皱褶都显出儒雅的气派，他的表情，平淡如高山仰止，在场众生都无可抑制地流露出敬仰之态。

然后是他的声音，犹如穿越过空谷般，平平道：“本官是新来的司业督监事，从今日起辅祭酒大人，掌儒学训导之政，总国子、太学、广文、四门、律、书、算凡七学。”

“我姓聂，单名一个然字。”

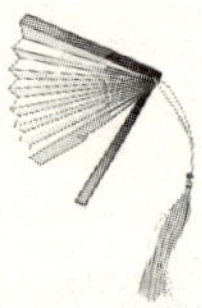

# 第五章 无解忘魂散

我就像被魇中一般。

仿若众生在此一瞬消散，天地化作虚无，身在荒原，心中空寂一片，要想些什么要做些什么都不能克制。

煦方。

本以为吹灯拔蜡，渐行渐远的人就这样猝不及防地出现在我的面前，在这等场合，以这种姿态。

历历过往，走马观花般从脑海中掠过，我这才意识到，那些言浅意深的纠缠从来就没能挥之而去。

掌心被指甲扎得生疼，等到我回过神来时，司业大人已然演说完，诸生开始散场。陆陵君用力拍了拍我的肩：“你还发什么愣啊？走吧。”

我木讷地点点头，努力迈着步伐往前，就在快要踏出辟雍殿时，再次听到了那个人的声音：“这位监生，请留步。”

我浑身一僵，停下脚步却不敢回首，我低着头看着鞋尖，感觉到他的脚步渐行渐近，双手掩在袖中不断发颤。

然后，他的袖子如清风般从我身旁拂过，问候起离我不远的监生。

陆陵君一把拉着我，边走边问：“你怎么了？一副撞了邪的模样？”

直到外头的凉风扑面袭来，我这才一个冷战清醒过来，拢了拢衣襟快步而行，陆陵君一头雾水地在后头嚷了几声，索性伸手把我截下，“究竟是何事让你这般失魂落魄？你是遇见什么人了吗？”

我默不作声。

陆陵君似乎当我是默认了，着急地揪住我的双肩，问：“是谁？是你的旧识？莫非是国子学里的人？”

我心烦意乱地甩开他，冷冷道：“我不愿说，你何必多问？”

陆陵君一呆，“你这般，是存心吊着我着急……”

我压抑住如水波般的心绪，道：“我知你关心我，可眼下我只想一个人安安静静地待着。”

陆陵君见我如此态度，也有些着恼道：“我有眼色，再不走当真就不招待见了。”话说完，收了，抬袖告辞。

此时，监生稀稀疏疏地返回寝房，我独自缓步而行，国子监梨花飘香，一朵朵白心卷在半空中，本应是极美的景致，但是看在眼里只觉凄清异常。忽然觉得此地极是陌生，每张生面孔都让我感到心寒，直到不知不觉走出国子监，穿过闹市，漫无目的地行了很长一段路，停步于府邸的门前。

公主府。

我百感交集地颔首。为何此刻满心满意念着的都是陈家村的那栋小屋，那棵大树，那个属于和风的家。

夜深人静，沉静之感四面八方袭来，几乎让人眼眶发酸，我敲了几下门，听到门房先生不耐的声音，然后见他在门打开时被吓个半死，我也懒得理会，径直回到自己的房中，关上门，和衣躺在床上。

可惜床上的铺盖让驸马送去了国子监寝房里，我懒得再动，蜷着身闭上眼，试图让自己不要再胡思乱想。

不过多时，听见有人叩门，看我未应，那人推门便进，我没有睁眼，无须多猜，除了驸马未有人有这胆量。

宋郎生在我床边坐下，道：“公主何以忽然就回来了？”

我没有回答他的话。

他又问：“发生何事？”

我依旧没有理会他。

他道："你这样会受凉，我让人给你备床新铺。"

在此情此景中，我按捺不住心中的波涛汹涌，双手一捶床板，坐直身发起脾气："驸马可以出去了吗？本公主现在需要的是独处，只想一个人杵着，可以吗？"

宋郎生微微一怔，黑暗中我看不清他的神情，却听他道："不可以。公主这样让我感到十分不安。"

"你不安是你的事，我凭什么要为了顾忌你而委屈我自己？"

宋郎生道："那我又凭什么为了顾忌公主而让我自己更加不安呢？"

"本公主没有心思和你兜圈子卖弄说辞，"我索性下床，绕过他道，"你不走我走。"

倘若在平时，宋郎生必不再多言，可我刚踏出几步，手腕却让他一把拽住，我用力挣了挣，挣不开，回转过身，冷冷道："你放不放？"

谁料宋郎生不但不放，用力一带将我整个人都拥入怀中，我伸手推他，他反倒箍紧臂膀，显然是打定主意不让我跑了。我挣扎了许久，直到累了无力了，才任凭眼泪浸湿他的衣襟，他一下一下抚着我的背，口中低低劝慰，我也不知怎的，那瞬间，只觉得心中积蓄已久的委屈倾巢涌出，到最后张臂搂着他号啕大哭起来。

我已不晓得究竟哭了多久，依稀是他先松开的我，而我自己死皮赖脸地揪住他的袖子用来擦擦涕泪，最后宋郎生硬生生握住我的双肩送出几寸，哭笑不得道："怎么就哭个没完？"

我怒目而视："本公主宣泄内心的痛楚，你不满意可以离开。"

宋郎生闻言低低笑了一声。

我道："你居然还笑？"

宋郎生揉了揉我的头发："很多时候，能哭，便是纾解，不失为一件幸事。"

诚然许多事可能真如驸马所言，然而不计较，纾解变成越纾越不能解。

我垂下头，闷声道："你就……不问我发生何事了？"

"你心里憋着事，想来有不能对旁人说的难处，但不能因此就和自己过不去。"

我眼睛一眨不眨地看了他片刻，说句大实话，横看竖看，宋郎生都是个无可挑剔的驸马，和这样的人处得久了，怕是不喜欢也难吧？

我真的可以忘掉煦方，转而把心放在他身上吗？

宋郎生拉着我将我按坐在床上，夜色里，他那一双漆针似的眼里泛着光："现下夜已深，公主也累了，不如什么都不要想，好好睡上一觉，待明日醒来，再追究个没完不迟。”

遗憾的是第二日他没能来找我追根究底，确切地说是我压根没醒来，这一觉睡得太沉，昏迷时外界如何我自是不得而知，只是隐约在梦中见了许多人，看了许多事。

有幽寂的村落，有间青瓦院落，我穿着公主华服蹲坐在门边，忽见身后有人笑道：“你回来了？”

我回过头，只见那人含笑而立，依然是那般温和泰然，只是淡淡一笑，便笑进了心底。

“聂然……你怎么……”

“傻瓜，我是煦方。和风，我都想起来了，从今往后，我们天荒地老，再也不分开。”

终于给我盼到了这一天，我忍不住落下泪来，轻揽着他的腰，却在那一瞬揽了个空，四周忽地化为一片荒芜，寒风凛冽，不知为何瞬时易地，处在山巅。

遥遥望去，一个极为熟悉的身影伫立悬崖边上，北风掀起了他的棉袍猎猎作响，长发飞扬。

他不是煦方。

他是谁?

然而不及多想，那人张开双臂向前倾倒，就这般毫无征兆地跌入万丈深渊之中。

我呆呆地站着，看着那雾泛涟漪的山谷，发不出声，迈不开步，心竟已连痛楚都感受不到分毫了。

…………

“……公主……公主。”一声惊呼，我猛坐而起。

紫色的苏绣垂缦，锦被绣着白鹤，这……是我的床。

“你终于醒了。”

我的头隐隐涨涨地刺痛，勉强撑着眼皮，只见宋郎生侧着躺在我身旁，牵住我的手，用那种雪亮雪亮的眼神盯着我，道：“你昏睡了近两日了。”

“我……”我发觉我的声音有些嘶哑，“我怎么了？”

“你高烧不止，这一病，直把整个太医院乃至府邸上上下下折腾个人心惶惶，不得安生。不过好在……”宋郎生有些苍白的脸上透出笑意，“你醒了。”

我掀被，挪着身想要下床，宋郎生顿了一顿，伸出手让我躺平，“别急着动，我让太医进来复诊，他们可都在正厅守着，怕是整颗心都在悬崖上挂着。”

乍听“悬崖”二字，我不由得打了个哆嗦，宋郎生奇道：“怎么了？”

我摇了摇头，道：“没，就是觉得哪里怪怪的。”

宋郎生用掌心抚了抚我额头，“你先安心歇着。”

我茫然凝视着帐子顶，看去有些灰蒙蒙的，想要去回想梦中人事，却是无论如何都记不起来了。

徐太医来了之后无非道了几句说了等于白说的话，再随便开了几剂方子便被我匆匆打发了。老实说，这班太医若真有本事，父皇怎会还在宫中躺着？反正我是对他们不抱任何奢望，反是宋郎生各种威逼利诱，非要我做个听话病人，万般无奈之下，只得由着他颐指气使。

病来如山倒，病去若抽丝，接下来两日只能慢慢调养，急不得躁不得，看到我渐渐有了好转，宋郎生总算是放下心来，于是又投入到他的大理寺忙碌不完的案子中去了。

他忙他的，我还得愁苦我的。

这韩斐与方雅臣那点儿事一日没捣鼓清，江浙监察使只得另请他人，不晓得太子还能否寻到适宜人选，这朝中局势凶险万分，一个行差踏错莫弄出什么大乱子。

反正眼下朝廷是不会派聂然去了，他都直接跑国子监来了，还有什么好顾忌的？话说，他为何会突然做什么司业，谁安排他这趟差使的？

我在书房中翻阅着高高一沓奏折，还真淘到一本提到这桩事了。

是夏阳侯的意思？或者说是赵首辅的意思？

在国子监当差无非与监生贡生打打交道，是处颇为清闲颇有威信却无实权的地儿，夏阳侯若真有争权夺利的心，怎么着也该给儿子安个脑满肠肥的要职捞油水吧？还是说，这只是作为一处的垫脚石？那么他们真正的意图又是什么呢？

该不会是……

我的心肝脾肺都紧紧缩了缩，不敢再往下想了。

想事情就是这样，越想越深，越想越绕，到最后只余无尽纷扰，徒然让自己心里不好过。

我用指节敲着书桌，寻思着是否该找个人探讨此事，思来想去，除了驸马以外，唯有卫清衡是个上佳之选。

但……我委实不愿回国子监，在那儿总是要与聂然抬头不见低头见，到那时……

正兀自烦恼，无意间瞥见屋外柳伯探头探脑的模样，我清了清嗓子："什么事，进来说。"

柳伯小心翼翼地踏入房中，笑问："公主可大安了？"

我倚在椅背上道："什么事直说，你这副模样我瞅着都替你急。"

柳伯嘿嘿两声道："其实，殿下这回病势汹汹，嘿，当时太医院的人根本没法立刻赶来，驸马爷急个不行，便让府内的太医先给开个退热的方子，这一剂药下去，果真是好转了不少……"

"哎，你等等……"我问，"咱们府上有太医？"

"自是有的。"

"我怎就从未听闻过？"

柳伯道："不是殿下开的口从太医院要的这人？您……不记得了？"

我苦思冥想，恍然一指，道："是周神……周文瑜？"

柳伯点头："正是他。"

周神医，竟把他给抛到九霄云外去了。

我随手端起茶盏，问："合着你的意思是……"

柳伯道："周太医一直托我想求见殿下一面以答谢殿下知遇之恩，前些日子殿下不在，故……"

能让柳伯专程来这一趟，这神医下了不少血本吧？他还不晓得我就是公主呢。我玩心大起，迫不及待想要逗逗他，"请他来吧。"

周文瑜以迅雷不及掩耳之势出现了。

一进门就哈着腰跪下身呈叩拜状，我缓步踱到他面前，蹲下身瞅着他："听闻，本宫此次大病时，你给开了个方子？"

周文瑜道："正……正是，老夫从驸马爷那儿听来一些公主的症状就擅自写了药方……"

我叹道："那可怎生是好？本宫吃了这药后就上吐下泻不止，我说你，该不会是开错方了吧？"

周文瑜闻言高呼饶命，不住磕头求饶，我忍笑道：“周文瑜，怎么就不敢抬头看本宫？”

周文瑜浑身抖如筛子，“老夫罪该万死……”

我伸手在他跟前晃了晃，“你还是先抬个头再讨饶吧……”

周文瑜死死颔着首不动如山，我终于忍无可忍捧腹大笑，边笑边道：“你不看一眼可是要遗恨终生的。”

他这才战战兢兢抬首，果不其然地双目圆睁，登时忘了那些君臣规矩，颤着手指指着我：“你……怎么会是你？”

我挑了挑眉：“周大神医，许久不见，您老瞧着很是精神啊。”

周文瑜瘫软着身子一屁股往地上坐下，瞠目结舌：“你……你是公主？”

我扶着他起身，笑说：“这算是惊喜还是惊吓？”

怎料他下一刻又跪下身来，“当日老夫不是故意拿光公主殿下的盘缠，老夫不知道您就是公主……您如此这般，真是折杀老朽……”

我揉眉道：“得了，老古怪，这套虚礼现在再安上已经迟了，起来说话。”

周文瑜大抵也觉得有些撑不下去，这才乖乖起身，颇有些不好意思地挠挠头：“原来，您是当今的襄仪公主……这么说来，我还真救了个大人物……”

我打趣道：“快要名扬天下了？”

周文瑜乐不可支地笑了笑，顿了一顿，“可公主当日为何会……中箭落江身受重伤……”

我摇摇头，故作不语，周文瑜忙躬身自怪多嘴，我轻轻拍了拍他的肩，“总而言之，救命之恩我自铭记于心，名扬天下的名声能不能博到尚未可知，给你个机会替当今圣上诊治，倒是无妨。”

周文瑜一面感激点头一面使劲瞄我，我被他瞅得有些不踏实，“怎么了？还没缓过神来？”

周文瑜道：“公主的气色瞧着不佳，受伤之后可有悉心调养？此回病因可查出了吗？”

“我估摸着应是受了寒吧……”

周文瑜问：“可否让老夫诊上一脉？”

我把手腕伸到他面前，周文瑜几指搭脉，凝神片刻，又换了一边手查探了许久脉象。

我见他神情肃然，问："怎么？有何不妥？"

周文瑜慢慢将手抽回去，默然半晌，道："公主的记忆可恢复了些许？"

"一点儿吧……"听到这儿我终于察觉到不对，皱眉问，"你从何得知本宫失忆了？怎么现在失忆都可以透过脉象辨别？"

周文瑜面色有些惨白，道："寻常失忆自是不能，可公主殿下的失忆，乃是中毒所致。"

我猛地抬头，"中毒？"

"不错，忘魂散，很贵的毒。"

我倒是头一次听人用贵字形容毒药，他道："中了忘魂散之人初时会一日一忘，随着时间推移逐渐记住眼前事物，两年之内，便可恢复所有记忆。"

一日一忘？两年？我不由得喜道："这么说来，我再过半年多便可记起过去所有的事了？"

周文瑜点点头。

心中那团缭绕的雾气终于要散开了吗？我笑道："倒是桩好事，这么一来，我应也能记起究竟是谁给我下的这个毒了……"

"可……"周文瑜嘴唇嚅动了半晌，艰难道，"此毒世间无药可解……"

我一怔。

"待公主记忆尽归之际，便是……命丧黄泉之时。"

周文瑜睁着快掉出冰碴儿的眼，仿若已经看见我身后那流淌的碧落黄泉。

我无动于衷地看着他，觉得应不致幻听，遂"哦"了一声。

周文瑜直愣愣地盯着我："公主，您，这都火烧眉毛了，您怎么是这种反应？"

"难不成要哭天号地泪眼叹夕阳？"我摸摸鼻子，"这得酝酿。"

周文瑜："……"

我抿抿嘴，坐下浅斟一杯温茶，道："现在，本宫有几个疑虑，你不妨给个说法。"

周文瑜一怔。

"第一，既然此毒在本宫体内藏了如此之久，那么当日你救下我时，何以没能察觉？”

周文瑜叹道：“忘魂散正霸道于此，即便是中了此毒，在第一年内亦是难以透过脉象觉其症状，待到发现时，已是……无力回天。”

我转了转杯盖，又问：“第二，何故太医院的院士在替我诊脉时，没能发现异状？”

周文瑜说到这儿眉眼间颇有点得意：“此毒在医史上未有任何载录，当今世上知晓者寥寥无几，再者脉象异动与普通风寒所差无几，那群老匹夫又岂会知悉？过去曾有人中过此毒，太医院只当是普通毒发暴毙论之，老夫自小随师尊钻研医术，他乃是……唉，总之是百年都难得一遇的旷世奇才，他若还在世，也许公主这毒尚能解之。”

难以觉察？寥寥无几？以普通毒发论之？

我绕过桌案，顺手提笔蘸墨在纸上写了几字，周文瑜侧首瞧着我，小心翼翼道：“公主您……没事吧？不论如何，老夫定当竭力替公主诊治……”

我用手中的笔杆轻轻触着下巴，摇了摇头：“不对。”

周文瑜奇道：“哪里不对？”

哪里都不对。

不论下毒的是哪路乌龟王八蛋，让我失忆近乎两年，总该事出有因吧。

若是为了党羽权势之争，必定在那段时日内伺机而动，岂会任由一个替身公主掌政而不揭穿？抑或是为了趁我失忆加之利用，利用完了就一拍两散？这也不对啊，我的记忆终究会在归西前恢复，到时死不死的总不会饶了他们吧。还是说，只因我无意间发现了什么不可告人的秘密，所以抹掉我的记忆？更不对啊，直接把我咔嚓了多省事，何必留着这个终究会恢复记忆的隐患？

话说这忘魂散本身就是个莫名其妙，半点都无法体现出毒药中心价值的存在吧。

要么死要么半死不活，这种先生后死的意义在哪儿？总不至于是我过去做过的缺德事过多，人家纯粹只是来复仇，好让我在两年中混沌度日，终于将要恢复生命希望时暴毙？

不能吧，我怎么忽然觉得这个可能性最大呢。

我问：“你可以肯定我中的是忘魂散？有没有可能是其他毒物，又或是疑似而已……”

周文瑜顿时流露出一副悲天悯人的神情：“原来公主您还是不能接受这个事实啊……唉，其实自欺欺人只是徒增伤感，当然也不要怀疑老夫的医术，这世上除了忘魂散哪还有……”他的声音戛然而止，像是突然想到什么，瞪着我，“慢着……老、老夫依稀记得，师父曾试将天山曼陀取代忘魂散最为致命的一味毒物曼陀罗，其效相似，但不碍性命。”

我心念微动：“当真？”

周文瑜点了点头，又遗憾地摇了摇头：“莫提此节为师父所研，旁人岂能知悉，便是那天山曼陀都是世间罕有奇药，又有谁人会下如此血本去制作一颗忘魂散呢？”

我问：“这么说来，知道能用天山曼陀替换曼陀罗的人，在你师门之中的可能性最大？”

周文瑜道：“除了师叔、小师弟以外，怕是没谁会晓得了。师叔早和师父归天去了，算来算去只剩下小师弟了……”

我问：“你师弟人在何处？你还寻得到他吗？”

周文瑜道：“自是找得到，他早改行开药铺从商了，京城那头字号药铺正是他……呃，公主您认为您所中的忘魂散乃是天山曼陀所致？并出自老夫师弟之手？”

我不置可否地挑了挑眉。

周文瑜迷惑道：“虽说此毒知悉者甚少，也未必来自我的师门啊。”

我道：“自然。”

周文瑜更加茫然了：“那公主何以一副‘我必定是中了天山曼陀’的表情？”

我道：“因为……乐观？”

周文瑜：“……”

诚然使人失忆本身就是个有预谋的陷害，但凡一个权衡利弊之人，必会趁我不备谋取利益，相较之下，监国公主暴毙，必举国震惊，彼时太多人都会被纳入怀疑范围内，得益者则首当其冲，由此带来的坏处和麻烦也就与之俱增。此人既然能让我栽这个跟头，自然可以在适当时让我死得顺畅，又何苦给自己惹下这种麻烦？

当然，不排除有人纯粹嫌家里银子太多，觉得用这种诡异的毒药毒死我对他而言是种精神享受，什么心思什么诡计，一切只是我太腹黑了，那可没辙。

我不再打趣周文瑜，轻轻一叹：“只能说是种可能，属不属实，还待找到你师弟进一步查证。至于究竟是否致命，已非我所能掌控，中毒是没跑了，生死各安天命吧。”

周文瑜像看到鬼魅一般歪着脑袋瞅着我，连连晃头：“老夫行医数十载，见过视死如归的，从未见过视死若浮云的人啊……”

我苦笑，从鬼门关来回溜达过许多次，这生生死死早有些麻木了。再说，吃监国这碗饭的，不是让人死于非命就是被人害得死于非命，成日悲悲戚戚的也不是个事儿。

周文瑜听完我的吩咐退下后，我继续执着笔杆在纸上写写画画，写了许多人的名字，想了许多人和事。

绕了个圈，若终究难逃一死，倒也一了百了，总算是有人为了我的死称心如意；若是不死，是否就预示着一场蓄谋已久的阴谋即将崭露头角，我又该以何种心态去应对?

结果思绪越理越乱，气闷得慌，我只得释卷到花丛中踱步，转到水池边站了站，感受清风日朗桂树香，觉得心里也和水池一般清丽了一些，再一转头，看见回廊尽头的石阶上坐着一人。

是韩斐。

他穿着素淡的薄衫靠在回廊的梁柱旁，正低头看一本书。

我走上前去，站了片刻：“你在看什么书？”

韩斐像是吃了一惊，回过头，看到我后神色稍稍平静下来，颔首行了一礼，答道：“一本寻常诗词集。”

我从他手中抽过那本诗集，瞥见封皮上的几个字，是李煜的词集，微笑道：“李煜才华横溢，能诗擅词，乃是千古难遇的奇才，他本无心权位，一心向往归隐和自在，只可惜他生在帝王之家。”

韩斐有些疑惑地看我，他大抵觉得我在无病呻吟，道：“公主想说什么？”

“没什么，不过是有感而发。”我耸了耸肩，“韩公子，问你一个问题，你……会不会特别盼望哪天老天开了眼，把本宫给收了，这样你就重获自由，天高任鸟飞了？”

韩斐诧异地看着我：“公主何出此言？”

我甩手笑道：“你别紧张，我就是随口问问……”

韩斐站直身子，正色道：“韩斐不知公主为何忽然说出这番话，不论韩斐有多么痛恨公主所为，回想昔日公主待我的情意，一切本就是我辜负公主在先，如今这般皆是咎由自取。于公于私，韩斐都不致想着公主出事，韩斐当日入府便说，若是公主需要，便是拿走韩斐这条性命也绝无怨言。所以方才那种话，公主以后莫要再提。”

他说此番话时，双眼如盛星的湖面，清澈而明净。

我有些歉然地挠挠头：“我的确是有些糊涂说错了话，你别见怪。”

韩斐见我开口认错，总归是缓了缓，转身行出几步后，又回过头，神情纠结了一下，什么都没说，甩袖离去，我执着那本诗集道：“哎，你的书……”直到他的背影远去，我才慢慢退去面上僵着发酸的笑容。

不对劲。

此处可是我行苑的花园，他有闲心大可在水榭处对着清空朗日吟诗抚琴，怎会绕了这么一大圈跑这儿来看什么李煜诗词集？

我低头翻了几页书，苦思冥想后无果，只得绕弯回到房中。

周文瑜人瞧着荒诞，办起事来倒算得利索，不日与那多年未见的师弟取得联络后，替我安排了这场会面。

他这师弟姓康名临，乃是京中第一大药铺同安堂的掌柜，年龄上比他小了足足好几轮，看上去也就是个而立之年，拱手时玉扳指耀目，铜臭味十足。我此刻一身男子装束，康临领着我和周文瑜进了药铺内厅，命人奉上茶点，丝毫未有怠慢。

待到屏退下人后，康临撩袍跪下磕了个响头：“恭请殿下金安。”

我讶然转头看着周文瑜，周文瑜忙摆手：“啊，我、我可从未告诉师弟你就是……公主啊……师弟，你怎么会……”

康临抬头道：“师兄在公主府当差，你我多年未见，旧还未叙够却带了个女扮男装的姑娘来，再看来人贵气沉稳，便想十之八九是公主本人。”看向我，“草民既然猜出，自不可装作不知，礼数不可不尽周全，若有冒昧之处，还望公主勿怪。”

我重新打量着他，此人虽说相貌平平态度谦和，然而言谈时眉间神采难掩，不似普通商人。我笑了笑：“传闻药王谷的弟子个个天资聪颖，以其关门弟子为甚，今日一见，果真不同凡响。”

这回轮到康临呆住，周文瑜又开始愕然摆手：“师弟，我、我可从未和公主透露过师父便是……公主，你又怎么会知道……”

“本宫与你初识时你曾说你是一路北漂，足足漂了三月有余，如此倒推回去，你极有可能是从临川或是承州而来，听你的口音平仄不分，大抵是临川那带，而临川昔年最负盛名自是药王谷药家了。后来药家因为一场变故而败落，门徒散尽，也就逐渐淡出人们的视线，这般想来倒与你们的情况不谋而合。”

我无比淡定地看着他们，心下稍稍舒了一口气，看来药王谷之说倒是被我蒙对了。想到这儿我又不禁疑惑，我怎么会知道药王谷的事呢？

康临眼中露出赞赏的意味，起身后正襟危坐，问起我的来意，我与周文瑜对视了一眼，道：“康老板在京中是一等一的商贾，应是阅人无数，结交过不少名士权贵吧？”

康临道：“公主想通过草民查出什么人吗？”

我道：“与康老板说话果然省心，那本宫也就把弯给绕直明着问吧。此前，可有人在你这儿配制过一种毒药，名为……忘魂散？”

康临凛了一凛，道：“有。”

我道：“康老板好胆色，你这般照直说出，不怕本宫治你一个私贩禁药之罪？”

康临道：“公主既然问出口，自然有查证的本事，草民唯有如实相告，尚有机会得恕。不瞒公主，那两次卖出的忘魂散还是由草民亲手配制。”

“两次？！”

“不错。”

我皱眉道：“分别是什么时候？”

康临回想了一下，道：“一个是两年多前，一个是一年多前，均是桃花盛季。”

桃花盛季？那不正是我为煦方所救之时吗？我的失忆和失踪，有何必然联系？

“两次是否均为同一人？”

康临摇了摇头，道：“这点草民难以作答，做这种买卖的都是背地里暗着来，往往会请不打眼的人代为交易，至于幕后的买主又岂肯轻易露这个面？只是依草民拙见，那两次的买家行事风格略有差异，买的药也有所不同。”

“哦？此话怎讲？”

康临道：“第一个买主出手阔绰，直接送来三箱金子，金条无任何印记，像是有意为之，不愿暴露身份。至于第二个买主，给的是一大沓银票，银票有新有旧，有汇福钱庄有同裕银号，倒似积攒起来，当然，不排除这是另外一种不显山露水的法子。

至于药，前者是致命之毒，后者则要确保性命无忧，甚至……威胁草民若是出了差池，人头不保。”

我微微眯眼道：“是曼陀罗和天山曼陀？”

康临又瞥了周文瑜一眼，“师兄竟连此都告知公主殿下了。”又回转过头，“正是。”

周文瑜听到这儿，呆呆地道：“这、这可就无从辨别了……”

不错，如此一来，我既有可能中的是前者，也有可能中的是后者……

然而令我感到不安的是，除了要对付我，有什么人还肯下重金来买这种毒药，目的又是什么呢？这段时间，有什么重要人物失忆了吗……

等等，该不会是……

“周太医，康老板，你们都是来自药王谷，想必医术高明当世少有人及，我有一惑，望你们能够如实相告。”见他们二人点头，我稍稍平缓住自己的语气，“服食忘魂散，是否能令人一夕间忘掉一部分记忆……譬如说，一年的可能性？”

周文瑜与康临相互对望了下，俱是一怔，周文瑜道：“忘魂散的作用便是前尘尽失，一日一忘，形同忘魂，到逐渐恢复而亡魂，未有什么遗忘一年之说，而且……”

“而且，”康临接道，“遗忘一年记忆什么的，这世间恐怕是没有什么药物做得到吧……”

我浑身一震，“没有这种药物？”

康临点头道：“失忆症可以分为多种，能够造成的缘由也有多种，或因头部受到重创，或因遭到打击丧失某段旧事的回忆，甚至严重者连基本生活都无法自理，而从人为的角度上论，让人全盘失忆最容易不过。”

周文瑜道：“可以下毒，可以下针，原理都是麻痹一个人脑中用来留存记忆的经脉，但是，相信这世上没有谁能够恰如其分地把握如何控制一个人的记忆按照年份算的，正如现下老夫若想封存公主今日的记忆，必是做不到的。”

康临斜眼：“你封存公主的记忆作甚？”

周文瑜忙摆手：“啊，我只不过是打个比方……公主切莫怪罪……”

他们两兄弟的调闹之声我已是听不清了。从康临说没有那种药物存在时，我整个人如同堕入冰窖，每根毛孔都透着丝丝寒气。

倘若这世上没有医者能够做到封存记忆这一点，那么同样不会有人能够一夜间忘却一段回忆。

可是偏偏这种事就在我身边发生了。

那么，唯有一种可能。

假的。

那个人，从来就没有失去过记忆，他记得属于煦方和和风的记忆。

他明明记得，却波澜不惊地说，姑娘你是何人？

他明明记得，却沉声地质问我，你有什么目的？

他明明记得，却在滔滔江流中说，果真是蛇蝎心肠。

这是个骗局。

从一开始，煦方就……不，不是煦方，煦方这个人，是聂然捏造出来的人物，他根本不曾存在。

辛辛苦苦攒来买肉脯的钱，亲亲切切奏着悠扬的箫，心心念念许下白首的誓言，统统都是在做戏。

那个对和风千依百顺，会为和风不顾一切，会红着眼彻夜照顾病中的和风，像煦阳一样温暖的人，只不过和风桂香中水波月色的梦。

而这个梦，是由聂然亲手编织出来的。

这就是……全部的真相吗？

不，在没有亲自确认以前，我不能自乱阵脚，不可妄下定论。

我捧起几案旁的青瓷茶碗，想要饮水而强自镇定，却因颤抖把杯子掀翻在地，哐当一声脆响，杯身宛若内心深处般，崩裂，碎开。

周文瑜与康临大惊失色，忙迎上前来，生怕我被那碎屑溅伤，康临看着我，道：“公主何以忽然满面愁容？”

我木然看着他，好半天才反应过来他在说什么，半晌，我问：“曼陀罗与天山曼陀单靠肉眼，可以轻易辨别吗？”

康临道：“虽说看上去相似，然而行家自是得以分辨，像我与师兄自然……”

“就是说，”我打断他的话，“普通人极有可能弄混？”

康临道：“以次充好，在坊间并非没有发生过。”

我面无表情地看着他，“如此说来，康老板也是有可能弄错的吧？”

周文瑜有些听不懂了，“公主，别人不好说，我与师弟是绝无……”

“康老板，”我没有理会周文瑜，直视康临，冷冷道，“你在调配忘魂散时，也是有可能将次品误当作是天山曼陀，卖给买主的，是吗？”

康临定定地看着我，眼中闪过一抹惑色，忽然勾起嘴角笑了笑，“公主说有，那自是有。没准在进某一批天山曼陀药材时，错把曼陀罗当成天山曼陀。”

周文瑜骇然推了康临一把，道：“你在胡说些什么？这种低级错误你怎么可能会犯？”

康临无视他的师兄，朝我微微一笑，“这个消息要想走漏出去不难，只需要有买天山曼陀的主顾来铺里吵一架，闹上衙门，自然臭名昭著。不过草民这药铺就会损失白银近千两……”

我道：“双倍，本宫赔偿给康老板。”

康临道：“若是那个买了天山曼陀忘魂散的买主来找草民的麻烦……”

我道：“这一点，康老板还需要担心吗？”

康临低头笑了一笑。

周文瑜左瞧瞧，右看看，气急败坏地跺脚：“你们在说些什么？怎么老夫完全就听不明白了？”

我拢了拢袖，对康临道：“话已至此，本宫便不多留。”

康临长揖：“恭送公主殿下。”

我的脑中乱麻麻的，只记得那个面孔，那身蓝衫，那个微笑，那温情，那些看似祥和的美好都在慢慢地幻化成杀戾。

当浑浑然拖着脚步回到府邸桥窗前，看到暮色下宋郎生站在水塘边，那火红的官袍随风猎猎飞扬，仿若天空的云霞一路烧下来，红得耀目……我眼眶一阵酸涩，不论有多少宫斗党争，不管有多少暗潮汹涌，不知还有多少真真假假，至少还有一个人在等我回来，回家。

宋郎生见我回来，大步走上前来，皱眉道：“你身子未好，又瞎跑去哪儿了？”

“我……”我勉强笑了笑，“我出去散散心……”

宋郎生稍稍弯下腰来，用手掌抚住我的额头，确认没有发热，松了一口气，我看他如此这般，心底涌起一股热浪，甚至茫茫然地担忧，如果有一天我真的死了，他该怎么办？

一夜平静。

只是在第二日，京城掀起了不大不小的波浪。

京中第一大药铺同安堂涉嫌贩卖多种假药材被京师衙门拘押，不少先前买了药材的顾客都纷纷跑到同安堂门前闹个天翻地覆，此事很快传遍大街小巷。

这两日，我窝在房中调养身子，几乎没有踏出过府邸。

到了第三日夜，我从睡梦中醒转，独自一人从后门溜出，到了西华门君平街的一家宅院前，宅子的下人替我开了门，我从回廊里直入主人卧房，匿于屏风之后。

这间府宅的主人自是康临，今夜亥时，京师衙门的府尹会以证据不足将其释放。康临在京城有三座宅院，从衙门出来，必须通过一条官道，才能辨别他今夜到哪栋府宅留宿。

也就是说，从确认康临今夜会在哪儿留宿，到抵达这里，距此时此刻，最快也要半个时辰。

我静静地坐着等候。

这是我下的一场赌注。

我赌第二个买了忘魂散之人，会在第一时间来找康临，问那颗药丸里放的究竟是曼陀罗还是天山曼陀。

事关人命，他必定心急如焚，必将亲自确认。

甚至会趁康临回到屋中就提前等候。

只是他再早，也早不过我。

这一切，从一开始，就是我让京师府尹放出的一个迷雾。

如果这个人，是我从不认识之人，那么，我中的十之八九便是曼陀罗。

如果这个人……

刚思及于此，侧窗咿呀一声让人推开，一道黑影飘然而入。

来得比我想象的还早！

我屏住呼吸，听着此人轻轻迈着步伐，感受到他离我愈来愈近。

我心如擂鼓，一个不觉呼吸重了两下。

那人倏然顿住脚步，“谁？”

我咬紧发颤的牙关，抽出握在手中已久的长剑，缓缓从屏风踱步而出。

那人脸罩黑纱，竟也持剑，一个反手，剑刃直指向我："你是何人？"

我前进两步，迎着月光映照进来的地方，在他的面前，露出真容。

那人浑身剧震，急急倒退两步，不等我说些什么，他立刻转身欲离。

"这儿，里里外外都遍布了我的暗卫。"我将手中的长剑转移了一个方向，停在暗处一条悬在半空的麻绳上，慢条斯理道，"这条绳子上系着一个铜钟，只要你踏出这个门口一步，我便割断绳索，钟落地响，所有暗卫就会现身，到时，你插翅难飞。"

那人闻言果然驻足，我沉声道："你这种反应，必是与我相识，我为何在此，你应也想明了吧。"

那人没有吱声，也没有回头。

我道："把你的面纱摘下来。"

那人岿然不动。

我冷冷道："你今日总是逃不过这关了，毒都敢下，这个罪莫非还不敢认吗？"

过了很长一段时间，我的手几乎酸得快要握不住剑柄，那人终究抬起手摘下面纱，转过身来。

乌云遮住明月，一个恍惚间，他的面容朦胧飘忽，难以辨认，然而当云层散去，明亮的月光清晰地打在他脸上，一时间，我花了眼，只觉得浑身的力气都被抽干，再也动不了一分一毫。

哐当一声，剑终于从湿热的手心脱开，狠狠地砸在木地上。

"居然……真的是你……

"……宋郎生。"

宋郎生的剑在月色的映衬下寒光闪闪，我凝望他："怎么，你真想把我当人肉盾牌横着出去，还是……杀人灭口？"

宋郎生怔了一怔，收剑，用拄拐一般的姿势撑着剑柄，"异想天开。"叹了口气，"公主，你今晚此举太过冒险，若来者非我而是别的高手，没准就真的先灭口再说……"

我黯然不语。

宋郎生挑了个位置悠然坐下，平平淡淡道："公主方才说的是……'真的是你'，如此说来，公主早已料到，给你下忘魂散之人，是我了？"

我斜眼："你这语气，怎么好似给我吃的不是忘魂散而是千年灵芝似的……"

宋郎生想了想道："就价值上而言，我的更贵些……"

我："……"

宋郎生半倚在椅上，嘴角微勾，眼中一点笑意也无："公主能够告诉我，你是从何时开始怀疑我的吗？"

我的眼前有些飘忽，索性坐在他旁边，缓缓道："从我恢复公主身份，到回这府里与你朝夕相处，你由始至终待我极好，虽说偶尔难以捉摸，我也只当是你性情使然，未曾多想。直到那日进宫，太子与我久别重逢，关切地问我东问我西，我才发觉到不对劲。"

宋郎生哦了一声，"你是觉得我问得不够多？"

我摇了摇头，"你可知，太子问我的第一句话是什么吗？他说，'皇姐，那日你为了给驸马贺寿明明先去玉龙山庄准备惊喜来着，可为何众人到时你却失踪了？'"

宋郎生怔了一瞬，我看向他，道："我是在为你准备寿辰时失的踪，这当然不能说我的失踪就是因你而起，可是，我近乎失踪一年，而在与你重逢时，你问我的第一句话是什么？"

宋郎生身子僵了一僵。

我道："你问，我失踪这么久，究竟去了哪儿？驸马，这个问题听上去没有任何问题，太子也追问过，但……比起这，难道你不是应该更关心我因何失踪吗？在公，我乃监国公主，手掌一国之政，身边护卫无数，怎会平白无故不见了？在私，我是你的妻子，是在为你准备寿诞时失了踪迹，这中间究竟发生了什么事，是否有人对我不利，难道你一点儿也不好奇，不担心吗？"

"你不担心，甚至一次都没有问过，这说明什么？"我轻描淡写道，"这说明你从一开始就知道，我是为何失踪，如何失踪，不是吗？"

我眼睁睁地看着宋郎生的唇边露出了一丝笑意："公主果然天资过人。"

我也笑了笑："我常想，为何你看着我的时候，眼睛里总泛着和别人不一样的东西，起初……我还当是关爱之意，可那晚你拉着我躺在草地上看星星时，我才悟到，那是愧疚。驸马，也许你自己都没有发现，你看着我的时候，眉毛这里，总会刻意舒展开来，就像是原本情不自禁皱起，含着浓浓的愧意。”

宋郎生静静看我，片刻，微颔首：“如此，这些日子以来你对我的信任是装的，你说‘我们一直在一起’也是故意要试探我的？”

我道：“你不也一样吗？什么脸红什么恼什么妒不都是演出来的？”

宋郎生站起身，嘴角蹙着冷笑：“原来公主竟然这般看我的。”

不等我再开口，他骤然挥袖而去，我呆住，忙踱出门，跟上他的步伐，道：“你这算是怎么回事？”

他哼了一声，不理我，加快脚步，很快将我甩开一段距离。

我完全摸不着头脑了。

现在这是什么情况？我说，这种时候不是应该我怒极而去他跟着道歉吗？怎么完全颠倒过来了？

这条君平街在京城算是比较狭小的街道，加之此刻夜深，月亮再次被云遮过，平添了一股阴森的气氛。

我瞥见不远处的角落站着一人直勾勾地盯向我，衣衫褴褛，似乎是乞丐，又似乎是流民。我被他奇怪的眼神瞧得心头发毛，只得低着头强作若无其事地径直走，哪想那人忽然就朝我冲来，我心惊肉跳地一路奔逃，这人速度不慢，一路穷追不舍，眼见快要追上我，我就势闪身，险险避过。

那人大吼一声，一个扑身，将我按倒在地！

一道短暂耀眼的白光，破空之响迎面而来，剑尖戳穿那人肩胛骨，那人哀号一声倒地。不等我反应过来，有人揽起我的腰退离那人几丈远。

我想我应是老眼昏花了，不然怎么会在这种微弱到可以忽略的月色下，看到宋郎生的脸色青白如纸。

宋郎生的声音有些抖：“有没有伤到？”

这句话让我缓过劲来，我看着他搂着我腰间的手，觉得我们这姿势略略不妥，松开向后退开，道：“没事。”

接着听到的是一阵疯狂的笑声，只见那乞丐打扮之人仰头狂笑，笑得几乎岔气，形如疯癫，唉，显然本来就是疯子，他一手捂着自己的肩胛伤处，一手撑着木拐棍转身离开，我问宋郎生：“他这样……会不会死啊？”

宋郎生怒道：“你还有心情顾念这种人的生死？”

我嘀咕：“谁让你走得那么快……”

宋郎生气极：“你不是有暗卫的吗？”

我含糊其辞：“那些都是临时请来的，都还守在康临的府里呢，哪会时刻跟紧我啊……”

宋郎生问：“公主你自己没有暗卫吗？”

我道：“我起初怕府里的那些……已经是你的人了，就……怕他们透露风声，所以……”

宋郎生目光黯了黯，又待扭身，我忙拉住他：“就算要生气，也得把我平安送回家吧。”

他顿足回望我一眼，拉着我一声不吭地慢慢走。

这段路很长，或许是因为我们走得慢，又或许是时间于我们而言过得太慢，我琢磨着我必须说些什么来打破这种尴尬，怎料他竟先开口道：“公主……”

我侧头，对上他清亮的眸子：“怎么了？”

他神色不变地垂下眼帘，“对不起。”

我道：“刚刚也不能怪你……”

“我是说，”宋郎生道，“我不该对你用忘魂散。”

我脑中乱麻麻的，苦笑道：“好像回答你‘没关系’就太假了。宋郎生，我可以问你，你为什么要对我用药吗？是你的意思，还是别的什么人的意思？是否有其他人要置我于死地，你为了保护我才……”

“因为我……想离开公主。”

我看着宋郎生，不知是否因为夜色太寒冷，月光太幽暗，我觉得他看着我的眼神与平时有些不同，他开口，声音便如同寒风般渗入我心：“因为我不愿和公主长相厮守，又苦于被公主胁迫，所以就想用此药让公主丧失记忆，我能趁此安排一些事宜，与家人平安脱身，远离京城，从此天涯海角，再也不见。”

竟如此简单！

没有更多的阴谋，没有更多的筹谋，仅此而已！

我的声音也跟着不由自主地如夜色般发颤了：“你……你就是因为这个理由，让我遗落民间，让我生死难测，你可知我在那一年经历过什么？你可知我有多少次命悬一线，你可知我甚至……”

“对不起。”他依然是这一句话，“公主的失踪……非我所愿，我也不知公主那时为何会……”

“我那时怎么了？我究竟是如何失踪的？”

宋郎生摇了摇头，“这些记忆公主会慢慢恢复，到那时……你自会知晓……”

我有满肚子的苦水无处吐，却生生让他堵了回去，我试图让自己沉静下来，道：“既然你一心想着离开我，何故还留在京城隐瞒真相，帮太子周旋国务？”

宋郎生沉默半晌，叹道：“或许公主说得对，我心中有愧，良心不安。公主音信全无是由我一手造成的，我若不能找回公主，确认公主的平安，不管到哪儿都不能心安。”

几个月以前，有一个男子对我说，想要娶的人是我，想要带着我离开，天涯海角，何处不能为家？

可那人却舍我而去，远在天涯。

几个月以后，眼前这个男子对我说，他不愿娶我，他想要离我而去，天涯海角，最好再也不见。

可这人却守着我，近在咫尺。

唯一相同的是，他们的情意都不是真的。

他们都不曾喜欢过我，都在欺我瞒我。

不知为什么，我忽然觉得我的人生很是讽刺，老天似乎总喜欢给我惊喜，让我沉浸其中时，告诉我，醒醒吧，这不过是大梦一场。

好得太过了，巧得太过了，顺得也太过了，这果然不是真的。

宋郎生没有错，是我自己逼迫他入府做这个驸马，他只不过是想选择自己的人生，实现自己的抱负，何错之有？

所以就算我那时，花了三个月时间为他学画，为他的寿辰准备惊喜，他依然在筹款买毒药，处心积虑地下毒，让我远堕民间，也是我罪有应得。

幸好，幸好我忘了他，忘了我曾经如此喜欢他。

幸好，幸好我爱上了另外一个人，所有的爱恨，所有的怨念，都倾注在那人身上。

得之我幸，失之我命。

我微笑着轻声道：“驸马，我伤害过你，你也伤害过我，我们便算扯平了吧。”

宋郎生怔了怔，如水般的月华下，他的双眼很清亮。

我道："这……就算我最后一声叫你驸马了，从此以后，你也不用再内疚，更不用费心想着怎么躲我，啊，也不用再花那冤枉钱买这么烂的药了，被坑了多惨啊。"

宋郎生哑然道："你……这话是什么意思？"

我拍了拍他的肩，笑道："我不会再想着怎么捆住你啦，你可以继续留在京城做你的大理寺卿，当然，不放心的话也可以走得远远的，我这么天赋异禀，朝中那些个破事哪难得倒我？"

"你……"

"我是说，"我道，"我们和离吧。"

宋郎生似乎有些无措，借着月光看他脸与颈处，仿佛泛着红。我头一回看见他不知该如何回话的模样，于是道："你不必为难，本公主心胸宽广，往事如过眼云烟，不足挂齿。"

宋郎生面无表情地道："过眼云烟，不足挂齿？"

我心虚地笑了笑："虽说也不是完全不介意……不过做人嘛，若不放开些，岂非和自己过不去？"

宋郎生神色莫测，接口道："公主又岂知你是真心放手还是……只因忘却而不自知？"

我寻思道："此话言之成理，若待半年后我想起一切怕是会反悔，不若……让太子赐你一道免死金牌，回头我再亲手写道谕令，你大可找个信得过的人做个见证，往后任谁都奈何你不得。"

宋郎生垂下眼："如此，我是否还要感念公主顾虑周全？"

我道："话也别说得这么见外，总归还是把那些恩恩怨怨两清了好。"

宋郎生冷冷一笑，那张亦怒亦喜的脸上浮出不屑之情，"两清？虽说公主可以不计较我的错处，我可从未言明我已原谅了公主。当日公主初回府邸曾问过我对公主的态度，我的回答你可还记得？"

当日？我稍稍回忆了下，"该不会是那句爱恨交织吧？"

宋郎生微微弯起唇角道："既然公主殿下认为宋某昔日所为非爱慕只是愧疚，我也无从辩驳，不过我对公主的恨却是实实在在的，公主对我做过的事我还未从你这儿讨回，又岂会善罢甘休？”

“敢情你留下来是伺机寻仇来着，”我语塞了一下，“那这仇你想如何报才会了结？啊，我记得你说过我曾要挟你的亲人，嘿嘿，你总不会想要绑架父皇和太子吧？”

我这玩笑话还未说全，宋郎生近至我身侧，再一瞬，我脑中轰隆一声，浑身僵住。

记忆深处晃过一道身影，那道暖如阳春的身影在碧空下揽着我的肩，缓缓弯下腰，温热的唇与眼前这冰凉的触觉重叠在一起……

我猛然睁大眼，倒退一步，宋郎生与我唇纠舌缠之际见我欲要闪开，十分不满地圈紧我，我几次挣脱不开，隐隐觉得他浑身散发着一种疯狂的意味。

终于，等到他松唇离我几寸，我望见他的双眼如笼着薄雾的湖水，眼中没笑，神情之中，带着点难以言喻，我一手摁住自己扑通乱跳的心，勉强镇定道：“宋郎生，你不要太过分……”

宋郎生直起身，俯视着我：“我不过是在讨债。”

所以说……我当初也是这么强迫地那啥他吗？我艰难张口，声音听起来都不像自己的：“这、这叫哪门子讨债……”

宋郎生压低嗓门，“当然不是，远远不止，既然要走，总归是要做完驸马该做的事。”

见宋郎生再次凑近了我，我挣不开逃不走，索性蹲下身抱着头嚷道：“等等，等等，咱们这是在大街上，影响风化就不好了……”

“公主的意思是回府就可以继续了？”

“那也不行！我的意思是……”我结结巴巴道，“你不必如此激动，咱们有话可以好好说……”

宋郎生的声音在我头顶上飘：“好好说？”

我歪着头斜眼看向他，确认他没有要当街扑倒人的意思，才道：“你现在十分的、非常的不理智。”

宋郎生自顾自地用手背擦着他唇上残留的红色血渍……疑似是我反抗之际咬出来的，我觉得面上腾地一红，道：“好吧，我承认我也不怎么理智，你让我组织一下思路和语言……”

宋郎生依旧没说话，一副和我没什么好说的样子。

我深吸口气，道："据我所知，我做过伤害你的事是'强行将你掳入府中，生米煮成熟饭后逼你去向皇上请求赐婚，你抵死不从我便以你家族人性命逼你就范'，你当初是这样与我说的。换句话说，我能放你离开是表达诚意最好的方式，但是，你显然，不愿意和我和离。"

宋郎生抬起眼望着我，却还是沉默。

我伸手往他身上一指："你看，现在的情况就是，你有事瞒着我，什么都不愿意说。传统的戏本里，在这种时刻，也许是因为苦衷，或是我过去有什么伤心事，你不愿和我说明，盼我忘却所有，无忧无虑地这样下去，但……问题是我半年内就会恢复所有记忆。"

宋郎生一时寂寂。

"也就是说，我终要想起所有的事，你隐瞒不了多久。你何苦还要隐瞒呢？"我道，"若你是因为喜欢上我而不愿意和我和离，不是更应该对我好，对我坦诚，求得我真心的谅解，我才有可能在恢复所有记忆以后重新接受你和你在一起吗？我方才回顾了一下，你待我虽然一直很好，但却刻意地保持一段距离，即便当我质疑你、误解你，你也不给予解释，你身为大理寺卿，为人处世实不该如此含糊。"

宋郎生居然笑了："所以公主的结论是？"

我说："我的结论是，宋郎生，虽说你脑子有时候会有偏激行为，有时候会有一点古怪说法，有时候会有一点毒舌……"

宋郎生："……"

我继续道："但你是一个聪明人。你这样的人物不会被我控制，就算被胁迫也有其他可以脱身的方式，不至于被我困于府中，更不至于用毒药这种冒险的方式抽身。我信你恨我，可你没有说出真正痛恨我的原因，只怕下忘魂散的理由并非你同我说的那般简单。但倘若，从一开始你就是故意被我强迫当这个驸马，故意留在我身边，那么许许多多难以解释的事，就能够说得通了。"

宋郎生神色一凛，蹙起了眉。

"你做驸马的目的是什么？你原本是想趁我失忆这段时间做什么？我的失踪究竟是影响你的计划还是让你更肆无忌惮地做事？这些……我都无从得知，我现在所知道的是，在我恢复记忆以前，你必须继续留在我身边完成你的计划，所以你，不愿和我和离。”

我嘘了一口气，道：“但你若不选择和离，我便选择和你义绝！”

宋郎生古井一般的眸中泛起涟漪：“公主才思敏捷，若我走后，你当可胜任大理寺卿之职了。”

他没头没尾地冒出这句话，倒让我有些莫名其妙了。

宋郎生道：“可如果我说，公主在民间的那段日子所见所遇，包括煦方此人，都乃我精心安排布置的，你还能如此释然地放我离开吗？”

# 第六章 起草和离书

我脑中一嗡，随即有些发昏，不过宋郎生的话倒是听得清清楚楚，恍然之间只觉得天地一色，黄叶被夜风直卷入了黑幕，“你……是说，煦方就是你派来故意接近我的人？那些、那些……他为我做的一切，为我流泪，为我奏箫都是假的，是演出来的吗？”

宋郎生蹙眉，“他还给你奏过箫？”

我伸手拽起他的衣领，触手之间无一物却似有千斤之重，“既然他知道我是谁，知道一切，又为何要装作不认识我？他明明记得，为什么看到我中箭、看到我跌落深渊也不救我？”

宋郎生似乎有些被我吓到，怔道：“他……他竟如此对你？”

我死死盯着他，眼睛眨也不眨，水雾就这样夺眶而出：“他怎么可以那么心安理得地对我下毒手？他怎能够在我被大水冲走以后若无其事地到国子监来？这也是你授意的吗？”

宋郎生脸色白了白，道：“国子监？国子监近日并无新进监生，莫非你说的煦方便是新来的司业，夏阳侯世子聂然？所以那日你突然跑回府，是因为见了他吗？”

这下轮到我发傻了。我眼泪没干，脑中弯也没绕回来，“他，不是你指使的吗？怎么你会不知他是谁？”

宋郎生颇有些局促地别过头，淡淡道：“我不过是在公主昏迷时听到煦方这个名字，料想定是公主失踪时相伴之人，方才随口一说，怎会知公主如此激动。”

随口一说？我哑然望着宋郎生，他避开我的眼神，冷然道：“我岂有那么大的本事去指使夏阳侯的人？我若要公主消失，在京衙与公主重遇时大可说你不是金枝玉叶，何必接你回府？”

我松开他的衣袖，转身就走。

宋郎生的声音从身后飘过来：“公主说我从一开始就有心留在公主府做这个驸马，可你有否想过，婚姻大事若无你首肯，若你没有这个意愿，我从何算计到公主的心思？”

我无心细想他的话，索然挥手：“我不愿再追究这些，是说对了也好，是误会了你也罢，我实不喜欢这般猜忌的相处，算了，不谈了。”

宋郎生快步上前拦住我，道：“我如何待你，我为何留下你不介意，可那个聂然那般瞒你伤你，你还心心念念着他的虚情假意，莫非你要与我和离，是图着和他重归于好吗？”

我如鲠在喉，说不出话来。

宋郎生道：“你这是默认了？”

我抬袖揾住眼帘，任凭袖口吸干泪水，放下，叹道：“我不愿连回到自己的家里都要和家人钩心斗角，和自己的驸马话中有话。”

宋郎生深深地看了我一眼，依旧是往日那副欲言又止的模样，我迈开步伐绕过他，他在我身后跟了许久，一路上任凭夜风袭袭，他越是这样淡漠，我就越觉得自己悲惨，唯一以为能够依靠的人都这样心怀城府，积压的疲惫像钉子直往我心里钻。

到了门前，宋郎生忽然拽住我，问：“若我告诉你，我有不得已的苦衷，公主愿意在恢复所有记忆以前，信我一次吗？”

我道：“或许你真的有许多的逼不得已，许多的身不由得已，可那些和我有什么关系呢？是你的身世也好，责任也罢，要保护家族要维护承诺，还是报仇雪恨，不管是哪一条，都不代表是我可以谅解你的理由。我有属于自己的生活轨迹，因为你的打乱已经很让我困扰，若再让我知道了你的苦衷，让我宽容这一切，岂非是对我自己的残忍？”

宋郎生慢慢放开了我的手，一双眼紧看着我，“如此，公主是非要与我和离不可了？”

我用劲拍了几下府邸大门，门房好半天才打开门，一副没睡醒的模样一个劲瞎嚷嚷，在看到我和宋郎生时再次吓个屁滚尿流，我回头朝宋郎生挤出一个笑：“你只需动动笔，其他的事，我自会处理妥善。”说完后我不再看他，自顾自回房和衣躺下，筋疲力尽地睡去。

很舒适地睡到自然醒。

第二日醒来那阵子脑子茫茫然了许久，唤来侍女更衣洗漱，到了吃早膳时才想起和驸马昨晚经历的那一番曲曲折折。

前面我貌似提过，我是个属于睡一觉就会把不良情绪扫清的人。昨夜从潜伏康临府到抓住黑衣人到发现是宋郎生到和他一路唧唧歪歪到被强吻，我的思维处于一种十分不稳定的状态，今晨静心一思虑，觉得自己最后那番话有些太过咄咄逼人，宋郎生听了只怕也懒得再和我磨叽，没准放妻书已然拟好，就等着我去签好字从此各奔东西了。

侍女说，驸马爷一大早就往大理寺去了，留下一封信说是要交给我。

我啃着餐后小甜瓜，暗叹宋郎生果然才高八斗，隔一夜就把休监国公主的休书给完成了，不知会以什么理由诠释我们的婚姻已经破裂得无可挽回呢？我空出一只手展信，见子曰：和离书……（空三行）……我是不会写的，公主趁早死心吧。驸马宋郎生上。

那“驸马”二字尤为明显。

我：“……”

所以昨晚对话的时候那么煽情、那么悲痛、那么决然是为哪般……说了半天宋郎生全视若浮云飘过，一封信就灰飞烟灭了，有没有……

我揉着额角，有种莫名的泣血冲动。

等到冲到大理寺时，宋郎生的副手，也就是比他略年轻一点儿的大理寺少卿徐宁之道：“宋大人今晨交代好京中诸项事务便赶往郑州处理刑狱动乱案，归期未定，怎么，他未同公主殿下说起？”

昨晚我们在聊和离，谢谢。

我在宋郎生办公的书房里兜了一圈，确认他没有躲在某柜子里后，有些意兴阑珊地翻着他桌面上的案卷，每一卷案例审核明确有序，朱红的丹迹字字珠玑。

我愣了愣，问徐宁之："这里每一桩案件，该不会都是由宋郎生亲审的吧？"

徐宁之道："循例逢重案要案自当亲审，普通刑案转交给下属们便可，不过眼下京中局势不比往日，总有各方的人明里暗里要保人。有时案子看上去小，这人犯若处理了，是得罪了人，若不处理，另一方眼睛又盯得紧，反会告上一个徇私之罪。这种时候还是得由宋大人这个驸马出面才摆得平啊。"

我看徐宁之说话顺序颠倒错乱，面部表情僵硬扭曲，显然是在抑郁接下来这段时间的重担全都要压在他身上了。不过总算从他话里听明白一层意思，就是除了宋郎生办事能力比较强悍以外，碍于他驸马的身份，即便做出一些决断得罪一些人，也不会有什么大麻烦。

基本上，谁敢办了驸马就等着被公主办掉。

换句话说，驸马这个身份对宋郎生而言，也是他在大理寺维持公义的铁令牌吗？

我不由得犹豫是不是真的要如此坚定地与宋郎生和离……话说，我怎么老是站在他的立场思考问题，他如何断案与本公主的终身幸福有一文钱关系吗？可……大理寺谳天下奏案，此职何等重要，身为监国公主岂能坐视不理？是了，反正只需让大家伙知道大理寺卿是本公主罩着的不就得了，至于是谁有何干系？

就拿旁边这徐宁之来说，模样生得仪表堂堂，宋郎生能把这一大摊事丢给他想必他的能力不错，看上去纯良老实，如果换他做驸马……

好吧，我纯属开个玩笑。

宋郎生这一逃之夭夭和离是办不下来了，若是千里迢迢追去算账，反倒显得我太过沉不住气。走了这么一遭，我心底最大的疑惑是，宋郎生平日里天天忙着处理公务，哪还有精力去筹谋那些算计我的事？不然，去皇弟那儿挖个底儿？

人有时候就会这样，想什么来什么。我这前脚刚踏回府，太子殿下身边那英俊高大的成公公便来请人了，他一出马我就知道没什么喜庆事，也懒得更衣，转个身便随成公公入了东宫，一眼就瞄见了静坐偏厅玩抑郁的我的太子弟弟。

他看上去也是个熬夜党，一见我来更是耷拉着脑袋，道："皇姐，你可算肯来看我了……"

我把凳子拖到他身旁，望着他桌上堆积如山的奏章道："你这话我听着忒别扭，合着我进宫是探监来的……"

太子蹂躏着自己的头发，道："也差不多了，天灾人祸没完没了，为什么我就不能在一个清平盛世当这个太子……”

我斜眼：“你知足吧，当年父皇打江山的时候那可是战事连连，动不动就要御驾亲征，全是真刀实枪地干，我们好几位皇叔都不幸归西了，整个就是一悲惨世界。你呢，无非就是坐这儿写写字动动嘴皮子，还有那么一大班子人伺候着，埋怨多了就太虚伪了……”

太子道：“皇姐，你忘了吗……你才是监国公主……”

我拍了拍他的肩：“太子，你长大了，明儿个把监国印玺交给你，在早朝上宣布一下就完事了，皇姐老了，是时候归隐了。”

太子道：“皇姐你的笑话真是太冷了，我觉得我们还是换个话题吧。”

我：“……”

太子道：“你究竟把韩斐摆平了没有？”

我：“……”

太子不再说笑，正色道：“江浙监察使司一职悬着快半月了，那时你在这儿驳了赵首辅举荐的聂然，恰逢国子监司业这儿空缺，就先应承他顶上，平息一下他们的憋屈。回头我思来想去还是觉着韩斐是不二人选，皇姐不是说你说一声就成的吗？怎么到现在都还一点消息没有？”

因为我完全不能理解韩斐的思维构造，无法领会他话里头的韵意。

我随手拿起一份奏章翻道：“他就是死活不肯去，我总不能逼着他吧。”

太子奇怪地看着我：“为何不行……”

我手一顿。

对啊，为什么不行？怎么说我也是个有实权的监国，委派他小小一个面首下江浙完全合情合理。我说，我这个顾及他人感受的毛病敢不敢改一改啊？

“不过……”太子后半句道，“要是他不愿意却被你强迫，只怕是要鱼死网破啊。当年他可是连父皇都不怕，连拒你的婚都干得出来……”

我忍住把奏折丢到他脸上的冲动：“你能不能说话一次说完……”

说到这里，内侍进来禀报，说吏部尚书求见，我低头看了看手中的奏折，这不正是吏部尚书大人呈上的吗？以及，这个尚书大人不就是当初要死要活跑我府里要儿子的韩大人吗？

韩大人看样子是来汇报吏部这回查办的惊心动魄的案子。

几日前，吏部侍郎莫名其妙地死在办公书房里了，各种不利证供证明韩尚书是凶手。好在刑部尚书不是个白领俸禄的，从一些蛛丝马迹上查出真凶的嫁祸手法又缉拿到真凶——吏部一个扫地的小弟，因为各种冤屈、各种心酸往事、各种无可奈何反正就是下手了。

当然这案子韩尚书看来是惊心动魄，若没抓到凶手他就是最大的疑凶。

太子安慰了他几句："本王从未怀疑过韩大人，韩大人为国尽心尽力，乃是当朝老臣中的典范，岂会做出如此行径？"

我朝太子翻了个白眼，这话说得太虚伪了。

韩尚书很是受用地恭维了几句，我看他们聊得很开怀也没舍得打断，临末了才问了韩大人一句："刑部若没查出真凶，韩大人此回恐怕脱不了罪啊，今后万事总是要留个心眼。"

于是整个气氛就寂静下来了。太子看着我的眼神写着"哪壶不开提哪壶"。

韩尚书轻咳了一声，不置可否。他看本公主不顺眼不是一天两天了，眼下也不敢造次，权当没听到。

我继续道："关于令公子的事，还请韩大人帮个忙。"

韩尚书狐疑的眼神投过来。

我道："如何把他从本公主府赶出去……还请大人帮忙。"

韩尚书很愿意办这趟差事，他盯着咱府上那门早就望眼欲穿了。这事不难办，吏部一案闹得沸沸扬扬，但刑部最新搜集到的证据却鲜有人知，韩尚书只需到儿子跟前哭诉一番，说老爹现在惹了一身麻烦，太子和公主说了，他如果愿意做这个监察使，就可以网开一面，否则……否则的后面充满着很大的想象空间。

总而言之，韩尚书一踏入我公主府就往韩斐住的南苑方向奔去了，我思量着这种场合还是遁地为上，省得被韩斐用眼神杀死，自取其辱，索性一回身吩咐侍女把太子那儿带来的一大沓奏折搁书房里，挽起袖子准备开工。

我总觉得太子是个奇怪的少年，如今这种父皇病倒皇姐摸鱼正是他掌权的最好时机，他究竟是哪根筋不对非要拉着我不放呢？要说这小娃子没本事，我失踪一年他也没出什么岔子，要说他没野心我就更不信了，现在这年头笑得越纯洁的内心越邪恶，这一点从宋郎生身上已经得到充分证实。

这乱七八糟的弹劾奏章看到晌午都没看完，也不知韩尚书事操办得如何。我随手拿起书桌上的一卷书，正是上回从韩斐那儿拿来的李煜词集，开头一首《谢新恩》，什么“彻晓纱窗下，待来君不知”，就是那“下”字写成“吓”，也不知是哪个文盲抄录的。再随手翻过两页，中间那首《长相思》里“塞雁高飞人未还，一帘风月闲”的“飞”字写成了“非”字。

我凛了一凛。

韩斐是不可能对着这种缺心眼的词集赏心悦目的。

我坐直身子，忙从第一页认真看起，果不其然，这册词集每一页都有一个错字，纠正过来的话便是“下、药、者、并、非、驸、马、而、是、另、有、他、人。”

我想起来了。

那日正是我昏迷初醒，韩斐在池边看书看得聚精会神，分明就是演给我看的，是故意要告诉我这个信息？可那时我还并不知中毒一事，他岂会知晓？他为何要用这种迂回的方式告诉我？他在公主府扮演的，难道并非是面首这么简单的角色？

我将词集拢在袖子里，待赶到南苑时，韩尚书已经走了，就剩下韩斐一个人静坐院中抚琴，琴声喜怒难辨。

我进院的动静不小，韩斐头不抬地道：“公主这么好兴致特来此处看我，还是担心我爹没办好你交代的差使？”

我支开下人，将手中词集放到他琴面上，直言问道：“这是什么意思？”

“这个问题，公主若是早一些来问我，我也许还能解答一二。”

“你是恼我利用你爹强迫你当江浙这个监察使？”

韩斐挑眉道：“有何可恼？我爹若真有什么事，绝不是我做监察使可以解决的。怕只怕是你和太子给我下的套，等着我往里头钻吧。”

我微微一笑，道：“韩公子，既然你什么都猜到了，本宫不想和你明嘲暗讽。在公，我是监国你是臣子，君要臣为臣不得不为；在私，你韩斐始终都是欠我襄仪公主的，我让你还你不得不还。”

韩斐的目光终于落到我面上来，一双眼睛，沉如暮色，藏了一切，不显山不露水，“公主想起来了？”

“关于你的，想起来的凤毛麟角。”我如实回答，“你我一年多前似乎有过什么约定，不过，仅凭一些模糊的片段，我无法了解整个事情的过程，过去的事暂且不论，我想知道，你既已知我失去记忆，为何要装作什么也不知？”

“我又怎么知道公主是真失忆还是假失忆，若是假的，是要瞒谁，若是真的，缘由为何？”韩斐淡淡道，“自然是要费一番工夫去查，见公主有难，自当略尽一些绵力解公主之惑。”

我蹙眉：“你成日待在这府里足不出户，竟能查出如此多的事情？”

韩斐勾了勾嘴角：“各凭本事了。真假公主别人分不清楚，韩某还是可以辨别一二的。公主失忆期间府里是个什么样子我还是看得明了的，可这并非是我与公主约定范围内之事，我没有与公主交涉的必要，一切遵循约定，我替你查人，你，替我保人。”

我想了一想，恍然道：“莫非我一早就怀疑过驸马，所以托你暂寄府中查证？可……我为何会选你……”

脑中恍惚了一下，记忆深处一个苍老的声音浮现：“公主殿下天性纯良，从小被过于保护，察觉力太过羸弱，虽说卫清衡能够授予你处事大智，然而此人心胸过于宽容随和，难以让公主做到真正的见微知著，若没有绝佳洞察之能，岂可在朝堂纵横捭阖？老夫收徒众多，要说此节自以韩斐最为卓绝，再不起眼的一个线索都能让他透过分析联想成一张巨大的网，此乃天赋异禀。你可与他多多接触，未必要超越他，能学其一二，便是日后傍身的本事。”

韩斐摸着琴上刻纹，道：“公主是又想起了什么吗？”

我问：“你说下毒的人不是驸马，是何人？”

韩斐道：“公主只让我查出驸马是不是下毒的人，至于是何人，我可以选择不答。”

现在是在比拼还是斗智呢？我专注地看着他的眼眸，无波无澜。

“你不愿意说，我也无可奈何了。不过这趟江浙你是去定了，太子说得对，监察使，没有人比你更适合。”

韩斐悠然道：“我若不愿意，天下间没有人逼得了我。”

我闻言道：“如果你把这件事当成一个任务，也的确是没有叫你前往的必要了，就当是我和太子看错了你。”

韩斐面上一滞。

我道："人各有志，若你觉得这般吃好喝好，长长久久，风风光光尽享人世是你的意愿的话，我无所谓，就当是养了一条寄生虫。"

韩斐冷笑："公主这是在激我吗？"

我道："韩公子，我为什么要激你？不错，我起初是因为太子委托才来询问你，后来也的确只是想摆平这件事，用计逼你做这个监察使。直到方才，我才发觉到可笑，江浙水患不止，朝中有异心者乘虚而入，有多少无辜百姓深陷其中，我们是要选一个有勇有谋有贤之人担此重任，救重灾、送军粮、斗权势、斗恶徒、斗寇匪、安民心，不是去体验民间游戏，更不是用那些算计人心的法子去打这场没有硝烟的仗。如果是赶鸭子上架，要么死于非命，要么独善其身，要么同流合污，这趟差使还有什么非你不可的必要呢？"

韩斐咬唇片刻，闭目焦躁道："既然如此，公主何须多言？"

我看他这般，只点点头，道："本宫确是没有什么好说的了。"想了想又道，"对了，你方才问我，关于你我究竟想起了什么，说真的，你我之间的事我是真忘个干净。不过，我还记得当年的琼林宴上，金榜题名的学子俱是众星捧月，独你一言不发，看上去狂傲不羁，可当父皇一一问起你们的志向时，你只答一句'只求无愧天地，做个好官'。这种陈年往事或许你早就忘了吧，可我还记得。那时你不过是一袭青衫，却比谁都要耀眼。"

说完这番话我没有再犹豫，转身离开。我走得不紧不慢，心中一步步默数，直到百步时，终于听到了身后的脚步声。

"公主，"韩斐撇了撇嘴，道，"虽然明知这是公主的计谋，不过，公主这个赌，赢了。"

我回过头，韩斐乌眸灼灼，那股不可察觉的光芒逐渐浮出。

我笑了笑。

韩斐补充道："不会是赶鸭子上架。"

他居然还记着这句话。我啼笑皆非："我明白。"

韩斐见我死瞧着他，哧地笑了，"公主还惦记着，究竟下药之人是谁吧？"

我轻咳一声，道："知道了当然能防着点，你不想说也不打紧。"

韩斐近前两步，低声念了一个人。

我几乎以为是自己幻听了，不可置信地道："谁……你说谁？再、再说一遍……"

"太子。"

我目瞪口呆了很久很久，终于一合掌，"居然是他！"

韩斐眼睛有些睁不开了，抽着嘴角道："公主这是什么反应？"

我将掌心覆在额上，使劲眨了眨眼，笑道："你不知道，我回朝以来一路担心，我这太子弟弟看着这么忠厚良善，日后如何担当大任？会不会我一转身他就被灭掉了？如今总算是松了一口气，原来他还是蛮有谋略，挺会运筹帷幄的，连我都给他摆了一道，孺子可教也。"

韩斐："……公主，您可否离我远点，我怕我忍不住以下犯上……"

我识趣地倒退两步，"好啦，你都知道我这是在自我安慰，努力地从另外一个角度看待事情发展，你不认为这是一种积极乐观的生活态度吗？"

韩斐："这个不叫乐观，叫白目……"

倒真的是白目。

太子。

这个答案纵然是在意料之外，亦是在情理之中。

两年前冬，父皇病倒，在满朝文武的反对和弹劾声中，年仅十四岁的他走向了权势风浪的中心。

在此以前，有一个太子叫萧景岚，受皇帝宠信，得百官敬崇，在朝上，激浊扬清，在民间，潇洒疏阔，可以说是汴京最耀眼的皇子。

自此以后，那个和萧景岚形影不离、庆国最不可一世的公主萧其棠成了他的辅政监国，不论是首辅、次辅、四大家族还是王公贵族，看的都是公主的面子。

我想，是我一直忘记，太子都快要十七岁了。而我，正是在十七岁时执掌这个监国印玺。

韩斐打断我的思路："公主在想什么？"

我闭了闭眼又睁了睁眼，道："突然闪过了许多事，看来我是需要多刺激刺激才能早日恢复啊。韩斐，你是从何处知道太子对我下毒之事？有确凿的证据吗？"

韩斐将双手放在胸前，道："公主可记得您和驸马之间的事吗？"

我摇了摇头。

“我只知道，您在和驸马成亲后的大半年里几乎不曾与我说过话，有一日却忽然找上门来，给了我一颗药丸，让我查出究竟是什么来头。”

我想了想，“忘魂散？”

韩斐点了点头，“我查出了那药丸的出处和大概的作用，失忆两年后致死或不致死，那颗药丸是不致命的。”

我张口结舌：“是……宋郎生的药？如此说来，我当时就知道了？”

韩斐笑了笑，“公主殿下，您素来精明得少有匹敌，驸马虽说冷漠孤寡，却是个一根筋的，做起亏心事蛛丝马迹露个明显，您岂会看不出？不过当时驸马还未对您下过毒，他似乎仍在犹豫，公主倒故意放了几次水，最后驸马似乎决意放弃，所以公主您当时十分开心，还为他的寿辰四下张罗。我之所以断言您中的毒并非他所下，只因他的药丸早就被您给调包了，真正的毒药一直都是公主殿下您自已藏着。”

我松了一口气，又吸了一口气，“可，你说是太子又是怎么回事？”

“那时我发现同安堂的掌柜康临府中忽然多出了几箱金子，数目与驸马付的那笔款差不离，十之八九有其他人让他制作忘魂散，所以顺道一起暗探，毕竟公主您口碑不好树敌太多，说不定就是您的劲敌下的血本呢？虽然金面被抛光了无法确认是何处熔制，不过那装金子的木箱上的锁的手工却瞅着眼熟，沿着这条线往下查，才知道这原来是专门给宫里当差的木匠所为。后来蛰伏的暗探禀过，与木匠来往极近的正是太子身边的成公公。所以，太子是最大嫌疑。”

我擦了擦额头冒出的冷汗，道：“太可怕了。”

韩斐负手而立：“是啊，太子城府委实深了点。”

我道：“我说的是你。”

韩斐：“……”

“这么鸡毛蒜皮的事都能让你发现，果断还是离你远一点比较好。”

“公主，”韩斐说，“请不要五十步笑百步。”

我不再说笑，长叹了口气，“那也只能说明太子买过忘魂散，不代表他毒的就是本宫。”

韩斐道：“不是驸马，就只能是他了。当然还有第三种可能。”

我问：“什么？”

“康临啊。”韩斐似笑非笑，“他要制药不论多少都行，说不定他也是被公主伤害过的众男子之一，因为怀恨在心，所以下了毒手，为了掩饰自己的罪行，就……”

“喂，喂。”我截断他的话头，重新打量着他，“我说韩斐，本公主记得你第一次，啊，就是失忆来的第一次在大厅上，驸马随便说你两句你就哑口无言了啊，我还一直以为你是那种天然呆的类型，怎么舌头也这般厉害……”

韩斐闻言整张脸垮了下来，道：“说到这个我就来气。为了掩饰我在府里的真实原因，遵守和公主的约定，只能假装无能为力被硬劫来做面首的姿态，谁知驸马仍是看我不顺眼，说话明嘲暗讽意有所指。公主我同你说，驸马每次都喜欢用那种不着边际和莫名其妙的语言和行为让人蒙了头，别人觉得无语凝噎其实是觉得他……”说到这里韩斐用手指在脑袋上绕了一圈，“他还沾沾自喜认为自己言辞犀利、无人能敌……”

我稍稍回忆了一下，觉得他说得不无道理，遂点头道：“原来你也受了驸马一肚子气……这样，本公主准许你在离开前找他一雪前耻，切记防他动手不动口，你也会说他不着边际，有理说不清的。”

韩斐笑了笑，复又做出叹息的神情道：“公主知道了真相，还是执意依太子的意思让我去江浙做监察使？太子分明是要把我从公主的身边支开，而现在公主可以信任的人，可以动用的权势有多少连你自己也不知道，或已被架空，或另有玄机，所谓监国只剩一个空架子……”

不知为何，看着一反昔日冷然的韩斐喋喋不休，我心中浮起一丝温暖。

这世上，总算还是有人不计因果地关心我。

“因为，你是个很适合的人选。”我不自然地笑了笑，“这样说，好像有点显得我太虚伪了是吧，但是，江浙需要你，百姓需要你。”

韩斐眸子中闪着些什么。

“至于太子……倘若下毒的人当真是他，那么我中的就是必死之毒，命都保不住，架子空否又有什么干系？”我把眉目舒展开，“但……我还是，愿意相信他没有对我下毒。”

韩斐蹙起眉：“公主不信我？”

我道：“我不能轻信任何人，说句不好听的，从宋郎生、太子、康临、周文瑜、你，甚至是太子身边的成公公，只要任何一个人说谎，就会有不同的结论。也许宋郎生是幕后操作的人，也许康临根本做了不止两个药丸，也许周文瑜就是太子派来误导我的，也许你是赵首辅康王爷他们派来离间我和太子的，还有可能成公公瞒着太子私下和其他权势勾结，不管是哪一种，都不会是对我有利的。”

韩斐思虑一番，跟着点头。

我忍俊不禁，“我可是在怀疑你啊。”

韩斐道：“公主确实言之成理，只要我问心无愧，又有什么大不了的？”

我道：“是因为质疑你的人不是你最在乎的人吧？若是方雅臣呢？”

韩斐浑身震了一震，脸色有些青白，“公主……想起来了？”

我如实道：“那倒不是，主要觉得你们两个人有点怪怪的，你要我保他平安，他不肯我提及你，我说，你们……该不会是那个……断袖吧？”

韩斐大惊失色，满脸通红道：“公主……你胡说些什么……我们不是，我和他只是普通……”

我打断道：“行了，看你反应我就明白了。”

“不是，我们真的只是……”

“从现在开始呢，你不再是公主府里的人了，我正式把你赶出去了。”我叹息摇头，“真是家门不幸啊……”

“……”

我转身离开，背对着他高挥了挥手，“回去收拾的时候记得跟你爹说清楚，他真是伤透了心，就是不知说了真相会不会更痛不欲生……”

…………

离开南苑后，我一路径直回到卧房里，闩上门，穿过幕帘，停在内寝屋的床边。

床的左右两侧是几案和橱柜，而床头靠的是一堵石墙，墙上未刷漆料，由天然青玉石砖铺成，极为绚丽华贵。

我还一直以为，此乃因为昔日的襄仪公主太过奢华无度。

我望着这堵玉墙的百来块石砖，把它们上上下下看进眼里，合上眼眸，回忆曾经的我也站在此处，然后……

伸手在某一处石砖前轻轻一推——触到机关的这块石砖应声缓缓移出，与记忆里的场景丝毫不差，此乃中空之石，藏有贵重之物。

一块金制令牌与一个青铜虎符。

方才一瞬，我脑中想起的不仅仅是关于一些与太子有关的回忆，更想起了父皇的话。

前因后果还未厘清，但记得那时父皇在御书房里支开内侍，给我看了两样东西。

他说："此令牌乃是明鉴司之令。"

"明鉴司？"

"朕做皇帝，成日坐在宫里批阅奏章，大多时候看到的都只是臣子愿意给朕看的，独揽大权或是……粉饰太平，朕固然有可以信任的忠臣，只是国之利器不能予人，党派之争更要制衡。"

我道："父皇的意思是，明鉴司是直属父皇的秘密组织，专听父皇密令办事，查办朝中或民间各种事宜？"

父皇道："必要的时候，可以不需依行律令秘密处之。"

我浑身一震，却又不知如何应答。他道："襄仪，公主监国实属不易，百官必会阻挠，你会遇到更多难以预料的阴谋，父皇知你不喜这类暗地里的事，可是你必须收着。为父皇，为太子，保住这个清平盛世。"

我收下以后，他又拿出虎符与谕令，正色道："京畿二十万大军可凭此符随意调遣。"

我凛道："父皇，您给我的，不是令牌和虎符，这分明是要我成为众矢之的，若让太子弟弟知晓……"

父皇道："景宴年纪尚浅，今日监国之位授你不授他，他心底只怕……阿棠，你该明白，这不只是虎符，还是你的护身符，更是大庆的救命符，用得好，利国利民；用不好，祸国殃民。"

那日父皇似乎还说了很多，可一时间我又无法统统记起，我摩挲着令牌和虎符，垂眸间想了许多，还是放回原处。

还不是用它们的时候。

我顺手执起笔在书桌的纸上写了几个人的名字，从宋郎生到太子弟弟……方才我是不是漏了一个人？

煦方。不，应当说是聂然。

若康临和周文瑜所言无误，天下间没有让人失忆一段时间的药，那么说谎的就是聂然；可若煦方是真实存在的，那么说谎的就是两位神医，他们或许知道个中缘由，故意误导我……

我将笔扔回桌上，不由得心烦意乱起来。

究竟应该信谁?

我跌回软榻上滚了几圈，试图让自己静下心来。话说，父皇当日给我的谕令给藏哪儿去了？似乎是……缝被铺里了。我忙坐起身上上下下摸索，猛然记起……那时在国子监，宋郎生把那床睡惯了的被铺给送去……所以，现在的密旨居然在国子监我的寝间里？！

糟了，我失踪好几日，那被褥该不会已经被人处理掉了吧?

我一个激灵跳起来冲出房吩咐下人备车，想了一想觉得不妥，让人知晓公主曾扮国子监生也就罢了，还兴师动众回去拿一床被褥不叫人起疑才怪。我折返回房换上了监袍，这才匆匆赶往国子监。

国子监依旧是那片姹紫嫣红。

这说的是国子监的怡人景致，衬着监生们清一色的蓝袍飘扬，我低着头不快不慢地穿梭在人群中，辨识度自然很低。

事实证明我这个想法太过天真烂漫，下一处拐角，便听到了身后有人道：“白玉京！”

我慢腾腾回转过身，抬眼看向这意气风发的青年：“你……是？”

“你不认得我了？我是苏樵啊。”

就是我第一回进国子监当堂夸我貌比潘安的那个？我忙拱手：“泸州苏兄！哎呀，见谅见谅，小弟有些眼生不大认人。”

苏樵摆了摆手，丝毫不介怀的模样，又道：“白兄，你这几日跑哪儿去了？”

我道：“那日得知府……家中有人得了急病便匆忙赶了回去，好在并无大碍……总算可以安心回来。”怕他不信，我又补充道，“我自然是上报后得到祭酒大人的许可才走得顺利。”

苏樵叹了叹：“唉，你倒是走得干脆，可怜有人却因你的失踪差些连小命都保不住。”

我一时之间没反应过来：“谁的小命不保？和我有关系？”

苏樵又气又急地道：“陆兄啊！你与他关系不是挺好，怎么走了也不与他交代一声？”

陆陵君？

糟糕！我那时满心顾念着聂然的突然出现，整个人呆得不知所措，回去以后大病一场，醒来以后就烦着忘魂散那档子事，怎么会把这家伙给抛诸脑后了？

我忙问：“陆兄究竟出了何事？”

苏樵道：“他？那日你走后陆兄找不着你，急得几乎把整个国子监都翻遍了，后来只得跑外头去，课也不上查房也不在，连会试都缺考，这不来了个新司业吗，新官上任总是要烧几把火的，刚好逮住他，下了狠手打了三十个板子……谁晓得陆兄毫不放在心上，伤没好透又溜出去，还绘了你的画像到官府去备案，好在……祭酒大人知晓此事拦了下来，直接揪他回来关了禁闭……两日不吃不喝，等到放人的时候才发现他发烧着呢，迟一点还不知要闹出什么大祸端来……”

我越听越觉得自己罪孽深重，又觉得这的的确确是他的一贯作风，又问：“那他现在如何？伤都好了吗？”

苏樵点了点头又摇了摇头，“伤是好了，不过因为祭酒大人的交代，我们几个得轮流看住他，免得又跑出去闯祸，他觉得我们限制了他的自由，成日躺着闹脾气呢，唉……要不是看在是同门，我早就……”说罢伸出拳头朝空中一挥，“揍他了。”

我忍俊不禁，以陆陵君的功夫只怕还没有别人揍他的份儿呢，他闹脾气无非是觉着逗你们很有趣吧？我道：“这样……你速速带我去见他吧。”

对陆陵君，我多多少少还是心存愧疚的，我对他视若浮云，他倒为了我这萍水相逢的兄弟几番覆雨翻云，委实是自叹弗如啊……

好吧，该句是在见到陆陵君之前的心理活动，直至到他寝间门口看着他跷着二郎腿耀武扬威地对着屋内两人道：“我再也不会去找个没义气、没涵养、没度量、没身高、没气魄的白玉京了！你们放一百个心，我当和一个路人打个照面，一转身谁还记得谁，岂会耿耿于怀？”

苏樵见我脸色不对，忙用力咳了一声，陆陵君不耐烦地转头：“你又来做什……”戛然而止，自是因为看到了我。

“白……白贤弟，你怎么会在这里？”陆陵君大步蹦跶上前，握住我的肩膀上上下下扫了一眼，“没事吗？我还以为你……”

“家中有急事罢了。”我挑眉道，“这么没义气、没涵养、没度量、没身高、没气魄的人还劳烦陆兄关心，当真是折煞愚弟了。”

陆陵君先是松了一口气复又讪讪摸摸鼻子：“我这不是故意说好让他们掉以轻心嘛……”

屋内两人听到这话倒是不悦了，稍胖一些的那个监生道：“好个陆陵君，我们诚心待你你只想着算计我们……”

另外一个瘦高的监生附和：“你也不想想这些日子里你给我们闯了多少祸端……”

我勾了勾嘴角道：“就是，苏兄都说了，原来我不在给你造成这么大的困扰啊……”

陆陵君颇为委屈地点头：“嗯！”

胖监生摊手道：“若非白玉京是个男人，我都要怀疑他是为情所困了……”

瘦监生耸肩道：“也可以是断袖啊……”

陆陵君不满地喂了一声，“你们的玩笑不好笑哦，白贤弟这么没有幽默感的人会当真的……”

我这回是真的被他们的“幽默”乐着了，转身拱手道：“不知二位如何称呼？”

胖监生回礼道：“李问。”

瘦监生悠然摇晃着手中折扇：“杜非。”

陆陵君再次瞪了他们两眼，“要介绍也得让我介绍啊……嘿嘿，白贤弟，他们两个家伙是我的跟班，以后有什么差遣只管叫他们办就是了，他们必定万死不辞……”

李问瞥斜眼，杜非翻白眼，明显是对陆陵君的话表达充分的不屑，我在陆陵君肩上一捶，哈哈大笑。陆陵君紧了眉：“你笑什么？”

“喂，我说，你们没发现我们五个人的名字有什么问题吗？”我分别指了开来，“李、杜、苏、陆、白。”

陆陵君眉头从紧到松，跳了跳，亦笑开：“有趣有趣。”他笑的时候李问和杜非亦嗤笑一声，就剩下苏樵愣愣的：“有什么问题吗？”

李问道：“李白、杜甫、苏轼、陆游、白居易。”杜非道：“古往今来写诗的那些大人物大才子的姓都让我们给占了呗。”

陆陵君眯着眼道：“既然这么凑巧，不如以后就换个称呼吧，别兄啊弟啊的多生分，就李大杜二苏三陆四白五这样叫下来……唔，似乎在年龄上这样排也刚刚好……”

李问，哦，是李大不满地道：“为何我的名字听起来最奇怪……”

杜二道：“我不喜欢二这个字。”

陆陵君道：“我还占了最不吉利的数字，你们满足吧……”

我摊手：“五，无所谓啊。”

等到我们调笑了一圈，站在一边的苏樵忽然哈哈地笑了起来，边笑边道：“哈哈哈哈，怎么这么巧，我们的姓和诗仙诗圣差不多……哈哈哈哈，太有趣了……”

在场其他人一齐看着迟钝的某三：“……”

当然，此刻的我绝对无法预料，我的出现对国子监广文馆几大公子的人生造成了什么后果，具体是什么暂且不提，还是按照正常的叙事顺序往下说。

我回来了以后……好吧，我本意只是回来检查被铺的，好在被铺在谕令也在，我收好谕令又被陆陵君他们拉去吃酒，直到满身醉醺醺才回到国子监，完了几个人大大咧咧地横躺在地呼呼大睡至三更我才想起，我拿完东西就应该回公主府的，还待在这里做什么？

我打算离开，哪料一转身就看到死死抱着我的脚烂醉如泥的陆陵君，嘴中喃喃着：“白兄你别都不喝啊……”

这话不偏不倚地让我怔了怔。

我环顾屋内东倒西歪的几人，他们都只是平民百姓中寒窗苦读进国子监的学子，有着远大的理想和抱负，或许日后在庙堂上会因为立场针锋相对，但至少在此时此刻都是真心当对方是朋友的。

我挪出身来蹑手蹑脚出了房，夜风起，依稀有点凉，我披着外衣漫无目的地闲逛。

朋友，只是一个平凡到极点的词，为何让我莫名心寒。作为和风，她的朋友有谁？作为萧其棠，她又有什么朋友？

没有算计没有试探只是单纯地结交，这样的人竟然找不出一个吗？

清淡的月光下一道身影从树下掠过，我条件反射地避了避，又探头望去，不禁奇怪，这种时间，方雅臣匆匆忙忙地赶往哪儿去？

好奇害死猫。不过我是公主不是猫，只能任凭好奇心驱使鬼鬼祟祟地跟踪他。

方雅臣一路朝北，待出了后门，便直奔国子监旁的山上行去。我这样一路跟着忒辛苦，几番想打退堂鼓，好在到了半山腰他停了下来，我定睛一看，原来是温泉池，我再定睛一瞧，方雅臣就开始脱衣裳。

…………

我忙用手遮住双眼，原来他折腾半晌就是来泡温泉浴的。“哗哗”的水声隐约传来，哎，看来他已经脱个精光了，想到这里我老脸热了热，转身，又回转过身，暗想，既然都曾经是面首了，看一看又有何妨？

于是，我就在几度徘徊挣扎的转身中看到了方雅臣的胴体。

没有看错，我用的是胴体如此含蓄的词语，只因我看到了丰满的双丘和优美的曲线。

是的……没有错……

不，有没搞错……方雅臣是女子！

我一手捂口一手捂心：原来襄仪公主曾经是男女通吃吗……

好吧，不开玩笑，我恢复正经的表情对着茫茫夜色暗叹，原来韩斐不是断袖，所以除了我为何会有一个女扮男装的面首这个谜团太过匪夷所思外，基本上许多事也都能解释得通了。

我蹲在角落等到方雅臣泡完温泉擦干身子穿好衣服飘然而去，然后移至温泉池边，感受冒着热腾腾水汽的温泉，咽了咽口水。

既然来了，恰好一身酒气，就没有白来的道理。

这池温泉似乎是从山上汩汩流入汇聚而成，水面上热气蒸腾，并不深，身子一埋进水中便觉得有润湿的热浪扑面而来，泡在水里，只觉得有千万只手，轻轻地在身上按摩，舒服至极。

原来方雅臣看去沉寂，竟也是个极会享受生活之人啊。

我看着水面上荡漾的缺口月亮，伸手拨弄着水，溅在水面上发出哗哗的水流声，只觉得一身疲惫都随着波光流转的水一扫而去，舒适异常。

喝过美酒沉浸良辰美景之中，若此时还能有美乐助兴那就圆满了。

不知是否因为饮酒还是夜深，我觉得困顿起来，迷迷糊糊地靠在石壁上，半梦半醒，隐隐约约间似乎真的听到箫声若隐若现。

直到被一个骤然低头给晃醒，感到自己打过盹，我忙强迫自己睁开眼。开什么玩笑，泡温泉若泡睡去，就别想见到明日的太阳了。

醒来吧，醒来吧。我这般告诫自己。奈何身体不听使唤，怎么样都使不上力，我努力在天人交战中，多么希望此时有什么能彻底震醒我。

后来我每每回想起这段，总结出我自身的一个潜在特质——心想坏事成。

我听到了身后不远处，不，是很近很近的距离，几乎就是从头顶上方，掺着清风的男人温润和顺的声音：“你是哪个馆的监生？何故深更半夜在此处？”

我浑身僵如冰雕，顷刻间只觉得这一池热汤凉过冰泉。

这个声音太过耳熟了。

不是别人，正是，聂然。

## 第七章

# 擦肩又重逢

我曾经……

无数次幻想过与聂然重逢的场景。

最初从波涛汹涌里捡回一条命时，我脑补着在一个夜黑风高的夜晚，我穿着一袭白衣突然站在他的旁边，阴恻恻笑道：“没想到我会再来找你吧吧吧，冤有头债有主主主，我来向你索命来了了了……”然后，把他吓死。

之后流浪那段日子，我自以为看遍人情冷暖，只盼有一天即便在路上相见，我也不过是淡定勾唇浅笑，“罢罢，人生不如意之事十之八九，常记一二便是，从此就当作是陌生人吧。”说完潇洒转身，而他，望着我的背影陷入深深的自责中。

等到被宋郎生认领回去知悉自己是公主时，我最喜欢躺在床上闭目想象：待哪日夏阳侯携子参加朝会之时，我身着华服靠在凤椅上，看到聂然震呆的表情，邪魅地一挑眉：“许久不见呢，煦方……哦，不，我是否该称你一声世子呢？”接着，他跪下求“公主饶命”，而我一指“来人，把这奸佞之徒给我拿下”，然后仰头狂笑，笑声荡漾在殿堂上如缕不绝。

我承认我有些异想天开，但……

当我光着身子在荒郊野岭上泡温泉时某人忽然在旁边问你哪位……这种重逢的离谱度会不会更异想天开……

我临危乱了一瞬，低着头沉声道：“学生乃是广文馆监生，此前因受了凉便来此处泡泡温泉活血驱寒……”

身后的人没立刻说话，似乎在思考我答案的可信度，我等了又等，见他还不说话，便道：“不知司业大人此时又为何在此？”

聂然呵了一声，“我记得可从未去过广文馆授习课业……你光听我声音便知我是谁，与我很是熟悉吗？”

我霎时惊出一头冷汗，“司业大人初来那日在辟雍殿的一番训导令学生受益良多，大人的声音自当铭记于心。”

聂然道：“行了，这些虚言不必多说。你先上岸穿好衣裳说话。”

上岸……穿衣裳……在您面前光着身子吗……

我将身子往水池里缩了缩，道：“学生不习惯与大人赤裸相对，可否请大人先行回避？”

“男子汉大丈夫竟也如此矫揉？”聂然轻笑一声，听到他的脚步声渐行渐远，扭头时看到的是他的背影，在月光下一如既往的怡然清冷，他在不远处停下步伐，撩袍坐在一块青石上，静静遥视远方。

我忙从温泉池爬起来，顾不上擦身子，以最快的速度穿上里衣，一直注意着他的方向，待到我系好外衣带配好发冠后，这才稍稍松了一口气。

聂然由始至终没有回头的意思。我想他对于一个半夜偷溜出来泡温泉的监生并没有太大的兴趣。

我道：“司业大人，若无他事，学生先行告退。”

聂然嗯了一声，算是既往不咎了。

我的脑子一片混沌，不敢多留，可却在离开的那一刻，听到了箫声悠悠传来。

我浑身一僵，鬼使神差地回转过身，看到了清明月光下的他的侧脸，像一幅水墨画卷，素淡静雅，他手中执着的那支箫正是我送给他的玉箫，劣玉漏箫，他奏的那首曲正是他赠给我的曲子——《煦风和月》。

半年多前的那个早上，夏阳侯的家仆上门来找他，他赶走了他们却回头看到了默默流泪的我。

那晚，我们坐在陈家村的大槐树下，我听他奏这首歌给我听，我问：“为什么管这首曲叫煦风和月？有点像我们的名字，又不一样。”

见他不回答，我又问：“你为什么叫煦方呢？”

他身子不自然地僵了僵，见我直愣愣看着他，笑问：“那你知道……我为什么叫你和风吗？”

我想了想摇头道：“还是听你说吧。”

他微微一笑，笑得怅惘：“我刚来陈家村的时候，喜欢一个人坐在山那边看日出，看日落。我常常猜测过往的各种可能性，茫然于今后何去何从，我不知我的煦日在何方，所以，我希望这个名字能够带我找到答案。后来，我遇到了你。你很麻烦，失忆失得乱七八糟，又娇气又任性，我救你是因恻隐之心，几番暗示你离开，可你偏偏感觉不到，真是让我有苦难言。”

听到这里我不悦地瞪了他一眼，他道：“直到有一天，我打猎回来发现你不在房里，这才惊慌失措地四处找你，我才发觉我是那么紧张你。你的病很奇怪，今天的事睡了一觉明天又忘，如此怎可独自往外跑呢？我好不容易找到你，你坐在河边一声不吭，我陪了你许久，你才笑着说‘我是不是你的包袱，是不是给你添了许多麻烦’，你虽然嘴角在笑，眼里全是泪。”

我静静道：“这些……我都不记得了……”

“是啊，你怎么会记得呢？就算前一日我对你的态度欠妥，一夜过后你怎还记得？”煦方眼中泛着光，“那时我才知道，你虽然失忆，心却是那么敏感脆弱，谁对你好谁对你不好，你都记在心里，你嘴里不说不代表心里不想，你嚷嚷着要吃好喝好住好，不过是想试试看我重视不重视你……我很难过，后来我带你回家，在月光下我对你许下了承诺，你在哪儿我就在哪儿，和煦和煦，煦跟着和，风吹往哪儿哪儿就是我的方向。你叫和风，我是煦方。”

我问：“煦风和月，煦方与和风在月光下的承诺，是这个意思吗？”

煦方点了点头，我抹了抹眼泪说：“可这是煦方与和风的承诺，不是聂然的。”

“可是，我比较喜欢当煦方啊。”煦方回头笑了笑，“其实那日，我想起了所有，忽然间才发现，我之前的人生或许就是为了等待一个像你这样的人，我很庆幸老天让我经历了磨难让我失忆让我遇上你，虽然不知道将来会不会遇到阻碍，不知道能不能顺利渡过那些难关，唯一可以确定的是，只要想到今后能够和你在一起，就已经很满足了。”

“我想……”我望着煦方，“今后若是遇到让我难过的事，只要想起你今天说过的话，就可以微笑起来。”

聂然的箫声奏到一半就停下来了。

停在当日的竹林里，我唱他吹，我停下他停下的地方。

他试图继续吹奏，试了几个音却无论如何也接不下去，只得重新开始。

我再次茫然起来。

他是真的失忆了吗？因为想不起过去，所以才无法把这首曲子吹得完整，只能停留在那时。还是……想起了那日情形，再也吹奏不下去了？他这种时候在这儿吹曲子，是为什么？

我呆呆地站着望着想着，整个魂飞到九霄云外，等到回过神来时，才发觉聂然已然回头，张口结舌地望着我。

我们保持了一段距离相视，他没有上前我也没有后退。

我以为我会不顾一切转身就跑，可我迈不开脚步。今夜的月色如此明丽，我能够清清楚楚地看到他的脸，我于他而言，亦然。

幽寂的山林，他那般清淡地迎风而立，表情是如此不可置信，想近前又不敢近前的样子，“你……还活着？”

我应该如何回答？该冷漠还是嘲讽，是答我不认识你，我只是个长得和你朋友很像的人？还是我大难不死，你失望了吗？

我听到我的声音道：“嗯。被大水冲走后让人救了，真想不到还能再见到你。”

聂然走上前两步又停住，仿佛我真是什么鬼魅会吞了他似的，“你……为何会……”

我道：“我辗转来到京城，遇见了故人，他带我来国子监玩，就女扮男装了。今夜在此，只是一个巧合。”

聂然怔怔颔首，“你……”“你”了半天没下文。

我笑了笑，“你还恨我吗？”

他没反应过来，“什么？”

“那时候，我带着赵嫣然跳河……”

“我知道。”聂然的目光望进我眼中，“你是为了救我才挡的箭，为了救嫣然才跳的河……”

“是赵嫣然告诉你的吗？她真是个好女孩。”我笑了笑，“我还一直误会她，以为她会什么都不说，如今误会解开了，我也没死，你也不必内疚，大家都平安无事，挺好的。”

聂然静静地站着，默然了许久，轻轻嗯了一声。

我呼了一口气，“天都这么晚了，先回去吧。”

“和风姑娘。”

我再次驻足。

“我应该这么叫你，对吗？”聂然道，“嫣然同我说起，我失忆的那两年，整整一年都是与你在一起的。”

我闭紧眼，努力不让眼泪有流出来的机会，但是泪珠还是很不争气地从眼缝钻出，滴落。

聂然平静地道：“嫣然说那时我带着你到绥阳，回府求我爹解除与赵家的婚约，但我爹不许，把我锁在房内。后来发生了什么，她不知，我爹不说，我也不记得了……”

我点了点头，“原来是这样……”

聂然沉着声道：“对不起，那时我没能信你。出事以后我一直都有派人寻你，我还以为你……”

“其实……”我涩着嗓子艰难地道，“那不是你的错。你大病醒来自当相信你的亲人和你的青梅竹马，我只是一个陌生人，还劫持了你的未婚妻，任何人在那种情况下都会那么做……有时候道理摆在那里，就算情感上接受不了，也不得不认。”

我尽量让自己的笑声听起来开怀一些，“又不是什么传奇话本里写的，失去记忆心还会惦记，我自己也把过去给忘了，什么感情啊也半点感受不到啊……所以你真的不必如此……”我瞥见了他手上的玉箫，噤声，他顺着我的眼神低头看去，眉目中闪过一丝柔和的神色，“这是你遗落的玉箫，那日你要我吹奏一曲《煦风和月》，当真是首很好的曲子，听起来恰如煦日风月，我一直在想这首曲后面该如何吹奏……”

我突然道：“这是你写的曲子。”

聂然困惑地蹙起眉，随即闪过一丝清明，欲言又止，“过去的事，我委实不记得了……”

我有些迟钝地点了点头，今夜我一直在点头，不知是在说服他还是在说服我自己，“因为那时候你写这首曲子时对我说过，煦风和月就是煦方和……”

“和风姑娘，”聂然打断我的话，缓缓地道，“那之后我看过许多郎中甚至名医，他们都说我脑中没有瘀血身上没有中毒迹象，忽然失去那段记忆简直让人匪夷所思，只怕终此一生再也无法记起……”

我怔怔回转过头看着他，半晌才开口重复道：“再也……想不起来了？”

聂然把玉箫交回到我手中，温和地道：“我知道，那些回忆于姑娘而言很是深刻，然则事情既已过去，往事不可回，深陷其中不论对谁都不是好事，聂某希望姑娘也能随我一般忘却，对姑娘，对聂某，都是件好事，不是吗？”

心痛，出乎意料地痛，竟连呼吸都在痛，我接过玉箫，笑道：“放心，我不会再纠缠司业大人，或许一直都是我错了，你是你，他是他，从大人您醒来时的那刻，煦方就已经消失了。”我握住玉箫，“但是，我不会忘掉那段回忆，记住那些回忆是我和煦方的承诺，和聂公子没有关系，不是吗？”

聂然有些意外地看着我，“既然姑娘这么想，在下也没有什么好说的了。”

我一瞬不瞬地看着他，我想我整颗心没有一刻比现在还要平静，“我最遗憾的事情就是，煦方走得那么突然，我没来得及和他道别一声。聂公子，如若你不介意，可以闭上眼暂时安静一下，什么也不要说什么也不要做吗？”

聂然困惑地眨了眨眼，但他没有多问，依言垂下眸，安静地站在我的面前。我抹掉更多的眼泪，让自己平静地端详这张面孔，这样柔和的线条，也是属于煦方的。我轻轻地伸出手，隔着空气描绘了一遍，回忆过往的每一个画面，还有那句“和煦和煦，煦跟着和，风吹往哪儿哪儿就是我的方向。”

我真是笨蛋。

那样的煦方，会哭会笑，会脸红、会恼怒、会紧张得一身汗、会害怕得发抖，那样的人，怎么可能会是眼前这个人假扮出来的?

说到底，我只是不愿意相信，那样美好的煦方，从此以后再也见不到了。可是，犹如天上的繁星转瞬即逝，我只要记住那一刻的美好，也是很幸福很幸福的，不是吗?

煦方，再见。

“好了。”我退后一步道，“从今往后，我们两不相欠。”

聂然睁开眼，“姑娘此言差矣，若是姑娘有什么需要，聂然若能帮还是会尽量帮……”

“司业大人，我想，你是太小瞧我了，我和风还是有几分本事的。”我朗声一笑，“不过，对着你也许还是没有那么大的度量。他日若在别处相见，不必太过惊讶，正如你所说，这些纷纷杂杂的纠葛你千千万万要忘掉才好。”

“好。”聂然苦涩地勾了勾唇角，“夜已深，不如由我送姑娘下山。”

“不必了。”我又退了两步，拱手，“司业大人就先回去吧，我自己没有问题。”

聂然还待说些什么，我又道：“这种时候还是划清界限好。还请大人不要为难我了。”

“那你小心照顾好自己。”聂然不可察觉地一叹，默默地转过身往前走去，一步一步渐行渐远，直到消失在茫茫夜色中。

我摩挲着玉箫，可惜我不会吹奏，不然可以最后再听一次《煦风和月》，作为最后的道别。

我抬起手，意欲将玉箫掷到山崖下。

“啪嗒”一声。

我悚然一惊，嗯，自然不是玉箫跌落的声音，再说，声音是发自后方。我转头望去，从丛林中走出一道黑影。

我厉声道：“谁？”

“是我。”那道黑影往前，变成一道明亮的身影，“抱歉，我确实不是故意偷听你们的谈话的，公主。”

卫清衡出现时我舒了一口气。

虽说他堂堂国子监祭酒半夜不眠在此冒头是件匪夷所思的事，不过鉴于此前已经出现过国子监司业和监国公主，也就没什么好大惊小怪了。

我说：“卫先生莫不是也来泡温泉的？”

卫清衡笑道：“今夜是跟在聂司业后来的。”

我蹙眉：“你查他？”

卫清衡坦然道：“毕竟是聂侯爷的世子。这是太子殿下的嘱咐。”

我听到太子二字心中硌硬了一下，揉揉额角说：“今晚的事你回去别和太子谈起便是了。”

卫清衡道：“嗯。”

见他答得爽快笑得释怀，我犹疑道：“你怎么不问我和聂然之间为何如此……”有些词不达意，“总之你什么也不问，我反倒不知该如何自圆其说了。”

卫清衡拢了袍襟，“因为……”抬头浅笑，“与我无关啊。”

我：“……”

卫清衡看看天色，睡眼惺忪地将我一扫，“现在公主是要随我回去还是独自留下……或是公主有苦想诉的？”

我问道：“我可以信任你吗？”

卫清衡瞄了我一眼，也撩开衣袍坐下，不再说那些花哨词，斩钉截铁地道：“可以。”

既然，卫清衡已听到了我和聂然的对话，与其什么都不说让他心存疑虑，不妨统统告之换取信任，若是好人自是好，若亦是心怀他想也可消除他的戒心。

这只不过是我转瞬即逝的那么一算，然而当静下心说这个故事时，我才发觉卫清衡是一个很好的听众。

比如，他不会一惊一乍，即便我说出我失忆这件事；再比如，说起聂然和风的那段日子，他也只微微颔首，没有追问，没有让我说出更多难以启齿的话语。唯一当我提起中箭跳崖那段时他才转头认真地问我现在身上可还有不妥之处，我点点头他也点点头。

我以为卫清衡会发表一些安慰性质的感想，哪料他道：“公主您的人生经历委实丰富多彩，这故事真有几分催人泪下。”

我干笑：“卫先生，你在故事主人公面前这样超然，叫本公主情何以堪？”

卫清衡褪去玩笑之态，道：“公主为聂世子的失忆而伤怀，这一点能够理解，然则公主可否想过，倘若聂世子当真恢复了记忆，你会与他重新在一起吗？”

我再次呆住。

“聂世子若知道你有驸马有过诸多面首，可会心存芥蒂？公主可会为了聂世子与驸马和离？即便驸马同意了，夏阳侯可是皇上多年来的心头大患，他岂会答应公主与聂家的这门亲事？当然，公主能够选择放弃身份与聂世子远走他乡，但公主你可以担保在恢复全部的记忆后，还能释怀吗？”卫清衡道，“你现下所有的情感，都源于那一年的记忆，可是公主，你还有过去十九年，可曾想过，孰轻孰重？”

我道：“卫先生思考事情一定要这么的理智和面面俱到吗？你是在替我庆幸聂公子能够忘记过去，没有增添本公主的烦恼吗？”

卫清衡摇头，浅笑：“或许是……我与昔日的公主相交甚笃，更站在她的立场说话吧。”

我蹙眉道：“故我今我，同为一人，有何不同？”

卫清衡反问：“那么煦方和聂然又有何不同？”

我结巴道：“不，他们是两个不一样的人……”

卫清衡嚼笑意瞅着我，没再和我争辩，“好，公主说不是就不是。”

世人碌碌，谁知道我的苦？我长叹：“如今，我只是觉得这个公主当得十分没劲，除了锦衣玉食，没捞着什么好处，还要被人算计，昔日的我是如何熬下来的……”

卫清衡敛去笑意，沉声道：“公主这般说法可越发不像你了。”

“那什么才像我？”我冷笑，“事事瞻前顾后，言行举止出不得错，身边没有一个可以信任的人，没有朋友，连相公和兄弟都要算计，连寻常百姓都比我开怀许多，即使这样还可以笑逐颜开……那我就不是人了，是圣人！”

“既然如此，公主就放弃这个身份，远走他乡隐姓埋名，找一个平凡人家嫁了，过一世安稳日子，不就没有烦恼了吗？”

卫清衡的声音不高不低，顺着风势送过，隐隐间透着一股师长的威严。

我竟一直忘了，从孩提时代他就一直是我的师父。

最崇敬也最惧怕的人。

我愣了好半晌，才道：“我并非没有在民间生活过，我、我做和风的时候比现在快乐多了……”

“若非聂世子的收留与照顾，公主如何生存？”卫清衡起身负手，正色道，“若生在贫苦人家，从小耕田务农，若时运不济遭遇旱灾水灾，此生匆匆逝去，即使平安一世，然一世为衣食忧愁，公主口中的‘锦衣玉食’于她们如同天境一般，不可奢想；若生在富贵之家，大家闺秀，足不出户，只等适婚时听从媒妁之言父母之命，有多少人能遇两情相悦值得依靠之人，若是三妻四妾终此一生宅中相斗，又有何意义？”

卫清衡道：“如若生在官宦之家，三年一次的宫中秀女不得不去，难道公主认为，后宫三千佳丽都比您幸福美满吗？”

我一口闷气堵在胸口里，“你这是以偏概全……”

“何为偏何为全，公主心中难道还不清楚吗？”

我心虚道：“这世上……总该会有那种生活上不用太过忧愁……又能遇到喜爱之人，平安度过一生的女子吧……”

卫清衡这回没有说话了。他平静地看着我，最后扯出一个笑，慢慢坐回身。

我觉得我说错话了，可又不愿示弱，索性也闭上嘴。

过了不知多久，卫清衡忽然开口，道：“公主从小……就是个非常幸福的人。

“公主一出生就生得一双明眸。

“天下间的女子无人不愿自己貌美，然而天生皮相，即便平凡丑陋亦只能怨天尤人。

“公主从懂事起，琴棋书画都是最好的人亲自教予。

“才华不输任何一位皇子，这世上多少人天生愚钝，即便努力一世都碌碌无为。

“公主得到的是世上最好的爱。

“皇上把能给予你的一切都给了你，荣华与权柄，满朝权臣费尽心思到头亦在你之下。

“公主敢说，此些种种你浑然不稀罕半点不在意吗？”

我才发觉，他说得字字在理，我总是太过习惯与生俱来的好，眼里看到的却是我没有的那些东西。

卫清衡道：“亲情，皇家的亲情本就暗藏算计，但并非俱是虚情假意，至少皇上对公主，尽心尽力；朋友，可以努力用真心换来，再不济，我也是公主的朋友。”

卫清衡的目光望向我，带着一种说不清的关怀。

我心中一暖，不觉抿嘴颔首，像是从记忆深处脱口而出道：“师父，我知道了。”

话音方落，我呆了一呆，卫清衡也是一怔，旋即挑眉道：“未料想这一课还能帮助公主恢复记忆，甚好甚好。”

“如此说来，我第一次叫你卫先生的时候，你就发现我失忆了？”

卫清衡伸了个懒腰，“现在这些已经不重要了吧，公主殿下，再不回去睡觉天就要亮了。”

“等等，等等。”我拉住他的袖子，“有件事我一直记不起来，您能不能给提个醒说道说道？”

卫清衡疑惑地瞥向我。

“就是关于韩斐和方雅臣的事。”

卫清衡闭上眼。

我道：“韩斐马上就要南下了，可我总觉得就这样让他走似乎不妥……他们之间到底有什么故事？”

“殿下，明天再说成吗？”

“不行，绝对不行坚决不行。”

“……要说很久的。”

“好了，别浪费时间，开始。”

…………

韩斐与方雅臣那档子事说起来确要折费一番工夫。

好在卫清衡不仅是个教书的，还是教书里官做得最大的，说起话来算是条理清晰，简明扼要。

这个故事要追溯到方雅臣的父亲方良那一代，当然，为了遵循发展的先后顺序，中间会穿插一些人物譬如本公主，曲曲折折要多留神去听。

方良曾经是个叱咤风云的传奇人物，十七岁中进士，历苏州府推官、山西道监察御史、本司少卿、通政使司左通政、都察院右佥都御史、巡抚登莱、兵部左侍郎、兵部尚书兼太子少保，最后父皇还赠了他大司马之名。

当然，若以上官职不大好消化，那么简单地说就是他曾是文官中的佼佼者，又做过武官中的领导者，最后掌握了大半兵权，连赵首辅都要忌惮他三分。

这样的人物难免会有些风头过盛一失足成千古恨，这个失足就是韩斐，他一路保驾护航悉心栽培的关门徒弟。

说到韩斐，所有人都知道他曾经差点就当上我的驸马，结果脑子一抽就逃婚了，这个致使他抽风的源头正是方良的独子方雅臣。

严格来说，韩斐与方雅臣是同一届的国子监生，殿试上各自显山露水一番又同时入了翰林，两人俱是一副锦心绣口，文采风流，难免被人拿来比较，私底下也暗暗较着劲。

这本来是一个梁山伯与祝英台的爱情故事，可惜的是这里的祝英台将自己的女子身份隐藏得太过滴水不漏，于是变成了梁山伯与马文才的爱情故事。

所以韩斐在很长一段时间里都以为自己是个断袖，他家教严，不孝之无后为大这个思想根深蒂固，他一方面对方雅臣恶言相向，一方面为自己寻找新欢忘记旧爱。

很不幸地本公主成了他忘情的救命稻草。

请不要问我为什么看上了他，要怪只能怪方良忽悠我要多与韩斐接触培养观察力，这话我此番回想起来十分不屑，连男女都区分不出来，韩斐的洞悉力还有待商榷。

当时我还不知道韩斐是个伪断袖，恰好到了适婚年龄，且愿意娶本公主的王公贵族也寥寥无几，于是婚事就那么凑合地办了。

这婚事让多少人伤透了心，首当其冲就是方雅臣，她在婚礼前一天心碎了，便去郊外散心，不小心跌马受了重伤，一夜不归。然后是韩斐，他本来还纠结于自己究竟是正常人还是断袖而不可自拔，结果一听方雅臣失踪，就不管三七二十一地冲去找她，完全忽略我的存在。最后自然是我——堂堂襄仪公主在拜堂日逃了新郎，还有何颜面在兄弟姊妹前耀武扬威?

本来，按照本公主以往的性格，势必要将韩斐挫骨扬灰才肯罢休，但，神奇的是原本怒气腾腾的我在第二日态度大为转变，不仅满面春风还请求皇上饶恕韩斐罪责。

说起这段的时候我问卫清衡是怎么回事，难道我的脑袋被门夹过了？卫清衡只说了一句，也许是被什么人给夹过了。

回归正题。

韩斐经此一事后整个人从青葱少年变成深沉青年，洗心革面后跟随师父一路向南，有几桩著名的案子都是他们师徒联手攻下来的，譬如“倭警相倾轧”“巡海问琉球”“授命立危疆”“不战屈人兵”，等等，人都说方良待他甚过亲儿，总有一日韩斐能够青出于蓝而胜于蓝。

青有没有胜于蓝不得而知了，只是两年后的南江贪污大案是韩斐亲手破的，此案主犯正是方良。这暗里头是个什么旮旯谁也说不清楚，反正方良为官半生，要真说清清白白两袖清风也没人信，说巧不巧主审此案的大理寺卿和少卿都不想得罪此人，于是以各种理由把当时还是推丞的宋郎生给推上去，方良彻底倒霉了。

所以我猜我恢复的那一小段记忆应涉及那一案，当时我刚任监国不久，方良牵涉不少太子党，我自不愿他栽，但宋郎生这人认死理，你和他说整个政局没用，他只会以一句“公义道义”堵死你。我去求助父皇吧，他也以身体不好推托，父皇忌惮方良的权势，也想借力打力，反正他不费吹灰之力。

方良倒了，整个方家树倒猢狲散，连原本快要从翰林院跳入内阁的方雅臣都受了牵连，事态发展到这个地步，只叹那韩斐藏着的别样心思不说清说透，方雅臣何等心气，又岂会甘休？其间言浅而意深的纠缠，内里的硝烟弥漫，到最后，竟惹得方雅臣想吹灯拔蜡与韩斐同归于尽。

她蓄谋了一场韩尚书寿宴毒杀，韩斐似早已预料只待赴死，结果那时候浑然未觉的我因为讨厌韩斐偏要抢他的酒喝，方雅臣虽恨韩斐却是个实心眼的好人，一个扑身扑倒了我，于是方雅臣轻薄公主的骇闻传遍朝野，次日，我召了方雅臣入府一叙。

我找她自然不是因为我看上了她，而是她在扑倒我时我摸到了她柔软的胸以及感觉到洒落在地的酒水异样。这个女扮男装欺君瞒上兼毒害公主的罪够她凌迟一百次了，她也心如死灰地和盘托出事情真相，只求留一具全尸。

也许是经历的不同，他们那些翻云覆雨在我看来不过自古多情空余恨，这两人明明还很年轻，脸上却已失了当年琼林宴上飞扬跋扈的神采。

我于心不忍，思量下要求方雅臣进府做我的面首。方雅臣不明就里，我也不多解释，只是没过多久，韩斐踏破门槛暗地里只求我饶恕方雅臣放她自由，愿为我做任何事。

我把韩斐的心意告知方雅臣，又劝慰她韩斐不过是个耿直之人，于他而言百姓与师长前者重后者轻，如此几番，方雅臣搂着我哭了一场后对我提了一个要求：再也不愿见到韩斐。

该要求的难度系数很大，除非我把韩斐关起来，但这样不仅师出无名也显得本公主很不人道，于是我给方雅臣安排到国子监僻静之地后与韩斐定了约定，除非他在我府上做面首不然我就让方雅臣死得很难看，韩斐只当我是恨他当年逃婚而故意羞辱他，便咬牙答应了。

卫清衡讲到这里说："公主之所以救方雅臣只是想为方良大人做一些事，只是当时方雅臣没看透，韩斐也没能看透。"

我深深为自己的品行秉性感动后问："既然如此，我为何不好人做到底送佛送上西呢？他们俩这样僵着对我对他们都没什么好处吧？"

卫清衡道："当时公主曾找我商量此事，认为他们两个仍然相爱，只是一个不知道对方爱着自己，一个不能允许自己爱上仇人，首先需要一些时间的淡化，再接着要设计一些事让他们知道对方的重要性，若不能冰释，谈何和好？"

我想起方雅臣曾经说过的：既终究注定无果，何必心留执念？若从此风清月朗再不相欠，于我们而言，未尝不是一件好事。

她这话分明是逐渐放开的意思。

我问："那我为何不采取行动呢？"

卫清衡笑了一声："后来公主自己的门前雪都没扫好，哪还有精力管他人瓦上霜？再之后公主都失了踪，和聂世子恩怨情仇的，到如今再来问我，我都有种时过境迁之感了。"

我跟着他一叹，反正事情已经过去，计较本来没有太大意义，不过总归是让我弄明白了，还是要管一管，为他们这两个苦情人画上最后一笔。

我忽然想起一事，问："我怎么听你从头到尾地说，都没有说到韩斐对方雅臣明确心意？韩斐到底知不知道方雅臣是女人啊？"

卫清衡被我说得一怔："啊？这我没想过。应该，也许知道吧……"

我斜眼擦汗，"我说，弄半天韩斐一直都不知道怎么办……"

卫清衡道："那让他知道不就成了……"

我唉声叹气："等等，韩斐真的是断袖会不会不接受方雅臣是女人这个事实啊……"

卫清衡再次一怔，随即哈哈大笑，笑得很是畅怀，"公主你啊……真是……"

我也有些笑意："你知道梁山伯为什么会死吗？因为他在发现祝英台是女人后一时不能接受就想不开了……真的，你相信我，师父……"

此时天露鱼肚白，卫清衡笑叹道："被公主扰了一夜，趁今晨无课我得回去补眠了，这眼眶只怕黑的，我可不想被监生当作茶余饭后的笑料……"

不知不觉昨日已逝，回想昨天一天所知所闻，我也升起了一种恍若隔世之感。

只是蹲坐了一夜，忽然起身让我一阵眩晕，踉跄飘忽间脑海深处闪过些画面，有人嚷着“韩驸马逃婚啦”，然后是父皇震怒，再然后熙熙攘攘的席面上一道云淡天高的剪影，回眸间我心跳如雷。

卫清衡忽然扶住了我，急问：“公主你怎么了？哪儿不舒服吗？”

我一手抚着胸口心跳的地方，一手撑着卫清衡的胳膊，喘了两口气道：“我刚才一恍好像想起了……”

“什么？”

“在我和韩斐的婚宴上，我好像……看到了大哥哥……”

卫清衡轻咳了一声，“婚宴上的大哥哥？他是何许人？”

“……我也不知。”我努力回忆，“就是一道影子……”

“公主可还记得你的大哥哥生的是何模样？”

我摇了摇头。

“公主从何得知那道影子正是他呢？”

我指了指久久难以平静的心口，“那种心怦怦跳的感觉……”

卫清衡无奈地看着我，道：“公主，我们还是回去吧，我还有课得上，不若你这般清闲。”

“……”

卫清衡回头果真回房眯眼去了，此刻天蒙蒙亮，陆陵君屋里那伙子李大杜二苏三什么的还横七竖八地躺着呼呼大睡，他们这种猪一般的日子何其幸运，可惜我做不成真正的白玉京。叹了叹，我揣着谕令回公主府去了。

回府后我藏好谕令倒头就睡，昏昏沉沉地睡个大饱。醒来后竟见日头下沉，这才感到腹中空空，交代下人做晚膳多加些荤，索性一次三餐合着吃到撑。柳伯远远看着直摇头，身为管家没能妥善安排好公主的作息，他除了唏嘘叹息别无他法了。

吃饱喝足后我想起了一件事，今日太子大抵会借着早朝正式授予韩斐为江浙监察使一职，虽说有我的印玺加之他开的金口这事算是尘埃落定，只不过此前韩斐经历了那么多风风雨雨，此后又一直以公主面首的名义晾了好一段日子，不晓得会否遇到什么阻碍。

我在思考这事的时候，府里的侍女匆匆忙忙说有人求见，一问之下是韩府的家丁，再问之下才知出了大事，那家丁哆哆嗦嗦地道：“韩公子遇刺，此刻生死未卜。”

我头皮一个炸开，颤声确认了一次，等赶到韩府见府邸上下笼罩着一股哀怨的气氛，我心中打鼓，不是吧，不能吧，不至于我刚放生就往死地里游吧。所以当震惊快要呛酸鼻子的时候，门帘后突然蹿出某人，我顿时有种头晕目眩之感。

韩斐气定神闲叩上茶盖，奇道：“公主何以神色慌张，发生何事了？”

我瞪着眼睛道：“你的家丁上门找我说你遇刺，生死未卜。”

韩斐讶异地眨了眨眼：“大抵是他口齿不清了，那刺客中了我一剑，性命堪忧啊。”

所以，那家丁想表达的“此刻”其实是“刺客”的意思吗?

我揉了揉发麻的槽牙，灌进一口下人放下的茶，道：“到底怎么回事？哪里来的刺客？”

韩斐勾起嘴角道：“应当是内阁的那些人，不是赵首辅就是李次辅，不过既然敢接手这趟差事，我也预料到了。”

我看向他：“我们这是不是把你往火坑里推了？”

韩斐怔了怔，旋即笑道：“这做官有贪污受贿的，有明哲保身的，我若是那贪生之辈也不至于落到如今这般境地，此间种种，公主无须多虑。今日请公主来，是为两件事。”他从袖口掏出一本蓝封皮册子递给我，“这些是我在公主府里记录的一些事务，府内哪些人有可疑，哪些人需得提防，朝党那些派系的蛛丝马迹，诸人诸事的推测和我个人的一些见解，未必对公主有大用途，备着防人倒无不可。”

我翻了翻，不知这些密密麻麻的字是用他多少日夜换来的，心中一酸：“多谢。”

韩斐呵呵两声，斟酌了一下，又道：“还有一事……也并非什么大事，我这一走凶吉难卜，盼公主能顾着昔日一些情面，保住方雅臣，他……毕竟是方家最后一点血脉了。”

我颇为惆怅地看着他，十分想问他一个问题：你晓得方雅臣是女子吗？话自然没有说出口，我一面了解他要如何运粮，一面思索着有什么法子能够让他与方雅臣和好，待到他说要走水路时我眼睛亮了一亮，“此次运粮走的是漕运？”

韩斐点头道：“从京杭运河起，顺流转漕南下，至杭州后再走陆路，能够在最短时间内把粮食送至受灾处，行事上也稳妥许多。”

我托着腮喃喃念：“如此……总得让你们见上一面才好……”

韩斐疑道：“什么？”

我笑道：“本宫是在琢磨着明日要否给你践个行？”

韩斐摇头浅笑，笑声透着无奈：“这是风萧萧兮易水寒，壮士一去兮不复返吗？”

从韩府出来后，天色蒙蒙，一日即逝。

我回府倒腾了一阵又换回一身儒衫去往国子监，这回也不再打马虎眼，直奔敬一亭祭酒厢房，关上门对着正在阅卷的卫清衡道：“师父，今夜天清气朗，明日应风和日丽，有否兴趣游河？”

卫清衡道：“啊？”

“就是坐着画舫从清河北隅游至城西毗港，中途在那附近的茶肆歇坐歇坐，最后绕回来，此乃近日京内达官客商最喜欢的路线，据闻景致宜人，别有洞天。”

卫清衡确认自己没有听错，想了想，还是道：“啊？”

“听闻广文馆的监生此次月试再拔头筹，不如让诸位监生同博士游河赏景，以示嘉奖？”

卫清衡释卷，盯住我片刻，道：“公主希望方雅臣随行？故意以此为由得以见韩大人一面？”

我道：“师父不愧为师父，一点就破，你道如何？”

卫清衡点点头：“包下画舫的银两公主付吗？”

我：“……”

卫清衡道：“我是清官。”

我：“……我付。”

卫清衡又道：“可惜我明日还有课，不能陪同，不能安心。”

我：“……”那还提什么银两……

卫清衡似笑非笑：“不过，聂司业得闲，可让他陪同随行，就看公主愿不愿意了。”

他分明是有意考验我，我显然在搬石头自虐。

我咽了咽口水，“他看到我，一定会问的。”

“这可由我来办，就说公主……是衢州白巡抚白大人的千金，来国子监玩几天，已知会过我了，想来聂司业也懒得去查证。”

我纠结了半炷香工夫，拍桌道：“就这么说定了！”

这个史无前例的消息很快走漏了风声，等我缓步踱到寝间前，但见整片楼层的广文馆监生欢呼雀跃，陆陵君遥遥看到我，快步跃上前来，道：“白贤弟，你今天一天又去哪儿了？哦，对了，你知不知道，上头说因为月试，明日我们广文馆的监生可以去……”

“游河嘛……”我接口道，“我知道了。”

陆陵君歪头看我：“你怎么这副神情？你不愿去？”

“没……”主要怕和某人见了面会尴尬，尤其是独处什么的，我讪笑道，“其实我挺开心的……尤其能和陆大哥一起，途中必然活跃有趣……”

陆陵君激动地拍着我的肩，“果真？我一想到能和白贤弟一起，不知怎么也兴奋得紧！”

我缓缓斜眼，瞅着陆陵君，忽然想起一个故事，随即叹了叹，绕过他，摇头入屋。

…………

不论如何，清河总归是一处好景，一方好水，尤其衬着这晴空万里，更是相得益彰。

广文馆的监生不算多，加之几位教习的博士统共也就那么五十余人，满打满算包了三船大画舫。天子门生自不能失礼于人，画舫上那些个莺莺燕燕容不得，船夫小厮和几个丫鬟留着，摆上些精致的糕点果盘，扬帆驶开来，确是一番洒脱。

只可惜……我委实不知是否巧合，聂然与我同乘一艘船。好在大多时间他都待在舫内，或携卷静览，或听诸生侃侃而论，我与陆李杜苏他们靠在甲板外头，几乎没和他说什么话，碰头时他也顶多朝我点点头便掠身而过，状若生人。

其实我和他也与生人没差了。

我撑着甲板扶栏迎风而立，李大端着酒杯凑过来，笑道：“白五，你这架势有点悲天悯人，不会是触景生情了吧？”

我望着一湾碧水，叹道：“可不是，我惦记我老家的媳妇了。”

不过是信口胡诌，李大一个踉跄，杜二、苏三也探过脑袋：“什么！你有媳妇了？”

我继续睁眼说瞎话：“唉，那是指腹为婚青梅竹马的，出门前就把婚事给办了，如今就等着高中状元回去风风光光地接她……一日不见如隔三秋，一年不见如隔三生……”

陆陵君端着果盘悠悠晃来，见我们说说笑笑，问道：“你们在聊什么？”

李大瞪着眼道：“白五说他有媳妇了！”

杜二、苏三异口同声地道：“对啊对啊！”

陆陵君哐当一声把果盘摔下，瞪着眼冲上前来，我正欲大笑他们上当，陆陵君急得瞎吼：“怎么可能？你不是公主的……”

我忙掩住他的嘴，陆陵君索性把我拉到一边，语重声轻地道：“你不是公主的面首吗？怎么会有媳妇的？”

我瞥了他一眼，“所以开玩笑而已啊。”

陆陵君呆住，“玩笑？”

我道：“说笑罢了，再大声些让他们全部起疑就穿帮了。再者，我就算现在没有媳妇，将来总会有的，有什么大惊小怪的？”

陆陵君哼了一声，“你这么弱不禁风的模样，谁会嫁给你？”

我抖一抖脸皮，“行行行，我弱不禁风注定孤家寡人，你满意了吧？”

陆陵君再哼哼，我斜瞥他，逗道：“我说你这样，该不会喜欢我吧？我可事先声明，我不是断袖，你不能有非分之想哦。”

陆陵君瞬间涨红着脸，气道：“你胡说八道！”

我龇牙一笑，“当然，如果真的不小心断袖，我也不会……”我抬了抬手，“屈居人下的，必要做上面那个。”

“你你你……”陆陵君整张脸已如柿子，好半天说不上下半句，于是一个甩袖转身回画舫。

李杜苏三人莫名其妙地看着我：“你和他说了什么？”

我唉声叹气道：“他是羡慕嫉妒恨我有媳妇了呗，你们还不去安慰他？”

李杜苏三人闻言哈哈大笑，边笑边跟上陆陵君。我弯着腰笑了一阵，恰余光瞥见一人，却是方雅臣静立木栏边远眺，遗世而独立。

其实离近了细瞧，方雅臣容貌气度处处雅致，干净而淡雅，毫无小女儿矫揉造作之态，无怪无人洞悉她的真身，也无怪韩斐对她动心。

我再次长叹感慨，这原本是多么有趣传奇的一对梁祝，究竟因何造成今时今日这种田地？

“你为何叹息？”

身旁传来一个温润的声音，我浑身不自然地僵了僵，缓缓躬身笑道：“聂司业。”

聂然随手挽袖把手肘往扶栏一搭，淡然笑道：“祭酒大人都同我说了，你也不必做这些虚礼。方才见你大笑之后又几番唉声叹气，不知是为何事？”

我道：“也不是什么大不了的事，无非是和他们说了些玩笑话，又不住惋惜自己并非真正的监生，时日到了还是要回到原点，不免有些黯然罢了。”

聂然脱口笑了笑：“年纪轻轻就如此这般，日后还了得？”

我听见这句话，顿时觉得天地一片发虚。

在陈家村的时候，在我沉闷地看着天空无聊抱怨人生时，煦方会点着我的鼻头笑道：“你如此年轻就这般多愁善感，日后啊还了得？”

聂然见我呆呆望着他，奇道：“怎么了？”

我勉强笑了笑，眨掉眼雾，“没什么，只是觉得这话有些耳熟。”

聂然稍稍一怔，似乎听懂了，亦转头遥望江河，过了半晌，画舫遇浪晃了晃，聂然见我有些站立不稳，笑道：“你该不会晕船吧？”

我“啊”了一声，“怎么可能？晕船哪有我这般气定神闲的。你是没见过晕船的人，连路都走不直，蹲着一个劲狂吐不止，那才厉害呢。”

“哦？你见过？”

我道：“我就认识一个人，特别怕坐船，一踏上画舫就浑身不自在……我还记得他第一次坐船的时候，吓得紧紧扶着这栏杆站得笔直笔直的，可有趣了……”话至于此，我戛然而止，脑中懵懵懂懂，我、我这是在说谁呢？

脑中浮现出一个场景，场景中朦朦胧胧，不知何时何地。

隐约是在落日黄昏下，我看着那人紧张地站在甲板上，一手悄然握住扶栏，转过头来，却是宋郎生。

我憋着笑歪着脑袋踏着小碎步踱过去，“你看起来很害怕啊？没坐过船吗？”

宋郎生故作镇定，冷哼一声别过头。

我食指一指，道：“喂，今日可是我的寿辰，你平常不理我就算了，既然答应了就要奉陪到底，君子一诺千金，不许抵赖。”

宋郎生不耐烦地道：“我并未食言。”

“我问你话，你不答就是食言，”我连声道，“说话不看着我也是食言。”

宋郎生深吸一口气，满面写满了忍耐，努力回扭过头看向我，“这样可以吗？公主殿下。”

“可以，驸马大人。”我窃笑道，“你还没回答我呢，你是不是很怕坐船啊？”

宋郎生犹豫片刻，乖乖点头：“嗯。”

“为何？”我问，“是怕水，还是怕船？”

宋郎生说：“我儿时亲眼见有人溺水而亡，这么多年，我从未坐过船。”

我听他这般说，反倒有些愧意：“那你怎么不早说？”

宋郎生道：“没什么好说的。”

“这怎么能不说？”我反驳道，“人心的阴影可大可小，不小心留下不可磨灭的创伤当如何是好？”

宋郎生道：“小时候的事而已，现在自然无所谓了。”

“哦，小时候宁死都不坐船，长大了就可以坐了，果然是人心难测啊。”

宋郎生不耐烦地看着我，深吸一口气：“这不是公主让我陪你坐的吗？”

他话一出口就后悔了，满脸懊恼地别过头去，我怔了一怔，长长地哦了一声，笑问：“这么说来，你是因为我叫你坐船才坐的？”

他把头别得更歪了，我索性绕到他另外一边，看着他，他又把头转回去，冷哼不语，这时船上一阵颠簸，他僵着身子扶着扶栏，额间冷汗涔涔，我见他如此，忍不住哈哈大笑，宋郎生忍无可忍朝我大吼：“萧其棠！”

我退了两步道：“现在风浪确实有些大发了，我先进去避一避，你喜欢看风景就在这里看吧，我不烦你啦。”

宋郎生神色慌张地迈出一步，此时船又晃了晃，他忙握紧扶手，对着我道：

“你、你，你先别走。”

我不理他，假意回到舱内，再悄悄探头瞧他，只瞅见他一人扶着扶栏缓步挪动，战战兢兢的样子十分逗趣可爱。我从舱内拿出一面金色小旗，朝不远的隔岸方向用力挥了挥。须臾，忽听“啾”的一声响，不远方的半空迸射出璀璨夺目的烟花，转瞬即逝，又再次绽放，于是空中千姿百态的烟花开出一片妩媚，旋出一团团魅影。

宋郎生愣住，仰头望去，我看见五彩绚丽印在他的脸庞上，眸色神采逼人，想来在这一瞬间当忘了惧船一事，便上前去揽住他的臂弯，笑问：“漂亮吗？”

宋郎生回过神来，“这是你准备的？”

“我知道你不会为我准备礼物，所以只能自给自足啦，”我吐了吐舌头，“能把你骗来一起看，就算是最好的礼物了，至少现在这一刻，你的样子，烟花的样子，我必会牢牢地记着，难过的时候想，开心的时候想，日日想，夜夜想，想到下一次寿辰你再来陪我为止。”

宋郎生用那流光溢彩的眼眸瞧着我，我想他应是把我看进眼中了。

我被他这眼神瞅得有些耳热，说：“其实，我一早就知道你怕坐船了，可我还强迫你跟我上来，就是故意要你感到害怕。这样，以后你只要远远地看到船，就要想到我，就算是厌恶，就算是不齿，也要记着此情此景，心里暗骂我一百遍，总归还是有我这个人的。”

宋郎生默然片刻，毫无意识地用扶着木栏的那只手摸摸我的头，“你对我做的，我自会铭记于心。”

我心底瞬如烟花，绽出万丈光芒，嘴上却不示弱：“哎，你这话我可就听不明白了，你是要记着我的好呢，还是记着我的仇呢？”

宋郎生哑口无言，再次转头无视我。

我又换了个位置，看着他，敛去笑，认真地道：“说句掏心窝的话，从我认识你的时候，我就在强迫你做你不愿意做的事，用你最讨厌的强权逼你娶我，逼你日日夜夜对着我，让你无法施展你的抱负。开心的时候喜欢拿你消遣，不开心的时候喜欢找你发泄，时常要陪我做这些无聊的、莫名其妙的事。一点儿也不尊重你的想法，你心里，定是恨死我了吧……”

宋郎生忽然打断我：“至少公主待我的心意我从未怀疑过……”

这下，我愣住，他也愣住了。

我痴痴傻傻地望着他，连笑都忘了，不知是否因为烟花太过艳丽，宋郎生整张脸红彤彤的，他见我这般看他，这回连船也不怕了，一个扭头，大步回到船舱，独我一人久久而立，难以自持地笑开了花。

“你在想什么？”

一声询问将我一个激灵打回现实，我扭头看身边的人，聂然问道：“看你这般笑，是在想那个怕坐船的朋友吗？”

我弯着眼，双唇动了动，“是啊，历历在目。”

突然想起来这些，心情似乎也如这日光耀了不少。

昔日的我，究竟有多么喜欢驸马呢？我喜欢的人，不是大哥哥吗？这之间究竟发生了多少事？卫清衡总说，他站在过去的我那一边，过去的我，又是什么样子的？

一阵波涛剧颠，我站立不稳，聂然顺手扶了我一把，待到风平浪静又放开手，我望着水天相接的地方，思绪飞到千里外，未觉不妥，“你说，人的心，人的感情，会因为记忆上的忘却亦随之荡然无存吗？”

聂然声音低沉：“我原也以为当如是……”

我遥见不远方驶来一艘小船，船头上仿佛有个人影，日头太晃，看不分明，我将身子朝前探了探，待太阳闪烁而过，我看清了那人容颜。

恰恰地，宋郎生亦负手而立，目光淡淡瞥向我……和聂然。

## 第八章

# 再一次落水

宋郎生那个眼神瞧得我浑身不自在。

当然令我比较困惑的是，他现下这般站立船头岿然不动的模样，分明无所惧了，怎的已经不怕坐船了吗？

前方不远是西毗港，设漕运码头，我们这几船画舫原定在此歇脚，沿路都有茶肆酒楼，待靠了岸，众监生博士疏疏散散下船去熟络熟络，一个时辰后再集中回画舫。

我踏岸后朝水湾看了看，宋郎生坐的小船也停靠下来，他一身灰布衣不惹眼，只背一小包袱系有一剑，风尘仆仆，几乎没人发现他正是当朝驸马兼大理寺卿，如此低调而归，不晓得那狱案处理妥了没。

我颇有些忐忑地站在那儿，踌躇要否和他解释在此的原因，又恐旁边有人察觉而暴露身份，一时间不知如何应对。

正纠结间宋郎生迎面行来，我再三斟酌下，朝他投了一个微……微的傻笑。

旋即，擦身而过，他瞄也不瞄我一眼。

我诧异回转过身看他背影，心中直打鼓，貌似方才在船上他只望了我一眼，之后便视若无睹了。所以，这家伙是见我一身儒衫，不愿揭穿，才故意假作陌生人吗？

我环绕四顾，见各监生悉数散开，陆陵君也随李大杜二苏三他们上了就近的茶楼，便拖开步伐，亦步亦趋地跟着宋郎生。

宋郎生恍若未觉，步往前方的驿站方向，我挠着头，这个不靠谱的驸马在此时突然出现是作甚，各种谜团不解吾心难耐啊……

下定决心后，我小跑越过他，转身，盯着他道：“你怎么忽然回来了？”

宋郎生顿下脚步，挑了挑眉毛：“原来公主是嫌我回来的不是时候，且安下心，我不会烦扰到你的好事。”他说完拂袖拐个弯，直拐入驿站的马厩，我拦住他，道：“哎，我说你，你是不是特喜欢给我留下满腹疑虑后潇洒走人啊？”

宋郎生微微别过脸去，若无其事地把包裹系在挑中的一匹马鞍上。

我无力地揉了揉眉角，直觉告诉我他满脸别扭的模样必然是在找人较劲，再一琢磨，这矛头大概指向本公主了。

宋郎生与驿站的人交接妥当后拉着马儿就要走，我拉住他的马缰绳，道：“上回的事还没了结，你现在又是在闹什么矛盾？”

“上回？”宋郎生冷峭一笑，“公主便这般巴望着拿到和离书吗？”

和离书？是了，我竟忘了这桩事了，合着他还在为此耿耿于怀。我道：“我并无此意，我只是……”

“我没有精力同公主在此虚度光阴……”

我恼了，“什么叫虚度光阴？我自有重要的事……”

“如果公主所谓重要之事就是和一些所谓的人在此畅谈风月……”宋郎生目光从我身上一扫而过，“那我也无话可说，公主自便。”

他说完头也不回地上马挥鞭，扬尘而去。

我摸不准他的所思所想，只觉得过去没能看透他，现在更看不明白，不管过去现在，他总有堵死我气死我的本事。

从驿站出来正想回去找陆陵君他们，见方雅臣立于岸边，遥望湾湾深水之上的一艘巨船，正是韩斐漕运的官船，官队押着货粮监督着船工上上下下，韩斐的红色官袍在艳阳下随风飞扬，我看不到他的神情，只想，这样的人不知在方雅臣眼中是否已融为了一处梦中意难平之景。

我走到方雅臣近处，此刻韩斐似乎发觉了我们，他们二人四目交接时，我只觉得方雅臣如千古寒潭的眸子浸出某种哀伤。

这样远的距离，却是他们这么多年来离得最近的时刻。

我心中长叹，所能做的也只限于此了。

当那泊到岸边的官轮缓缓驶开，方雅臣这才恢复了往日那般古井无波的模样，她见我在看她，亦无多言，轻轻颔首为礼，便转过身而去。

后来过去很多很多年，我都不愿再回想起接下来的那一幕。

就在转过身的一瞬，身后响起巨大的爆炸声。

一声紧接着一声，震到地摇，撼到心颤，那艘巨大的官船由船头至船尾在几声巨响后燃起大火，火光冲天，映红了大半片天，烟雾弥漫，漫黑了万里晴空。

这始料未及的一幕让我的脑子一片空白，我僵着身子迈不开脚步，眼睁睁看着那艘巨船上官兵、船夫们的惨叫不止，大火焚身随之跌入深水之中，其景惨不忍睹。

在恢复理智的那一刻我下意识去寻找方雅臣的身影，来来往往的所有人都乱了方寸，但见她飞快奔上画舫，不知想要做什么。我心惊肉跳地跟紧她，方一踏上船船就动了起来，待我跌跌撞撞找到人，只见船舱内方雅臣手举长剑向着船夫，命他以最快速度驶往巨船处。

方雅臣举剑的手剧烈地颤抖着，唇色发白，眼眸中透着一股决绝。我强自镇定下来，道："这里有我，你去甲板上看看状况。"

方雅臣把剑交给我，飞身离开船舱，我见她离去，哐当一声丢下剑，对使舵的船夫道："不要靠得太近，隔着一段距离就停下。"

见船夫唯唯诺诺点头称是，我这才离开船舱奔往甲板，与方雅臣共睹眼前那惨绝人寰的一幕。

只消这么片刻，船已然陷入茫茫火海中，隔着这么远的距离我们还能感受到火光刮来的汹汹热气，渐渐地，连人声也听不到了，天地之间除了噼噼啪啪的轻响，寂静得就如坠入深渊。

方雅臣就这么呆呆地看着，全身僵木，如泥雕一般，但是……一滴眼泪也没有流。

不知过了多久，也许只是那么一瞬，她露出了一丝笑容，景象之诡异差点让我却步，我揪住她的手腕，道："方雅臣。"

方雅臣没有回头，声音在风中飘忽不定："他就这样死了吗？"

这个"他"，指的自然是韩斐。

有些话想脱口而出，然而再三思虑之下，我道："他死了，你会伤心吗？"

方雅臣回过头来，定定地看着我，眼中没有一丝波澜，“我期盼这一天已经很久了。从我爹被他害死的那一刻起——如今，总算是得偿夙愿。”

她试图挣了挣，我不放手，怒道：“方雅臣，你可知，公主府从来都留不住他。当年他是为了你甘愿背下面首这个令人唾弃的骂名，如今他亦是为了你走上了这条道路，你明知他对你的心意，我不信你是这般绝情之人。”

方雅臣微微一笑，眼睛却越发地迷茫起来，“他是我爹最喜欢的弟子，我爹对他毫不藏私，倾囊相授，而他——利用我爹对他的信任，背叛了我爹，害得我家破人亡。公主，就算他为我死一百次，这个坎儿也跨不过去了。”

我的眼睛被风吹来的烟呛得睁不开，再度睁眼，我道：“方雅臣，你觉得，令尊是笨蛋吗？”

方雅臣呆住。

“如果你认为，方大司马从一个小兵到后来大司马的位置只是一个巧合，他这个两朝元老一直平安无事是因为上天庇佑，那我无话可说。”

方雅臣回头看着我，眼中写满了不可置信。

“一个赵首辅李国舅联合都无法铲除的人，怎么可能被一个初出茅庐的韩斐抓到小辫子？”我道，“方雅臣，你自己仔细想想，那个时候，那个局势，究竟是你爹被韩斐陷害，还是他心甘情愿让韩斐陷害他？

“你再仔细想一想，为何从他被审到被判，事情发展得如此迅速，几乎来不及申辩就已成定局？如果弹劾的人不是韩斐，而是赵首辅或是李国舅，你爹的结局会不会只是流放这么简单，你们九族还能否保住性命，你此刻还能不能活着站在这儿？

“方雅臣，你可知韩斐举发你爹，究竟得到了什么好处？

“是受尽天下仕子唾弃！是受尽良心的谴责和煎熬！是要终身忍受心爱的人的怨愤！”

方雅臣蒙在那里，她定定地看着我，几次想要开口说些什么，却发不出声来。

方良的音容和教诲若隐若现，我的脑海中闪过许多过往，道：“你爹心如明镜，多少次，为了处理那些没人愿意处理的烂摊子，他都愿冒着失察降职的风险、顶着欺君之罪去做，到最后，国家得益了，百姓得益了，他却担下了骂名，独自把苦果往肚里咽。”

“官场上的载浮载沉，有清官，有贪官，有忠臣，有佞臣，人人都在自己的欲海里挣扎翻滚。”我道，“我在读史书的时候，无论如何都想不明白，为什么总会有那种忠君不贰的人，能够心甘情愿地为百姓付出到那个地步？

“我曾经问过令尊这个问题，你可知他的回答？他说：这样的人，历史会给他们一个牌位。我当时就理解为，多多少少，亦是为了光宗耀祖。只是没有想到，到最后，方大司马，只为了还能流放到州县为百姓尽最后一份力，竟连最后的清名也不要了。

“但求上不误国，下不误民，无愧于心。”

方雅臣的眼中泛着些什么，我看着她道：“而韩斐，是他最得意的门生，他从未令你爹失望过。”

方雅臣低下头，以手掩唇，忽地吐出一口血来。

我心头一紧，却没有太多动作。这一次，我逐渐放开她的手，任凭她浑身颤抖地走向扶栏。

我知道，她已生无可恋，她想要坠河，然而悲痛令她失去气力，几乎连翻身也办不到。她费力地撑着手，几次跌倒，几次爬起。

终于，再一次，她没有跌落尘埃，有一双手抱住她，有一个人，紧紧拥她入怀。

是韩斐。

我轻轻一叹，韩斐，一直眼睁睁看着一切，看着方雅臣的笑，方雅臣的悲，方雅臣的痛，是不是再也装不下去，看不下去，镇定不下去了。

韩斐将她颤抖的身体圈入他同样颤抖的怀中，沉声唤道：“雅臣！”

那声音，承载着连大地都载不了的痛楚。

下一刻，韩斐更加用力抱紧她，俯身，吻住她。

我不知道此时的方雅臣在想什么，但是，她那微睁的眼角，慢慢地，慢慢地，渗出泪。

所以说，什么锅配什么盖都是上天定好的，他们再找不到比对方更适合自己的人了。

方雅臣哭了许久，确认眼前这个韩斐不是冒牌货后，方问：“你……怎么没死？”

韩斐道：“这些……俱是公主的安排……”

方雅臣目瞪口呆地看着我，我无奈地瞥了韩斐一眼，道：“你话莫要说一半，不知道的，以为这火是我指使人纵的呢……”

昨日与韩斐商讨到运粮一事，他恐有人会阻拦水路，便计划假走漕运，实则米粮已分散四方运走陆路，待后齐聚。只是这样一来，需演一场沉船的戏码。他会在众目睽睽之下让人看到灾粮尽毁，他亦随之而亡。

我不知这是幸还是不幸。

幸运的是，韩斐为做好准备，在轮船驶出时就偷偷潜回躲在画舫上，方可逃过一劫；不幸的是，竟然真有人要毁掉这艘货船，令那么多无辜的生灵葬身火海。

待听完韩斐的解释，方雅臣久久不能平静，我叹道：“我故意带你来，是想让你在看到他死去的那一瞬，明白自己的心，明白活着的可贵。只为这漫漫长路，谁也无法预料下一刻会发生什么，若不能好好地把握当下，或许，就只能行尸走肉般度过这毫无欢愉的一生。”

方雅臣默默地听我说毕，过了良久，不可察觉地微微颔首。

我与韩斐相视而笑，道：“感情问题解决了，收敛点做正事吧……”

韩斐点了点头，蹙眉肃然道：“当务之急，是查出这起爆炸究竟是谁下的狠手……”

我和他同时转向轮船方向，不得要领之际，忽听方雅臣高呼一声：“小心！”

我感到背上被人用力一推，脚力不稳踉跄了一下，再回过身时但见方雅臣张开双臂挡在韩斐身前，肩上中了一箭！

船舱里，船尾上，像是变戏法一般蹿出十几个人，有人手持刀，有人手持弓箭，眨眼间，将我们圈在中央。

韩斐大感不妙，抽出腰带一甩变为软剑，拦在我们跟前，对那群人道：“来者何人！”

那群人岂会与我们多费唇舌，二话不说持剑袭来，韩斐软剑使得十分高超，数招下来且占上风，然而寡不敌众，余下几人便朝我们逼近。方雅臣一手扶着肩膀受伤的地方，鲜血渗过指缝滴落，但她仍坚持站在我跟前，在我耳边细若游丝地道：“殿下，若我们撑不住了，你便跳下去。”

她说完伸手解下玉冠上的发簪，机关一摁，发簪尖出数寸，犹如匕首，直指那群人，凛然道：“那船也是你们毁的吧！”

殊不知，方雅臣摘下发簪，长发随风飘扬，那群刺客见状，有人惊呼：“密报果然无误，果然有女子扮男装，她就是襄仪公主。”言罢，与韩斐混在战圈中的刺客亦跳出来，往这里逼近。韩斐一个纵跃落在我们跟前，喝道：“你们是来刺杀公主的？”

那群人中为首的人言简意赅地道：“奉命行事。”

我的思绪陷入一片混乱，脑中想了好几种可能，不知此回又是谁要取我的命？正彷徨间，臂上忽的一阵刺痛，方雅臣手中长长的发簪刺入我的肉骨，她恶狠狠地道：“原来是你这个叛徒！”

我被这尖锐一刺痛出一身细汗，“你在说什么？”

方雅臣吼道：“是你带本宫上这艘船！是你向人透露的本宫的行踪！你……你这个混账！”

混账……现在这是什么混乱的账我怎么完全不会算了？

那为首的刺客看向我，笑道：“原来你就是那个里应外合的国子监生。”

什么里应外合？

不等我反应过来，韩斐怒目而视，剑尖直刺向我的脸，我避之不及，为首的刺客反倒帮我拦住这一剑，把我拉向他们这边，哈哈笑道：“你的任务已经完成了，接下来就交给我们吧。”

这句话让我把混沌的线索串成一线。

有人事先得知我女扮男装混在国子监中，并与国子监的某人串通在一起，企图今日刺杀。这群刺客不知襄仪公主的面貌，只见方雅臣是女子，便认定她是公主。

而方雅臣……她方才就猜中了这些，她故意假装是我……目的是让我脱险，殊不知这般，反倒令她陷入困境……甚至韩斐也将计就计，与方雅臣一同配合，只为保我一命！

这两个疯子！他们何必救我？他们……他们不在乎彼此的性命了吗？

我的眼前一片朦胧，眼睁睁看着他们与这群刺客厮杀在一起，身负刀伤剑伤，鲜血越流越多……他们两个……明明如此相爱，经历了那么多，终于终于能够冰释前嫌，终于快要在一起了……竟然要为了我……

我当如何是好？

我迷茫环顾，不知何时画舫已然漂离岸边很远，四下无人，孤立无援……

等等。

此刻水流朝西，何以画舫方向驶往北方逆行？是船夫吗？不，方才那个船夫亦为刺客之一了……那么，究竟是谁在掌舵？是刺客中的同伙，还是……另有其人？

正思虑间，隐约感到画舫再次停了下来。或许他们仍在打斗难以发觉，此时已过了一个拐口，画舫顺着湍流愈急，而此时的方向……莫非？

我转身跑至船尾，没看到任何人，却在蓦然回首时看到角落忽闪而过的什么……

我心怦然一跳。

有人想利用河流的变势灭掉这群刺客，但……却不愿挺身救韩斐和方雅臣。

但我必须……要保住他们。

我缓缓退后，缓缓地解下发髻，装作不经意间，让他们发现我的异状。

要救他们，只有一个办法。

为首的那人被韩斐一个击退后，忽然瞥见我的长发，大喝：“住手！”

已然遍体鳞伤的韩、方二人也随着他们一起看过来，脸上震惊不言而喻。其中一个刺客瞠目结舌：“她不是国子监生，她也是女人……”

“那究竟谁才是公主？”

为首的那人来回看了看，狰狞地道：“不管谁是公主！宁枉勿纵！杀！”

我飞快地往船尾方向奔跑，身后传来韩、方二人与刺客奋力拼杀的声音。

刺客总共有十三人，韩、方已经除去三人，还剩十人。此时他们精力消耗殆尽，若以二敌十，毫无取胜之机。所以第一步，要分散开来他们的刺杀阵容。

至于第二步……

我感受到身后一阵剑风，必是刺客已追到我欲要一击即中，我紧闭双眼，这第二步，就是一赌……

“哐”的一声，两刃相抵之响划破长空，我倏然转头，但见一道身影落在我的跟前，手臂平举，握有一剑，剑未出鞘，蓝色衣袖在风中轻轻飘曳。

第二步，就是赌他会为了救我性命挺身而出。

一直处在暗处伺机而动的，聂然。

聂然的武功我见识过，那日从林中杀出来的武林高手远远多于此时，他单凭一人之力便抵挡了许久，现下……

乌云翻卷，风渐起，聂然长剑出鞘，霎时杀气弥漫，刺客虽说身手矫健，然而聂然一剑击出，绝非等闲。不消片刻，几位刺客皆死于他剑下，最后留下一人，用麻布堵住他的口并绑了他，作为活口。

我见此番无碍，便急着要去看甲板那边韩、方的情形，方踏出脚步，身形一滞，聂然一把拉住我。

他沉声道："你是故意逼我出手？"

我反问："你是故意不出手，希望韩斐死于这场'意外'吧？"

聂然道："我为何要这么做？"

"据我所知，"我道，"这个监察使，打一开始是要预留给你的，却因襄仪公主的阻挠将你们的计划统统打乱，所以不论今天的事是谁所为，结果却是利于你们……你又岂愿出手救人？"

聂然上前一步，"你究竟是何人……"

我没有回答他。

聂然手中用劲，把我的手腕捏得极痛，我一个扭身碰到了发簪刺到手臂的伤口，闷哼一声，聂然道："你凭什么笃定，我会救你？"

我注视着他："你欠我一条命，你那么想要和我撇清关系，这条命，你一定会还。"

聂然冷峭一笑，我看不明白那笑容的意思，待他缓缓放手，我正要转身去找韩、方二人，只觉画舫剧烈一摇，整个人撞到扶栏，金簪再陷一寸，疼得浑身发颤。聂然上前扶起我，看了那金簪一眼，道："必须拔出来。"

不等我应声，他直接握着簪柄用力往外一抽，我一个寒战，臂膀伤口处蓦地一空。

聂然利索地撕下衣料替我包扎，道："你倒是硬气，这种疼痛都可以忍受住不吭一声。"

剜心之痛都经历过了，这又算得了什么？

我撑着身子欲起，画舫再次一晃，脚底一片冰凉，水渗入鞋袜，聂然凛道："船要沉了。"

画舫往下沉的速度越来越快，我蹙着眉，"他们毁了船？"

聂然道："水流向北，北有岸，只要在水中留住一口气，便有生机。"

我问：“方才在船舱掌舵的是你？”

聂然微微颔首，一把拉住我往船尾踱去，道：“放心，这一次，我不会丢下你。”

聂然的脸上与眼中神情变幻，此前从没见过，不同于那次他对赵嫣然的看顾周全，更不同于煦方的体贴入微，隐隐然的一种霸道弥漫在空气中，可是，明明是完全不同的两人，耳边却响起那个温言笃定的声音：别怕，我会和你在一起，和风。

我甩了甩头，抛开那些混乱不堪的想法，只道：“韩斐和方雅臣……”

聂然道：“他们若不能自救，你我也救不了他们。”

话音方落，画舫沉入水底，聂然一把扣住我的腰际，我深吸一口气，下一瞬，只觉得整个人都埋入冰凉的深水之中，波涛的冲击让人头昏脑涨，四肢僵到不听使唤。

恐惧和无助涌遍全身，不敢回想却午夜梦回的情形再次浮现，与此时此刻重叠交织……

“姑娘自知性命不保，便想着拉嫣然陪葬吗？果真是蛇蝎心肠！”

“我是看在嫣然的分儿上救你。”

“我喜欢的那个人，叫煦方。”

我倏然睁眼，聂然一手已攀附到下游的崖壁上横长的树干，另一手紧紧地握住我的手臂，眼看着树枝快要折断亦不放开，他艰难地对我道：“再留一口气！还差一段就可以靠近岸了！”

我心头不可察觉地一暖，眼泪几乎夺眶而出。

这一次，或许他真的是在用心保护我……

一道寒芒忽闪而过，“嗤”的一声，是刀刃划破皮肉之声。

我不晓得那个被捆绑住的刺客如何解开绳子逃脱的，更不晓得他为何会漂游在此，只是当我看到剑割破聂然揪住我的那只手，鲜血飞溅时，我知道，这一回，他终究还是没能抓住我。

宿命的可怕在于，不论如何挣扎，如何妄图更改，结局已然注定。

无法呼吸，甚至于睁眼的力气也消失殆尽，我想，这次应该没有周神医可以救我性命了吧。

就在意识逐渐脱离这具身体之际，我感到唇上被一个软软的温温的什么覆上。

一口气顺着唇涌入身体，我下意识地深呼吸，居然不再是令人窒息的水流了。

是谁?

我费力抬起眼皮。

近在咫尺的，是一双紧闭的眼，我看到了那人长长的眉睫。

水波波澜模糊了这人的容貌，双唇相濡以沫让我离不开他，看不清他。

心不安分地怦怦乱跳，那种感觉……如斯熟悉……

仿若那次看到枫叶……还有婚宴上的那道身影一般……

待那人将唇移开，我终于看见了他在水中的脸。

竟是……宋郎生。

在水中泡了那么大半晌，确是有些头昏脑涨了。这一晕一醒，映入眼帘的是微风拂过的幔帐，掌心抚摩下的是柔软的被褥。

我就知晓，似我这般打小赏花会不小心被蜂蜇、登山会不小心坠崖、游河会不小心落水的命运总能有神仙庇佑，区区刺客宛如邻里串门，何足挂齿?

感受到一只大手覆在额间，我侧目望去，有些迷茫地想，似乎每一次醒来，守在我身边的人，都是他。

宋郎生坐在床榻边，见我醒了，问："可有哪儿不适?"

我撑起身子半靠着床沿，回答他："胳膊疼。"

宋郎生闻言戳了戳我手臂上的伤口，顿时疼得我龇牙咧嘴，他挑眉道："公主也知痛?"

我觉得他气色不妥，疑似在恼，遂转移话题道："你怎么会在那儿出现?"

那儿，指的自然是水中了。我记得他骑着马儿一溜烟走了，怎的又绕回河里去了?

宋郎生道："我闻得爆炸之声，即刻赶来，岸边有监生道白玉京在画舫上驶往官船方向，我便知是公主，遂乘着另外一艘画舫去追，哪知远处见船沉，自当入水去救你。"他说到这里不悦地看着我，"好在公主福大命大，若我不能及时寻到你，只怕……"

我说："你会殉葬?"

宋郎生："……"

我不说笑了，问：“你不是怕水的吗？我记得你连船也不怎么敢坐来着……”

宋郎生静默了一下说：“虽说历经些波折，后来是……学会了。”

我脑中立即浮现了各种关于宋郎生光着膀子大热天或大冬天在某池子里狗刨式、蛙式、他自创式的游泳画面，不由得嗤笑出来，笑着笑着突然想起现在是个什么情形，忙问：“他如何了？”

宋郎生道：“谁？”

“聂然啊，”我急道，“他被刺客砍了一刀，流了好多的血，你、你有没有救他？”

宋郎生瞥了我一眼，“我为何要救他？”

我张口结舌：“这么说……他死了？”

宋郎生摊了摊手，看着我不说话。

我气急，“你怎么可以不救他？再怎么说，你也是大理寺卿，有人要杀朝廷命官你怎么可以不理不问？”

宋郎生点了点头：“既然如此，我必定审理此案，捉拿真凶，聊慰他的亡魂。”

“……”我眼眶真的热了。

宋郎生伸出双手的拇指拂去我的眼泪，叹道：“好了，他没死，虽说中刀，亦是在不打紧的地方，他杀了那刺客后便想去救你，只是让我捷足先登罢了。”

我这才放下心来，其实我早就感到宋郎生是在诓我，但我劫后生还之余实在想哭，所以尝试看看能不能哭出来，没想到宋郎生对我的眼泪一点办法也没有，看来这个技艺以后要多多练习，若能炉火纯青到数三下泪汪汪，必能把他治得服服帖帖。

我想起一事，“你说他想来救我……是什么意思？”

宋郎生道：“就是他快要游向你的时候被我挡着，我当着他的面给你度气了。”

我：“……”

宋郎生眼中含笑：“我们上朝时见过几次，他虽是新入京官员，但还不至于不知我是谁。”

我忍不住挠头，想来聂然已经知晓我的身份了，他若知我是襄仪公主，不知会作何感想。

我问：“那我们上岸后，他有何反应？他没问你什么吗？”

“没有。他一上岸就晕了。”

我："……"

宋郎生说："不要问我为何不救他，一则，我背不动他；二则，岸上人来人往，想必不至于个个见死不救；三来，我救公主心切，顾不上那么多闲杂人等。"

主要是驸马大人您小心眼吧……

我低头叹了叹气，没叹完，又问，"那韩斐和方雅臣呢？他们也在那艘船上，他们为了救我受了伤，他们……"

"他们没事。"宋郎生利落地回答，"两人均受了点皮肉伤，亦在公主府内歇着，周太医给看过了，并无大碍。"

我舒了口气，喃喃道："那就好，他们两个委实不容易……"

宋郎生容色淡淡地道："公主打醒来就问东问西，问了那么多的人，怎么就不知……"

"为我自己想，是吗？"我笑道，"本公主大无畏，凡事总是先想着旁人嘛……"

宋郎生摇头，投来不甘心的目光："我说的是我。"

我："……你好端端地坐着，有什么值得问的？"

宋郎生握住我没有受伤的那只手的手腕，让我的掌心按在他的额头上，道："我发烧了。"

"……"我的掌心触及烫温，缩了一缩，又反复摸了摸，知他所言非虚，"怎么会发热？病了怎么不好好躺着？"

宋郎生望着我："我赶了几日路本已疲惫不堪，在水中一遭病了也不出奇，但至少要看着你醒来方可安心。"

他这话说得我的心漏跳了一两拍，一时间接不上话，宋郎生问："公主此刻是不是很感动？"

他这满面求夸赞、求安慰的邀功劲儿……还真的会让我的感动程度削弱，不过，甚是可人。我憋着笑点头道："嗯。"

宋郎生又问，"公主可否答应我一个要求？"

我再颔首："力所能及。"

宋郎生犹豫了片刻，唇角动了动，莫名透着股委屈："你能否……不与我和离？"

此情此景，我一时有点蒙。

我不能想象骄傲如他会这般放下架子同我说这种话，那晚他问我愿不愿意再信他一次，我认定他是别有居心，此番回头看他，只觉得即便他是当真对我有所图又何妨，卫清衡说得对，我用这一两年的记忆去揣测周围的人和事，对我、对其他人都是不公平的。

很多时候，也许用心感受到的才是最真实的。

我正待答应下来，忽听“扑通”一声，但见宋郎生迎着面砸到床铺之上，很久很久，一动也不动。

我感慨地扶着额，他果然烧得厉害，竟还和我唠了这么多的话，不晓得是如何撑住的。

周文瑜赶来号了一遍脉后一个劲地嚷嚷：“老夫方才就同驸马爷说了，摆明是他病得重些，他不听，得，这不出事了？”

我被他说得也有些不安，“不是寻常的受凉吗？”

周文瑜摇头道：“本来不至于如此，驸马当时浑身湿得跟个落汤鸡似的，还没换件衣衫，就急着命人把公主您给弄干净利索了，后来我说无妨，他才去收拾他自个儿，唉，罢了罢了，老夫先去开服药，能出汗就没什么大事。”

我命下人给宋郎生捂了一床冬被，靠守在他身边，只等着他出汗。

可折腾了好半天，又加了层被子，连我都迷迷糊糊眯了一觉，结果他醒倒是醒了，就是不出汗，额头滚烫，身子倒更凉了些，宋郎生道：“公主先歇去吧。”

我托着腮道：“这就是我的寝间啊，我认床的。”我伸手探了探他的额头，“你不是个练家子吗？怎么就是不出汗呢？”

宋郎生反手握住伸在我额头上的手，用力一带，让我的身子倾倒在他身上，又顺势凑上我的唇一啄，我呆了一瞬忙推开他，宋郎生勾了勾唇，眼神清亮：“一会儿就能出汗了。”

这下，他会不会出汗我不知道，反而我额间是有些冒热的意思了。我咽了咽口水，不敢看他的眼睛，说来也怪，连同在水中的那次，这是我失忆以来他第三次吻我，第一次倒不觉得有什么，他发发脾气罢了，第二次闷在水中有些神志不清浮想联翩也罢了，怎么眼下神志清楚心还跳得如此厉害，还真是越活越回去了。

再送来药时宋郎生整个儿睡袍浸透，周文瑜看了说再睡上一觉应就能恢复些元气了。宋郎生怕我犯困，撑着回自己卧房去，许是真累了，喝过药真沉沉睡去。我也放下心来，出了屋，只觉得这一天竟很快又过了，眼见天色渐暗，柳伯就要替我打点晚膳。

我叫住柳伯，示意身边的两位侍女退下，敛去一直溢在唇边的笑容，“将我清醒以前府里情形原原本本地说一遍。”

柳伯点头称是，道宋郎生乃是从偏门入府抱我回屋，只叫了周太医，并示意柳伯不要声张，让他守着府里几个门，接应韩斐和方雅臣进府，因安排缜密，此事不曾宣扬开来。府里上下也仅有几个牢靠嘴严的侍女知道此事。

我微感诧异，公主遇刺本应闹得天翻地覆，让满朝文武知晓，太子震怒，着刑部调查才是上道，宋郎生压下这事，所为何？

我不由得揉了揉眉，道：“让韩斐来我书房一趟。”

我在书房内翻阅上回韩斐给我的那本小册子，看到一半他本人来了，我撂下簿册，上下打量着他，他换了一套儒服，右手腕上露出缠着的布条，行了一礼后静静而立，站得笔直。

我指向一边座椅：“下人都被遣退了，没人伺候着，随意坐吧。”

韩斐依言照做，我玩着笔杆，“方雅臣呢？”

韩斐道：“歇上几日便无妨了。”

我问说：“依你看……毁官船的和刺杀本公主的，是同一拨人吗？”

韩斐摇了摇头，“官船埋有火药定是早有预谋，而国子监游河乃是公主临时起意，这二者同时发生应只是巧合，至于来路……倒不能妄下定论。”

我点了点头，“好在事先早有防备，粮草得以保全，只是不知经此一事，你是想继续做这个监察使韩大人，还是另有打算？”

韩斐冷静说：“我本就欲连夜赶路，应可在原定时日到达绥阳。”

我道：“我还以为你会选择和方雅臣长相厮守，从此不再蹚这浑水呢。”

韩斐不置可否地笑了笑，那其中的意思我是琢磨不透了，只交代了几句紧要的话，让我务必保护好方雅臣，携着一把剑就走了。

我蘸了蘸墨，依旧在纸上写着一堆人名和词眼，一闭上眼脑海中总是浮现那漫天的大火，呷了口茶想要静下心，官船上的人遭烈火焚烧的凄惨模样又没头没脑地冒出来，一怒之下把茶杯用力朝地面上砸去，“哐当”一声脆响，直把我犹豫不决的心也砸了个定。

我回屋后闩上门，到了卧房墙壁前打开机关，取出一物，换上一身男衫悄然出府。

夜晚，在京中享誉盛名的月扬酒楼灯火明亮，那来往的达官富商络绎不绝，而与之相对的岳麓茶馆则是清静许多，眼看着就要打烊，我以落了东西为由进了馆内，此时除了几个收拾的伙计不见其他人，我委人叫来掌柜，那伙计却道掌柜不在，我索性赖着不走，约莫半个时辰掌柜才蹒跚出现，不等那掌柜说上几句赔礼的话，我把袖中的物什露出给他一览。

掌柜霎时面色凝重起来，二话不说领我往里屋走去。内里乃是寻常算账堆积杂物的地方，掌柜只在摆放的茶具上一阵倒腾，货柜应声移动，内里是一条黑漆漆的暗道，掌柜端着油灯示意我随他入内，方一踏入只闻得柜架在身后轰隆隆地合了，我足下微微一顿，继续跟紧。

长阶蔓延向下，一阶阶走了半晌，下了最后一阶，面前是蜿蜒的石道，我一边走一边想，这条秘道甚长，造得隐秘，不知究竟挖了多久，只怕早在父皇登基以前就有了。

拐了几个弯，地道变得开阔许多，甬道尽头是一面石墙，掌柜伸手转动石门前的烛台，墙壁缓缓转动，露出缝隙，待石门大开，方见到另外一片天地。

这埋于地底下的秘密组织比我想象中庞大得多，有操练身手暗卫者，有于桌案前疾书记录者，有炼制兵器暗器者……一路下来，他们几乎不会因为我们的到来停下手中事，但可以从他们的眼神中看出掌柜的地位不凡。

直待进了一间四方石室内，掌柜方伏身朝我行了一礼：“公主殿下金安。”

我淡淡道：“你就是明鉴司主事陶渊？”

“正是。”

我借着烛光细细打量陶渊，想起当日父皇将明鉴司的令牌交与我时曾言：“明鉴司听候皇令，你虽身为监国，却并非明鉴司真正的主子。然你持有令牌，乃朕亲手授予，他们必会顾忌几分。若能得明鉴司主事陶渊的认可，自是再好不过。”

“陶主事不必拘礼。”我坐下道，“明鉴司消息灵通，想必你已获悉漕运官船失火一事吧？”

陶渊道："是。公主想明鉴司去查出事端的幕后主使？"

我微微颔首。

陶渊恭谨道："明鉴司必尽力而为。"

尽力而为这么含糊的词眼也不知道他是想糊弄哪个……

我思量了一下，道："好巧不巧，今日国子监游河画舫也在城西毗港沉船，陶主事可知这其中缘由？"

陶渊向我投来询问的目光。

我道："本宫亦在那画舫上，岂料画舫驶于河中船舱忽冒出杀手意图刺杀，一番厮斗后那伙人自知不敌便凿破了船，好在我福大命大，否则此刻也无法坐于此处。"

陶渊闻言色变，"公主吉人天相，只是不知何人如此胆大包天竟敢谋害殿下？"

"我也纳闷呢。"我慢条斯理地整了整袖口，向陶渊道，"其实这些事也可以交给刑部去查，但只怕弄了半天只抓个做事的，到头来背后筹谋的仍要逍遥法外……父皇说过，必要之时可用明鉴司之力，陶主事认为此事可有劳烦你们的必要吗？"

搬出父皇的话陶渊自然不敢说不，起身作揖道："但凭公主吩咐。"

"实不相瞒，本公主实则乔装国子监生于画舫之上。"我含笑道，"如此想来，安排行刺之人必与国子监生里应外合，而能在国子监安插眼线……此人只怕在朝堂上立有一席之地。"

陶渊沉着思虑一番，踱步道："公主此番推论虽说缩小了范围，但说句大不敬的话，朝堂之上人人都有嫌疑，连康王都不例外。"

我道："不错，可那艘画舫上的人几乎都丧命当场，换而言之，若我不说，便无人知我遇刺。那么我便当自己当真沉于那河中，这样说，陶主事可明白？"

陶渊蹙起眉头："公主的意思……假意让幕后主使以为刺杀得逞，再观朝中诸人动向，谋定而后动？"

我微笑道："现在朝臣大都知晓我开始放权将诸事交与太子，即便不早朝不议政也不会有人异议。幕后人第一步既要除我，第二步极有可能要向太子发难，可他到头来发现满朝文武没人发现监国公主已遭不测，当然就无法展开第二步行动了。如果我是他，应当会借由些什么让大家发现公主失踪，或许不会亲自出面，但多多少少算是露出些马脚。"

陶渊闻言一笑，"公主果然深谋远虑。如此，在下即刻去安排与公主身形相仿的男装女尸沉于河中，将接下来几日的早朝或早会上诸人动向一一记录，不论有异无异，均告知公主。”

我所料果然不错，朝上是有大臣亦是明鉴司的人，不然成日关在这一方天地，何能知晓万千世界？

我道：“如此先谢过陶主事了。还有一事，恐防再遇到类似事件本宫需要个影卫，府里那些暗卫不能尽信，若是有明鉴司的人，那再好不过。”

陶渊意味深长地重复道：“但凭公主吩咐。”

从岳麓茶馆出来后我顿时觉得神清气爽，地底下毕竟空气不流通，又随时担心忽然来个地震什么的，所以刚谈上一会子话就巴巴地盼望着出来了。

不过进去的时候是一人，出来的时候身边就多了两人。

陶渊给我找的影卫，男的叫阿左，女的叫阿右，年龄均二十岁出头，精通十八般武艺，包括易容术、藏身术、忍术等，平日里几乎可以完全消失在我面前，遇到危险的时候就会冒出来，当然，如果我觉得无聊想找人聊天也可以唤他们出来陪吃陪喝。

之所以需要多叫来一个阿右是为了更贴身地保护我，譬如上茅房洗澡或与某人闺中那啥的时候，她也要寸步不离地跟着，阿左守在外头眼观六路耳听八方，一攻一守配合起来比较天衣无缝。

朗月皎皎，我本打算回公主府歇下，但忍不住想知道西毗港那处究竟是个什么情形，纠结一番还是雇了马车往那儿驶去。

不出所料，因出了如此大案，原本一条灯火通明的大路变得寂静冷清。码头均被重兵把守，只是夜已深，河中打捞尸首的官兵也渐渐退下，明日继续。

我下了马车一路沿岸而行，心中盘算着接下来的打算，见不远处河面有只缓缓行驶的小舟，舟上有人打着灯笼有人高声吆喝，却听不清他们在作甚。我就近问了停驻在岸边的渔民，他道：“这几个似乎是国子监的学生，今日有画舫沉于河中，其中就有他们的朋友，似乎是叫白玉京的，还给了我们银子寻了大半天……唉，都沉了这么久了，就是找到了也……”

是陆李杜苏他们……

我遥望河上那零星一点光，眼角有些泛酸，这夜凉风清的，不知他们还要寻上多久。其实除了陆陵君，我与其他人并不相熟，只不过喝过一次酒，谈过几次天。但他们均以诚心相待，我又岂能怀疑他们？

回过身，望见一人立在石栏边看着我。

他臂上缠着布条悬在胸前，不若往日意态安然。

我忽然在想，若当日能预知此时此刻，我还会不会那般持着那份执念用箭刺向聂然的手背，让自己随波逐流。

明明在半年前还是满脑子的牵挂与怨恨，那浓烈的情感似乎已是很遥远的事了，仿佛连那个敏感脆弱、遇事瞻前顾后的和风也在逐渐离我远去。

聂然走至我面前时，一股风擦着我鼻子尖一阵凉，我先开口问：“你的手没残吧？”

聂然没有被我逗笑，淡淡点了点头，“你呢？”

我笑着说：“毫发无损。”

聂然又点了点头，不再吭声，他在此处大抵是为了看着陆陵君他们，我也不知该找什么话题聊，只道：“那我先走了，回见吧。”

“公主殿下，”聂然轻描淡写地道，“下次见面，是否该这样称呼你呢？”

我怔了一怔，他终究还是知晓了，“若不是在朝堂上，私底下随便叫，我是不会计较这些的。”

话撂下了我转身往马车方向行去，聂然加快步伐挡在我跟前，“你知不知道你的处境有多危险？”

我道：“不就是刺杀吗？不必大惊小怪。”

聂然冷然道：“你用自己的性命做这个公主的替身，可有想过值得不值得？”

替身？什么替身？

我呆住，“你这话是什么意思？”

聂然道：“襄仪公主早在两年前驸马寿诞时就已遭遇不测，你怎么可能会是她？”

我反应了好半晌，才明白他话中的意思。看来他是不知道我死里逃生并用和风这个身份生活了一年多，但……他是如何得知襄仪公主遭遇不测的呢？莫非是他……不可能，依时间推算，当时他已失忆为煦方，自不能参与其中……如此，他必是知道太子寻替身乔装我一事，误把我当成冒牌的了……

只怕这其中关节远非我想得那么简单……

我说：“我是谁，有没有性命之忧，值得不值得，与你有什么关系呢？”

聂然脱口道：“怎么和我没有关系？！”

我呆住。

他这话又是从何说起？

聂然冷笑之后还是冷笑，我不知道他究竟想要表达个什么中心点，他纠结半天发现一时半会儿和我说不清，索性一把扯住我道：“总之，若你并非嫌自己命长，就不能再回去当那个公主的替身了。”

我挣了挣，道：“我的事不用你管。”

聂然揪得更紧，他早已认定了我是假的，只道：“你何苦冒这险？若是为人所迫，我可以护你周全。”

我当真是有嘴说不清，正担忧着阿左阿右会不会跳出来路见不平拔刀相助一下，一只手突然横在我们跟前，修长的五指握住我的手腕，另一只手搭在聂然肩上，那人漫不经心地道：“她满心满意惦念着做这公主，啊，冒牌公主，自然不是为人胁迫，而是另有他因了。”

……这家伙为何次次都是神出鬼没地出现在我的面前？

宋郎生朝我凝望一眼，又略带挑衅地看着聂然，道：“因为她已经爱上本驸马，深陷其中不能自拔了。”

# 第九章 回忆里的他

宋郎生这话让我面皮不禁抖了三抖，一时间各种念头纷涌至心，聂然怔然之下松开我的手，而宋郎生牵住他松开的那只我的手，挑眉道："聂大人若无其他事的话……"

他话未说完，聂然已出言打断道："那么你对她呢？是真心还是利用？"

这一发问倒是先把我问住了。

宋郎生把深情目光往我身上放上一放，又落回到聂然处，正当我以为他要说些什么肉麻兮兮的论调时，他道："自然是利用了。"

我斜视他，他很平静地看着聂然道："有何不妥？"

聂然挑出一抹薄笑盯着我："你明知他是利用你，也心甘情愿？"

我不晓得宋驸马唱的是哪出，也没想好是否要配合着他演下去，但瞅着聂然那笑里带着嘲讽，索性默不作声，宋郎生勾了勾唇，握着我的手绕过聂然上了马车，放下帘帐让车夫策马驶回府邸。

因马车是临时雇的，内里不若府中的车宽敞，我与宋郎生并排坐着挨得甚紧，躲也躲不到哪儿，又不知该说些什么，一时间车内寂静。

我脑中一片混沌，一会儿在想宋郎生为何会在此出现，一会儿在想他的高烧是否退了药是否喝了，一会儿在想他对聂然那般说法是为了故意气他吗，想了半天就是不敢问出口。说来也怪，我对宋郎生的态度素来是直来直往，有什么迷惑求解什么，有什么怀疑质问什么，只求坦诚不欺瞒，这会儿何以瞻前顾后了？

半晌，宋郎生忽然问：“你在想他吗？”

我一怔，转头望向他，宋郎生顿了顿：“你在想聂然话里的意思？”

聂然？是了，聂然话里的意思是什么？按理说，他是知道我与他生活一年有余，这段时间我怎么可能做公主的替身呢？他几番说到性命危险，为何有此论调？

宋郎生见我不答，又问：“在我说利用你时，他的怒气难掩，只询问你的意思，你是否在想他毕竟还是关心你的？”

这又是从何说起？我下意识地摇摇头，道：“他毕竟对我心存愧疚，关心一下亦是情有可原……倒是你，怎么和个孩童一般说那些有的没的，好像故意显摆，叫人看笑话。”

宋郎生抬眼看我：“我不过是想试探他，他若真心对你，必不会善罢甘休。”

我无奈道：“他若是不善罢甘休，你当如何？”

宋郎生静了一静，道：“那自要看公主如何想。”

我把身子往后靠了靠，继续沉默。宋郎生问：“他若心中还有公主，公主会如何？”

我瞥了他一眼，只觉得宋郎生话里透着一股不信任的意味，合着他试探的不是聂然而是本公主，我道：“还能如何，喜极而泣，破镜重圆了呗。”

宋郎生握住我的手紧了紧，道：“你说什么？”

我道：“破镜重圆。”

下一刻，宋郎生另一只手用力捏起我的下巴，捏得生疼，他沉声道：“你再说一遍。”

我知道我力道不如他，倒也懒得挣开，直视他道：“你可以试着再用力一点，直接卸下我的下巴，这样本公主什么都说不出，正合你意了。”

宋郎生一愣，这才意识到自己有些反应过激了，忙松开手，手足无措地抚摩着我的下巴，蹙着眉头一言不发，我见他如此，这才扑哧一声笑出来，道：“好了，不逗你了。”

宋郎生投来疑惑的眼神。

我抿嘴笑：“你让我在聂然面前变成个痴心相许的傻女人，怎么说我也得讨回来吧。”

宋郎生微微扬眉，“所以你是恼我试探聂然？”

我道：“其实吧，你估计气不到聂然，我和他之间呢，不是你想的那样。我压根就没有喜欢他，他对我也没有意思，我之前惦记的是煦方，明白？”

“他们不是同一个人？”

我摊手道：“我本来不想提的，不过你这般疑神疑鬼的倒也愁人。好啦，我和煦方的情况是这样……”

窗外天上厚云重重，不见月光星点，马车里漆漆黑黑伸手不见五指，所以就算讲到伤心处宋郎生也看不到我的眼雾。或许……我可以选择简单地说或是不说，但是有时一旦起了头，就像打开了话匣子，越说越起劲，越说越停不下来。

那段故事，那些美好的、幸福的、酸楚的、悲痛的时光，从煦方消失的那刻起，只留存在我一个人的脑海里。

那晚在山林中，聂然说他终此一生再也无法记起那段记忆，示意我不必继续往下说。其实，就算他没有恢复记忆也无所谓，我只是希望他能够倾听属于煦方的故事，让他记住煦方，不要让煦方就在这个世上转瞬即逝。

奈何他连这种机会也不肯给我。

我曾经和卫清衡倾诉过，但那时他回答的是，“你现下所有的情感，都源于那一年的记忆，可是公主，你还有过去的十九年，可曾想过，孰轻孰重？”

我不喜欢他这样说。如果要用时间来衡量感情，用我十九年的人生告诉我煦方只是一个过客，如果连我都开始渐渐淡忘那段回忆，还剩下谁可以证明煦方在这个世上存在过呢？

我一时脑热，就把这些告诉宋郎生了。虽然他也是一个解不开的谜，但至少，有他在的时候，我总能感到莫名的心安。

诚然宋郎生并不是一个很好的听众。

他总会在我说得很是激动的时候出口打断，譬如“此乃欲擒故纵”“他没有对你做非分之事？确实？”“他岂可留你一人在客栈？应带着你直接离开！回去作甚！”

…………

到后来，宋郎生完全是一副恨不得立刻提刀回头杀向聂然的架势，什么悲伤的缅怀的情绪都被他折腾得荡然无存，我只得提醒道：“他若是肯带着我远走天涯，我现下也不会坐在你的面前了。”

宋郎生掀开帘帐的手在空中顿了顿，又安分地坐回来，紧紧握着我不肯放开，过了许久，道了句：“对不起。”

我莫名其妙地看着他：“又不是你的错，道歉什么啊？”

宋郎生低着脑袋，闷声道：“若非我，公主不会失忆，不会失踪，更不会发生这等事。”

虽然早已猜到，然而听他亲口承认，我不由得叹了口气。但是，听着他道歉的声音以及隐约可见闪烁的眼波，心间就像升起了一团暖暖的火苗，慢慢地平复了难过。

我道：“喂，所以你是说，我如今这般，俱是你处心积虑害的？”

“绝非如此。”

“那就是无心之失喽？”

“……”

我伸出五指，虽然这种光线下他未必看得到：“再有五个月，我就能够恢复所有记忆。”

宋郎生沉默。

我道：“我之前的推断是……你要趁着这段时间做些什么，但是后来一想不对，严格意义上来说，我每时每刻都有可能恢复那段你不愿意透露给我的记忆，那么，你就算是告诉我，又有何妨？”

宋郎生依旧沉默，沉默到我几乎想再开口刺激他些什么，他才忽然道：“或许是因为，我也不知当从何说起。”

他的声音在黑暗中略显低沉，“我猜不透公主当时的心思，难以置信公主会在那种情况下做出那样的选择，但我毕竟是伤害了公主。我害怕在我告知公主真相的那一刻起，公主会怨恨我，离开我，若这一天迟早要来，不如能拖延一阵是一阵……”

“我不会的。”

我将另一只手覆在他的手背上，认真地往他的方向看去：“我不会怨恨你，就算是那时聂然那般待我，我都不曾怨恨过他，宋郎生，你不要将我想得太小气了。”

“那不一样……公主，至少，煦方不曾负你。”

一片静谧。

月牙不知何时又冒出头，透过车窗照耀进来，宋郎生可能察觉我在瞧他，转过黑亮亮的眼看过来，又垂下睫毛，把头转回去。

我知道无论如何都套不出话来，只得作罢道：“你这会子倒是坦诚。得，不逼你了。反正，你就是不愿说。”

宋郎生道：“公主终于悟到了。”

我被噎得哑口无言，思来想去又觉得不甘心：“可是我都和你说了我和煦方的事，现在在你面前等同什么秘密也没有了，可你于我而言，简直浑身上下全是谜，这不公平。”

“所以？”

“所以，你也要分享一个你的故事给我。”

宋郎生又侧头瞧了瞧我，这回他倒是觉得好笑：“公主随便问，我必坦诚相告。”

“……”

正是套话的好时机，既然要问就该问一些就算是恢复记忆也不知道的事才划算……

我想了想，问道：“我想知道……那柄扇子的故事。”

“扇子？”

“是啊，就是那柄扇面被我撕坏又被你缝补好的扇子，上面画着花儿草儿，好像是你心上人送给你，你很宝贝的那个。”

宋郎生哦了一声，我不动声色地偷瞄着他，他的神情没什么太大变化：“那扇子不是她送我的，而是我答应画给她的，可惜后来没能送出去。”

我点了点头。

宋郎生也点了点头。

我：“……就这样？”

宋郎生道：“不然呢？”

“不是，说故事有像你这样没头没尾的吗……前因？后果？发生了什么？她是谁？你是何时何地画扇的？为何没送出去？”

宋郎生将袖子抬到嘴边轻咳了一声，“那些……说来话长……”

我瞪他道：“话长也要说，而且不准长话短说。”

宋郎生浮起一丝笑道：“无妨，不过公主可得答应听了以后不许乱吃醋。”

我抖擞精神道："本公主心胸宽广着呢。"

宋郎生寻了个舒服的姿势靠着，仰头眨了眨眼，似在追忆："六七年前，那年我还是科考的试子，因家中拮据，闲暇时就入城摆个小摊画扇面，家住京郊，待太阳落山收摊后，会顺道去附近的山上挑柴提水，也恰是那时，救了一个困在山中的小丫头。"

我长长哦了一声，贼笑道："英雄救美啊……"

"我既不是英雄她也并不美，非但不美还颇为难缠，救了上来就直哭着举目无亲遇上盗贼逃难至此不知何处才是家什么的，总之是满口胡话，可我想着毕竟是个小姑娘，独自丢下也于心不忍，便只得先领回家暂住几日再做打算。"

我又长长啊了一声，道："那定是人家小丫头看上你了，故意的，成心的。"

宋郎生闻言不置可否地笑了笑，继续道："那小姑娘确实极为奇怪，自称乡野丫头，然而看她双手娇嫩，不像是做惯粗活，可若是名门千金，失踪如此大的事也不见有何动静。成日戴着个面纱只道自己相貌极丑，不忍睹之。我温书时她倒也不扰，安静地坐在一边也捧着书看，我当时只奇她只不过是十来岁的小丫头，竟把《春秋》看了个全，聊起来也能说道一二。后来我有时读到厌烦，便会试着与她谈论，她的观点时常东倒西歪，但也甚为得趣，令人忍俊不禁。"

我指尖一竖，道："深藏不露的小姑娘，后来呢？"

"后来……"宋郎生笑了笑，"后来有一天，她不见了。"

我问："她去哪儿了？"

宋郎生摇摇头，"就留了张字条，写着'我会回来'四字。"

"然后呢？"

"然后我就继续备考，准备应试。"

"你有想她吗？"

宋郎生勾了勾唇角，"起初是松了口气，觉得少了个累赘，可没几天倒是真想她了，担心她一人会出事。那几日我挑柴时会多往山头绕一绕，生怕她一不小心又掉入什么陷阱里，叫天天不应，叫地地不灵。"

我笑问："那么你们再次相逢是在何时何地啊？"

宋郎生道："半月后，在我的摊子前出现一人，笑眯眯地问我一柄扇卖多少银两。"

“是她？”

“嗯。”

“然后呢然后呢？”

“然后我答，那要看画什么了。她道要一个最与众不同的，我笑说那可是无价，她便喜上眉梢地陪我卖扇，再之后随我回家了。”

无价？我想了想，恍然：“原来你是答应她要送她一柄专门为她画的独一无二的扇子啊，就是后来那柄吗？”

宋郎生点了点头。

“然后呢？她有说她是什么人吗？”

宋郎生道：“她穿着宫女服，自然是宫女了。那时前太子殿下在玉龙山庄歇养，她是太子随行出宫的侍女，玉龙山庄亦在京郊，就撞上了。”

我讶然道：“原来是我哥哥的侍女啊……后来呢？”

“后来……后来她告诉我她可能快要回宫了。”

“嗯。”

“所以……我忽然觉得很是不舍……”

“嗯。”

宋郎生笑了笑，“所以，就答应她尽力考好那场科举，等她出宫后明媒正娶。”

我沉吟了片刻，忽然凭空冒出一个想法，紧张起来：“喂……该不会是，她现在还一直在宫里等着你，你也一直等着娶她……结果半路杀出个程咬金，就是我了，我强迫你当我的驸马……所以你才如此嫉恨我吧？你一心要用忘魂散毒我，是希望离开我娶她？但是后来发现我对你不错，于是你就陷入深深的自责和自我纠结中？那我……岂不是罪大恶极？”

宋郎生斜眼：“不要太过浮想联翩。”

我讪讪地哦了一声，“所以……她在玉龙山庄，你在乡间小舍，偶有空闲便偷偷私会？”

宋郎生不恼我这般措辞，只微笑道：“她还自作聪明地找了棵大树，让我每日未时在树下等她，那段时日我甚至开始担忧我那科举还能不能中，心都散到九霄云外了。”

我笑了笑，“那你们为何没有在一起？”

宋郎生神色怔然，垂眸道：“就在我画好扇欲要赠给她的那日，家逢变故，不等我告知她，我爹忽然便带着我与我娘离京了。”

我疑道：“什么意思？你爹在外头结仇了？”

宋郎生难以捉摸地挑了挑唇角，“算是吧。”

他这一笑笑得极不自然，嘴角勾得僵硬，我知他不愿多说，只道：“所以你就丢下那个小宫女，独自离开了？”

宋郎生自嘲道：“若是丢下她独自离开，那倒也好。只怪当年年纪尚浅，出城门不久便反了悔，既怕她在我们约定的地点傻等久留，又唯恐这一走终此一生再难相见。”

“所以你返回去找她了？”

宋郎生道：“我不确信她愿否随我离开，就算不愿，我也想揭开她的面纱，将来若能重返京城，总不至于对面不相识。”

我奇道：“她为何一直不以真容示人？”

“她总是说自己极丑，不愿被我瞧见。”宋郎生想着便笑了，笑得缅怀，“不过依我看，她露出的一些肌肤略显红肿，似是长了些什么，女子总是爱美，不愿示人亦是人之常情。”

我点了点头，“后来呢？你们见上面了吗？”

“她既是前太子的侍女，太子回宫，她也当随同而归，我赶回去的时候已过了时辰，但她仍在树下等着我，在她转身的那刻，我也见到了她的容貌。”

我下意识地问：“她生得美吗？”

宋郎生道：“美。其实不论她生的是何模样，在我看来，都是美的。我当时不知怎么，或是一路担惊受怕，一见到她，便拥住了她，问她愿意不愿意随我浪迹天涯。”

听他如此描述，不知怎的心中泛起一丝酸意，我道：“那……她愿意吗？”

宋郎生道：“她说愿意，但需得回去收拾细软，我们约在酉时见面，呵，等待的每一刻都甚是煎熬，好在她还是来了，后来，便随我离京了。”

我始料未及道：“那、那、那你们不是就应该在一起了吗？她现在人呢？”

宋郎生语调微颤道：“没有后来了，后来她死了。”

“好端端的，什么叫她死了？”我揪住他的袖子，“你倒是把话说通透些啊。”

宋郎生默然许久，久到只听得车窗外的马蹄踏响夜路的声音，半晌，他才开口。

“路上遇到高手埋伏，双拳难敌四手，我没能保护好她。”

“是谁？谁要害你们？”

宋郎生倏然转头，用一种异样的眼神瞥了我一眼，那神情让我莫名心寒了寒，却又分明看不明白，我结结巴巴问：“那些人是要追杀你爹娘的仇家吗？”

宋郎生的神色顿了一顿，片刻后方才道：“嗯。”

我道：“你武功那么好，怎么会保护不了她呢？为何她死了，你却活了下来？宋郎生……你岂会忍心看着心爱的人死在你面前？”

宋郎生用难以形容的表情，艰难地吐出几个字：“埋伏之多寡不敌众，我当时为了保她平安，便让她先行策马离开，我跳下马与那些人周旋断后，岂料……”

我等着他继续说。

“她没跑多远就从马上摔下，撞破了头，失血过多……”宋郎生抿抿嘴，萧瑟地道，“是我思虑不周，此前因教过她骑马便放心舍她孤身一人，哪想情形太过危急，她一时紧张控制不住……是我不好——”

我轻轻拍了拍他的手背，不知如何安慰他，他缓缓吐了吐气，似乎想要努力平复自己的情感，“我杀光了杀手亦受了重伤，葬了她后就去寻我爹娘，殊不知……他们为了等我，困在一个染了瘟疫的村落，当地昏官恐疫情不治波及周县，便封了整个村子，待我赶到之时，他们已然染上疫症，回天乏术了。”

我突然很后悔让宋郎生追忆这段故事。

我无法想象一个意气风发的少年力挽狂澜，却亲眼看见自己的亲人和恋人倒下，从此阴阳相隔的心情，那一夜后他的心是否满目疮痍。

一滴水溅到手背上，我的心里忽然疼了一下，像是银针扎在了心尖子上。

我哽了哽喃喃道：“你不要哭了……”

“傻瓜。”一只手轻轻拂过我的眼角，“搞清楚是谁哭了。”

我抬头看他，这才发觉视线蒙眬，我闭了闭眼，眼前酸涩去不掉，似乎是蕴着什么，一个劲地撑开眼皮，溢出来。

宋郎生敲了敲我的脑袋：“你哭得这么起劲让我这个当事人情何以堪？”

我擦了擦眼泪，道：“这说明本公主心地纯良，尤为感性好不好？”

宋郎生无奈地揉了揉额，笑道："感性永远也解决不了问题。我若只知黯然伤怀，就无法中状元更无法入朝堂掌权势。诚然，我那时的确想过报仇，但我知道，我可以暗杀那个昏官，却无法阻止在那昏官后又来一个昏官害死更多的百姓，我能够手刃黑衣人，却无法将指派黑衣人行刺的幕后真凶绳之以法。"

宋郎生的语调虽仍是波澜不惊，然而我在这平淡的话语中听出一股子凛然之气。

不若卫清衡那般淡定从容，安贫若素；亦非韩斐那般坚韧不屈，不畏寒霜；更不似聂然那般孤傲清冷，沉稳冷耀。

他的眼中，没有满怀幽怨，没有凭空高洁，没有凭栏空叹，而是心之所愿。

我道："后来仇家没有找你斩草除根？"

宋郎生失笑："什么话被公主一讲就……"

我抿嘴一笑："如今树苗已长为大树，树大根深，任谁轻易动得了大理寺卿？"

宋郎生眸中又闪过一丝我看不懂的情愫："或许还远远不够……"

"什么？"

他笑："没什么，就是后来……我随便找了几条罪状就把当年那个昏官给咔嚓了。"

"……所以是公报私仇吗？"

宋郎生理所当然："是啊。"

我忍笑拍他肩道："好一个一身正气的宋大人啊。"想了想，"那追杀你们的幕后主使，你查证出是何人了吗？"

握我的手不可察觉地一颤，我想，或许我又勾起了他那惨痛的回忆了。

宋郎生幽幽地嗯了一声。

我问："那仇呢？报仇了吗？"

宋郎生的手沁出湿润，"也许……算是报了吧。"

"什么叫也许？报了就是报了，没报就是没报。"

宋郎生道："究竟什么样才算是报了仇，夺了对方的性命还是让对方伤痛？可若是报了仇，我是否又会成为别人的仇家？是非对错黑白素来难以一言以蔽之。"他摸了摸我的头，"今晚公主的问题，我回答了那么多，可以选择不回答了吧？"

我微微颔首，只觉得对宋郎生，了解得愈多，却愈发看不透他了。

马车再掉一个头便可直达公主府，宋郎生让车夫停车，见我讶然，他道："别再想什么刺杀我的幕后主使了，既然公主为了查出刺杀你的幕后主使而诈死，演戏就要演足，岂可大摇大摆地从正门回府？”

我苦笑看着他，原来我私下筹谋了半天，他不用多想都能猜出端倪。

他扶着我跳下马车，牵着我一路前行，夜深露重，他似乎不怎么放心，索性一把将我搂紧，漫步于夜色之中。

我心中一暖，看着身上的男装，笑道：“不怕被人看见怀疑断袖吗？”

宋郎生敷衍一笑，没有回我。我仰头，借着月光看着那张依旧神采飞扬的侧脸，神情桀骜不驯，只是……有些萧索。

他在想什么？是因为在思念那个小宫女吗？

我叹了叹。

其实……我如此着急地问他有没有报仇，并不是真的希望他还活在仇恨中……而是，如果仇报了、血恨了，大抵就能够释然了吧。

“喂。”

宋郎生侧首，“什么？”

“就那扇子……你为何要画艳阳、蜜蜂和花啊。”

宋郎生略一思索，“因为她的名字，挺应景的。”

“名字？她叫什么？”

宋郎生清清朗朗地道：“采蜜，采蜜的采，采蜜的蜜。”

采蜜。

当这个名字猝不及防地钻入我的耳里，原本一片清明的思维再度坠入一团旋涡中。

我有些站立不稳。

模糊不堪的人影和甜美的声音走马观花地从脑海中滑过。

“奴婢采蜜，习宫规礼仪后随钟粹教习嬷嬷做事，资历尚浅……”

“公主大恩采蜜没齿难忘，奴婢愿伺候公主一辈子……”

“公主怎么尽叫奴婢担心呢，说好亥时前回来，方才差些要被人识破……”

“从今往后，只要是公主的事，采蜜赴汤蹈火在所不辞。”

…………

“公主？”

宋郎生见我发呆，甩了甩牵着我的手：“你在想什么？”

我如梦初醒地看着他，怔了怔，想要告诉他采蜜似乎不是太子哥哥的宫女，而是我的宫女。然则转念一想，我自幼与太子哥哥形影不离，驸马弄错了亦是情有可原，说得太多不过是徒增伤感，我笑了笑道：“没什么，我在想……我不是要装死忽悠幕后主谋吗……那艘，对，那艘画舫都沉了，刺客死光死绝，聂然幸存，可当时船上还有一个人，所有人亲眼看着她上船的呀。”

宋郎生拉着我往通向府邸后门的巷子走去，沉吟道：“公主的意思是……聂然方面，可以说是他擅长水性武功高强，可若连方雅臣也得救，襄仪公主随船沉河的假象，亦会让人怀疑？”

我随手推开侧门，对着他叹了叹气：“可她现在好端端地在咱府里养伤呢……”

话未说完见宋郎生忽然皱了皱眉，我顺着他的目光瞧去，但见院内一人，披着一件外袍披头散发地迎风而立，不是方雅臣是谁？

却见她缠着布条的胳膊渗着血红，我轻咳道：“这大半夜的，你怎么不好好休息？”

方雅臣面无表情地看着我们，问：“韩斐呢？”

我一怔，环顾四下无人，道：“他走了。他无碍，你无须担心。”

我看她目不转睛毫无反应，但眼神依旧直勾勾地盯着我，偷偷碰了碰驸马的手肘，示意他吭个声，宋郎生敛眉看着她，问：“方雅臣，你怎么变成女人了？”

我：“……”

方雅臣：“……”

待到我拉着方雅臣回她的房中，将事情前前后后仔细理通一遍后，她二话不说地起身开始收拾细软，我叹了叹气：“你真要去寻他？前方凶吉未卜……”

“谁也无法预料下一刻会发生什么。”方雅臣看着我道，“公主，当日在画舫上你对我说过的话，你可还记得？”

我无奈点头。

方雅臣淡然一笑，背上包袱道：“那让众人以为我葬身于画舫之中，从此世上再无方家之方雅臣，对我来说，未尝不是一种解脱。”

她利落地换上一身男装，朝我和宋郎生拱了拱手便离去，唇舌也懒得多费，以免耽误了时辰便追不上她的韩斐了。

宋郎生一直静静地站在我身旁。

我垂眸道："我有意和她说了这么多，便是诱她去寻韩斐。我有我自己的私心，若只盼着他们重归于好，大可不让韩斐涉险，他们还能相安无事地活到白头。"

宋郎生哦了一声。

我道："我以家国大义为论令她放下仇恨，以珍惜眼前人为由让她与韩斐生死相随，看似动之以情晓之以理，然则都是些字面上的功夫，攻心罢了。"

宋郎生又哦了一声。

我不耐烦地转头，"你能不能不要在我自怨自艾需要安慰的时候如此敷衍啊？"

宋郎生嗯了一声，道："这些不是公主的错……"

我等着他继续说。

"公主本性如此，何必怨天尤人？"

"……"就知道他吐不出什么合乎情理的话语。

"万事难全，公主心中的秤早已有了偏指，岂会因私人情感而动摇？"

我斜睨，"驸马爷果真一针见血，对本公主的内心如此了若指掌，真是谢谢了啊。"

宋郎生摸了摸下巴，认真道："其实比起内心，我还是对公主的肉体驾轻就熟些。"

我险些被呛住，猛然抬头，宋郎生笑盈盈地揉了揉我的头发，转身而去，也不顾我在他身后嚷嚷："什么叫……驾轻就熟……喂，你这个用词是不是有点不恰当啊？驾轻就熟指的是对事物一旦熟悉做起来速度就非常快……你这话的意思该不会是，我们之前曾经……宋郎生，你有没有在听我说话啊！"

不出一天工夫，漕运失火案就传遍了朝野。内阁会议后，刑部受命彻查审理，都察院纠劾，当然，在真相浮出水面前，朝会上无非是太子震怒，首辅次辅端出竭力明察的姿态，私底下偶有流言，大多是凭空妄测，真正听到些风声的人反倒噤若寒蝉，一言不发。

表面上看，既然是太子提出由韩斐担任监察使，而漕运则是由韩斐一力主张，如今出了事，韩大人烧成炭，救灾的粮食炸成灰，最该为此事烦扰忧心的自然是太子。

想来韩斐暗走陆路之计必已事先知会过太子，他也只是明面上装个样子，暗地里自然有自己的计较。

我不确定太子弟弟知不知道我画舫遇刺一事，严格意义上现在需得提防的知情者是聂然。画舫沉了，卫清衡必会向聂然兴师问罪，之后再向太子禀明此事。

所以，我让阿右给我简单地易个容，亲自到卫府走了一趟。

卫清衡在见到我时表现得异常平静，这就表明聂然确实把我得救的事同他知会了，不过他首先问起了方雅臣，看来聂然对韩、方二人的动向还是不大明了。

卫清衡在听完我的话后，有些烦扰地用指节敲了敲桌面，道："聂然在船上目睹了全过程，又知晓公主的身份，这件事无论如何都是瞒不住的。聂家是四大家族之首，与朝中党派相交甚密，他若是走漏了这个消息，那么公主诈死诱凶现身的计划岂不是就落空了？"

我道："我原也这样想，可有一点，聂然不信我是真正的公主，只当我是公主替身。你想，他若真有什么计划，大可拆穿我这个'假公主'的身份，或是利用这个大做文章，岂会派杀手杀我？幕后真凶必然不是聂党，朝中党派之争素来道不同不相为谋，我若是聂然那方，知道有人要刺杀监国公主，必定缄口不言，由着公主、太子与那些人周旋，隔岸观火坐收渔翁之利，岂会放出风声？"

卫清衡赞同地嗯了一声，"公主此言甚是。"

我说："聂然方面，我想不必忧心。"

"不必忧心？"卫清衡扶额看了我一眼，"只怕公主还真说准了些什么。聂然既认定公主是假的，又不拆穿，必定会大做文章。"

我心中咯噔一声。

昨晚聂然对我说的话在脑海中又绕了一遍："总之，若你不嫌自己命长，就不能再回去当那个公主的替身了。"

如今回想起来，那种笃定的语气并不似是担心我未知的将来，更像是……知道些即将发生的事。

卫清衡见我陷入沉思，安慰我道："您是真正的金枝玉叶，这一点，足以让所有图谋图而不得。"

我勉强笑了笑，道："画舫一事，你要如何对太子说？"

"公主希望对太子隐瞒？"

“嗯。”

“那就权当我不知晓公主假扮国子监生混在船上，其余照直说。聂然方面，我会同他说这是公主的意思，若公主分析无误，他自不会揭穿。”

我颇为感动的目光往卫清衡身上一放，他眼中宁静而安详，哦，是安然，丝毫不似那类置身于权力风波中的人，但这次他答应配合我，结果是什么他心中应当比谁都清楚。

监国公主与国子监博士在他提议游船的画舫上丧命，他将要如何面对太子的暴怒与百官的弹劾？

在真相大白前，别说他这个国子监祭酒的官职能否保住，以他之能若勉强做到保命便已是万幸了。

卫清衡似乎看懂了我的眼神，只笑道：“这事若闹开了，只怕驸马难辞其咎。”

我点点头。可不是？公主都尸沉河底了，驸马爷回府没见着公主吭都不吭一声，不是心里有鬼还是什么？十有八九你也是同谋有没有？

我道：“这方面我和他早有默契，无须多操他那份心。”

“那么公主又何必替我操心呢？”卫清衡笑了笑，“既然是一个追查真相的捷径，不试着走一走未免可惜。”

我瞧他如此态度倒也舒了一口气，拱了拱手道：“那么就先向师父赔个不是，来日再以酒谢罪了。”

从卫府出来后我整颗惶惶的心稍安，在集市上溜达了一小圈就回去了。

当然回的不是公主府，既然要装死那不能老现身，住在城东的一家小客栈内，行动起来也利索许多。反正宋郎生交代了府邸上下安分守己地做自己的事，公主身体有恙歇养。

事实上，公主府里基本上就没几个安分守己的，各方势力派来的探子至少占了半数，在韩斐给我的那本小册子里倒是记载得一清二楚，这其中也必然会有幕后人的人。所以在与宋郎生合计之下，我们故意让那些心怀鬼胎的侍女发觉到一些蛛丝马迹，幕后人得知这些线索，必能更加确信自己派遣的刺客已然得手。

在卫清衡呈过奏疏面见太子后，内阁着刑部一并查探国子监沉船一案，除当日假扮船夫的刺客尸身外另寻到一假扮国子监生的女子浮尸。

这自然是明鉴司准备的假扮我的尸身。尸体在水中沉浸两日，早已辨不得真容，只能勉强认出是一具女尸，想来任谁都无法把此尸身与本公主联系在一起。

当然，除了真凶。

总而言之，就等着朝会上的什么人蹦跶得活跃、蹿得耀眼，那么十之八九可以将其列入嫌犯中。

可惜事态没能进展得这么顺当。

就在我杵在客栈边喝着梅花酒边咬着红烧肉时，宋郎生一个推门而入，顺当地拿过我手中的酒杯一饮而尽，道："有人察觉出不妥了。"

"何人？"

"京师衙门新任府尹沈融。"

我微微蹙起眉梢。

京师衙门不就是我失忆后初回京城为了救卖包子大叔假扮自己的那个衙门吗?

我问："换了新府尹？"也对，闹了那一出，原来那个缺心眼的哪还混得下去啊。

宋郎生道："新府尹沈融其父，原是名震江南的沈青天。"

沈青天?

这名字我有点印象。

先前看朝中诸位大臣的卷宗的时候，乍看到这个名字，嘴角整个抽了一抽。

青天青天什么的，都是百姓给好官的昵称，得，这厮直接叫上这名字了，不知情的，多半会认为他真是什么青天大老爷吧。

虽然貌似也八九不离十了。

大抵是叫这个名让众人对他的期望值太高，令他压力倍增，反正这个沈青天自打坐上那官座，便成日断案审案，事必躬亲，埋头苦干。不仅新案在手处理得犀利迅猛，闲暇时还将衙门里那些旧案悬案都拿出来慢慢研究个仔细，那官衔也逐步上调。更神奇的是，他每任新职，都能在旧案中查出前任的失职，害得原本已升官的前任白白遭罪，最后弄得满朝文武见着他离他十尺远，直到他告老还乡才还血雨腥风的官场一丝平静。

诚然这厮是怎么平安地告老还乡的，让我百思不得其解。

我微微颔首，"这沈融是个什么样的人？"

宋郎生道："青出于蓝而胜于蓝。"

我：“……”

这种时候这种谚语绝不是什么褒义词。

宋郎生道：“他一经手此案，便命人捞出沉了的画舫，发现画舫是让人恶意损毁，查出打斗的痕迹，经过仵作的验尸确认那些船夫都只有右手虎口生茧，分明不是长年用桨之人，故而推断这是一场蓄谋的刺杀。”

我托了托腮，“果然厉害。”

宋郎生亦点了点头，“他从那具女尸身上察觉到右手腕往上有一道疤痕……”他说到这里望了我一眼，我愣了愣，掀开右手衣袖，亦有一道疤痕，不觉讶异明鉴司做事当真是滴水不漏，既然要做假，就要做到十成像，万不可被人抓住什么把柄。

宋郎生也不问我是从哪里寻来这么一具与我惟妙惟肖的尸身，继续道：“公主在八岁那年曾随圣上狩猎却不小心被乱箭误伤右手，此事引起圣上震怒，牵连不少，朝中无人不知。”

我哭笑不得道：“他该不会单凭此就判定死的人是我吧？”

宋郎生摇了摇头，道：“自然不止。公主是否将你的玉牌遗在画舫之上了？”

我一噎。貌似……似乎……的确……是的。

宋郎生朝我摊了摊手，“那就是了。现在，这个沈小青天已经火急火燎地往上头禀了，你想太子殿下在听闻那个遇刺身亡的女子是你之后，会有什么反应？”

我忽然觉得脊梁骨都开始僵直了，“这下若还不现身，事情就真闹大了。沈融这么一搅和，我也无法判断究竟幕后人是谁……”

宋郎生不置可否地笑笑，“那倒也未必。”

我抬睫看他，“你怎么看？”

宋郎生道：“这案子原先是由刑部受命查理，后因刑部侍郎蒋丰提出要查办漕运爆炸案人手不足，经内阁首肯便把画舫案交由京师衙门处理。”

我努力揣测他话中的意思，“所以……你认为蒋丰是有意把这个差事交给沈融，因为他熟知沈融是个明察秋毫的官员，希望借由此人让满朝文武察觉出，公主遇刺？”

宋郎生道：“我若是蒋丰，此等敏感时节，必不会把这等看似普通的沉船案刻意交给京师衙门处理，以免落下个不恪尽职守不勤于政事之名。”

我顺着他的思路琢磨了一阵，问：“这蒋丰是谁的人？赵首辅，还是舅舅？”

宋郎生道：“蒋丰处事谨慎，明面上似乎不参与任何政党，既非岭南派亦非江淮派。不过我今日查了查他的卷案，他在十多年前进京参加科举时，乃是康王府里的门客。”

“康王？”

那个性格有些孤僻，喜吟诗作赋，善绘画精音律，自比李杜的父皇最小的胞弟？

我道：“仅凭此不能断言他是幕后主使吧？再说，他刺杀我有什么好处？没实权的王爷，莫不成还能篡位谋逆不成？”

“他虽没有实权，却有着除了太子以外最名正言顺的身份，有实权的人大可利用他便宜行事。”宋郎生沉吟道，“当然，这些只是我们的猜测，真相如何还不能妄下定论。”

我忽然觉得十分灰心，这件事本来就已经够复杂的了，现在是知道越多越风中凌乱。这个计策究竟是对是错？只为了查出谋害我的凶手就要连累那么多无辜的人，那我和幕后凶手不也是一个层次的人吗？

我用下巴抵着桌面道：“不然算了。反正想害我死的人那么多，查出来也没什么意思。”

宋郎生瞟了我一眼，默不作声。

我见他面色古怪，讪讪道：“我又没说是你……干吗这么看我……”

宋郎生没有说别的，只是捏了捏我脸颊上的肉道：“有点舍不得。”

“舍不得什么？”

“舍不得公主被人害到。”

我直起身，一拍桌，“什么叫有点舍不得我被害？合着这话里意思是本来盼着我被害是吗？”

宋郎生笑了一声，“好，那就是……非常舍不得。”

我偏过头去，“哼，敷衍。”

宋郎生道：“除我以外，我不会允许任何人害到公主。”

这话听起来怎么这么别扭？不过说来也是，他的的确确是有害我的前科，忘魂散什么的，虽然我服下的不是他给的那颗……

我本以为我不会心沉，不过想到这里我的心还是往下坠了坠。

这段日子忙里忙外的，我几乎要忘了，我服下的忘魂散是会致命的必死之毒，再过五个月就要两腿一蹬眼一闭了，完了不好好享用人间美食看遍山川奇景，还要为这摊子烂事奔波，何苦来着？

就为了替那个浑蛋太子老弟稳固一下江山，重点是他还是下毒害我的最大嫌疑人，我说，本公主会不会有点太过无私伟大，以至于显得很假很圣母啊……

我将头偏回来，盯着宋郎生的脸，觉得着实好看，简直随时可以引人入胜。

五个月后我归西了，这张脸的主人会不会为我感到伤心难过？

一句话从我喉咙咽了回去，意兴阑珊地叹了叹。

应该会吧……再怎么说，还是有一丝日久生情的吧？不只是因为愧疚，是吗？是吧。

宋郎生摸乱我的头发，“不就是捏了一下脸吗？公主的表情怎么突然丰富多彩起来？”

我扯了扯嘴角：“就是脑回路突地那么天马行空一下。”

宋郎生：“……”

最后他陪了我吃了一会儿茶点和梅花酒，整了整衣袍说要去办正事了。我问他什么正事，宋郎生道：“太子让我去认尸。”

认那具尸身是不是本公主的金躯，是吗？

“你要说是，还是不是？”

宋郎生道：“做戏，还是做全套吧。”

“所以你要抱着那具已经腐烂的尸身哭泣着说‘公主，你怎么能这样抛下我走了，为什么不等等我，是谁，是谁害死你，我一定不会饶过他’吗？”

“……”

“眼泪流得出来吗？要不要准备个辣椒到时候偷偷咬一口什么的？”

“……”

我看他有些磨牙的趋势，忙挥挥手，“好了，你可以走了，路上记得酝酿感情……”

话说到一半，身子一倾被带入他的怀里，宋郎生给了我一个大大的拥抱，低低地道：“若我迟了一步，那具尸体或许就不用作假了，只要想到这里，什么感情都不需要酝酿。”

我鼻尖一酸。

宋郎生松开我，笑了笑，亦不再多言，替我关上门后施施然离开。

我摸了摸心口的位置，觉得有种说不出的难受，但那种难受似乎也不是很纯粹，好像又有点好受。

所以果真是心灵扭曲了吗？

我独自坐下喝了一会子酒，一些东西蓦然飘过脑迹，我朝天花板的某个角落一喊：“阿右。”

我的女影卫噌地跳下来，“公主有何吩咐？”

“方才……我和驸马说的话你都听到了？”

“嗯。”

“我们俩临别拥抱你也看到了？”

“嗯。”

“能不能麻烦以后我和驸马独处的时候，你自动选择消失在屋内啊？”

“为了保护公主的安全，不行。”

“……”

“以后这种情况，属下会自动无视，公主不必害羞。”

“……所以就算是在我们拥抱、亲吻及更加亲密无间的时候，你也要恪尽职守吗？”

“属下定不辱使命！”

“……”

我揉了揉眉毛，看来这个问题还得循序渐进地引导，“阿左呢，在屋顶？”

阿右道：“他去国子监了。”

哦，是了，我命他去国子监查探一下动静。

方雅臣失踪，我也失踪，再怎么说，国子监也不可能风平浪静。依那日刺客所言，国子监还有奸细知晓我的身份并且通风报信，不知这个奸细又是何人？会有何动作吗？

还有，陆陵君他们还在找我呢，真不晓得听说捞出女尸后，该急成什么样子？

我愧疚地摸摸鼻梁，这群半同门我真是欠他们良多，待到事后，定要好好请他们大吃一顿谢罪才好。

想到这儿时，有人叩打窗户。

阿右道："阿左回来了。"

我道："进来吧，里面没人。"

阿左爬窗蹿入。

一蹿就蹿到我跟前，站得笔直，颔首道："公主，国子监出事了。"

我惊诧道："出什么事？"

"有监生死于寝间之中。"

我下意识反应，杀人灭口吗？

"哪里的监生？"

"广文馆。"

我心中一黯，果然是我身边的人。

"他叫什么名字？"

阿左眼睛一眨不眨，冷然道："陆陵君。"

# 第十章 友情和爱情

广文馆的寝室被里里外外的监生们围个水泄不通。

在客栈听闻噩耗后我足足傻了半炷香，不及换上国子监生袍，就着身上的男子素衣，策马赶往国子监。

阿左说据闻是陆陵君旷课一整日，众人还当他又出去寻白玉京了，不料一寻竟是躺在自己房里纹丝不动，再一探已止了呼吸。

我不敢相信陆陵君会死。

直到穿过密集的人群，看到李杜苏三人安安静静地站在陆陵君的床前，我忽然觉得空气像是被凝住了，堵得胸口难受。

或许是听到动静，李问和杜非回转过身来，讶异地瞪着我，眼眶中透着红，显然已经哭过一场，而苏樵伏在床边，俨然没有察觉到我走入房内，只顾着握着陆陵君的手低泣。

我依旧不敢相信这个事实，战战兢兢地朝李、杜投向一个求证的眼神。

他们摇了摇头，欲言又止。

然后，我看到了陆陵君。

他安静地躺在床上，一动也不动，神情安详得简直像是睡着一样……不，他睡着的时候也不会如此意态闲适，不论如何，我仍是不愿意相信他死了。

那个第一次见面在茶馆大放厥词说要当我面首的陆陵君，那个大大咧咧跑往公主府里把我救走的陆陵君，那个会在河中寻我几日的陆陵君。

怎么可以死？

我低头看着自己的手指，颤得连握拳也握不住，我伸手抚上了他的脸，冰凉得不可思议，再探他的鼻尖，久久地等待，都没能感受到一丝气息，良久，我看到自己的泪水滑落到手心，无言以对。

苏樵抬眼时瞥到我，惊异地道："白兄——"

我哽了哽："他怎么死的？"

苏樵反应了半晌，方道："我……我们也不知道……"

陆陵君这样的人……岂会被轻易杀死？他的武功丝毫不逊色于宋郎生，而宋郎生是曾经匹敌武状元的京城第一公子。

我将目光重新移回去。

他的身上没有一丝伤痕，衣袍平整无褶，根本不似与人打斗过。

只怕就是让阿左、阿右合力下毒手，以陆陵君的机警，都难以做到这种地步吧。

不管怎么想要弄死陆陵君，这根本就是一件不可能完成得了的事……

就在我意欲扑倒在他身上放声痛哭之际，床上的人忽然睁开双眼，瞪着我，不及我从呆滞状态复苏，他倒先起身抱住我："白贤弟——你回来了——"

是的。

所以事情就是这样。

一目了然。

接下来杂乱无章的过程暂且省略，若诸位还有什么不清楚的地方，可以用随后陆陵君支开所有人，只留下我一个人在房里的时候，对我说的话一言以蔽之。

"白兄，我就知道你听说我出事就一定会出现的。"

"……"

"你果真不负我望……"

"如此折腾一番，就是为了诱我出现？然后呢？"

"然后，我就安心啦。"

"……"

我忍住一剑劈了他的冲动，静下心，任凭他倒了一壶茶，听他说。

“我知道……那具在河岸边捞上来的尸体不是你……但又怕是我猜错了……”

我怔了一怔，看向他：“啊？那是具女尸吧？”

陆陵君理所当然道：“是男尸的话我为什么要担心是你呢？”

忽地就陷入一片沉默。

我张了张嘴，半晌道：“所以……你一早就知道我是……女扮男装？”

陆陵君迟疑地点了点头：“啊，嗯。”

我道：“从什么时候起？”

陆陵君道：“我可以不回答吗？”

我说：“不可以。”

“有一天，”陆陵君指了指脖子，讪讪道，“你穿的衣领不够高，就……没有喉结啊。”

我：“……”

“而且你的肌肤真的太细腻了……男人不会这么无聊没事长成这样的……”

我笑了笑，笑得抽搐，“所以……你一直在玩我吗？”

陆陵君不甘示弱道：“白贤弟不也是？说什么自己是面首还说自己被公主迫害……不都是为了配合你吗？这样不是很开心吗？”

我忍无可忍无须再忍，索性狠狠一拍桌，“当时是你对着我嚷嚷‘原来你是公主面首’的吧！还有你都看出来我是女子了，没事跑府里来劫走我和我称兄道弟，很有趣吗？”

陆陵君被我的气势吓得缩了缩脖子，低头道：“我……就是觉得……挺有趣的……你该不会是生气了吧？”

“……”

我揉眉道：“生气？陆兄你依旧乐观开朗啊……你知不知道单单是诈死把我骗来就已经……罢罢罢，我现在不想听你解释这么多……我就先问你三个问题，不准再有欺瞒！”

陆陵君频频点头：“三百个都成。”

“第一，你知道我是谁了吗？”

陆陵君迟疑了一下，“……知道。”

很好。我且记下他这一笔账。

“第二，你何以见得，河岸上的女尸不是我？”

陆陵君抬起眼睛，真诚地看着我：“因为我的心跳告诉我她不是你。”

我一甩手，“没事别吐出这么戏本的词儿。”

“好吧……”陆陵君委屈道，“因为那具女尸穿的国子监服扎衣结的方式是正宗的外结，可是你平时穿衣服的时候，不知道是因为太懒还是太太懒，就随便绑两下……所以我想……一定不会是你。”

原来如此。

我沉吟片刻，说：“第三，你是如何装死装得那么惟妙惟肖的？你诈死的真正目的是什么？”

陆陵君呆呆道：“这应该是两个问题吧？”

我恶狠狠地举起茶杯。

陆陵君毫无底气地道：“装死的方法……不是很难啊……有事先准备好的假死药还有用内息暂时放缓呼吸的力度再然后是胳肢窝夹着石球……虽然还是有点蛛丝马迹，但人在极度震惊和悲痛的状态下很难发觉的……至于目的……不是说了是为确认你是平安无事的吗？”

我道：“既然你认定那具尸体不是我，自然就没有必须引我出现的必要，诈死这么大的乱子，回头国子监会怎么处置你，你可有想过？陆陵君，虽然我们平时说话十句有九句不靠谱，但我还是希望在我认真和你说话的时候，你用比较有逻辑的答案来说服我。”

陆陵君噘了噘嘴，嘟囔道：“好好好，我说就是了。”

“嗯。你必须发誓你接下来说的话句句属实，不然我不信。”

“……发什么誓？”

“若有虚言，这辈子娶不到妻子、纳不到妾、碰不了女人。”

“……这太狠了，能不能换一个？”

“不行。”

“……”

他依葫芦画瓢地立誓后，终于进入正题：“其实，算是我福大命大，只差一点儿，没准我就不必诈尸了。”

“……”

“有人想毒杀我。”

我顿住手中转动的杯盖，看着他，陆陵君的神情总算不再玩世不恭，勾了勾嘴角，指了指自己的胸口，“这里，收到过两枚毒针……”他从柜中抽出一本书，摆在桌前，却见那书面上仍钉着根针头，“当日怀中因揣着书而躲过一劫，后来取针细究方知沾了剧毒，若毒液渗入心脉便会悄无声息地死去，死状便近似于我装死那般……”

我蹙眉：“你是为了引出真凶，才装死的？”

陆陵君理所当然地点点头，“如你所说一般。”

我搁下茶杯，有些讶然地盯着他，此前互作不知倒也罢，此间那层纱早都掀了，摆明儿了我是当朝监国公主，便是宋郎生与我说话亦依着礼数喊我一声公主，可他还你啊你的，果真是毫不见外啊。

陆陵君见我看他：“怎么了？”

我摇摇头，“那后来，你为何不继续装了呢？”

陆陵君认真道：“因为你来了啊。”

“我来了，与你装不装有什么相干？”

陆陵君握拳撑着下巴，道：“因为……你会伤心啊。”

我嗤笑一声，耷拉着眼皮，“喂。”

“你不是哭了吗？”

“那是人之常情吧。”我噎住，“都说了说正事的时候靠谱些……”

“我没有糊弄你。”陆陵君笑吟吟道，“你自己不也是在诈死吗？一听闻关于我的噩耗，不也是不管不顾地赶来？”

我揉了揉眉毛，“你倒好意思说……”

“所以，什么计划周密内有玄机别有洞天的，往往都会因为一个小插曲而被打乱，到最后，当事人只等着听天由命，而那些聪明的旁观者总会自以为是地认为这些意外也是在计策内的，到头来聪明反被聪明误。”

我怔了一怔。陆陵君这话是在暗示什么吗？

陆陵君得意道：“是不是有那么点禅意？”

我道：“我在想，你究竟是如何把装死这个论题转移到为人处世上的。”

事态的发展愈发难以捉摸，陆陵君惹下此等大祸，卫清衡又忙于周旋沉船一事，现在国子监等于交给聂然监管，聂然……才不会顾忌什么情面，定会把陆陵君好好收拾一顿以儆效尤。

他自己显然也意识到这一点，简单交代了几句便匆匆离开，他一走，阿左就从房梁的某个阴影处蹿出来单膝跪在我跟前，道："属下办事不力，请公主责罚。"

我道："陶主事说你办事辨析之能鲜有人及，如今竟连陆陵君真死假死也分不出，陶渊该不会是拿明鉴司的残次品来糊弄我吧？"

阿左惶恐抬头："当时属下确探过陆陵君脉息……"

"你探过他的脉息？他身边围着那么多的人，你是如何近他身的？"

阿左道："当时有一名监生忽然从他房中跑出，因惊吓而高声呼喊，属下趁那当口进房，一经确认便赶回告知公主……"

我抬了抬袖，"等等。"

从阿左发现陆陵君"尸体"到我们闻风赶来期间至少空了一个时辰，这个过程虽不长，但……身为国子监司业暂掌全监，于情于理都应当在第一时间赶到现场，遑论聂然那般笃慎行事之人。

除非……他知道陆陵君是诈死。

阿左往我这儿望了望，疑道："有何不妥之处？"

我摇了摇头，半晌无语，只道："没你的事了，继续隐着去吧。"

阿左："……"

陆陵君受到的惩罚比我想象的严重许多。

足足一百杖刑。

一百杖杖死人的可能性很大，就算大难不死也必残废终身，若非我知陆陵君内力雄厚，只怕还得动用公主这个身份救他一命。

广文馆的监生跪在阁外求情，聂然一律视若不见。

老天很应景地下起了暴雨，国子监生清一色地跪在阁外求情，整个场面颇有些感人。

然而我却一点也感动不起来。

恰恰是这群人中的某个要置陆陵君于死地。

我撑着伞溜达了一圈转了回去，一路上试图闭上眼把事情前前后后，从沉舫到烧船，到刺客，到朝堂乃至国子监统统从脑子里过了一遍，却无论如何无法将点串成线。

我心知此间种种必是有所关联，有什么我没能察觉到的蛛丝马迹是揭开真相的关键，然而愈是心急愈是思绪混乱，焦虑之下顺手折了身旁的树枝一阵狂挥乱舞，直把树叶扫得扑簌簌落下。

恰是此时，闻得身后踱步声近，回转过头，望见聂然亦撑着伞，一袭蓝衫清淡如昔，嘴角间含着的笑意，我一点儿也看不明白。

正如他在这种时候出现在我面前是何目的一样茫然。

他淡笑道："我倒未曾想你会在这种时候出现在国子监。"

我道："聂司业想不到的事，而我做得出的事，还有很多。"

聂然笑了笑，却也不反驳，道："我知道。"

他究竟知道多少？

正如陆陵君知道多少，我一点儿也不晓得。

似乎就像陷入一个循环，我身边的人永远都在和我玩着哑谜，总是乐此不疲地看着我费解地探究和质问。

想到这儿我忽然间什么也不想知道了，关于阴谋，关于过往。

我道："聂司业，我可否问你一个问题？"

他看着我，眼底古井无波。

"我们会为敌吗？"

聂然略略怔了怔，出乎意料地不置可否，如此更像是默认了。

我深深吸了一口气："扪心自问，我觉得自己算是一个好人，虽说世事不可一言以蔽之，但……至少我还清楚我自己在做些什么，你若与我为敌，是因立场，还是因为你是一个恶人呢？"

聂然明显被"恶人"这个词震到了，不由得笑出声，"现如今我却不知除了戏本外，还有人用这等说辞来评价这朝堂内里的人。"

我却不顺着他的话意往下，道："你不必顾左右而言他。"

聂然挑眉看着我，久立而不发一言。

我等了等，忽然觉得自己此举委实幼稚，便笑着耸了耸肩，不想聂然终究开口道：“或在你看来，我并不是什么好人。”

我侧首看他，聂然的嘴角向上挑了一分。

我忍不住想起煦方，煦方笑的时候素来都是两边唇角同时上翘，开怀时更会爽朗启唇，然而聂然却永远只爱勾动右唇，仿似在摆出某种姿态。

原来记忆真的会改变一个人。

我心中不禁感慨了几轮，有时对一个人越是知悉，竟越觉得生疏，哪如宋郎生那般，每每回想起一点儿关于我和他的过去，便唯恐想起更多，生怕知道得再多，到头来境遇终究会重演一番。

聂然见我未发话，还待说些什么，我截住他的话头，“话都到了这个份儿上，那我就再没什么好顾忌的了。”

聂然朝我投来疑惑的眼色。

我微微眯起眼，“如若聂司业是想利用我们昔日的那一点点过往从我这儿钻到一些空子，那么我奉劝一句，谁糊弄谁，尚未可知。”

我看着他：“你明明知道我们曾经在陈家村发生过些什么，却总是摆出一副不愿知不愿回想的架势。知道吗？这不合理，任凭一个再无情无聊无趣的人，都不至于对自己不感兴趣，遑论你这样事事必要洞悉从而步步为营的‘朝堂’之人。只怕……我和煦方的那些拉拉杂杂的过去，但凡能问能悉的，你已尽数了然了。”

聂然因这句话转瞬目光如炬。

“所以我一直在想，你究竟想干什么？你的目的是什么？换作我是你，我会怎么做？”我歪了歪脑袋，摊了摊手，“我猜不出来，只能命人回陈家村一趟找找线索……你说巧不巧，在树林遇刺我被河水冲走之后，有村民见到煦方回去过。”

聂然戒备的眼神微微一动。

“回去的人是你。”我伸手指着他，道，“我也因此一度怀疑过，是不是连煦方这号人都是你聂然假扮的，是不是昔日的温情都只是为了日后而布下的局……”

话至于此，聂然眉目间反倒挑起几分饶有兴致的神色，“结果，是，还是不是呢？”

我放下袖子，深深吸了一口气，“他是他，你是你。”

聂然问道：“何以见得？”

我听见自己的声音道，“有朝一日，你若能恢复一些属于煦方的回忆，或许就能知晓我的‘何以见得’了，不过……”我道，“我宁愿，这一天永远都不要到来。”

话至于此，我见前方不远处有监生行来，便依师生礼数朝聂然行了一揖欲辞，踱出两步，却听他在身后淡淡地道了一句：“纵使煦方回来，你亦不再是当日那个和风了。”

听到最后那个名字，我心中蓦地一跳，怔了半晌，回头时聂然已然远去，留下的是如同秋日梧桐般苍茫的背影。

回到房内关上门的那刻，阿左从房梁上跳下来，一脸肃穆道：“公主，朝中出大事了。”

我一时没回过神来，阿右又从窗外蹦了进来，道：“公主，府上也出事了。”

敢情这二人就趁着我出去晃的一小会儿就已经来回打探出外边的什么了。

我示意他们起身答话：“阿右先说，府中出什么事了？”

阿右道：“公主府已被京师衙门封查，府内所有人被扣押，外人不得擅入。”

想必驸马已然认出那具河边的尸首是“本公主”了，监国公主遭到暗杀，自然要从府邸查起。不过此案虽说是由沈融查办，事关重大，只怕刑部、大理寺、都察院都不能袖手旁观……

我微微颔首，问阿左：“你说朝中出事也是因此缘由吗？”

阿左点了点头，慎重地道：“朝中乱成什么样一时半会儿也无法道清，只知其一，太子朝堂之上得闻公主‘遇难’，当场昏厥不省人事，朝中大小事务暂由内阁二位首辅主持；其二，有人曾见驸马宋郎生在公主‘遇害’前出现在河畔行事诡秘，嫌疑难除，暂革大理寺卿职务，禁足公主府内不得出入。”

我心下吊了吊，宋郎生此前秘密离京查案，时下又是秘密遣返直到遇到沉舫救出我，这一切关节本就难以言明，造成眼下状况自是在所难免。

阿左问道：“公主是否该立即现身朝中，帮助太子，并救出驸马，再作打算？”

我坐下身想了会儿，又站起身来回踱了踱，须臾站定，终是摇了摇头。

阿左、阿右疑惑地望着我。

既然有人要置我于死地，一再避让不得，唯有正面迎敌。

我道：“这场乱局是时候该狠下心来收拾了。”

阿左蹙了蹙眉：“公主此话何解？”

我拿起桌上那本插着针的书，在阿左、阿右跟前晃了晃，问：“若是有人在暗中朝你们施此类毒针暗器，你们可否避得？”

他二人默契地对视一眼，异口同声道：“难。”

我将书往桌上一搁：“你们是明鉴司训练多年的影卫，轻功上乘，竟也避之不及？”

阿右蹙眉道：“避暗器，明处用眼暗处用耳，针尖落地尚且难辨，遑论……”

阿左道：“只不过，因针身细小，便是沾染，也要渗入心脉方能迅速致命，倘若真要在暗处进行，必要利用一些光线方能施以毒针。”

我略一思忖，熄灭屋内灯火，侧头看向窗口，月色落进屋内，尚且看算辨得清阿左、阿右的身影，踱上前去伸手关窗，房内便即陷入一片漆黑。

再度推开窗，月光耀在阿左阿右的脸上，惑然之色已有一丝清明。

我淡淡道：“夜深了，还是早些就寝吧。”

阿左、阿右闻言遂一里一外隐回暗处，我毫无倦意，双手环膝靠在榻上静静沉思。

画舫沉入河底，刑部与京师衙门亦证实了漂浮岸边的尸首是我，在本该翔实的情况下，驸马方一出面就遭到软禁，显然是有人一早设局；内阁首辅主持大局本是理所当然，但于次辅李国舅而言，公主惨死太子不省人事，内里党派必已乱作一团，岭南派与江淮党相争更是不可避免，杀了我对两大首辅而言不仅毫无益处，甚至会动摇自己手中的权位……

此间种种，幕后黑手的身份只怕就要昭然若揭了吧……

而我就在对方以为奸计将要得逞之际，在众目睽睽之下出现在国子监，其安插在监生中的探子必会立即转而告知。

对这个幕后黑手而言，唾手可得之物亦将因我的出现毁于一旦。

易地而处，他必难以理解我为何要只身一人出现在国子监，襄仪公主可不是什么省油的灯，几次死里逃生，恐防有诈，必会谨慎行事。

可他谨慎得了吗？

只待天亮我回到皇宫重掌监国大权，所有的心思便即白费，不可能不慌了手脚。

若我是他，倾尽全力也要将后患除之后快。

不错，只因得闻陆陵君的“噩耗”我失去了判断力，眼下已让自己陷入了极为危险的境地。

陆陵君只不过是国子监的一名小小监生，根本没有理由在这种时候遭到暗杀，最大的可能性就是因为本公主。

可恨这陆兄八面玲珑所言不尽不实，根本难以从他身上揪出关键来。

唯一所知，在国子监中潜藏着随时能够对我们下毒手之人。

我难以确保伏在屋顶上的两个影卫究竟能否保我周全，更不敢断言目前为止的推断会否有哪个环节出了纰漏。

只是。

我侧头瞥了眼映入寝屋的幽幽月光，长长吐了口气。

只是不论明处暗处，对手众寡，浸染在庙堂中的人城府只有更深，这世上之事本就变幻多端，若只做有把握的决定，又岂能出奇制胜？

念及此处，我听到了门闩缓缓移动的声响。

虽极细微，钻入耳里却不由得让人浑身绷了个紧，我一手撑着榻沿，躺下身。

来人动作极慢，连推门吱呀的声音也听不着，只一瞥眼的工夫，人影便从他开启的空当蓦地蹿入，身法轻巧，竟未发出丝毫声息。他半刻不歇，白光一闪，一柄明晃晃的刀刃正往我所在方向袭来，这一系动作下来毫不拖泥带水。我心里暗暗叫苦，翻了一个身，用力拉扯早已握在掌心中的绳结。

窗户倏然合上，屋内陷入一片黑暗，那一刀挥了个空。

绳子自是我事先系在窗上的，阿左、阿右既属暗卫，熟悉暗处听声辨人，当面临突如其来的无光状态时，所施所展必能异于常人。

伎俩毕竟是伎俩，关键时刻还得指着阿左、阿右，此刻除了打斗声我什么也无法得悉，不知他们联手能否制伏刺客。我蜷在榻边，隐约闻见“哧”的利刃划破皮肉之声，心下一凉，又听到“哐当”刀落下地，方才舒了口气。

于是就在一片混乱到只有武林高手才听得明白本公主完全预料不出的状况下，阿右惊呼了一声“小心公主”，一道黑影闪身压上前来，我避之不及，那人身形一滞，闷哼一声，整个人瘫在我身上，一动也不动。

所以……擒获了？就这样？

我眉头跳了跳，正待问个究竟，就看见有人砰地跳窗而出，力道之大直把窗户砸出一个洞来。

光线重新射入屋内，阿右倚窗而立，眼色凌厉地扫来：“刺客逃了，恐是调虎离山，属下当留守保护公主才是。”

我一时无法思考。

所以现下趴在我身上的是阿左？

我艰难地挪出身子，一眼便瞧见遍布在阿左背上密密麻麻的针，触目惊心。

“这是……暴雨梨花针？”

阿右踱来道：“原以为在暗处便无法对公主施以毒针，近身搏斗尚有胜算，不料贼人竟用了这狠辣暗器，若非阿左舍身替公主挡住，怕是在劫难逃，公主，此地委实不宜久留……”

“委实什么委实啊，”我抖着手道，“当务之急先想想阿左怎么办啊……”

阿右蹙眉道：“他？”

我点头。

阿右脸上一片淡然：“不若先把他的尸身丢屋顶上，回头明鉴司自会派人来收拾。”

“……”

我怔怔看着阿左苍白的侧脸，不敢相信前一刻还活蹦乱跳的人忽然就死了，死得这么无声无息，他毕竟是为了救本公主而死，怎么可以连一句遗言也……

“……公主殿下不必为属下难过……”阿左闭上很久的眼睛忽然睁了开来，定定地，虚弱地，茫茫然中带着悲凉看着我道，“这般的辞世是影卫的宿命，能救公主一命，虽死犹荣，吾亦死而无憾……”

我：“……”

阿左眼中闪过不忍：“公主切不可自责……”

我转头问阿右：“……刺客是不是忘了在针上淬毒了……”

阿左：“……”

阿右沉吟片刻道：“阿左，你今日是否穿了蚕丝罩？”

我一愣：“什么蚕丝罩？”

阿右解释道：“蚕状金丝所织制的罩衫，穿着可防刀剑暗器，乃是阿左家的传家宝。”

阿左闻言先是浑身一僵，然后倏地坐直摸了摸身子道：“是穿了，我竟忘了。”

我：“……”

阿右：“……”

故而中针后瘫软在榻上一副舍生取义的悲壮模样纯粹是自我暗示吗？

我昏昏然寻思着是不是该要求明鉴司换影卫了。

话又说回来，既然刺客持有暴雨梨花针这么凶残的暗器，何以刺杀陆陵君时，却只用上区区一两枚呢？

“依你们看，会否……呃，好吧。”

一个掀眼皮的工夫，方才还赖在跟前的两个影卫又没影了。再一回首，神出鬼没的陆陵君不知什么时候推门进来，火急火燎地握着我的双肩道：“白兄，这儿，这儿发生了什么事？”

我道：“如你所见，有人想杀我。”

陆陵君上上下下左左右右围绕我一圈，见我无碍，才道：“刺客呢？”

“早没影了……”

我噤了声。

方才一片混乱中，确是听到了有人被刀划伤的声音，然则阿左阿右无恙，莫非……

我伸手掌灯，屋内登时亮堂起来，这才瞧清了地面上一滴滴鲜血连成痕延至窗台。

我与陆陵君僵硬地对视了一眼，他抢先跳窗而出，我木然环绕四顾，却不见刀的踪影，陆陵君折回催促我，我踩着台面跃出窗外，顺着血痕的踪迹一路走走停停。

此时夜色正浓，院内死寂，只余风掠过树梢之声。陆陵君行得飞快，我紧跟着他绕过拐角，穿过长长的甬道，直追到了尽头，血迹止在监舍楼的最里一间房前。

这间闲置的屋子平日里不大住人，倒有监生怕在自个儿房里挑灯夜读扰人清梦，偶尔会挪来温温书。此刻在门外听不出什么动静，透过门扇隐约可见内里有油灯火光摇曳。

我朝陆陵君投去疑惑的目光，他警惕地伸了伸臂把我护在他身后，正待推开门，却先踏出了水声。

我心底咯噔一声，低下头，却见一摊血正从房内缓缓溢出，暗红的颜色在微弱的光影下显得诡异而触目惊心。

陆陵君不再迟疑，用劲踹开房门，房门应声而启，总算瞧见了屋内是个什么光景。

我不知该用何样的言语来描述眼前所见的一片猩红，那三个熟悉的身影，一个一动也不动地侧倒在榻上，源源不绝的血从颈上的刀痕涌出；一个睁着眼伏倒在桌上，手中还握着蘸墨的笔，血沿着笔尖滴滴答答落地；还有一个以爬行的姿势瘫在地上，手往前抠出血痕，似要努力地抬头看一看来人。

李问、杜非、苏樵。

陆陵君扶起倒在地上的苏樵，他身中两刀，似是屋里唯一的活口，却又奄奄一息的模样，看见我们，眼中亮了亮，颤着手指向身后，顾不上自己嘴里不断渗出的血，道："救……救人……"

我的视线模糊了，竭力挪起自己的腿，先后摸了摸李问和杜非的颈脉，却是什么也摸不着，只木然对着陆陵君摇了摇头，他伸手触着苏樵的几处穴道意在为他止血，血流泉涌，直把两人的衣袖衣襟都浸了个透，我想要唤人喊大夫，踉跄着正待跃门而出，只听见陆陵君轻轻地道了一声"不必了"，再回过头，苏樵睁着眼空洞地往前望着似乎还想说些什么，然则呼吸已止，终归是再也无法开口了。

后来我偶尔回想起当时都觉得，那种状况下或许应该应景地下一场大雨把我彻头彻尾地浇个稀巴烂，最后哭倒在雨中大病个三天三夜也许事情会简单许多。可惜天公不作美，是夜天清气朗，风平浪静，四周静得仿佛什么都未曾发生。直到我走出房门听到里头陆陵君的哭号，直到监生陆陆续续发觉人仰马翻，直到刑部第一时间封锁现场搜遍国子监上下里外，都让我觉得这样的夜色是否太宁静，静到让心底头弥漫的那些纷乱沉淀，绳结不知何时已然解开。

这样漫无目的地走了一阵，我捂着额头四处望了望，对着空中随意道："阿左。"

阿左不知从什么方向落到我跟前："公主有何吩咐？"

我问他："如若不唤，似乎就无从察觉你们躲在何处，可我时时如这般随处行走，岂能处处皆有隐匿之地让你们既能跟着又能躲着？"

阿左大抵认为我神志受创，竟在此等时刻波澜不惊地问出此种不着边际的问题，奈何影卫没有发问权，只抽了抽嘴角答："或易容混在人群中，或选个适宜之处保证公主在可见范围内，自难保万无一失，所以公主亦当留心，不若及早回宫……"

我打断道："你和阿右去帮我办一些事，事了便可回宫。"

话毕阿右从另外一处飘到我跟前，这下我看清她是从屋檐旁的大树上冒出的，她焦虑地盯着我，复又垂眸："眼下危机四伏，刺客不知何时会再袭，我和阿左是万万不可离开公主左右的。"

我仰头望着那棵树道："上边好藏人吗？我想上去坐坐。"

阿右急道："殿下……"阿左还待再劝，我不再与他们废话，肃然道，"听令吧。"

阿左与阿右被我支走了。士兵们搜遍国子监找不着刺客的踪影，我独自一人坐在高高的树干上，居高临下地看着月光所能照到的国子监。那头官衙的火把将监舍那处晕成昏昏的金黄色，这头李杜苏生前死后的模样来来回回在我脑海里打转，我形容不出我的感受，有些真相呼之欲出，我却不敢深思，闭着眼数着数，感受夜风拂过，秋衣凉薄。

我想，我应是打了个盹。

睁开眼时国子监已然恢复一片清宁，我往下瞅着树干，琢磨着如何下去，这一望，却望见一袭青袍笼罩的背影。

青影的主人自袖中掏出一支玉箫，缓缓地吹奏着绵如青丝的曲，透着一股哀伤的美。

又是聂然。

我轻轻地叹了叹气。

身为司业暂代祭酒位的官员，平时闲来无事四处乱晃就算了，为何都闹出人命了他还能如此悠闲？转念一想，也罢，身为监国公主不会治理国家就算了，装死也凑合了，这大半夜诈尸爬树上睡觉的，又有何资格去嘲笑他人？

我静静地看着聂然的剪影，忽然间忆起昔日在陈家村屋前，我赌气说了一番什么话，彼时煦方已恢复记忆，亦负手看斜阳，道了句："生长富贵家中，嗜欲如猛火，权势似火焰，若不带些清冷气味，其火焰若不焚人，必将自烁。"

那时候的煦方……说的恰恰是自己吧。

我又叹了叹气，这一叹不留神叹出了声，聂然垂袖转过身，抬首往上望来。

我无处可躲，唯有对上他略显讶异的眼神。

聂然没有发问，只是保持着仰面看我的姿态。我有些别扭地举了举手，道：“聂司业能否把我弄下来？”

聂然一个跃身再一个纵身便将我带下树来，未待我夸赞一句他的轻功，他道：“你倒是藏了一个好地方，若是让人搜出已死的襄仪公主出现在国子监命案现场，自免不了一场血雨腥风。”

我拍了拍身上的树叶道：“一个替代品，又能成什么气候？”

聂然道：“在没人揭穿你以前，你与真的公主又有何区别？”

我接着他的话道：“聂大人的意思是我的身份总有水落石出的一日？”

聂然板着脸看着我默不作声。

我自嘲地耸了耸肩，“所以血雨腥风并非躲过，而是时候未到？”

聂然见我这般态度，道：“我还当你会为李问杜非他们伤怀。”

我道：“我还当你在忙着替他们处理后事。”

聂然身形一僵，道：“不想你竟如此寡情。”

我摸了摸鼻子，道：“想来是聂大人有事无事都在我身边晃悠，不小心被传染了。”

聂然面上一清一白，眼色惑然，我懒得与他贫，正待绕过却被他一把握住臂弯，握得生疼：“你究竟在想些什么？究竟还想做些什么？有人要置你于死地，有人因你而丧命，你竟还执迷不悟？心甘情愿地遭人利用？”

他说完愣在原地，我也怔住，半晌回过神来，歪着头看他：“原来你都知道，你知道李杜苏因我而死，亦知我在此陷阱重重，却佯装不知，三缄其口？”

聂然默然不语，我知挣不开他，笑了笑：“原来是螳螂捕蝉黄雀在后啊，既然你有你的打算，那便当好你们的黄雀，何苦再来招惹我这等小蝉呢？暂时还不必正面交锋，你何不继续隔岸观火，坐收渔翁之利？”

聂然震惊地望着我说不出话来。

我笑吟吟地问：“是不是忽然觉得还是把我杀了比较稳妥？不然哪日小蝉变成雄鹰，你们一群雀儿吃不了兜着走？”

本来就寂静的夜晚更加寂静，聂然压低声音道：“你究竟还知道多少？”

我疲惫地叹了叹气：“若我说，方才不过是随口胡诌，你却因心虚流露出这副神情，会否懊恼至极？聂大人，聂世子，你一次次似是而非地说着令人捉摸不透的话，是故意来混淆视听的吗？但凡还有点理智就请继续韬光养晦，不要提前预支你的阴谋诡计，各方各凭本事夺取自己想要的利益，不要节外生枝好吗？”

聂然：“……”

我摸了摸干涸的眼角，心底委实堵得发慌，“我已近乎三日不眠不休，我没有料想李问杜非苏樵他们……他们……”

下刻，身子不自禁地往前一倾，聂然蓦然将我拉入怀中：“不必再说了。”

我呆住，这一靠，这一瞬，结结实实地与当日煦方的拥抱的幻影重叠。

陌生的语调，熟悉的怀抱，陌生的地点，莫名的安心。

此番，确是不知该如何言语。

静夜中平起一声惊雷，把我从怔神间拉了回来。

我退后一步，只听他道：“我只是不愿见你出事，你毕竟……”

毕竟什么，毕竟喜欢过他吗？

天上已开始下起密雨，他终究没有再说什么，只是解下他的袍子，连头将我遮拢了起来，旋即松手，任由雨水滴落在他身上，踱步离去。

我很想就着这种意境多站一会儿，奈何聂然的布袍不防雨，只得一路小跑奔回寝间，这一跑方才想起了陆陵君的存在，他，不知可还好？

可他并不在他的房内，我瞧见平日里摆放蓑衣的木柜空空如也，心下沉了沉，听到窗外雨声愈烈，思忖眼下这等节骨眼，既出不了国子监，他又能去哪儿呢？

我揉眉的手顿在半空，猛然忆起一处地方。

国子监有一处清静傍水之地，茵茵绿坡依着河流，四周无瓦无木，略显荒凉，一般监生是不大爱去的，倒是陆陵君他们喜欢跑那儿为所欲为，比如偷偷烤个肉什么，我是知晓一二的。

待我走到的时候，阵雨渐微，乌云浮走，月牙再度露出尖来。

陆陵君站在坡顶，黑漆漆的身影良久未动弹一下，不知他在想些什么。

我撑着伞走到他身边，见他一身蓑衣湿透，雨水滴答滴答滴落，道：“陆兄，雨停得差不离了。”

陆陵君侧转过来看我，除下蓑衣，顺势探头，与我一道挤在破旧的伞底下。

我："……"

陆陵君问："你去哪儿了？我一直找不着你。"

"我？我……去静一静。"

陆陵君哦了一声，又低低叫了我一声："白兄。"

"嗯？"

"我很不好。"

我点了点头："我也是。"

陆陵君道："其实……我与他们的交情也不算深，其实……李问真的是一个很无趣的家伙，其实……杜非斤斤计较得像个女人，其实……苏樵真的非常啰唆……"

我又点了点头："我知道。"

"可是我很难过。那些、那些平日里不曾在意过的来日方长，是否只能变成回忆了？"

陆陵君顿了一顿，他的声音出奇的柔和："白兄，你是否因对我一无所知，而对我心存戒备，并未把我当作过真正的朋友？"

"难不成人交朋友还要一个个追查他们的底细吗？"我摇头道，"只不过若能袒露真心，那交情自然也会深一些……这般想来，我似乎还真没什么特别交心的朋友呢……陆兄，你有吗？"

陆陵君一反常态，面上再无往日的神采，"白兄，我这么小的时候，喜欢过一个小女孩……"

我打断他的追思："这么小……是多小？"

陆陵君稍稍退了半步，解释道："我方才用手比画了一下小时候的身高……约莫九岁……"

"然后？"

"然后，我和她做了一个约定，那以后便没有见过她了。"

"……嗯。"

"后来我长大了，遇到了许多人经历了许多事，但我从未忘过和她的约定，或许她早已忘记有我的存在，可我终归是抱着一丝希望想再见她一面，所以我来到了京都。

"可惜，好像……我来得有些迟，总之，我没能遇见她。

“我很失落，老实说，我对仕途并没有太多的兴趣，对我而言，束缚在国子监中，绝非什么愉悦之事……直到我遇到了一个人，他……很有趣，至少，我很喜欢和他待着，听他说话，有段时间，我都快怀疑自己是断袖了……有一次无意间，我发现他竟是个女孩儿，我当时真的又震惊又开心……

“白兄，听到此处，你应当知道，我说的那个他，是谁了吧？”

我思绪万千，伸手拍了拍他的肩，坦然道：“其实你一提，我便知你说的是我了。”

东方的长空隐隐泛蓝，眼看天就快要亮了，陆陵君没头没尾地问：“白兄，你说，这世间的情义，究竟是友情重要些，还是爱情更重要？”

我干笑道：“恕我愚钝，我怎么就没听出，那个小女孩以及那个‘他’，究竟哪个是友情哪个是爱情？难道不都是爱情吗？陆兄啊……花心就大胆承认，男人花心不是什么丢人之事……”

陆陵君骤然振袖，连语调都变得萧索了：“白兄，你可否认真地听我说！这番话，过了今夜，我只怕……再也没有机会同你说了……”

我却没有询问他何出此言，良久，我答道：“友情、爱情孰重孰轻不是重点，重点是，陆兄，你早已经做好决定了，不是吗？”

我与陆陵君这般面对面站着，他的眼神流露出太多的东西，根本藏不住，他伸手揽住我，下巴抵在我的肩上，轻声道：“白兄，我选择……”

然后，我听到刺耳的响声。

伴随着尖锐的痛。仿佛瞬息间有什么东西碎裂了。

我有些迟疑地俯下头，看见一柄匕首刺入的我腹中，而握着匕首之人，正是陆陵君。

我迷惑地抬起头，看着他那双漂亮的眼睛里不带一丝感情和色彩，冷若冰霜：“……我选择，放弃你。”

殷红的血一滴滴滴落在被雨水淋湿的草地上。

腹痛如刀割……好吧，就是被刀割了。

我终究叹了句：“陆兄，我很遗憾……”

话音方落，坡下火光盛起，只那么一瞬间，周围光亮如昼，兵卒们举刀将我们重重围住，我看了一眼抢先上前身着官袍之人，竟是刑部何尚书，急得跟什么似的，“公、公主……是公主！快，快快保护殿下！”

我稍稍退后了一步，打断他的话头，“何大人无须惊慌，本宫无恙。”

哐当一声，他亦顺着我的目光看清落在地上的匕首，尖处沾了一点儿血。

阿左临走前我向他借了金丝罩衫，当时他面露难色我本还当他小气不舍得，现下看来是年久失修，有些抵御不了锐器攻击了，往肚皮上扎入半寸，毕竟还会很痛。

陆陵君当真是下了狠手，若护住我肚子的并非金丝罩衫而是普通的木块铜板什么的，只怕也能让这锋利的匕首戳出个大洞来。

雨已停，我却还撑着油纸伞，这样寂静的夜，血滴滴落的声响居然清晰入耳。

既然鲜血的主人不是本公主，那只有可能是另外一个人。

我禁不住再叹。

今夜阿左与阿右被我支走前我问过他们一个问题：“你们两个谁的箭法比较精？”

陆陵君的肩胛骨与膝盖上分别插着一支羽箭。

他极力晃了晃身子，终于支撑不住，中箭的膝重重地跪在地上，啪嗒一声折断了羽箭。

我皱了皱眉，料想必然痛极，可陆兄竟一声都不哼，撑直身子凝目看我。

那双平日里总是微微弯起的眼写满了愤怒与嘲讽。

我就着站立的姿态低头看了他片刻，继续方才未说完的话：“我很遗憾……你选择放弃最后一条生路，陆陵君。”

何尚书见我无恙，命人将陆陵君捆押起来，喝道：“大胆狂徒，竟敢刺杀当今监国公主，究竟是何人指使？还不从实招来！”

陆陵君额头渐密细汗，嘴角却是上翘。何尚书自是刑案中的老手，差人堵住陆陵君的口防他自尽，带回去盘问，大概不难找出端倪。

“何大人，”我负手而立，“有些话，我想单独与陆陵君说。”

何尚书迟疑：“这……”

“他现在这个样子，伤不了本公主。”我淡淡说，“即便他咬断了自己的舌头，我们这么多双眼睛盯着，止了血不死，换来的更是一番折磨……”我回身看了他一眼，“我认识的陆兄断不会做这样的蠢事。”

等何尚书带着人群退到稍远之处，我拿下塞在陆陵君口中的布条，垂眼定定地看着他，道：“其实，我是不愿你多受折磨。陆兄，我已命人查明你的底细了，你幼时受过康王的恩惠，从一个小叫花子变为世子侍读，尽管不足一年时间你就被赶出康王府，但那之后，你的人生便截然不同了。虽然，我不知你经历了什么，受过什么训练，但这些年你为他们做过的事，你来京城进国子监后与他们之间的联系，你的武功路数，此间种种，并非无迹可寻，就算，你什么也不招供，你的存在，并且那么多人目睹你刺杀我的事实，已经给康王惹上大麻烦了。”

陆陵君略微错愕的目光瞥向远处，问：“你……一早便知晓这些的吗？”

我摇了摇头，道：“要杀我的幕后主使，多多少少可以估量出来。直到李杜苏死去的时候，我才知道有问题的是你。”

陆陵君疑惑道：“哦？我可是在你遇刺后立即出现随你一同追击凶徒，何以见得此事与我有关？”

“因为，杀他们的，本来就不是你啊。”我慢慢说，“应该……是苏樵吧。”

“李问与杜非皆是一刀封喉，可见刺客刀法之快之准，然而苏樵身重三刀还能不死，等着我们追到并且还说了话，挪动数次自己的身体，场景太违和了。我见他中的那三刀两浅一深，估摸着深的那下是我的影卫砍的，他既然还想活命，应当不会让自己轻易死去，然而转瞬又死了……反正当时在他身上点来点去摸来摸去的便是你，我想，要杀人灭口的自然是你吧……”

“你果然是……”是什么，却没有继续说，陆陵君轻轻晃了晃头道，“我点了他的哑穴，加快了他流血的速度，”顿了顿，“我本不想灭口，可他杀了李问与杜非。”

那间监舍窗外便是河，苏樵应当是受了伤想从那儿逃走，却遇到了正在苦读的李问杜非吧。

我轻声道：“我知道，所以，我没有阻挠你。”

“可你，何以见得我今晚会杀你？你若不来，我便动不了手，你的影卫随时跟着你。”

我盘腿坐了下身，屁股沾着草地一片湿润，“我猜的。我猜，当日在游船上我遭人刺杀，会不会正是你与康王里应外合？后来你得知我并未真正沉舟而亡，所以你才诈死诱我出现，是不是？你所谓的中了毒针，正是想误导我刺客擅用毒针刺入心脉，用本书挡着就没事了，结果苏樵来刺杀我的时候用了整盒的暴雨梨花针。你这样处心积虑步步为营，应该还会有后着。我一直在猜啊，如果我是你，我会如何支开影卫，单独袭击呢？想来想去，或许只有到一个较为空旷之处，影卫无处可躲只能蛰伏在较远处，你也会比较容易得手。唉，我只是那般一想，结果一回监舍，便看你房间大门大开，蓑衣不见踪影，心想，你果然，是要引我来此处吗？”

陆陵君像是笑了一下，“你几番忽然消失，也不是没有前例。”

我轻描淡写道：“在受了失去挚友的刺激，大雨夜裹着蓑衣一个人跑掉，甚至还是因为我的缘故，从情理上来说，我应当会去寻你安慰你几句的，毕竟……”

毕竟，我还是很在意你这个朋友的。

陆陵君没有再说话了。他沉默了良久，才道了句：“我今晚若不杀你，你的这些临时部署，是不是就失效了？”

我缓缓道：“我方才躲起来的时候睡了一觉，梦到了你，梦里的你对着我根本就下不了这个手，憋了半天还原原本本把真相告诉给我听，我兴奋地拍了拍你的大腿说好兄弟讲义气，你笑说友谊天长地久，最后日头升起，一片完满结局。接着我就笑醒了。”

陆陵君：“……”

我从袖口里抽出布帕，捂住我腹上渗出的血，“你不必感到内疚，我对我的影卫说，若你动手杀我，便也毫不在意地射死你吧。谁知道，他的箭法如此不准，怎么连着几发都没扎中你要害。”

陆陵君怔怔盯着我。

我起身，俯视他：“所以我们谁也不欠谁的。”

说完我转身就走，再也不瞧他一眼。

这一路由官兵送回府，风平浪静。

可现下的公主府又岂会是块宁静之地？

我琢磨着是否索性进宫较为稳妥，可我委实不愿一刻不歇地去面对那些钩心斗角。

我想起了一处离国子监不远的地方。

玉龙山庄。

曾几何时，襄仪公主最喜欢待的地方，山水屋檐景致皆恰到好处。此刻庄外层层重兵护守，庄内亦在我至前快马派人清过场，失忆以来第一次再临，伴着一片昏灰淡雾，眼前所望到的景致竟别有一番唏嘘之意。

待支走了何尚书安放的护卫后，我试着喊了两声，阿左、阿右便从角落处蹿出来。

他们顶着可怕的黑眼圈等着我下达下一个折腾人的指令。

我忽然很想踹自己两下，凭什么总要为了你一人让那么多人受累?

奈何自己踹自己这么高难度的动作我做不到，唯有开口道："你们去睡一觉吧。"

阿左、阿右闻言先是面面相觑，再来齐刷刷跪下，阿右抢先颤声道："公主……属下还是处子之身……"

阿左急道："我与阿右虽说情深义重情同手足……但绝无儿女私情啊，公主请三思！"

我："……"

阿左与阿右最终如何去睡觉，去哪儿睡觉，有没有一起睡，我就不得而知了。

总而言之，此时此刻我只想换掉这身黏腻着血水与疲惫的衣裳舒舒服服睡上一觉，其余的，醒来再谈。

玉龙山庄的公主居所相当安静，绿藤绕墙，月牙雕窗。我蹲着身子在箱柜里翻了翻，可除了薄纱还是薄纱，一件厚实些的衣裳都没有。想来，避暑山庄自是夏日炎热才来，宫里给备着的自然也不会是棉袄冬衣。

翻箱倒柜地搜罗了半晌，总算在底里处摸着件手感舒适的，用劲一抽，却抽出了一抹稚嫩的粉。

少女的宫女服，眼熟到不能再熟悉的样式。

我呆住，慢慢摊开了这条略带褶皱的裙裳。

一瞬间，仿佛看到了记忆里另外一个娇小的自己，嘻嘻哈哈地抢过手中的裙子，乐滋滋地换上，一面换一面使唤着身旁的小宫女道："采蜜，我的好妹妹，你便把它借我穿嘛，别这么小气呀……"

"公主殿下，这如何使得……若被人发觉，奴婢可是要受责罚的……"

"你穿上我的衣裳躺床上睡大觉，谁发现得了？"小小的我换好了衣服梳好了宫女发饰，爬上了窗台，朝那小宫女挥了挥手，爽朗地笑了笑，“我就出庄玩一会儿，傍晚便会赶回来，反正你学我的声音那么像，别怕好吗？别委屈啦，我走啦！”

画面微微糊了糊，当时我隐约拿起丝帕蒙住被蜜蜂叮得红肿的脸，其他有些无法往下想，我上前推开窗，窗外一片景致熟悉入眼，少女时的身影再次映入脑海，我仿佛看到了那抹粉色的身影活蹦乱跳在石廊上的模样。

这下一来睡意全无，我索性翻过窗迈出步伐，试着顺着足迹能找回多少属于公主的过去。

少女的我虽说换上了宫女服饰，可毕竟只是为了掩人耳目，若想大摇大摆走出去是不大靠谱的，这宫里上上下下有谁不认识骄纵蛮横的襄仪公主？于是那时我七拐八弯地找到了全庄围墙最矮的地方，攀着墙边的大树直接翻了出去。

此刻我抬着头望着比记忆里高出一倍，比树还高的围墙，有种想要泣血的冲动——老天你在玩我吧，重修什么的会不会太欺负人了啊。

待费了九牛二虎之力整到高墙的另一头，我忽然很想揪出当年的我狠狠地暴打一顿。这眼前一片松影叠嶂纵然令人心旷神怡，但……

我抬了抬头，极目望着山林重重。

小妹妹，你难道是要翻过这座山去游逛市集，还是说其实你只是溜出来爬山的？

我踌躇着现下是要再翻回去还是绕回头走正门，却一个转眼仿佛看到了儿时倔强的神情，固执而又落寞地提着裙摆向丛林中走，丝毫不肯认输的模样。

明知是记忆呈现出的幻影，我却好像被触到哪块柔软的地方，双脚不听使唤地跟着不懂事的过去往前走，往上走。

就这般不知攀爬了多久，她终于停下脚步，怔怔地眺望远方的天际，似有清风飘入她的眼，晶晶亮亮地散发着奇样的光华。我顺着她的目光往前看，除了一片昏灰的天际与湿冷的山林，却是什么也望不着。

我不由得疑惑，当时究竟在望些什么呢？

然后我听到了小小的公主开口叹了句：“夕阳无限好，只是近黄昏。”

恍然间，我明白了。

少女时期的公主费了那么大的劲儿，只是为了能安静地看一次日落。

殊不知这样娇小的姑娘，良辰美景未至，为何会对着绝美之景吟出这样一句迟暮者的无奈呢？

是因为她预知了未来的自己要经历这样多的残忍与背叛，危机与暗杀，才双十年华，就要开始凋谢与寂亡了吗?

我不得而知。

我想我真的不该四处乱跑，还是回去睡一觉来得实在。

我回过身，正待下山，却望见了东方墨蓝的天际生出一道细细的金线，红得透亮，然后慢慢冲破云霞，刹那间火球升起，五彩缤纷，灿若锦绣。

这一瞬，层层的峰峦间染上了瑰色，竟与多年以前的小襄仪所处所见不谋而合地重叠在一起。

只是……当年一眺日落西，而今一览东方红。

耳边仿似想起一句话：“公主殿下总以险恶度人，却不知此心常看得圆满，天下自无缺陷之世界，此心常放得宽平，天下自无险恻之人心。”

直至周围光亮起来，我才发现自己此刻所置身的是一片枫树林，满眼枫红绽放得一塌糊涂，心底滋生出一种奇异的情绪，红色的色彩仿佛产生了某种温度，燃得连空气都暖了起来。

恰有一阵山风吹来，将四周的枫树吹得沙沙作响，吹得心里纷纷偏乱，我顿了顿足，不由得朝着最高的那棵树一步步走去。

事实证明，当感情酝酿正浓时，智商一定淡若无物。

所以在我一脚踩空，浑身先是一轻，再是重重地往地底下的大坑跌去时，我又想起了一句话——在同一个地方跌倒过两次的，活着是一种奇迹。

我拍了拍屁股环顾着堆满树叶的大坑，没见什么尖锐的竹尖刀子，这陷阱或许不是用来捕捉飞虫鸟兽的，可如此高度也不见能够借助攀爬之物，若无人发觉饿死在荒山上的可能性还是不小的。

我试着喊了两声阿左阿右……果然没人，我还抱着他们特别忠心护主偷偷跟着我的侥幸呢……原来真的跑去睡了啊……

我叹了叹，今时尚且如此，显然当时的情形更为糟糕。

当年还那么小的我除了一个劲地哭着喊着来人救命，傻乎乎地用小手挠着石壁还摔得屁滚尿流，别无他计可施。眼见太阳落山，天色漆黑一片，晚间的山林更是清冷，小小的我也只能蹲坐着抱紧双膝，一边发抖打战看着满天星辰，一边坚持哭哭停停哭哭。

直到听到一个男孩的声音："谁在下面？"

我仿若听到天籁一般打了个激灵，带着哭腔道："我，我在下面！"

一个脑袋从上头冒了出来，却因月光微弱看不清样子，"你是谁？"

"我是……"我那时警惕地想，若是坏人怎么办，"我是……宫里的宫女……不小心跌下来了……你，你可以救我上去吗？"

那男孩哦了一声，道："可以啊。"

我喊："那你快跳下来啊！"

男孩："……我手上并无绳索，你等我下山去取……"

我问："你下山再上山最快需得多久？"

"两个时辰。"

这么久？我慌了："不行。不行不行不行不行，你、你得留下。"

男孩无奈道："我的轻功不足以跳下去救你上来啊，小妹妹。"

"可、可我一个人，会害怕，会冷，会困，这么冷这么困，如若我睡着了，就醒不来了。你、你留下来看着我，陪我说说话，待天亮了，太阳出来了，我暖和了，你再去找绳子，好不好？"

一件厚棉袄盖在了我的脸上。

男孩道："穿上吧。你分明就是不敢一个人，借口还真多。"

言下是同意了。

我喜滋滋地穿上袄子，这才暖和了不少。抬头往上望去，那个男孩似乎坐在坑边，露出一点点衣角，许久没有动静，也不知在做什么。

我想了想，道："哎，你这么晚，为何会在山上？"

他道："哎什么哎，没有礼貌的小姑娘。"

我："可你又没有告诉我你的名字。"

他道："叫名字也没大没小，小妹妹，喊我一声大哥哥便是。"

这分明是在占人便宜。我不甘示弱地道："凭什么？没准你比我还小呢。"

他哈哈笑道："我十七了，你呢？"

我哼了一声。

他见我没反应，又探出黑乎乎的小脑袋，道："没话说了吧？还不喊声大哥哥？”

“我不喊。”我很有骨气地仰头，“我可不是随处认哥哥的女孩子。”

“那我不救你了哦。”

“……就不喊。”

“那我走了。”

“……”

…………

“大哥哥大哥哥大哥哥！”

而后是爽朗的笑声，“真是个胆小的小姑娘。”

我再哼了一声，不安分地在坑里转来转去，却又听他道：“你，老实待着，不然累了就真的要睡着了。”

我嘟着嘴，心道真不公平，凭什么他的角度看得我一清二楚。再一思量，我还蒙着纱呢，他也瞧不见我长什么模样，又不禁得意起来。

夜正长，我坐着无聊，道：“大哥哥，你给我讲故事吧。”

或许是听我喊得很顺耳，他语气大好道：“好啊。”

我乖乖仰头。

“从前，有一个小女孩，爬山跌到一个陷阱里。”

我：“……”

他：“……”

我咬牙道：“……然后呢？”

“没然后了，”他道：“因为她再也没有爬出来了。”

我：“……”

我气得直跺脚，正欲开骂，脑袋却被什么热乎乎的东西砸中，伸手摸下来，竟是块烙饼，还略有些烫人，头顶上方传来声音：“生火替你把烙饼烤热，吃便不惧冷了，不冷不饿倒不妨一歇。”

我咽了咽口水，先前一路顾着害怕倒不觉得饿，此刻见着吃的方感到饥肠辘辘，便也顾不上思虑天上掉下来的馅饼会不会是陷阱了，片刻工夫一块大饼就纳入腹中，股股暖流亦随之涌上心头。

我乖乖地平躺在树叶堆积的铺盖之上，不由得猜测这上边的大哥哥是何许人，虽说他特爱吓唬人，但总算会偶尔有一搭没一搭地与我对上几句，让我觉得自己并不是一个人待着，不安与恐惧何时溜走都浑然未觉，这般看来，应当是个心肠不错之人。

想着想着便睡着了。

待我醒来的时候天上星辰圆月早已不再，眼睛里接收不到一丝光亮，几番睁眼闭眼毫无差别，我几乎以为是自己瞎了。

我喊了几声："大哥哥！"

悄无声息。

我吓得站起身，高声喊道："大哥哥！你在吗？"

依旧死寂一般，四周静得仿佛没有一丝活物。

他走了。恐惧顺着黑暗漫遍全身。

他居然趁着我睡着的时候走了？

我下意识用手背一遍遍擦拭着滑出的眼泪，试图让自己冷静下来。可黑暗无止境地吞噬着一切，哭泣如何止得住？无穷的委屈汹涌而来，终于我蹲下身，忍不住号啕大哭了起来。

哭了许久，许久，直到哭得头昏脑涨之际，耳边传来哗啦啦的声音。

我应声抬起头，却让强烈的光刺得双目生生闭了回去。

原来不知不觉我竟哭到了天亮。

待慢慢适应，再度睁开眼，我看到了无数枫叶辗转在光芒之中，犹若红蝶飞舞般翩翩落下。

随之，一道身影穿透了光亮自洞口纵身跃下，湛蓝的布袍飘荡在半空为无数光华萦绕，那风情当真是瑰丽得不可方物。逆着光虽看不清来人的样貌，可我知道，是他。

一时间，我心如擂鼓，眸中尽是被迷惑住的纷乱，任由一片片枫叶落在发髻间，肩旁，心尖上。

那时候我私心里想，倘若时间能够在这一刻戛然而止，该有多好。

只是……现如今眼见记忆生生卡在这儿，叫我情何以堪？

命运再不堪好歹也让我回想起这么多年来那磨人心扉的大哥哥生得是什么模样吧。

我靠着石壁叹了叹。

天亮了，宫里来接我的人却不见我的人影，只怕当下康王那边的刺客又该蠢蠢欲动了吧。若是现在生火制造出烟让人发觉我的踪迹，第一个找到我的人，是敌是友呢？

不能冒这个险，这个赌注太大了。

可仅凭我一人之力，又如何逃离这个山洞呢？

我心烦意乱地跺了跺脚，为何其他事都能考虑周全，却回回因为什么大哥哥什么回忆自乱阵脚自己让自己陷入危机里呢？

我无助地仰着头，看着上方朗朗晴空，忽然很想问问天，为何这样风和日丽的时节，心底会涌出层层悲凉？为何让我忘却年少时曾经深深爱过的人？为何让我后来紧紧依赖的人忘却了我？为何回到了家却感受不到一点亲情的温暖？为何连最后一丝丝的友谊与信任都要摧毁？为何在经历了这么多事后，我还得不到片刻的安宁？为何总要逼我到这般境地，还让我想不到找不到可以依靠的人？

我捂着胸口，低下头，只觉得满肚子委屈没有地方可以吐露没有地方能够倾诉，我真的很想很想问问老天爷，可不可以，赐一个人来救我，不论是谁，不论是男人还是女人，老者还是孩童，不论是谁都好，哪怕只有一个，一个可以真诚待我，可以为我的难过而难过，为我的喜悦而喜悦，至少让我不要觉得这个世上唯有我孤身一人。假若真有这样一个真心爱我的人，哪怕半年后毒发身亡，我亦无怨无悔。

我这般想着的同时，又一次听到了树叶哗哗的声音。

与记忆里一样的声音。

然而我怔怔地看着跟前一片片红枫落地，却没有抬头的勇气。

我害怕只是一阵风刮下来的树叶，我害怕这些只是一场空欢喜。我等了等，只等了一瞬，却像过了千年万年，直到听到了那一声嘶哑而低沉的呼唤：“公主。”

熟悉到令人心醉。

我不可置信地抬头，仰头，等着早已模糊了的视线逐渐变得清晰，清晰到可以看清眼前这个人的容貌，清晰到……看清了十三岁那年，同样是这个洞内，同样的这个人。

这个，拥有着一瞥即可醉人的眼睛，风雅到极处的男人。

这个，趁着我睡着的时候连夜赶下山取绳子赶回来救我的男人。

这个，替我擦干眼泪后像变戏法一般把糖塞进我嘴里取笑我是胆小鬼的男人。

这个，与我许下厮守一生的诺言却让我在枫树下等了整整一夜却等不到的男人。

这个，让我足足思念了五个春秋却再度出现扰乱我人生的男人。

这个，让我费尽心思用尽计谋抢来却一次次冷淡我令我流泪的男人。

往昔如潮水般涌之不尽，他用宽厚的手掌拂过我的脸，像是吓坏一般，又像是怕吓坏了我，有些不知所措地问："为什么哭？哪里摔伤了吗？哪里疼？"

雨湿轻尘，红枫纷落之时，似只有我与宋郎生在天地之间，云端之上。

眼泪好像怎么流也流不尽，心跳似乎越跳越强烈，我几番张了张口，却不知该说些什么。

该说什么呢？

该说，你是否知道我才是当年的小妹妹，采蜜只是我派去知会你我会迟到的丫鬟？

该说，你是否知道我有多害怕多无助，这么久了你跑到哪儿去了？

还是该说，你是否知道我再一次，再一次地沦陷，再一次想抛弃所有就这般与你到天荒地老？

然后我感受到他颤着双臂紧紧地把我的脑袋裹在他的怀中，轻轻地道："还好，还好你没事。"

我不自觉地环住他的腰，缓缓地开口："对不起。"

"对不起什么？"他疑惑地捧起我的脸，摸着我的头发，"为何突然对我道歉？"

眼泪再度涌了上来，我再也听不到任何声音，唯恐这只是南柯一梦，有一种冲动不能自已。

我踮起脚尖，不再让他去拭我眼角滴落的泪，而是伸手搂住他的脖子让他略微弯下腰。

未待他反应过来我要做什么，我毅然地、用尽全身最后一点点气力，吻上了他的唇。

对不起，这么久以来没能认出你，大哥哥。

# 第十一章 追忆往昔（上）

我闭上眼试着追忆往昔。

我不晓得别人可曾有过这样的体会。

明明是很久以前的事了，明明经历了后来知晓了结局，可偶尔回想起当初，某个人，某一瞬，仿若那个稚嫩的自己从未改变。

十三岁的我仰头望着那个少年从天而降，生平第一次尝到了怦然心动的滋味。

尽管那时我并不知道那叫心动。

当然，倘若蹦下来的是个肥头大耳，我首先确定这不会是一个言情故事。

由此可见，人世间所有的一见钟情都建立在良好的外貌基础之上，遑论我所见乃天姿之色，加之英雄救美的过程才自然而然地有了日后的死缠烂打及牵肠挂肚。

正因我亲历了第一印象的重要性，故而在蜜蜂蜇肿的包子脸消退前，我不能够揭下我的面纱。

我私心里幻想着一个桃花盛开的时节施好粉黛，在清风扬过时无意间让他看到我的面纱飘起并惊为天人道：“未想你竟如此倾国倾城？”而我羞涩垂首，淡然一笑：“容貌不过是皮相，心灵才是至关重要的。”大哥哥为我倾倒，拥住我道：“愿得一心人，白首不分离。”我满足地躺在他怀中：“山无棱，天地合，乃敢与君绝。”

事实证明果然是我想太多，但凡一个正常点的男子都不会对一个十三岁的小娃娃产生什么情愫吧。

可天底下无法用常理度量的事又何其多。

就在我好不容易等到脸消肿即将把幻想付诸行动前，兴致勃勃地问了句：“你我认识这么久了，都不好奇我生得什么模样吗？”

彼时大哥哥正在温书，一手持卷一手撑头，闻言连头也不抬道：“有何稀奇，早就瞧过了啊。”

我险些从椅子上摔下来：“看过？你看过！你什么时候看过的？”

大哥哥好整以暇地撇撇嘴：“第一天把你背回我家我就趁你睡着时掀开看过了，满脸麻肿的，唉，我是不想伤你自尊心才没说的，你又何苦自讨没趣？”

我：“……”

他：“你这是什么表情？”

我：“你岂可偷窥我？你……你混蛋……流氓……无耻……”

他：“……”

我气急败坏：“你让我以后怎么出去见人！说啊！你说啊！”

他：“喂，怎么被你说得我好像掀的不是你的面纱而是衣裳似的……”

我词不达意地跺起脚来：“女孩子家……嫁人前不能给其他男子看的！”

他：“……那满大街露脸的姑娘是什么情况？”

我：“……她们是她们，反正我，总之……”

“那我娶你便是。”

屋内顿时鸦雀无声。

我脑子有些没转回来：“啊？”

大哥哥放下书卷，“那你嫁我啊。”

“嫁”字在我耳边回音无穷，我讪讪张了张嘴，怀疑自己幻听：“啊？”

大哥哥见我这般，反倒有些不自然地咳了咳：“反正你生得这副模样在宫里当宫女也没前途，太子又看不上你，当完宫女年龄拖大了出来肯定也没人要，顶多嫁给杀猪的，你想嫁给杀猪的吗？不想吧，那就嫁给我啊。”

“……”大哥哥你忽然把自己和杀猪的作起对比是发生了什么事……

他见我半天不答话，眼神飘到房梁：“不愿意就算了。”

“谁说不愿意！”虽然不知道前因后果，虽然心早已小鹿乱跳到无法控制，此时此刻却也顾不上其他，我忙举起手来，“愿意愿意愿意！”

“愿意便愿意，一直重复烦不烦？”大哥哥重新拿起毛笔，故作镇定地挥起笔杆，然后……什么也没写出来，是的，他忘蘸墨了，我忙不迭地上前替他研磨，凑近处瞧方见他脸颊上涌起一道胭脂般的红晕，好看得不像话。他若无其事地重新蘸蘸墨汁，我鼓足勇气问道：“你为何想娶我啊？”

他不作答，默默书写。

我继续问：“因为我才学渊博？”

他的手颤了颤，斜睨我一眼。

我缩了缩脑袋：“还是……娇俏可人？”

他继续无视我。

我不死心：“难不成你还有什么难言之隐？啊，该不会你有恋童癖吧？”

大哥哥“啪”地把毛笔放在桌上，瞪着眼，但依旧红着脸道：“因为喜欢，喜欢！你是蠢还是笨，不喜欢你我收留你这么久做什么？我是那种会娶不喜欢女人之人吗？”

我：“……”

我幻想对了结果，却没能料到过程。

虽然没有花瓣落下，没有清风扬起，没有美好俊逸的画面，没有感人肺腑的语言。

可是为何会比想象来的，更加，更为，幸福。

幸福突如其来，幸福又何其短暂。

眼见回宫的日子越来越近，分离近在咫尺。然则我并不难过，我知他必能考取功名，遵守承诺将我明媒正娶。

回宫前一日，我约他在我们初遇的枫树下见面，他笑了笑，问我为何要约在那儿。

我笑盈盈说：“你，听过关于枫叶的传说吗？传说呢，在枫叶落下之前能接住的人会得到幸福，若能与心爱之人共睹千百枫叶似雪飞舞飘落，两人就永远都不会分开。”

他轻轻摸了摸我的头，“都依你。”

我想对他坦白一切，坦白我一直以来的隐瞒，坦白我不是宫女，而是当今襄仪公主。

但不论身份为何，都不愿与他分开。

那日，我穿上寻常民间女孩的衣裳，清清爽爽地撩开额发，梳着双髻，早早地便在枫树下等他了。

我自言自语地试着说了很多话，诸如“我不是存心骗你的”“我是怕你一听我身份吓得直接把我送回宫里”“我是真心喜欢你的”“其实我不丑，我挺美的”这些。

然而我等了许久他都没来。

起初我有些着恼，怪他迟了，心想待他来了一定要狠狠骂得他求饶不可。

可……直到日头落山，我依旧没能等到他。

父皇忽然造访山庄瞧我，太子哥哥忙差了采蜜找我，我虽担心着大哥哥会否让什么事给耽搁了，却也不能死等不走让父皇发现端倪，唯有让采蜜替我守着，自己先回玉龙山庄里去。

谁知，连同采蜜，也失去了踪影。

后来……

却也没有后来了。

大哥哥这个人就像从人间蒸发一般，不论我央求太子哥哥帮我找遍了漫山遍野，还是拜托小师父帮我寻遍国子监及今年科考之人，都杳无音讯。

初时确实日日哭啼夜夜流泪伤心成个泪人儿，也忘了多少次溜出宫跑回早已布满尘土的小木屋，只是那样一日一日地等下来，失落多了，期待没了，心境也自然淡了。

等到多年过去我已能笑着和当时的准驸马韩斐说起大哥哥的故事，用一句“每个女子心中都有段美好的回忆”作为结语，那时，我还以为我真的将这段过去放下了。

直到韩斐逃婚，所有人都紧张地看着父皇母后的脸色不敢妄语，婚宴场弥漫着一种恐慌时，我在气馁中垂首，正待转身回寝宫，却在一个回眸间从漫漫人海中望见了一道背影。

那个如清风般舒逸的背影，那个午夜梦回一次次不肯回首的背影。

我的眼神不敢移开半分，仅仅只是那么一刻，却犹如滑过的五年春秋般漫长，直待他转过身来。

我才惶惶然发觉，那个人，那个拥有着高山仰止的容颜，那个英雄救美的传奇故事，那个会脸红会装镇定的大哥哥，从未有一刻离开过我的心。

我望着他的方向又哭又笑，若非凤披霞冠，我当真会不顾一切冲向前去，问他可还记得我，问他为何不辞而别，问他何以没能守约定，问他这些年究竟去了哪儿。

而后我才得知他便是坊间传得神乎其神的宋郎生。

因屡破奇案由一个小小的锦州县令升为知府，更在南疆皇子在锦州被杀一案中漂亮地破获真相，免予一场一触即发之战。父皇对他极是赏识，感慨如今官场多是明哲保身之人，如此番智勇双全当委以重任，便破例连升他三级，擢大理丞。

我心中雀跃难以言表。

于是乎蹦蹦跳跳地让父皇饶了韩斐。

父皇初时百思不得其解，何以夫婿逃婚我不仅不黯然伤怀还能如此神清气爽。

直到我缠着父皇问东问西问宋郎生当时是如何力挽狂澜，他顿悟了。

父皇认为我果断是相中了宋郎生的花容月貌，起了色心，见异思迁了。

虽然我很想解释，可仔细一琢磨，似乎确实是这么一回事。

大抵是出于对我的愧疚，毕竟韩斐这前逃婚女婿也是父皇他老人家选中的，没过几日，他便传见了宋郎生。

当时我陪父皇在御书房助他批阅奏折，不料外边忽然有人禀报说宋大人已在门外等候，我来不及反应究竟是哪位宋大人，就眼睁睁地看着宋郎生踏入屋中，顷刻千树万树梨花开。

果然，父皇十分言简意赅毫无前兆地问他愿不愿意当驸马。

我悚然一惊，但见宋郎生发愣地看了我一眼，又看了父皇一眼，颇为失措地呆住，左右不知如何应答。

然后……宋郎生在我扑通扑通心跳紊乱的情况下，沉着地跪下来，拒绝了。

他说，他早已有了结发亡妻，妻子死后他誓终身不娶，此生心中唯有他妻子一人。

我仍记得我听他说完时的感受，浑身像是被很多细细小小的针扎着，不算痛得锥心，也不致天旋地转，却莫名发现指尖在颤动。

可我尚且记得宋郎生此举算是抗旨不遵，记得父皇的护女心切以及他看到有人逃婚时的震怒，忙扯起笑脸推了推父皇，笑他怎么想到把宋大人招来当驸马，自己可是绝无此意，宋大人爱妻之心委实令人叹服，应当赞颂才是。

我顺顺当当说完便佯装无事地踩着台阶上了阁楼。

推开窗，用力吐出一口白气，这才发觉碧空徐徐飘下雪花，我拢着袄子，用手背揉了揉眼眶，不过一会儿便见宋郎生缓缓离开的身影，一瞬间觉得过去种种相思都犹如雪一般，飘下，落地，融化，消失无踪了。

我这才意识到，原来，这世上还有比两个相爱的人没能在一起更悲惨的结局——一个仍深爱着仍惦记着，而另外一个的心早已走到很远的地方把曾经都抛诸脑后了。

如若从此相忘于江湖倒也罢。

然则我们总归要因公务打照面，行着君臣之礼，说着庙堂腔调，如他这般刚直正气的清流，与我这总替太子弟弟唱黑脸的公主又岂会和睦相处？

那些事端若论公义曲直他自是无可厚非的，可为了顾虑大局，牺牲些许早已是执政者的心照不宣，换作是其他人，压制他或是恩威并施总有法子息事宁人，可他是宋郎生，我又该拿他如何是好？

待到矛盾不断激化，他已经到了远远看到我就转身离开的程度，即便见着了也板着个脸一句废话也不愿多说，只怕在外人看来，他于我而言亦是眼中钉一般的存在了。

谁又曾想过，能让目中无人的公主殿下视为眼中钉的家伙，正是因为她眼里心里唯他一人呢？

谁又会想到，尽管面上用权势镇他压他，却又会为他不畏强权的勇气所钦佩，为他一心为求公义判案如神的风采所折服呢？

诚然对于这种感情与精神上的双重分裂我亦是极为伤神的。

直至我的恩师方良案名动京城，先是被我那未成功过门的前驸马韩斐所弹劾，再由我不久后即将过门的宋郎生所亲审。

我几乎想象得到那是如何惨烈的一场硬仗。

数不尽的争执加速了我俩之间关系的恶化，甚至在他书房内，我撕裂了他心心念念的折扇，而他为此将我狠狠推倒在一边，把我心中最后一丝期许也一并撕碎了。

那之后，我有很长一段时间没有去过大理寺，没有再见过他。

方良走的那天，天降大雪，银装素裹。

我瞒着父皇乔了装溜到城门意欲送行，不想竟瞧见了宋郎生。

褪去官袍的他在人来人往中依旧那般扎眼，而方良就这样沉稳地站在他跟前，一身布衣朴素，神色柔和，丝毫不见刚经受过大劫之疲态。

我戴着竹笠佯装路人缓缓地经过他们身边，只听宋郎生道："这段时日，辛苦先生了。"

方良如释重负般拍了拍他的肩，久久方道："宋大人辛苦才是。"

然后我就走过了。

显然完全没能听懂他们在说什么。

于是我又不甘心再度假装经过折回去，宋郎生道什么我没听清，只听方良道："倒是累你令公主与太子殿下误会……唉，老夫如今，却也无以为报。"

宋郎生仿似不介怀地笑了笑，笑得很淡："在下并未帮过先生什么，这一路您当好好照料自己。"

重走一轮，依旧没听懂他们话里的玄机。

待我再度绕回头，宋郎生已然长长作揖目送已然离去的方良，我这才意识到自己是来送行的，急欲上前，忽听方良长笑道："公主之意，老夫了然于心！珍重！"

我："……"

扭头的时候见宋郎生正面无表情地望过来，我颇为发窘地摘掉竹笠，"你们发现我了？"

宋郎生不咸不淡："殿下没发现？"

我："……"

宋郎生毫无礼数地兀自转身，我左右望了望，不知该跟上谁好。宋郎生见我原地不动，遂停了下来，回头望我："公主还不回宫吗？"

我指着方良的方向，"恩师的案子，是他早有准备的吗？"

宋郎生不答话。

我垂眸道："他是故意算好了一切，先是让韩斐举发他，再让你亲审此案？明面上你们是办他的人，实则已是把这案对方家的伤害降到最低吗？"

宋郎生依旧不答话。

我看着他道："是否内阁早有人想要借此掀起轩然大波？是否怎么都逃不过才先发制人？是否为了保太子党？是否……"我哽了哽，"是否怕我不惜一切维护他才不将真相告之于我？"

宋郎生平静而肃然道："方老说'但求上不误国，下不误民，无愧于心'。"

我长长呼出一口白气，只想要追上前去，同方良说些什么，宋郎生却道："方老已说了然，公主何必多言，叫他为难？"

了然。恩师的心意，我又岂会不懂？

彼时我当真不知该说些什么好了。

我揉了揉鼻子，气道："他了然什么啊了然，他年前吃酒时和我打赌赌输了欠我三百两还没还呢，我是来讨要银两的……"

"……"宋郎生懒得再理我，回头继续走，我喊住，示意暗卫离我远点，"我今日是偷溜出来哦。"

他继续走。

"没带护卫也没带贴身丫鬟。"

他仍在走，步伐渐缓。

"连马车也没有，天快黑了，雪好大，我快看不清路了，回不了宫了，快要冻死了。"

他驻足，回头，神情写满了不情愿，连公主的称谓都省了："还不跟上来？"

我喜滋滋地踩着雪奔向前去，一路小心翼翼地跟在他后边，因雪攒得厚极，走起路来歪来扭去，几番用鼻子撞他的背，见他摆出十分不乐意的架势，又只好跟得远一些，步伐轻一些。

这般一来动静小了，宋郎生又得时不时地回头看看我，确认我没随着人群走散，方继续做若无其事状前行。

他安然地在前边走着，我笨拙地在后面跟着，恍惚间似回到了很多年前的山上，那时，小妹妹也是这般小鹿乱撞地跟着大哥哥的。

落日后愈发冻了起来，我出门时未寻到比较低调的袄子，穿得薄了些，此刻不免有些瑟瑟发抖，喷嚏连连。也不知道是打了第几个喷嚏后，宋郎生又停下脚步，解下他的棉布外套，重重地吸了口气，迅速披在我肩上又迅速回头，硬邦邦地道："公主若染了风寒我只怕担待不起。"

我呆住，傻愣着感受棉袄上余留的体温，明明心中欣喜，只是嘴上习惯性嘀咕的毛病又犯了："赐婚都敢拒你会怕这个？"

"……"

“好吧，我什么都没说。”

“……拒婚的事……”宋郎生的声音平平的，“我还未向公主道过歉，致过谢……”

我胸口一闷，偏又强作摆手道：“反正你没礼貌本公主早已习惯了。”

宋郎生很难得地没反驳什么，他沉默着，气氛反倒有些不自在。我笑了笑，蹦到他跟前，随口扯道：“哎哟，其实没那么严重，父皇若要逼婚，你只能答应啊，是吧？”

宋郎生想了想：“嗯。”

我一时没反应过来：“什么？”

宋郎生理所当然地斜睨我：“不然？”

我傻眼：“我，我还当你会宁死不从……”

他歪头：“谁会蠢得为这种事宁死不从的，殿下是戏本看多了吧。”

我：“……”韩斐，有人骂你蠢。

我定了定神道：“……你，你不是答应你亡妻不再娶了，你你你不怕对不住她吗？”

“也对。”

忽然有预感他会说出超凡逻辑的言论。

宋郎生郑重其事地点了点头。“所以，我会心存愧疚的。”

我：“……”果不其然……只是那当时架势惨烈又是为哪般……

宋郎生又想了想：“不过，还应多谢公主当时劝阻了圣上，我从未想过拒绝御赐指婚能够那般容易的……”

我：“……”

这一路我心中不断打鼓，甚至想要当面问问他是否还记得当年那个小妹妹，却又担心这样的他会说出“哪个？你这么一提我倒想起来貌似有这样一个人物了，不会吧，公主是那个小妹妹，公主这些年一直等着我？公主是戏本看多了吧，孩提时的笑话怎么就当真了？”诸如此类的话语令我无地自容，以至于走到了宫门前，我都没能问出什么，干巴巴看着他将要离开。

几番挣扎后我终于握紧拳头道：“宋大人，有个问题，我不知当问不当问？”

宋郎生挑眉：“哦？若是公主觉得不当问不必勉强。”

“……”

我选择性无视道：“其实，本公主想问这个问题许久了，宋大人既然愿帮我恩师，自也理解我的难处与苦心，何以处处针对我，待我如此清冷？”

宋郎生没说话，瞧着我，复又微微笑了笑：“我从未针对过公主，只不过确是不愿与公主来往过甚。”

“为何？是因我名，还是因坊间传我府中有……那些人？”

宋郎生难得没有接我的话，只是望了望我的眼，少顷，抬起头望着天上落下的雪花：“殿下总让我想起一个人。”

我看着他，恍惚间，他的神情有些许落寞的意味。

我：“……然后呢？”

宋郎生：“没了。”

我：“……”

“殿下还是早些回去歇息吧，微臣没了袄子，也是极怕染上风寒的。”话毕，他悠悠然行了一个君臣之礼扬长而去，留下我一人百思不得其解。

尽管未能疏通他没头没尾的话，转念忆起白日所处情景，是夜，我裹着他的袄子在床铺上翻滚，喜悦之心久久不能平复。

我盘算着起了个这样良好的头，今后细水长流地相处下去，我们之间亦并非没有再续前缘的可能。

而万万料算不到的是，没过几日，就在父皇趴着熟睡，我替整理御案时不经意间弄翻了未批阅完的奏折，无意间瞥见了大理寺少卿何云上的一道折子，上头写着宋郎生的名字。

我按捺不住好奇掀开来细细看。

直到握着折子的手哆嗦个不停，依旧没能接受纸上的内容。

这是一道密折，字曰：圣上亲启。

而折中的内容一言以蔽之则是：宋郎生之户籍虽为庐州儒商宋氏，却并非亲生之子而乃养子，经数月暗查，发现他极有可能是五年前谋逆满门案的漏网之鱼，请圣上务必彻查。

五年前……不正是大哥哥忽然失踪的那年吗？莫非他不辞而别是为逃命？

怕只怕八九不离十了。

想来是宋郎生在大理寺官途威胁到了这个何云，他才如此不遗余力地暗暗挖出宋郎生的底。

而若所言非虚，以父皇的手腕，宋郎生根本毫无生路。

我不知所措地捏着折子，心中纷乱成一团。趁着父皇未醒，将密折藏入袖口回至寝宫，一夜辗转至天明，想着千种万种法子，却没一个周全之策。

早朝时我起早守在殿门前听君臣议政，一面盯着何云生怕他说些什么，一面盯着父皇的神情看有否异样，会否已察觉出什么，好在明面上风平浪静，直听到那声“退朝”方才舒了一口气，却不知是该先寻何云还是先寻父皇。

举棋不定之际忽听人唤我一声“公主殿下”，抬起头时，恰把宋郎生清清爽爽的面容望进了眼。

宋郎生笑盈盈地行了一礼：“极少在此等时辰见过公主。”

我呆住。

这是我们重逢以来，他第一次主动和我打招呼。

我压抑波澜心绪，“今日……起得较早，散散步，强身健体。”

宋郎生低头一笑，那笑容当真是好看得不像话，笑过之后他再抬了抬袖，“如此便不叨扰殿下的雅兴了。”

见他就要走远，我情急之下叫住他：“宋大人！”

他止步，回头，低头看自己的袖子正被我用手揪住，复惊诧地看了看我，眼神尽是询问的意思。

我迎上他的眼睛，按捺不住心中的冲动，很想问问他，问问他那个时候是否想守约的，问问他那个时候失去所有亲人是否悲痛欲绝却没人陪伴在旁，问问他这么多年娶了别人后可曾想起过我，问问他此时此刻心中可还有恨否？

奈何千言万语竟会让我情不自禁地化为一句：“宋郎生，当我的驸马吧。”

感受到他怔了怔，然后转过身正对着我，笑了笑，“殿下莫要逗……”

“本公主是认真的。”我恳切重复道，“当我的驸马吧。”

宋郎生的面上终于露出震惊的表情，一时间不知如何应我，我道：“我，并非在询问，不愿听你拒绝我，宋郎生，若不讨厌我的话，便做我的驸马吧。”

宋郎生看着我，眼未动，身未动，像是停止一般静默须臾，然后，慢慢将袖子从我的指缝中抽开，半晌，摇了摇头。

“臣不愿意娶公主为妻。”

终究是我一厢情愿之事。一句话，把我从自欺欺人的念想中拉了回来。

我看着他，笑了笑，“那便算了。”

“臣……告退。”

他的眼神早已飘忽到别处，应对不了眼下的尴尬，便又留给我那熟悉而又看不出喜怒的背影。

我睁着眼，眨干了泪，一遍遍告诉自己，眼下不是怅然儿女私情的时刻。

到最后，山穷水尽，唯有一计可试，仅此一计可施。

每日日落西山，如若公事不繁，宋郎生都会去他家附近的酒馆小酌几杯。

只是今日酒楼的掌柜收了我的重金后在他的酒里饭中下了药，不多时宋郎生便醉倒趴在饭桌之上。

我派去伪装成他大理寺同僚的人就这般众目睽睽架他回家，只是回……的并非他府上。

而是公主寝宫。

他们替宋郎生换上内侍服，拿着令牌，不留痕迹地办妥此事。

侍奉我的宫女内侍一早让我支去歇息，而那一夜，偌大寝宫唯独我和宋郎生两个人。

他睡得很沉，因闻他武功不弱，我让掌柜下药时在每碟菜里都加了不少分量，算一算得睡上五六个时辰。

我蹲在床边，用指尖轻触他长长的睫毛，精致的鼻子，红红的嘴唇。

我悄声细语地唤道：“宋郎生。”

自然是没有回应的。

我双手支着下巴，近近地盯着他，不知道他梦到了什么，眉间微敛，我伸手去抚，怎么抚也抚不平。

我除了他的外衣又除了自己的外衣，这样折腾一番都已面红耳赤，哪还有扒光他的勇气，思来想去只得作罢，钻进被窝听自己怦怦的心跳声，害羞之意渐渐转变为孤立无援的恐惧。

直到第二日清晨。

宋郎生睁开眼时见我正瞪着圆溜溜的眼睛盯着他。

他伸手揉了揉头，闭上眼，继续睡。

很显然，他以为他在做梦。

虽然……我很好奇他为何梦见与我同床共枕能够如此心平气和，然而等他如此反复几次确认自己并非做梦后，他直接从床榻翻到地上。

我说：“此乃本公主寝宫，若让人发现你这个时辰衣衫不整在此，死罪难免。”

宋郎生脸上的睡意完全退去。

我道：“没有人会在意你是自己来的还是被掳来的，我只知道，父皇断不会令我令皇家蒙羞。”

宋郎生瞪着眼一言不发，脸色变了变，眸中寒意渐深。

我看准时机，气势磅礴地道：“如今木已成舟，宋郎生，这驸马你当也得当，不当也得当。”

原本以为以宋郎生的性格多多少少是会反抗一番。

可那日他没说什么，只是从容地穿好衣裳，对我笑了笑。

我后来常常回想，那笑容怎么瞅着怎么有种诀别的意味。

可他没有和我诀别，相反，顺顺当当地领着我跪在父皇前请求赐婚。

我忐忑不安，命人暗里好好盯着，生怕他一个想不开又逃出京城。

他若逃了，何云难免不会再上一道折子。

何云方面，他后来亲自找来求见我一面。彼时宋郎生为驸马这个消息已然不胫而走，他一见到我就口口声声道宋郎生绝不能为驸马。于是我毫不留情地把那密折甩他脸上，道：“宋郎生这个人，本宫不计较他有什么过去，这个驸马，他当定了，另外大理寺卿，他也当定了。”

何云闻言倒也还算镇定：“原来殿下压下了这道密折，若是让圣上知悉……”

不等他说完，我又丢了一封信在他身上，他捡起来看了看，登时整个人瘫软在地。

我弯着腰看着他浮起一丝笑：“何大人写得一手好文章，当年殿试是父皇钦点的探花郎？哦，可是如若父皇知道了这个探花郎是事先知道了科考的题目，不知父皇作何感想？我想反正大理寺卿是当不了的。”

何云悚然得连舌头都伸不直了，我道：“两条路。”

“一是把那道密折再呈一次，你陪宋大人共赴黄泉。”我伸出两根手指，“二是，和我们共坐一条船。”

我就这样与宋郎生成婚了。

成婚那日正是三月阳春花开，铺天盖地的奢华后是大赦天下。

那以前，我一直无法估量将痴情妄想强而扭之会有什么后果。

起初，却也不认为是多么难以忍受的事。

宋郎生的冷落，无非是我睡里屋他睡外屋，能不见面就不见面，见了面也只装作不见，用膳时沉默地吃，眼神除了盯自己的碗就是菜盘。

我一度被他目光炯炯地盯着鱼肉的神情晕得七荤八素。

只是日复一日地把本公主当透明人，我倒也不大淡定了。

我开始尝试主动些。

比如换不同花样的衣裙在他跟前忽闪而过。

比如亲自为他磨墨备纸或是买些书籍。

比如天冷了热了替他置衣换被褥。

他一如既往地无视我的存在。

我忍了又忍，没忍住，某一晚他正在书房练书法，我大发脾气，掀翻他的书桌，并威胁他若不与我同床共枕便是欺君之罪，必然祸及他全家。

宋郎生显然也已怒极，奈何我是公主他打不得说不得，左右只有怒气冲冲地振袍走人。

我委屈地回到寝内趴在床上闷了好一会儿，才听到咿呀一声他推门入内。

他一手拿着一个枕头，另一手拎着被褥板着脸走到我面前，腾出手指一指：“我，睡惯外头！”

我：“……”

说完他也不等我吱声，抡起我的枕头狠狠地往墙那头丢，把自己枕头往外侧一放，脱了鞋袜，坐下来，用身子硬把我往里推了推。

我：“……”

完了将自己的被褥连头一并蒙上。

我："……"

须臾，他把头伸出来，道了句"灯你来熄"，又再度把脑袋缩回被褥中。

我："……"

于是乎，宋郎生与襄仪公主成亲三个月有余，说的第一句话是：我，睡惯外头。

本公主那此起彼伏的心情何以总是难以言喻。

那日后除了夜里入寝时同床异枕，他与平日里并没有什么两样。

自然，本公主也不再默默无止境地付出了。

哪怕是早朝同挤一辆马车，算好时辰回府时与他偶遇，这么丢人的事我也做得面不改色。

用膳时我乐此不疲地说着所见所闻所思所想，哪怕他一句不回一声不吭，哪怕他一出房门我眼泪便不争气地落下，第二日我照样能笑嘻嘻地说着各种新鲜话。

究竟撑了多久他才有所反应的呢？

我也算不上来了。

只记得某天我没话找话地说了一句极冷的笑话，那笑话无聊到连笑点巨低的太子弟弟听了眉毛都不曾挑过，而就在我说完后自己都觉得冷汗涔涔，宋郎生忽然"扑哧"一声，彼时他正咽下一口饭差些被噎住，忙端起茶杯一口灌了下去。

我瞠目结舌地道："驸马你是在笑？"

宋郎生满面通红，半天方挤出一句："与公主无关，只是这笑话好笑罢了。"

我："……"

我内心呼啸，早该想到驸马笑点诡异，之前怎么就做了那么多无用功呢。

于是乎，搜集完全不好笑的冷门笑话成了本公主极为热衷的爱好，也成为茶余饭后时常令宋驸马笑逐颜开的好方法，更在不知不觉间拉近了我们之间的距离，至少后来我说话他会回应我一些诸如"嗯""哦""好""不"这样的单字了。

还有，我若强拉着他陪我躺在草坪上看星星看月亮，他也不会过于强烈地拒绝了。

有一回他忽然主动问我："殿下不伤心吗？"

我诧异看着他。

他的眼神看着天上的星星："我如此这般，殿下不难过，不伤心吗？"

我摆正脑袋，鼻头有些酸："难过，伤心。"

他偏过头来看我，我拉着他的手，笑了笑，感觉到眼角有什么湿润的往下滑，“但……至少抓住了你，不是吗？”

那一夜，宋郎生没有再说过一句话。

只是晚上睡得正酣，隐约感觉到有人替我盖好被褥，我以为是梦，闭着眼唯恐清醒。第二日醒来，我脚边颈旁的被子都往内里塞了塞，包得严严实实，防漏风受凉。

从昔日种种看，与宋郎生的缘分发展总有一种共同特性。

但凡有些好的开端，接踵而至的打击必会将那一丝美好击溃。

我寿辰的那日，诱他上了船出了海又看了烟火。

他和我说了许多话，话中仿佛透着些许感激些许情意。

我当时是欢乐极了。

回了府在厨房里忙活了大半天，亲手烹制了一桌好菜与他共享。

坐下后方想起备好的美酒还未端出，让他先动筷，自己一蹦一跳地跑出门去。刚奔出两步，又委实好奇他尝到我精心准备的美食会是个什么表情，便蹑手蹑脚地回过头，扒着门缝偷偷往里瞧。

我见到他从囊中掏出一枚黑色的药丸正打算往我的汤碗里放。

我浑身犹若坠入冰窖般不能动弹。

偏巧一阵疾风呼啸而过，门应声而开，宋郎生持药的手顿在空中，转头，四目相对。

却见他忙收回手，站起身，却因起得太急连着整张饭桌一并撞翻，我木然望着遍地狼藉，脑中浮现的是从切萝卜开始，时不时割破手被油溅疼的自己，还有为了菜肴的味道每日缠着御厨教我的自己，以及每夜看着宋郎生背影入睡前幻想他尝到我做的菜夸一句的自己。

我问，“是毒药吗？”

宋郎生的神色在我眼里已有些模糊，我捏紧双拳，努力站稳，重复问道：“是毒药吗？”

宋郎生久久未答，半晌，轻轻道了句：“是，不过……”

“结束吧，我们。”

我如是说。

我拾起落在地上的药丸，摊摆在手心，问道：“你我夜夜同床，杀我何难？”

他眸深如海，“此乃忘魂散。中散人会忘却前尘往事，需得两年方能恢复如初。”

我心中隐约猜到了什么：“为何？”

我抬眼看他眉目如画，眼若星辰，听他道：“公主聪慧，唯有公主忘却，我才有机会脱身。”

我闻言长长吸了口气，心涌千万头绪无处可泄，“脱身？”

宋郎生定定地看着我，“我想离开公主。”

昔日种种如山一般袭上心头，至极之痛，然我骂不了他、打不了他甚至连一句狠话也不懂说，千头万绪，从我眼角落下，滴落在漆黑的药丸之上，我自嘲般勾了勾嘴角，“既是如此，那便如你所愿。”抬手便要将药丸纳入口中。

不料下一刻手腕却吃痛让他握紧，宋郎生不知何时欺近我跟前，一把夺下忘魂散，脸色难看到极处。

我想我应是幻觉，宋郎生的嗓音竟有压抑的颤意：“襄仪公主敢爱敢恨，何曾是此等自暴自弃的模样？你恨我，更应……”

我打断他：“我喜欢你。

“喜欢到只要看到你就可以欢欣许久，喜欢到你对我说话我能一遍遍回味，喜欢到可以抛掉公主的架子和尊严，喜欢到为你做任何事都甘之如饴，喜欢到只要想到你是我的驸马，便觉得自己是世上最幸福之人……

“可这般喜欢……好像也已走到尽头了。”

屋内暗淡的烛火晃了晃，晃着他的眼满是情深意切的苦楚，某一瞬间我仿佛又要被迷惑住了，便用手掌覆住自己的眼睛，不再看他，转过身：“你且宽心，有没有那药，我都不会再纠缠你了。”

屋外白雪渐融，不知怎的，我忽然很想念那年随同大哥哥一同落下的红枫，那红耀眼张扬，远比这素白静雅鲜亮得多。

我说：“宋郎生，从今往后，再也不见。”

“保重。”

将暮时分，江流水波如镜。

抬眼入目间，一番天地都被这淡淡的暮色所笼罩。

我躺在轻舟之上，不控桨任凭江风漂流，听渔歌晚唱。

我不晓得宋郎生离开公主府能去哪儿，亦不知晓他此刻在何处做些什么。

当日，我想着他走后我自个儿留在府里对着空荡的屋子，再疗个三年五载的心伤。那可真是暗无天日的将来。

回屋后思虑了一夜，留父皇一封信，说是要增广见识，天蒙蒙亮便溜出城门，骑着快马一路向南。

好在，这一程见尽绿影青崖，鲜花如锦，遇到不少的人与事，初时沉郁逐渐让辽阔的天地散了去，回首往事，不时有种过眼云烟、心胸豁达通明的……错觉。

好吧。其实清晨我还在感慨退一步海阔天空的妙意，转头又在江边与一对小夫妻为抢一只稀罕的鱼而争个半天。

所谓退一步海阔天空，自然是退他人之步，阔自己天空。

奈何那对小夫妻是本地村民，更主要的是一身男子装束让我失去了女性优先权，于是那条鱼还是让别人给抢着了。

那渔夫略表歉意地送了我两条青鱼，虽说有些不甘愿，但看在那渔夫年轻无害并请缨亲自烤鱼的分儿上，我还是把情给领了。

是夜，我坐在岸上的火堆前，一边喝酒一边吃鱼一边欣赏春江花月夜，身边坐的不是英俊的驸马而是乡村的渔夫，这情景尽述孤寂悲凉。

酒至酣处，那年轻渔夫忽然道："小兄弟会否饮得过多了？"

我懒得理他，却听他又道："饮酒伤身啊。"

我道："你这个人，人小两口买鱼也帮，陌路人饮酒也说，真的很多管闲事啊。"

那年轻渔夫有些窘迫地看着我，我醺醺然道："且不说有人会蠢到一锭银子买一条鱼的生意都不做，原本便是我抢在先，可你一瞧着那小娘子有孕在身便改了口，不是善心泛滥又是为何……"

隐约听到江岸边有人喊了声"宋郎生……"，惊得我一个激灵猛然起身望去，再一看不过是一女孩奔向男孩跟前，唤着"宋郎"罢了。

我颓然坐回去继续饮酒，发呆似的盯着烤鱼的火堆，升起的炊烟尽是宋郎生的身影。

身旁的年轻渔夫又把我往外拉了拉道：“离火那么近，都让烟熏出泪来了。”

我用手抹掉在眼眶打转的眼泪：“我本来就在哭，不是给烟熏的。”

年轻渔夫完全愣住，显然没有想过一个大男人在喝醉后会对另外一个大男人说“我在哭”这样的话，他结结巴巴地道：“哭……男、男儿有泪不轻弹，你……”

我索性撕掉胡须，解掉发带，由着一头乌发随风散起：“现在可以有泪随心弹了吗？”

我想我那晚真是喝醉了，以至于后来说了些什么、何时回到小客栈里以及怎么回的又发生了什么，醒来后全然不记得了。

只是当我恢复意识时感受到床铺吱呀吱呀地晃动，身子不听使唤地震荡时，心底咯噔一声。睁开眼，一切都已经无可挽回。

哦，可能上面这句话有所歧义，但我的意思是……

地震了。

宿醉令我动作迟缓，转眼屋墙塌陷，避之不及，倒下的梁柱砸断了我的腿，骨头折断声伴随的剧痛吓得我脑海一片空白。

在宫中时常听百官说起天灾祸患，而居上位者，素来斗心斗智，直到此时……方感到何谓无能为力。

生死边缘，我脑海晃过许多人，父皇、母后、远去的大哥还有太子弟弟，以及……心心念念的驸马。不，他已经不是我的驸马了，此刻不知逃到天涯哪角，我马上便要死去了，他若知晓，会不会为我伤心？

千钧一发之际，门外忽然冲进来一人一脚踹开了压在我腿上的柱子，背起我直接跳窗而去，落地的那刻，回头眼见顷刻间崩塌为废墟的楼房，直至天地恢复一片死寂，心中恐惧久久未平。

腿上剧痛令人几欲落泪，我忍了忍，抬头，这才看清了救我于危难中的人，正是昨晚陪我饮酒的年轻渔夫，我疑惑地望着他，浑然不解这萍水相逢的家伙为何舍命救我。只是话还没问出口，意识逐渐抽离，我道了句“救人救到底，送佛送上西，青鱼兄”方才安心晕去。

不料这一昏迷便是三天三夜，醒转时睁开眼首先映入眼帘的是一位中年女子，青衣朴素，神情颇有些傲慢地看着我说：“你若再不醒，这辈子便醒不来了。”

后来，我才知道这个女人叫林丹青，镇上的人唤她青姑，几年前自临川药王谷而来，有起死回生之医术，奈何医德不好，哪怕求医者病入膏肓死在她屋苑前，没足够银两若要问诊那也是痴心妄想。

我纳闷了，别说公主玉鉴了，我身上带的那些银两一并埋地底下了，这种唯利是图的大婶怎会让我在她的屋苑内问诊？

青姑不答，只道了句“你该好好谢谢那小兄弟，若非是他及时把你送来，你这腿怕是保不住了”。

是他？

青鱼兄进屋时写满担忧的脸稍稍松一口气，他坐下安慰我说青姑的医术有多好多好，不出百日我应能下床走路了，望我不必担忧，这段时日待在此处好好养病便是。

我这次才真真正正正眼看他，发现他生得一张清朗好看的面容，笑起来的样子很是温和，我问：“你是如何说服青姑救我的？”

他摇了摇头，道：“我不过是答应她替我治病。”

“治病？”

“我生了一种怪病，青姑此前发现过想要替我医治，我拒绝了，以替你治好腿为条件，我答应了。”

我静了静，道：“能让青姑这样的人物好奇的病，想来不是寻常的病症吧。”

青鱼兄淡笑而不语，我又道：“而你此前拒绝的理由，是不是因为治的风险比不治来得更大？”

青鱼兄耸了耸肩，“既然做了，就不会再想，姑娘又何必多思多虑？”

“为什么？”

“嗯？”

我长长嘘出一口气，问：“为什么要涉险救我？为什么为了让人给我治病宁愿做原先不愿意做的事？我们是陌路人啊，连萍水相逢都谈不上。”

青鱼兄默然，神情柔和而安静，“那晚的事，你全然想不起来了吗？”

喝酒的那晚吗？发生何事？

我努力回想，终究思绪空白：“我就记得我醉了，然后醒来的时候就地震了……”

青鱼兄被我的样子逗笑了：“姑娘冰雪聪明，理由，早晚有一日能猜得到的。”

他不愿说，我便也不追问，“我还不知你叫什么呢？”

“我没有名字。”

“？”

“数月前有人救了昏迷在江岸边的我，醒来后便忘了自己姓甚名谁了。”

“……原来如此……”

如此，我却也不知该回些什么了。

我勉强回了他一个笑，他便离开忙自己的事去了。我一个人躺在床榻上，望着天花板，后来时时回想，那段时日我过得其实挺艰难的。

流落在灾后的旮旯村镇，睡在硬板床上浑身酸疼，断的那条腿时常能把好不容易睡着的我疼醒，醒来后睁眼是漆黑的屋子，陌生的被褥，窗外不知道什么飞虫的鸣叫，那种感觉，真的是哭多少次都释怀不了的苦。

直在那样的夜晚里我才意识到自己的脆弱，自以为看懂很多道理识破许多算计，动不动沉浸在爱的世界不能自拔，想着自己可以为大哥哥等那么多年却总是先被自己感动着，念着为驸马受了那么多委屈心底早就怪他千万次，所以在得知他要毒我的那刻我真的想过一死了之。可我不明白，我连死也不惧，为何会为了这样小小的皮肉之苦而哭泣不止？

胡思乱想辗转反侧的夜晚偶尔会恰好听到箫声浅奏，不知是何人在吹，只是箫音舒缓优美，听着听着也不再心浮气躁，安然入眠。

天灾后瘟疫横行。

听闻官府派去的大夫有几个诊方还没开出便自己染上瘟疫急逝而去，可见此次瘟疫来势凶猛，非小城镇医者所能处之。

在京城的太医赶来前，官府为不让任何人逃出祸及乡邻，受灾的村落遭封锁隔离，可这样一来，这个村便犹如炼狱一般，人死暴尸，人活等死。

当初若非青鱼兄早一步带我离开村庄来到边上的小镇，只怕我没被压死也已然病死了。

理所当然地，青姑门前踏破门槛之人不胜枚举，官差县令亲自造访，都让她拒之门外。

她忙着研制治青鱼兄的药。

我腿骨断得厉害，成日卧在床上不能动弹，青姑这个人寡言少语，除了到了该换药的时候她会亲自替我换上，以外的时间都泡在药房里不知捣鼓些什么。至于青鱼兄，药未炼成，他该忙什么忙什么，到了饭点会自觉提着鱼和菜做几道清淡小食端我跟前，见我闷得发慌便记得给我捎上两本书来，有回我逗他说："看你如此细心体贴，你未来的娘子不知有多幸福。"

话说完他整张脸红成柿子，半天说不出一句话来。

无聊时我会猜想青鱼兄的身世，"我觉得……故事里像你这样的通常是个大魔头，原本叱咤风云杀人无数，后遭受重创流落民间，逐渐被淳朴的百姓所打动，接着你慢慢恢复记忆，为曾经所作所为感到愧疚，最终凭着一身本事帮助了更多的人，后成为名垂千古的大英雄。"

青鱼兄失笑："为何不是魔性大发杀了这全村的人？"

我说："人活于世糟心的事那么多，若写故事的人还不能传达希望，看故事的人又有什么乐趣可言？"

青鱼兄笑意中充满了善意："姑娘既然这样想，日后便不要再借酒消愁了。"

我道："你这个人真的很奇怪，总是姑娘前姑娘后地叫我，难道你从不好奇我姓甚名谁家住何方吗？"

青鱼兄有些局促地转身收拾碗筷，我又喂了一声，他才回转过来，像是很从容的样子道："不知道名字又有何打紧？两个月后待姑娘腿伤痊愈，不就要离开这儿的吗？"

我怔住，"所以？"

青鱼兄耸肩笑了笑说："所以，便不问了啊。我还有事忙，姑娘好生歇着吧。"

他刚走出门，青姑从隔壁房门踱出来，一手捧着碗一手握着筷，似嘲而笑地看着他，又看了我，摇头道："啧啧，一个就打死不说，一个装傻到底，唉，年轻人喏……"

我看着青鱼兄远去的背影，想着青姑的话，不由得陷入沉思。

那日后，便再没见过青鱼兄了。

起初我还当他让什么事耽搁了，不想就这样大半个月下来，都不见他人影。

我问过青姑多次，她却不答我，找了个老婆子替我们做饭打扫，便依旧埋身药房，足不出户。

没有青鱼兄的日子，白日没书看，晚间再无箫声伴随入梦，我才意识到他这个人虽然不温不火却蛮容易让人产生依赖的感觉，这般来无影去无踪，静得倒是十分不惯。

天日益转暖，青姑庭院的花草开得甚欢，尤其是向阳花，清风拂过花盏在艳阳映照下暖意袭人，以至于青鱼兄再度出现时整个人都让花色衬得金光闪闪。

当时我正拄拐在院里蹒跚而行，他那样突然出现，吓得我险些摔着。他见状赶紧想要上前搀扶，没留神先让石阶绊了一跤。我愣住，没忍住哈哈笑了起来，他尴尬起身也不由得扬起了嘴角。

他说他这半个多月是出海捕鱼去了。

收获特大，还有我那时候想买没买着的深海鳕鱼，接下来几日做全鱼宴给我和青姑吃。

我望着他的脸问："你这气色怎么看上去那么糟糕？"

青鱼兄眼神飘向别处道："晕船呢，缓两天就好了。"

"……"渔夫晕船？

青鱼兄的脸色足足缓了十来天才见些许好转，他见我每日嘘寒问暖，终于忍不住说："我真的无恙，只是偶感风寒。"

我忧心忡忡："现下瘟疫肆虐，你会否被传染了？"

青鱼兄道："你这般关心我我很是感动，不过……"

我打断道："你若沾染了瘟疫可别离我太近，我体虚怕被传染……"

青鱼兄："……"

我说的自然是玩笑话，不过那日青鱼兄笑得很是勉强，我不问缘由，虽说彼此不甚熟悉，然而沉默早已成了我们的默契。

当夜再闻箫声，我躺在床上挣扎了许久，终于还是起身着衣，拄拐顺着声音一瘸一拐行去，不出所料，月色下坐在石阶上静静奏箫的正是青鱼兄。

他听到拐杖的声音停了下来，回头望见我，我示范地转了一圈，笑道："青姑的医术真是了不得，你看，才两个月我就可以出来散步了，好巧啊。"

青鱼兄略点头，轻声道："是啊，好巧。"

我在他身边坐下，拿起他的竹箫端详，“我还想呢，原来这段时间好听的箫声是你吹的啊，哎，是什么曲子啊？”

青鱼兄微微一笑：“我也不知晓，只是偶然拿起箫便会吹了。”

我把玩着竹箫说：“这么不起眼的破箫都能让你吹出大师级别的箫声，你说你以前会不会是个乐师呢？”

青鱼兄被我逗笑。

我接着说道：“这样吧，等我腿好了就给你买个玉箫，没准能被你奏出个什么天籁之音，绕梁三日呢？”

青鱼兄这回没有再笑，他抬起眼睛，目光扫过天上的月亮：“明日我便要再度出海，归期不定，姑娘不用等一个月腿伤便能痊愈了吧？”他看向我，“早些回家去吧，一个姑娘家不要再四处游荡让爹娘担心了。”

风很暖，拂过额前碎发痒痒的，我点了点头，笑不由衷，“嗯，是不该了。”

青鱼兄站起身来，温和道：“夜深了，该歇了，我送你回去吧。”

直到把我送回到青姑屋苑门前他都没有再说什么了。分开的时候，我分明看到他想说些什么，分明瞧见了他眼里闪过的一些什么，只是还来不及捕捉就已逝去。

我忆起几日前路边遇到的与青鱼兄一同捕鱼的渔夫同我说的话：“他？他早把船给卖了，哪还会随我们出海啊，别说出海了，昨日我让他帮我搭把手，谁知他竟连渔网也拉不动了，唉，才两个月不到怎么就变成那样了？”

两个月，从他救我起。

重新盖好被褥时，我一遍遍对自己说，什么也不要想，什么问题也没有，等腿伤好了太太平平离开就好了。

合眼后很快入梦。

梦中千转百回的是宋郎生，还有那个夜晚在江边喝醉酒的女子。

那个女子一手解掉系发的发带，一手握着酒壶，对着意图阻挠自己继续饮酒的渔夫道：“我，我从小喜欢到大的人，喜欢了足足七年的人……”哽了哽，笑了起来，眼泪却往下流，“我的夫婿，在我为他准备的生辰宴食里，我的碗里……下毒，叫忘魂散……”

那个渔夫震惊地望着女子：“忘魂散？”

女子又笑了，“对，你不知道那是什么吧，我也不知道，他只告诉我若是中毒了，他便能离开我了……”

那渔夫瞠目结舌：“一日……一忘？他……他岂可对你如此狠毒？”

女子没听清他说的，只自顾自地摇头，蹲下，可怜兮兮地擦着眼泪。渔夫亦蹲下身，认真道：“你夫婿如此待你，或许你可以去找你爹娘如实说出来，实不该如此自暴自弃……”

女子用手指在地上的沙堆里画圈圈：“可是，可是……”

“可是什么？”

“可我，还是喜欢他啊……”女子委屈地望着渔夫，“不管他如何待我，我都舍不得伤害他啊……你说，你会不会很羡慕他？”

渔夫同情地叹出一口气。

女子也学着叹了口气：“我也很羡慕他……如我这般美若天仙冰清玉洁花容月貌之人，能如此待他一心一意天荒地老默默奉献而毫无怨言……”

“……你这叫毫无怨言？”

“别打岔！总之，我就是羡慕他你明白吗？”女子全醉状态，果断一挥手，“我也想，我也想被人喜欢啊，不是因为我对他好他才对我好的那种，不要老是我跟着跑不要老是我付出你明白吗？我也想被喜欢啊……想被喜欢……我很久，很久都没有被拥抱过了……”

说着说着，她终于失去意识，一头扎进沙堆里。

我猛然从铺榻上坐起。

窗外天空微亮，我大梦初醒。

青鱼兄是如何得知……忘魂散一日一忘呢？

我听到青姑的步伐声，迅速盖上被褥合眼装睡。

她的脚步很轻很慢，似是有意而为，须臾，待她关上门，我再度坐起身，穿好鞋袜，拄起床边的拐棍打算跟上，却听到棍杖“哒”的一声脆响，不由得顿住步伐。

拄拐必然会让青姑察觉。

我看着自己受伤的脚，想着青鱼兄从出现以来的所有反常之态，便不再犹豫，把拐棍摆放一边，咬着牙忍着痛，悄悄一路紧跟。

好在路程不到一炷香远，我望见青姑提着一篮什么进了一间破旧的房舍中。

我一手撑着大树，腿骨的痛让我牙齿打战，乃至这样阴凉的天还能汗流浃背。我一步步往屋舍凑近，在门前止步，顺着窗沿的缝隙往里看去。

我看见青鱼兄侧对着我坐在圆桌边，青姑从竹篮中端出一盅什么，放下，沉声道："你可想清楚了？"

青鱼兄笑而不答，只道："我若死了，你还得医好她的腿伤，她若问及我，你便说我远游去了。"

我心中仿似被狠狠撞了一下。

青姑的眼神冷得没有感情，只说："你甚至连她姓甚名谁都不知，而她，很快便会忘了你，只怕这一世都不会知道你为她付出了多少。"

青鱼兄摇摇头道："我不用她记住我，我只不过是做了我想做的事罢了。"言罢他打开那盅药的盖子，双手端起，打算一饮而尽。

我用劲推门而入，两侧门板狠狠砸墙。

顾不上他们震惊的眼神，我望着青姑，怒问："你给他喝的是什么？为何说是九死一生？"

青鱼兄放下那盅药，站起身："姑娘，你，你怎会找到这儿来……"

青姑稍微缓过神来，细细打量我，道："为了跟踪我你是连自己的腿也不想要了吗……"

我重复问："我问你你给他、喝、的、是、什、么？"

青鱼兄忙把椅子搬到我跟前，"你先坐下……"

我不理会他，只看着青姑，青姑颇好笑地看着我，答道："毒药，掺杂着许多奇毒的毒药。"

我道："你不是要给他治病吗？"

青姑道："他没病啊……"

青鱼兄打断青姑的话道："青姑，你让我和她单独谈……"

我死死地盯着青姑，青姑勾了勾唇，道："他没病，只是原本便中了一种毒。"

"他中了何毒？"

青姑饶有兴致地看着我："说了只怕你也未曾听过，他中的毒叫忘魂散，毒入脑髓，中毒初时，一日便会忘尽一日所经历的一切，而后毒性移遍四肢百骸，记忆便能逐渐恢复，只可惜……待两年后毒发，便会五脏六腑溃烂而死。"

有一瞬间，我真的以为我听完她说的，会崩溃瘫倒在地上。

我从未曾想过，宋郎生给我下的毒，竟会如此残忍。

青鱼兄让青姑闭嘴，青姑却不以为然继续说道：“他刚中毒的时候我见过他，并告知他毒性如何，我知忘魂散配制之法，虽说不知下毒之人的配量，但姑且可以以抗衡之毒以毒攻毒，尚有一线生机。可当时这个笨小子却道什么生死皆由命，他宁可安枕无忧地过好最后的时日，恢复所有的记忆后死去，也不愿因为怕死而不明不白地去死。我自不能强迫，谁料会冒出个姑娘，让他心甘情愿地冒这个险。”

我张了张嘴，问：“忘魂散……当真是必死之毒吗？”

青姑说：“除非下毒的人肯说出如何配药，以此研制出以毒攻毒之法，否则如他这般，我此前只以少量毒物试之，不仅压不住毒性，还毒上加毒，让他整整吐了一床血，昏迷半个多月，如今这命是暂且捡回来了，但……”

青鱼兄不让我听下去，索性拉着我往外走。我甩开他的手，看着他，努力让自己的声音听起来不太失控：“这就是……这就是你所谓的出海吗？”

青鱼兄不语，青姑说：“反正她已知道了，不如让她明白真相，也好过继续欺瞒吧。”她望着我，道，“他的毒已然开始蔓延，若再拖延，便当真是无药可救了。我据他上回毒发时症状猜他体内毒量，配置出这方药，若当真能活下来，熬过这关，那体内之毒多抵清除了大半，只需好好调理，第三次用药我便有把握治好他。”

我问：“若当真活下来？你有几成让他活下来的把握？”

青姑道：“三成。”

我咽了咽口水：“他今日若不喝这药，还能活多久？”

“或许能有一年，记忆复原时，或许更久些。”

我低头看着自己握紧的指节发白，不知再说些什么。

青姑见我不再追问，亦不再多言，离去了。

屋中只剩我与青鱼兄两人。

青鱼兄由始至终担心我的腿伤，一再让我坐下，我这回倒真乖乖坐下了，他蹲下身撩开我的裤腿，问：“是不是很疼？你，你怎能如此胡来？”

我低头看着青鱼兄关切的眼神，思绪乱作一团，“就为我这条腿，你就拿自己的命来开玩笑吗？”

青鱼兄抬起头，我问：“你不说，你由始至终都不告诉我真相，是因为那日在江边听我说我夫婿也想对我下忘魂散，你怕我知道这药能置人于死地，怕我伤心难过，是也不是？”

青鱼兄起身，又拉了一把椅子在我身边，坐下，轻声道：“没有亲自证实的事不要轻信，即便是，也不要因别人的过错来责罚自己。”

我看着他全无血色的面孔，可即使这样，他还是努力地在笑，一心为我着想。

“不要再这样了。”

青鱼兄蹙眉：“什么？”

“不要……不要再对我好了。”

青鱼兄道：“我并非是为你好，我是为了我自己，你方才没听青姑说吗？我只剩一年寿命了，唯有铤而走险……”

“青鱼兄，”我打断他，“我不喜欢你。”

青鱼兄愣住。

“我不喜欢你，即便你待我如此；我对他的喜欢是入了髓的，即便他那般待我。”我长出一口气，“所以，不要对我好，不值得。”

青鱼兄呆呆地看着我，我别过头去，不敢再瞧他，却听他忽然道：“值得。”

我以为我听错了。

他的声音轻如雾霭，语气却坚定如磐石：“你比这个世上任何一个人都值得。”

我慢慢回过头，不知如何应答。

“第一次在江边见到姑娘时，你说你也想被人喜欢，不是因为你的付出而只是纯粹的喜欢。”青鱼兄的一双眼熠熠生辉，“那时候，那句话，不知怎的，就把我变成了那样的人。”

我只觉得脑中嗡的一声，心里用千砖万瓦筑成的墙一瞬间坍塌。

“不要因我内疚，不要因我而付出什么，那不是我的初衷。不论我喝下药后如何，你记得，腿伤好了以后就回家，回去以后，找你的夫婿问个清楚明白，莫要愧对自己这么多年的一片真情……”

我用力咬了咬下唇，“若他依旧伤我害我呢？”

青鱼兄又呆了一下，垂首道：“那你当放开他，找一个真正疼你……”

“对一个人好，不是纵容她的想法，任由她的心意。”我毅然道，“你想对我好，不是就这样死去让我愧疚一辈子，而是活下来。”

我说：“活下来，才能确保我过得好不好，如果有人再伤害我，就保护我，尽你所能。”

青鱼兄怔住，他那原本黑色的眼睛里笼着淡淡的薄雾，深深浅浅飘散的眼神仿佛在聚拢，良久，他微微笑了起来，说：“虽然明知姑娘是故意激我，但……”

他起身，取下了挂在墙上的竹箫，递至我跟前，道：“你替我，起一个名字吧。”

我傻眼，“什么？”

“他若再负你，你若意难平，便带着这个竹箫来找我。”他说，“我会努力不死，不，我会活下来，我会告诉这附近所有人我的名字，你只要来，一问便能找到我。”

窗外繁花似锦，清风袭来阵阵花香。

青鱼兄的笑容如向阳花般和煦温暖，这些日子以来一直模糊不堪的方向逐渐变得清晰起来。

我接过竹箫。

“煦方，”日光透过树叶映入屋中光斑点点，“就叫煦方吧。”

（第十二章）

# 追忆往昔（下）

长那么大，我只试过被人照顾，却从未照料过别人。

而且竟还是驸马以外的男子。

然则人活在世，不可预知之事又岂止一二？

煦方喝下那碗药后，呕血不止，青姑费了九牛二虎之力才抑制住他体内发作的毒性，可那之后却再未醒来。

青姑说，三日内他若无好转，怕是回天乏术了。

我不眠不歇地守在在煦方床榻旁，替他擦拭，喂他粥水。

煦方的脸色每况愈下，脉息愈发细弱，青姑除了摇头，到后来也不再说什么了。

出了房门，我问她，难道就再无其他良方了吗？

青姑道，他自己都没了求生意志，我又能做些什么？

我茫然道："他应承过我会努力醒来，怎么会没有求生意识？"

青姑说："他眼下虽说陷入昏迷，未必毫无感知，可每探脉息却静无波澜，唉，他即便醒了又能如何？你对他的愧疚之意连我这外人都看得出他又岂看不出？他醒了，只会令你陷入两难，倒不如就这样去了，在你心中没准还能留个念想吧。"

我："……"

青姑说："你不信？你信不信你从现在开始在他耳边一直念'只要你醒来我就嫁给你'，没准明日便醒了？"

我：“青姑，你这样说我会怀疑你们是串通的，好吗……”

虽然明知青姑是死马当活马医，可我却被说动了。

是夜，月圆星稀，晚风悠然。

我在床榻旁就着月光看了煦方许久，下了决心，才缓缓开口：“煦方。”

他的眉眼纹丝不动。

“认识这么久，我好像从没告诉过你我的名字吧？

“嗯……我出生的时候，家门前的园子开满了海棠花，花姿明媚动人，楚楚有致，我爹希望我人如其棠，便唤我为其棠。

“其实，小的时候我每天都过得很开心，爹娘对我疼爱有加，还有一个非常喜爱我的大哥，宠得连天上的星星也愿意替我摘。

“可不知怎的，后来，爹越来越忙，娘也对我越来越冷淡，大哥忙着替爹分忧，我备感失落无处可说，有一回逃出家去，还跌入山里的陷阱，无助之心生平未有。”

“那时，有一个人从天而降，并救了我。

“我的心便再也没有离开过他身上了。

“后来经历了好多事，我也再不是懵懂无知的小姑娘了，可即便他待我不好，待我很不好，我也不曾负过自己交付出的那颗心。

“煦方，你是第二个，在我感到无助失措的时候救我于危难的人。

“你待我很好，真的很好，我活了这么久，还是第一次听人对我说，我比这个世上任何一个人都值得好好对待。

“我这几日……偶尔会想，如果十三岁那年遇到的人是你……”

我故意停下没再说，半晌，方继续道：“你若就这样睡去，你的过去，还有你的未来，那些统统都会烟消云散。你一心为我，可我却不见得会为了这样陌生的你流泪，你若醒来，来日如何虽难料，但至少，有来日。”

我沉吟了良久，终究没有说出最后一句话。

尽管，怕我穷尽此生，都无法将他忘怀。

到最后我说得倦了伏在床边睡去，次日清晨让阳光耀醒，睁眼时对上了另外一双眼睛，澄澈而明亮。

青姑赶来后露出笑意时，我酸着鼻子问煦方：“你该不会是回光返照吧？”

煦方苍白如纸的脸庞绽起了一个暖洋洋的笑。

我一直以为煦方醒了以后我就可以坦荡荡地对他说，其实那晚我说的都是善意的谎言，我是为了救你，如今你病好了我也安心了，我走了，别难过，明天会更好。

说完就可以溜之大吉。

可事实是，他那日醒来以后没一会儿又晕了过去，晕晕醒醒醒醒晕晕，青姑说：“中毒后遗症，此乃正常现象，你别担心，他慢慢会痊愈，只是不能受太大刺激，尤其是精神上的。”

我闻言默默缩回收拾包袱的手。

这样一晃，我在这个镇上又住了一个月，腿伤愈合得差不离了，无须拄拐也能够上街买菜。

尽管煦方不让我独自行动，怕让时不时逃窜出的灾民传染了。

邻村闹瘟疫一事迟迟未平，整个村庄人已病死近半，疫情蔓延之迅速连京中太医也束手无策，我估摸着朝廷是到了下狠心的时候了。

思来想去，我趁着煦方歇养的时候出了趟门，见了当地知县一面。

虽说没有任何可以鉴别我身份的物件，可黄知县一见我人便颤颤巍巍地跪了下来，我所料不错，以父皇的性子，我一个人出走，他必差人绘好我的画像送往天南地北的官衙里去。

原本只是想了解一下疫情与赈灾的状况，谁料竟得知了父皇思女成疾的消息。

我恨不得立刻奔回京中，眼见日落西山，赶不及乘船，便打定明日一早即回程。

因心急如焚，回去途中埋头苦思，顾不得前后左右，不经意间只听一声“小心”就让人给扑倒了。

抬头时发现那人正是煦方。

再定睛一看发现他的身上也趴着一人，那人奄奄一息，下一刻便自动倒地口吐白沫。

周围的路人早已吓得逃窜无影。

煦方见我无恙，又赶忙放开我，他似乎是怕自己被人传染了，唯恐传染给我，小心地往后退了两步，蹙眉看着昏倒在地的流民。

我多看了几眼，说：“你放宽心，他的手脚肤色净白，颈上也没有任何麻疹的迹象，只是饿昏了，并未染上疫病，再说，官差是不可能会让染病的人离开村庄的。”

他这才舒口气的样子，“你没事就好，怎么就一个人跑街上去了？”

我抬头看着阳光透过树荫耀在他的脸庞上，光斑深深浅浅，煞是好看。

那一瞬间我才意识到自己犯了一个多大的错误。

为了救人说了那么多似是而非的话语，足足一个月余时间不忍说穿。

襄仪公主的梦随时可以醒，可她给煦方编织的梦却永远不会成真。

我提着一篮子菜，吐了吐舌头：“想添点荤，谁知瘟疫闹得鸡犬不宁，只好继续吃素了。”

煦方接过菜篮，仿佛我多拎一会儿手就会断了似的，“你怎么不早说？”

他带我去了江边买鱼。

我看着他往远方天色走去，想起了与他初遇，江水依旧。

江岸边的树荫下有几个姑娘糊纸编灯笼，煦方已买完鱼回来，见我愣神，便道：“她们在做天灯。”

“嗯？”

他说：“再过两日便是乞巧节，我们这儿有个习俗，未出嫁的姑娘会亲自做好天灯写上自己的名字与心愿放飞空中，待到天灯降下若有男子拾到，可以带着灯去找那位姑娘，那姑娘若是看着喜欢，或就结了一段姻缘。”

我不可思议道：“那要是被一个丑八怪捡到了怎么是好？”

煦方笑说：“她可以拒绝啊。”

“若放天灯的姑娘不合男子的心意，莫非找上门去还能反悔的？”

煦方想了想说：“我猜找上门的，大抵是原本便暗生情愫的……”

我道：“这可难了些吧？既是习俗，那晚必是漫天天灯啊，他们是要大海捞针的样子？”

煦方闻言笑了笑：“那我就不得而知了，可听闻往年真的有过男子找到了漫天中自己心上人所制的天灯，传为一段佳话，若是心之所向，或能身之所往吧。”

我笑而不语。

煦方开玩笑道：“怎么？你也想试试？”

我摇头道：“你方才不是说这都是未嫁姑娘玩的嘛……我都嫁了还掺和也忒不厚道了……”

煦方欲言又止，我抢先道：“……再说，我怕是等不到乞巧节了。”

煦方惑然看着我。

我道："明日我便要启程回家了。"

煦方整个人怔住，似乎没反应过来我说了什么。

我假装没看到他的表情，自然地转了下头看着前方的天空，"前段时间我给我爹写了信来着，原本想报个平安，没想到今日却收到了他报不平安的信，他说他想我都想出病了，再不回去就是不孝女，会被清出家门的，唉。"我叹了叹气，一口气说，"所以明早我要搭第一艘船过江了，嗯，可能会很早，你若是起不来也不用送我，今晚……吃烤鱼给我送行？"

煦方不吭声。

我回头看他："要不买酒喝？"

他依旧没说话，正当我想着再扯些什么调节气氛的时候，他的声音在头顶响起："你终于，还是说出口了。"

我呆了呆。

"从我醒来的那天起，到今天，终于找到了一个不得不走的理由了，是吗？"

话被挑明的时候，我心中反而舒了一口气。

煦方问："我们……是否再也不能相见了？"

夜风吹着他额前的碎发飘啊飘啊的，飘得我有点心慌，我其实挺想说一些"有缘千里来相会"的话，可话到了嘴边不知怎么的，却变成了"嗯，再也不见会比较好"。

我闭上眼："煦方，我们再也不要见了。"

我等着他回答，却没听到回答，寂静中，他问："为什么？"

"我不会逼迫你做你不愿意做的事，这一点你很清楚。"

煦方的声音听不出任何情绪："我想，我们至少算是朋友吧，你为什么会对一个朋友说出再也不要见面这样的话？"

他的眼里溢出难过，我不敢看他。

"因为面对这样的朋友，"我说，"我会内疚。"

他静静看着我："你若是怕内疚，此刻会同我说这样的话吗？"

我不知如何应答。

“你不是内疚，而在害怕。”他死死盯着我，“你害怕我若在你身边，终有一日，会动摇你心里那个人的位置。”

那一刻我蓦然惶恐，煦方的话像针尖一般莫名地戳中这段日子以来的困惑与不安。

他漆黑的眸子漾起了涟漪，“你以为这些日子以来你欺骗的是我，其实……”

我不喜欢他这样和我说话，“别说了。”

他继续道：“你骗的，是你自己。”

我不耐烦地道：“你以为你是谁？你又知道我是谁吗？是，你是救过我的命，我很感激你，但若没有我，你今时今日可以好端端地站在这儿吗？煦方，我们就算扯平了，互不相欠吧。”言罢我转身离去。

却让他一把抓住。

他没说话，可我甩不开他的手，只得回转过身：“不错，我是害怕。你对我越好，我就越怕你，你对我越好，就越显得他不好，他是救过我，可不像你这般拿命来救我，他是偶尔体贴，可不像你那般无微不至，他在我心中有那么多那么多的好，一旦和你比起来，显得那样的弱那样的小。你以为我是害怕自己喜欢上你吗？”我摇头，“不是的，煦方，不是的。”

“我是害怕自己会不再喜欢他。”说着说着眼泪不知不觉就落下来了，“煦方，我不能想象，不敢想象自己有一天会不喜欢他，我已经喜欢他到了这种地步，你要我如何是好？”

手上的力度渐渐小了。

煦方用一种近乎退却的眼神望着我。

我放开了他的手，用袖子吸干眼泪，不再理会他径直往回走，他一路安安静静地跟着我，什么也没有说。

直到了屋门口，我想今夜的鱼也是吃不成了，他却忽然挡在我跟前，“我命在旦夕的那晚，是听到了你一句话，才拼了命地想要睁开眼。”

我极缓地抬头。

“你说，如果十三岁那年遇到的人是我，没有遇到别人，只是我……”他问，“你会喜欢我吗？”

我心中涌起一股悲凉的情绪，这个问题我也问过自己无数次……

我终究叹了口气：“我不知道。我只知道，这个世上，没有如果。”

那日彻夜未眠，奇怪的是青姑也彻夜未回，清晨闻鸡鸣而起，我留了封信函就拎着包袱离开了。

煦方没来送我，虽在意料之中，可后来每每想起，那日他若是来了，我是不是就不会经历那般恐怖的后来了。

去码头的途中无意间瞥见了青姑匆匆而行的身影，我见时辰尚早，想着这些时日她的照料以及腿伤的医治，还是打声招呼再离去较好。

她在树林中停下，我正欲追上，定睛一瞧，才发现她跟前站着一人，下一刻就见青姑单膝跪下身，恭敬道：“主子。”

那人一身黑袍负手而立，略带低沉而苍老的声音：“少主如何了？”

我稍稍往树后藏了藏，心里怔住：少主？什么少主？

只听青姑道：“体内剧毒已解大半，身体亦在康复中。”

毒？青姑说的莫非是煦方？

那男子问：“他想起什么了没有？”

青姑回道：“强行解毒后的记忆并未如期恢复，或再需要一段时日。”

男子厉声斥责：“尽你所能。”

青姑称是，又道：“主子为何不亲自见他一面告知他事发真相……”

那男子道：“他因失忆而性情大变，难保知道真相后会做出什么，这段时日皇帝盯得紧迫，若非是忽然生病无暇顾及只怕我也难以抽身，现下且让少主隐居在此也好，你好好看顾着他，莫要再生出什么事端。”

“是。”

因那人始终背立，我瞧不清他的模样。只见青姑犹豫一番，那人头也不回，冷然问：“还有什么事？”

青姑道：“少主数月前救了一名伤了腿的女子，似乎……对她心生情愫。”

“女子？什么来路？”

青姑道：“属下不知，但看她衣着举止绝不是寻常人家的女子……”

故事发展到这里通常偷听说话的人会不小心踩断什么树枝发出声响被发现，我自然不会愚蠢至此，只可惜就在我把全身心注意力都集中在前方的时候，没能及时发觉身后的来人。

等听到“你是谁，为何躲在树后听别人说话”的时候，回头看见一个绑着辫子的小姑娘懵懂抬头看着我，我的心漏跳了一拍，这下一死死俩了。

再转头的时候恰好对上了青姑的眼神，黑衣男子亦转了过来，虽然蒙面看不出他的样貌，可从他凌厉的眼神里，我准确无误地看到了——杀意。

想逃的时候青姑已经掠步飘到我的跟前，她看了我一眼，也不给我说话的机会，就把我弄晕了。

天地间一片黑暗。

我隐约感觉到自己被人用麻袋裹着拖着在地面上移动。

这般昏昏沉沉不知有多久，等能勉强睁开眼时，我发觉自己躺在一个木屋床板上里。

木屋破旧不堪，不是青姑的木屋。

可青姑却坐在木屋中，似乎在等我醒来。

我想要撑着身子起来，却发现手脚均使不上气力，浑身滚烫如火，每呼吸一下都似有阻滞般极为压抑。

青姑并没有走过来，只是静静地看着我，我想要开口说话，竟发现自己连发出声音都极是艰难。

她沉默良久，道：“不用再白费气力了，你已染了瘟疫，是我亲自给你下的疫毒，两日内，必死无疑。”

我掀开自己的袖子，望着布满红疮的手臂。

青姑道：“原本我们也打算将你和那小丫头一般直接杀了埋了，不想知县竟已见过你，若你凭空消失只怕皇城的人第一个要搜的便是这儿，与其坏了主子的大计，倒不如让你因染瘟疫病死在这儿……”

她竟把那小姑娘给杀了？！

掌心沁出汗，我发出沙哑的询问：“这是……陈家村？”

“你果然聪明。”

陈家村已被封死，我这样的情况是不可能逃得出去了。

“公主，你已是将死之人。”青姑眉梢眼角都透着怜悯，“你我总算相识一场，还有什么疑虑或是未了心愿不妨说说，也好过死不瞑目。”

胸口猛然堵得发慌，我想喘息几口却不由得咳了起来。

她道：“若不想太过痛苦地走，便不能动气。”

我缓了缓，无力地靠回枕上，“你走吧。”

“你不问？”

我木然：“问什么？问你的主子夏阳侯究竟有什么阴谋，还是你的少主世子为何失忆？”

青姑震惊道：“你……”

我看着天花板，“能一眼认出我，可我却听不出声音的，必然不是京中常能朝见的官员，既称煦方少主，那么十之八九就是父子，煦方失忆一年，算一算时日，在岭南地界的官员一年前丢了儿子的，只有一个人。

“夏阳侯聂光。”

我虚弱的声音，一字一句道：“而煦方，正是世子，聂然。”

青姑几乎是用惊怖的眼神看着我的。

“夏阳侯虽是开国功臣，亦是前朝降将，”我对上她的眼神，“能让我父皇监视却不敢动之，无非一个理由。”

“韬光养晦，等待时机，反。”

房屋里，陷入死寂。

“襄仪公主，果然名不虚传。”

下一刻，她袖中的短刀朝我颈部飞快刺来。

静了一瞬，我望见了她满是汹涌的眼。

她本该毫不犹豫地杀了我的。

为何会下不去手？

然而她没有给我答案就头也不回地走了，走得无影无踪。

我内心稍稍替聂光惋惜一下，真是养了一个不尽忠职守的下属。

可当我好不容易挪到门边想推出去看看屋外光景时，才发现自己错了。

门给锁得严严实实，只留有一个即使拆了框都爬不出去的木窗。

轰隆隆。

像是嫌我不够惨似的，紧跟着雷声，暴雨倾盆而下。

我将头探出窗外，整个像废墟的村庄除了倒在地上的死尸，连活人也不见一个。

天地间一片昏暗阴森，弥漫着死亡的气息。

滂沱大雨顺着屋顶的裂缝渗了进来，豆大的雨点打湿我的头发，彻骨的寒风吹着我早已滚烫的身体。

我呆呆地看着潮湿顺着衣料扩散，沿着衣角滴落，一手撑着桌子，踉跄了几步，整个人都往榻上倒了下去，手脚软得再也使不上一分气力。

那是我生平第一次真真正正意识到死亡，意识到自己的无能为力，更意识到比死亡更为可怕的事是等死。

我想了又想，从离家出走想到离开煦方，很努力地想想个明白自己究竟是怎么把自己折腾死的再去死。

谁想，老天爷连这一点权利也不肯给我，我醒了又昏，昏了又会醒，到最后除了感受到自己的生命在一点点地流逝，便再也无法思考了。

这样一日一夜后，待到第二日天亮，艳阳透过窗户把我湿透的衣服全部晒干后，我发现自己又恢复了一点气力。

可那并非因为我的身体战胜了病魔，当我掀开衣服看到自己布满红疹的躯体时，当每一寸肌肤犹如千万虫蚁肆虐翻搅时，我想我是真的圆满了，这一生总算把回光返照也给体验一回了。

因此，当我发现那扇被封死的门让昨晚的暴风雨给吹开的时候，心中没有一丝逃生的欣喜。

我甚至蜷在墙角连动都不愿动。

出门就是横尸街头，那样死相真是太难看了。

最终还是门外的一片骚乱把我引出去的。

朝廷已下了最后通牒，日落焚村。

于是整个村庄还剩口气的村民都疯了一般想要突破官兵封锁往外冲，可结局也不过是提早做了刀下亡魂罢了。

我靠在门框上发着呆琢磨着与其被烧死不如自己好好想一个速战速决的法子自我了断，对面的小木屋里走出来一个十岁大的女孩子，手里攥着几条竹篦，红疹已然蔓上脸颊。

她的神情比我还淡定：“姐姐，你还没死吧？”

破旧的房内摆满了各色的棉纸。

她说她叫小宁。

她的爹娘已然死在那场地震中，而一直照顾她的奶奶亦在不久前病死了。

她说她要做一盏孔明灯替在天上的亲人们祈福。

想那日煦方邀我共度乞巧节，我还拒绝得信誓旦旦。

我坐下身替小宁糊纸。

糊着糊着，不由得笑了一声。

……笑那造化弄人。

等死的时光总是过得比念书来得快。

夕阳染红天际的时候，我们两个总算完成了一盏灯。

小宁被我赤橙黄绿青蓝紫配色的灯罩给折服了，说长那么大从未见过这么别致的天灯。

我得意扬扬地说此乃彩虹灯，夜间看彩虹岂非是人间一大美事？说着便让她快快在上头写上心愿。

——再迟就来不及了。

昨日天降大雨，今日天气晴朗，恰是放灯放火好时节。

日光忽西落，新月渐东上。

出了门，眼见四方天灯宛若星空，流光溢彩。

这之中，多为年轻姑娘为觅如意郎君所放。

村头已燃起熊熊烈焰，热辣的气息随着东风扑面而来。

小宁捧着灯出来。

我心中长叹，亦有将死姑娘为天上父母所放。

她将笔递给我，明明呼吸困难却笑得灿烂：“姐姐，你也在上面写上你的心愿吧。”

心愿？

我摇了摇头，“我没有心愿。”

她歪着小脑袋，将笔硬塞入我的手中，“方才我看你做灯的时候，一直在想心事。”

我在想心事？

事到如今，我哪还有什么放不下的，我明明记得我没有去想任何人啊。

哦，是了，煦方。

我在想煦方说的找天灯，不知他看到那盏天灯时，会不会发现是我放的呢？

我这般想着，却没有意识到自己的手已无意识地在灯罩上落了笔。

“宋、郎生？”小宁的声音打断我的千头万绪，“他是谁呀？”

宋郎生。

彩虹灯上这三个字清晰刻骨，刻骨铭心。

即使脑海努力地去想着另外一个人，可身体却背叛了意志。

我的视线一下子蒙眬了起来，泪水涌上来，将眼前的所有尽数掩去。

我还记得今年元宵时，宫里宫外张灯结彩。

我与驸马从宫宴出来的时候因积雪太厚只好徒步回府。

他在前，我在后，赏那万千光辉。

他不知是心情莫名好还是怎么的，走着走着就与我并排前行了。

远方的天空放起了烟火。

他忽然道：“我曾在民间见过白日烟花，那景致毫不逊于夜晚。”

我扭头看他，他的嘴角带着笑，还当他想起了他昔日的情人，心中很是不快，就说：“有什么了不起的，本公主还见过夜间彩虹呢。”

宋郎生嗤笑一声，理都懒得理我。

我跺脚停下，“你笑什么，你不信啊？”

宋郎生继续往前走，我忙又跟了上去，道：“我是说真的，夜晚的彩虹可比白日的好看多了。”

宋郎生索性哈哈大笑了起来。

小宁点燃了灯油，我抬着头望着天灯徐徐升空。

彩虹光芒耀眼。

若驸马在此，我一定会对他说，看，我没骗你，夜晚的彩虹比白日好看万倍。

哪怕夜月消隐，哪怕烈焰灼人，哪怕彩虹灯已随风远去……

“姐姐！小心！”

小宁的声音小到仿佛从很远很远的地方传来。

转头的一瞬，瞳里所望见的，是熊熊火光燃烧的房梁朝我倒来。

我没有躲开。

而是闭上眼睛。

想着一个人，疯狂地想着那个人。

想着那个人的时候，天地顿时遥远，万事皆会消失，只剩下那么一个人。

却，倏然腰间一紧，身体一轻，耳闻马蹄长啸。

“公主……”

响起了那熟悉到烙在心尖上的声音。

不敢睁眼。

不敢相信。

感受到被人紧紧地拥在怀里，感受温热的体温，感受到在马背上此起彼伏，感受到这些都不是幻觉。

当马儿到了村口栅栏时有官兵上前意图拦阻时，抱着我的那人一字一句气势磅礴地道：“我乃大庆驸马宋郎生！谁敢拦我！”

我转过头。

他的身后是千千万万的天灯，可当火光映上他的脸，似乎漫天的光芒，都被那般澄澈的瞳仁给揉碎了。

这样的风情，这样的秀雅无双，天下绝无第二。

我忍不住想碰碰他的脸，看看一切会不会化为泡影。

却看到了自己布满红疮的手背。

在青姑家疗伤的时候，她曾说：“此回瘟疫之传染力，但凡与患者有所接触，皆难幸免。”

我停住了伸向他的手。

他专注地策马前行，光影照着他的脸明明灭灭。

这一路颠簸摇摇晃晃，他并未发现我的异举。

其实我很想问问他，你不是走了吗？为何会出现在此？

我颤抖地解下头上的发簪，长发迎风吹散。

可这些还重要吗？还有什么比他能出现更为重要呢？

我将发簪刺向他搂着我的那只手，趁隙纵身往山路的斜坡跃去，心中再无畏惧。

然而我听到了一声高呼：“阿棠——”

身体并没有往山下倾倒，我回头看到那只手，那只不断流着鲜血的手牢牢地握着我。

一刹那的失神，他亦从马背上跃了下来，另外一只手也环向我，把我狠狠地按在他的怀中，整个人背地而倒，一路在坑坑洼洼的地上摩擦，却始终没有放开过我。

直待停下来，停下许久许久。

他抱住我的手都没有懈怠一分。

我转头，看到一路鲜血淋淋，看到他整个背，整条腿都让血给浸湿了。

心底最强韧也是最柔软的地方，被他给击溃了。

眼泪根本控制不住，我不知是因为害怕还是气愤，几乎是朝他怒吼：“宋郎生！你疯了吗？”

可当我抬头的时候，看到的是那个鲜少动容的眼变得通红不堪，比我更为愤怒更为失控地喊：“是！我是疯了，我若没疯，岂会在你离宫的时候跑遍京城大街小巷？我若没疯，岂会足足四个月除了找你再无他事可做？我若没疯，岂会在得知你在衙门出现时整整三日不眠不休跑死了五匹马来此寻你？！”

他在找我？

他一直都在找我？

太过震惊的话，令我几乎忘了落泪，我喃喃地问：“你还来找我做什么？你不是恨极了我，要毒死我，要离开我吗？”

“恨你？萧其棠，你说说看，你要我怎样不去恨你？”宋郎生的眼神顿时像是被什么东西敲碎了，“因为你的父皇，我在京中安宁的家没了，因为你的父皇，我的父母和心爱的女子死在了逃亡的路上……我本是为替爹娘洗脱冤屈步步为营进京为官，可你不断出现在我的面前，不断地让我想起你是我仇家之女，你叫我怎样不恨你？”

虽然是一直以来知道的事实，可当从他的口中说出时，却宛如刀剜着我的心一般疼。

他的脸色惨白如纸，握着我的手不断流血，不停颤抖，“我明明有千万种方法可以拒绝你的胁迫，却还是做了这个驸马；明明可以利用这个身份做许多事，却怕殃及你什么也不做；我原只想好好地等待时机查明真相再对你表明一切一走了之……”

“但真相是我爹确有谋逆，真相是你的父皇依律处之无可厚非，你又要我该如何是好？”他眸光如月，悲伤之色尽显无疑，“正是你生辰前，太子宣我入宫，他把我所有的过去都丢到我的面前，并给了我一颗不致命的忘魂散，命我半月内与你撇清干系不要祸及于你……”

“可我做不到。”宋郎生垂下眼帘，“即使，没有比让你失忆更顺当的方法，我还是做不到。你可曾想过，依我的武功岂会听不出你的脚步声？我若要下毒，岂会让你抓住？”

我的大脑一片空白：“那……是为什么？”

“因为……”他极缓地说，“若连你也忘了我，这世上也就没有宋郎生了。”

他的话，他的眼，在这一瞬，像一只无形的手揪住了我的心。

“萧其棠，你总说你喜欢我，可你却为了躲我逃到了千里之外，我即便再冷落你再无视你，可曾、可曾离开过你一步？”他的声音非常沙哑，哑到几乎快要崩裂的边缘，“我一直在找你，一直一直，一直到看到了那盏天灯，那盏夜间彩虹……”

内心深处最后一根弦崩裂了，我呆若木鸡地望着他。

宋郎生那么闷骚的人居然也可以一次说这么多的话，比他头顶上的天灯还多，比我们成婚后他所有的话加在一起还多。

全是我一直一直不知道的事，一直一直不敢想象的话。

只可惜……

只可惜……我就要死了啊……

我努力地喘了几口气，努力让自己的眼泪不要落得那样急，声音不要那样抖，“……驸马，你再说下去，我真的要舍不得死了……”

像是烙印一般灼热，我看到他充红的眼一点一点地变得湿润，逐渐化为水波，滴入我的眼，随着我的泪一同滑落，“那就一起死。”

那就一起死。

五个字，掷地有声，不容置疑。

下一瞬，双唇就被一个柔软湿润的东西重重堵住。

我的眼睛一下子睁到最大。

他……是在吻我吗?

他这个傻瓜，难道不知道被传染了瘟疫就真的会死的吗？

眼泪的味道，霸道的侵占，翻搅的唇舌，绝望的意味，在这一刻掀起了一道又一道骇浪，朝我席卷而来。我想要推开他，我在尽力推开他，可是，我怎么可能推得开他，我怎么能够推开他！

那日七月初七乞巧节，那日陈家村升起熊熊烈火，那日漫天天灯飘扬。

那是襄仪公主与她最爱的驸马第一个吻，而且主动的人竟还不是她。

她以为她就算忘掉全世界，也不会忘记那个吻。

然而那个时候，她还是太过天真了。

她不知道，在离他们不远的地方，有另一个男子找到了那盏彩虹天灯，疯了一般冒着大火满村地去寻她；她不知道，那个男子在烧毁的废墟中捡到了他送给她的竹箫，烧痕累累地追到村外，目睹了她与她的夫婿相吻的一幕。

她不知道，三个月后，她将忘掉了那个吻，将忘掉那个比她生命更为重要的人，喜欢上了另外一个男子。

她更不会知道，命运轮回，两年后的今天，记忆尽失的她会陷入陷阱，而那个人再度犹如天降，令她想起了这么多这么多宝贵的曾经。

所以她踮起脚尖，用尽全力去吻他。

所以，当两个吻重叠在一起的时候，她对自己说：

眼前这个人，上天入地，绝对，绝对不会再分开了。

〔第十三章〕

# 对决于朝堂

再催人泪下的过去，忆完了还得重回归现实。

伴着枫叶，我一把鼻涕一把泪地强亲了驸马，那场面本不可谓不唯美，可当我松开他的脖子时，他说的第一句话却是：“……脖子不酸？”

是的，这就是两年前噼里啪啦说要与我同生共死的那位。

“我，不过是恢复了我们曾经的记忆，稍稍有点感触罢了……”

宋郎生这才有些紧张的模样，“都想起来了？”

我微微偏头，“至少想到你热泪盈眶地对我说，‘那、就、一、起、死’……哎，原来你如此心仪本公主，当真意外的很呢……”

“哦。”不知是不是我的错觉，他像是舒了一口气，脸上露出一丝怪笑，“彼时我还当你无药可医，心想满足你的夙愿就当行善，谁知你中的疫毒只是似其症不致其命……”

他这前半句本听得我气不打一处来，正想修理他一顿，后半句倒让我思绪回归正轨：“你是说，我中的疫毒是假的？”

宋郎生点了点头，“我们派了许多人马却怎么都找不到你说的青姑，或许，她是有意救你一命，至于理由，无从得知。”

我了然，“那煦方……”

宋郎生奇道：“什么煦方？”

我心中一怔。莫非，我当时没有把煦方的事告诉他？

再一琢磨也是，那毕竟是险些红杏出墙的岁月，后来峰回路转，眼见宋郎生的芳心终于要骗到手了，要是让他知道他在苦苦寻我的那段时日头顶上有些绿……咳，我岂有蠢到自己给自己挖坑的道理？

见宋郎生狐疑地盯着我，我挣扎了一番还是遵循了我原本的意愿——继续隐瞒，“我只是忽然想起，去年我不是失忆期间就住在那陈家村嘛，或许那时你有没有见过煦方，嗯，没别的意思，就是觉得有点巧合……”

宋郎生好整以暇地看着我继续扯。

我可怜兮兮地看着他：“我饿了。”

宋郎生继续保持双臂抱胸的姿势岿然不动。

我想起了我腹部受了刀伤，急中生智，想要掀开衣服给驸马看博同情。奈何这宫女服是套头款，需得从衣襟解起，宋郎生见我是要脱衣服的架势，涨红了脸，倒退两步：“光天化日之下，你怎么想要做那种事……”

无视他，继续解。

宋郎生见我不似说笑，忙又上前握住我：“我知道你刚恢复记忆，有些情难自禁也是情有可原，但毕竟这儿是荒郊野岭，再怎么样都要克制住！”

“……”

我低着头看着他握着我的手继续解扣子。

喂……其实我的手已经停下了，好吗？

正当他想要凑上来吻我时，我掀起了肚皮上的衣料，说：“看，我受伤了。”

宋郎生：“……”

我：“稍微动一下肯定又要流血了。”

宋郎生替我把衣服穿好，很不高兴地瞪着我。

我：“你怎么都不担心？”

宋郎生涨红的脸色未褪：“不是结痂了？有什么好担心？”

我：“你就是不心疼我！”

宋郎生：“我没有。”

“就有，你方才的表情明明就不是心疼的表情！”

“……”

于是我很成功地把话题从煦方转为心疼了。

宋郎生嫌我啰唆，搂着我一个纵身就跃出了陷阱。我稍稍站定，自洞口往下看了看深度，“你如今居然已经可以不借绳子直接蹦上来了，轻功突飞猛进啊。”

“如今？突飞猛进？”

是了，这个傻瓜还一直将我误认为采蜜。

若他发现一直以来阴阳两隔的初恋居然是我，不知作何反应？会否追悔莫及地抱住我说“是你，是你，我怎么会这么蠢连你都没认出来”？

我甜滋滋地看着驸马，“你十七八岁的时候办不到的吧？好啦，其实我就是……”

“谁说我办不到的？”宋郎生道：“这点高度，我十六岁的时候轻功便能做到了。”

我斜睨：“骗人。”

他将秀致的眉毛一展，“何须骗你？当年采蜜也和你一般跌进这坑里了，我还故意诓她我救不了她，需下山找绳索，后来就在上头看她在下面干着急大半夜，最后才救她出来，她竟都没发现，还对我感激涕零，想一想，是傻得有些可爱。”

“……”

现下恨得牙痒痒是怎么个情况？

我笃定如实现在告诉他我乃采蜜，他下一句保准跟着：“所以你意思是你在同一个坑跌过两次？”

宋郎生见我满腹打鼓的样子，牵起我的手，道：“不是饿了吗，还不走？”

我瞪着他：“天底下哪有你这样的人，你觉着好玩，你可想过人家小姑娘在下头待着快要被吓死了？”

宋郎生奇怪：“你生什么气？”

“因为你这样很过分，你如此待她，谁晓得会如何对我？”

宋郎生，“你和她又不一样。”

听他这样说，心中颇有些不是滋味：“有什么不一样？”

“你是你，她是她。”

我停下脚步，“什么叫‘我是我，她是她’，同样是喜欢，在你心中还分什么三六九等吗？”

宋郎生颇有些无奈地看着我，“公主怎么忽然对这种无聊的事斤斤计较起来了？”

“何谓无聊之事？”我越听越气，口不择言，“在你心里我和另外一个女子有全然不同的对待方式和喜欢程度，你觉得我要开心还是欢喜？”

是的，此时我已忘记我就是采蜜了。

宋郎生约莫被我的话刺得有些不痛快，“你明知她已不在这个世上了，和她比这个有意思吗？”

“那你说，”我与他呛起话来，“若她还活着并且忽然出现在你的面前，你会如何？”

是的，我正在与自己吃醋。

宋郎生冷笑说，“既然这样，我问你，若煦方并未失忆，不曾负你，而你恢复了我们的记忆后，是会选择与他远走高飞，还是与我破镜重圆？”

这个问题倒是让我呆了呆。

那样依赖煦方的和风，若是在与煦方归园厮守的岁月里渐渐想起了这些与驸马的过往，她会如何？

我只不过是尝试想了想，心底头就仿佛像是被浇了醋一般，又是酸楚又是冰凉。

他见我不答，倏然放开了我的手，背对着我，说：“我知道你的答案了。”

我知道是自己过分了些，伸手揪住他的袖子，他挥开，我继续扯，最后他不理我索性掉头就走。我心中也有气，偏偏不跟上去，偏不信他会丢下我不管。

他走出了一步两步，待到第十步，果然停了下来，回头看我。

不知怎的，看他如此这般，我心底的气莫名其妙地消了一大半。

他折返回来走到我跟前，也不吭声，伸出手示意让我牵。

我装傻不动。

他从鼻子里哼了一声，一把拉起我往前走，这一路上我们都没有说话。

到最后，他终于忍无可忍，道：“公主无理取闹起来当真是不可理喻。”

我心知理亏，嘴上却不愿意讨饶，“谁让你不回答我的假设……”

宋郎生停了下来，转头看我，我感觉到我的眼睛湿湿的快要滴出水来了，可他板着脸不为所动，道：“公主不觉得那种假设很是愚蠢吗？”

我心中咯噔一声，“愚蠢？所以，你的意思是……你会抛弃我和她走？”

“当然……”宋郎生目光炯炯地说，“得先看看她如今生得是什么模样！”

我蒙了，“哈？”

宋郎生无比认真地说：“我与她也有七八年未见，若她肠肥脑满或是尖嘴猴腮，我岂会抛弃公主而选择她呢？”

我：“……宋郎生我们现在是在吵架，请你严肃点好吗？”

宋郎生眉头蹙得更深了，“我说的这才是现实问题。”

我：“……那若是她生得花容月貌倾国倾城呢？”

宋郎生，“那铁然是冒充的。”

…………

我：“……若她生得比我貌美，比我好看呢？”

宋郎生理所当然地道：“那就瞒着公主在外头养她暖床就好了。”

我：“……”

此时此刻，什么对大哥哥的仰慕情怀，什么为驸马的自我奉献精神，统统抛到九霄云外。

我咬牙切齿道：“你若当真在外头与采蜜重逢，我一定把她大卸八块！”

……不知这是否算是自我诅咒。

宋郎生不甘示弱地道：“公主若当真有好好暖我的床，我岂会舍近求远！”

我：“……”

两人蹬鼻子上脸，你瞅瞅我，我瞅瞅你，到最后，他先扬起了嘴角，绷着很久的脸终于舒展开来，瞅着我浅浅地乐呵起来，那样子，哪还是什么俊朗无双月白风清的大庆驸马？

我鼓起腮帮子，“很好玩吗？”

“你吃醋的样子很是好玩。”

“……”

看我的样子好像在看一只奓毛的家养猫，却没有继续挑逗，而是顺毛一般摸了摸我的脑袋，我气得直跺他的脚，心情不知怎的就莫名好起来了。

只是眼见日照当头，临近玉龙山庄，看到前方不远处黑压压地立了一群人，方不由自主地停下步伐来。

这一刻，我才骤然想起即将面临的血雨腥风。

要面对的人，有康王，有太子弟弟，还有陆陵君。

那种乌云压顶的阴霾，再也避无可避。

现在倒宁愿再回到山顶上的坑里边和宋郎生大闹三百回合。

诚然“闹”字会被什么替换还有待商榷。

我说，“不吵了，再过一会儿，会有好多人一起来和我吵，运气不好，会被吵死的。”

宋郎生握着我的指尖紧了紧，“你既已恢复大半，那这次的事是否也解开了？”

“本来在昨夜，在恢复这些记忆以前，我就把许多线索给想通了。”我瞧着他的眼睛，“只是一恢复记忆，想的，回忆的，都是你。”

宋郎生愣了愣。

我叹说，“现下好像还在儿女情长里沉着，你说，一会儿我会不会被一刀斩断。”

宋郎生淡淡瞥着我，“我一直都在公主身边，可公主却要在想起了过去才如此这般，此前的心都不知花到谁身上去了。”

“我哪有……”这个话题略让人心虚，我话锋一转问，“你不是被禁足公主府了，怎么找来的？”

宋郎生道：“你让陆陵君中了圈套后自然证明我的清白，禁令一解我就来找你了，见你不在房里，门上了内锁，窗沿却有脚印，可等了许久都不见你下来，就知你不是在山上看日出，就是被困陷阱里了。”

看他风尘仆仆来寻我，我心底升起一丝宽慰，只是再提陆陵君，腹上的伤口又应景地疼了疼，我听风吹得树叶沙沙作响，“我从来没有想过，陆陵君会想杀我。我对自己说，他对我不仁，我就该狠下心，因为只有落实了他的罪名，才能真正将康王绳之以法……可真到了这关口……又……”

宋郎生松开我的肩，手慢慢地挪到我腰间，我转头瞪他，“我在和你说正事呢，你就不能安慰我几句吗？”

然而，他的手停到了我受伤的腹部。

“这个位置，非五脏非六腑，即使当真穿刺而入，及时止血，亦无性命之忧。”

我倏然抬起头，不可置信地看着他。

“何尚书说，就在你差人寻他在国子监部属以前，他收到了一封匿名字条。”

宋郎生这样说着，我心中已猜出了几分，只听他说：“字上曰，国子监绿茵河边，有人要行刺襄仪公主。”

我浑身一震，写这封信的人，只可能有一个，“是陆兄……可他为何……”

为何？

他既无心杀我，那分明是做了一场戏，不，他刺杀了当朝公主，那可是杀头死罪，他拿自己的性命做这场戏，究竟……究竟意欲何为？

然则，这个答案不已昭然若揭了吗？

康王的门客遍及天下，得知他要杀我，与其让别人动手，倒不如主动请缨，方能保我平安。陆陵君知我懂我，他以这样的方式让我以为他要杀害我，我自然也会狠心利用他扳倒康王保住太子。

我忽然想起陆陵君第一次乱闯公主府的时候，他在门外嚷嚷着——

“公主还记得我吗？我是陆陵君。你可还记得你小时候与我的约定？”

而昨夜陆陵君动手前说的——

“白兄，我这么小的时候，喜欢过一个小女孩……然后，我和她做了一个约定，那以后便没有见过她了。”

我陡然一惊，心中死水逐渐泛起波澜。

陆陵君所喜欢的那个小女孩……是我。

他说：“直到我遇到了一个人，他……很有趣，至少，我很喜欢和他待着，听他说话，有段时间，我都快怀疑自己是断袖了……

“白兄，听到此处，你应当知道，我说的那个他，是谁吧？”

陆陵君喜欢的那个白玉京……也是我。

我怎么就没有想到呢，在匕首刺入我身体前，他分明是说自己在二者间挣扎，但若二者皆为一人，又何来抉择之说？

“白兄，你说，这世间的情义，究竟是友情重要些，还是爱情？”

友情……他所说放弃的友情，从来都不是指他对我的感情。

——而是我对他的。

宋郎生缓缓地道：“他选择背弃康王，用自己的性命助你救你，即便……”

即便让我误解，即便割舍我对他的友情，也要守住，他的爱情。

我鼻头泛起浓浓的酸，千万种难以言喻的感情想要从眼眶涌出来，此时此刻，我真恨不得立刻冲到牢中把陆陵君那个小子揪出来，骂他个狗血淋头，打他个片甲不留。

我转头望向宋郎生，“现下该如何是好？陆兄可是众目睽睽下被逮到的，早朝时太子弟弟必然会以此向康王兴师问罪，我已命刑部、大理寺、都察院节制同审此案，若要彻彻底底治康王叔的罪，这可是最好的时机了，若是一击不倒，对我，对太子，甚至整个局势，都只怕后患无穷啊。”

“这一点……”宋郎生睁开眼，认认真真地道，“我怎么知道？”

我：“……”

那请问你这一副洞悉真相胸有成竹的神情是怎么回事！

“只不过，公主曾与我说过，居于高位者，处事当以大局为重，”宋郎生平平地道，“舍弃一个陆陵君若能解决危机的局面，你不会犹疑，亦不会心慈手软。”

宋郎生的话一点儿也没错。

灾银、沉船、烧船、康王、赵庚年、夏阳侯、聂然、太子……所有的人都像棋盘上的棋子，对弈中险象环生，一着不慎就会满盘皆输。

若是既想保住陆兄，又想赢这场棋局，只怕艰难重重。

但……

“大局也好，小局也罢，不问可不可能，只问应不应该。”

我心中密布的浮云逐渐散去，“太子，我要保，陆兄，我也要保。”

“看来，公主一会儿是不会被一刀斩断的。”

说完这话，我才发现他的嘴角不知不觉地往上翘起，看着我的眼神暗含着别样的情绪，心中有些讪讪：“你……是不是吃醋了？”

宋郎生面不改色：“我从不吃醋。”

“……”

宋郎生不再同我说笑：“公主，既然眼下局势杂乱无章，错综复杂，各方势力虎视眈眈，你当打起十二万分精神，一会儿上朝，切不可再惦记着什么是是非非恩怨情仇了。大庆第一公主，哪能是成日沉浸在情爱中的女子。”

我瞥他："人家戏文里的男子这种时候都会说'不要怕，有我在'的，哪有你这般催着女孩儿上战场的。"

宋郎生的声音响在我的头顶，"我不善权谋，公主若因我沉情而不能思政，我能做的，就是把我所看到的，把我能想到的，尽数说与你听。"

我垂下眼帘，"那我若是伤心难过到厌世，你会如何？"

"你若是伤心，我当然可以替你擦拭眼泪，公主若是厌倦朝局，我自也能带你远走高飞，可是，太子有难，朝局动荡，国子监的同窗枉死，陆陵君为了公主甘入牢待死，此间种种，公主你，绝不会为了一己之安而罔顾他人。"

我抬起眼眸看他，虽说笑意苦涩，眼神却异常坚定。"在朝堂上，我无法替公主解围，亦无法对你说，只要有我在什么也不要害怕这样的虚言。"宋郎生的声音平稳而富有力度，"我的安慰起不了任何作用，反倒会助长你的软弱。"

"所以公主，阴谋真相，需由你来揭露；亲情友情，也要由你自己去守护。"

他目光如辰，明丽得叫人简直移不开眼，我嗫嚅问："都让我扛，你不担心吗？"

宋郎生轻笑一声，正想同我说什么，视线忽转前方，却有一名军将快步行至跟前，单膝跪拜，"太子左卫率常云，参见公主殿下、驸马爷。属下奉太子钧令，护送公主回朝上殿！"

连东宫六率的左卫率都唤来请人了，看来皇弟那儿是刻不容缓了啊。

我应了一声："好，这便走吧。"

常云起身上马，示意护卫队让出一条道来，让我与宋郎生比肩前行。

临上马车，我拉住驸马，问："你方才，想同我说什么？"

宋郎生托着我的腰坐上车轿，在我耳边轻言了一句话。

我闻言立刻踹了他一脚，"你这是损我！"他轻笑一声扳鞍上马，先行一步，策马入宫。

其实玉龙山庄离皇宫不算太远，过了三条街便是，算一算，他应当赶得上早朝。

而我缓行一步，在入宫前刻意回府换上一身黄袍宫装，金丝绣凤，裙幅宽大逶迤，不可谓不雍容庄重。

整个大庆能穿黄色的，除了父皇和太子弟弟，第三人正是本公主。

这锦服本是我封为监国那年所御赐，后来我嫌穿一次里三层外三层完全掩住了我婀娜多姿的窈窕形象，也就甚少再碰了。

但今日这种需要强大气场的场合，碍手碍脚的服饰反倒成了某种利器。

我正襟危坐，透过珠帘，皇宫铜钉镏金门在前，自中行门而入，眼见殿门逼近，改车为轿之时，一位英姿伟岸的公公朝我大步奔来，以迅雷不及掩耳之势一蹲一站行了一礼，火急火燎地道："公主，奴才可总算是把您给盼来了。"

正是太子弟弟的心腹内监成公公。

我被这身衣服闷得一身汗，本有些不大耐烦，"被你成公公盼着的，准没好事。康王这些年的各方罪证不都给太子整好了吗？直接把罪证罪状当着百官的面丢去，他还有何话好说！"

成公公不知所措地摇头道："太子殿下本也是这般想的，且不知这康王哪来滔天的本事，那一宗宗铁证皆有官员主动认罪一力承当，不论是私铸铜钱还是贪墨结党，到头来，他竟能将自个儿撇得清清白白，那些人居然还非他治下，连个治理无方之罪都治不了啊。"

姜果然还是老的辣，先前是我疏忽大意，小看了这韬光养晦的皇叔了。

我冷冷问："国子监监生陆陵君是他康王的门生这一点可是毋庸置疑，既有各方人证亦有多年信笺物证，而陆陵君众目睽睽之下刺杀本宫未遂在前，亲口招供在后，连同画舫沉船案亦是证据确凿，他又是如何抵赖的？"

成公公急道："太子爷现下正说着这事儿呢，可奴才瞅着那康王面不改色的模样，心中总是不安，一听公主来了这不立刻先赶来同你先知会一声，您看……"

我微微颔首，"一会儿看准了再吆喝。"

成公公恭谨道："奴才明白。"

离殿门十来步远，就看到文武百官分列的身影，不知前一刻太子弟弟说了些什么让他们交头接耳窃窃私语，只听遥遥当首的康王义正言辞地道："太子殿下方才列了臣五宗罪，可一桩桩数下来哪一桩不是奸邪小人对下臣的污蔑与陷害？如今竟说臣有意刺杀襄仪公主，那可真是荒天下之大谬，下臣一心忠于圣上，公主乃是圣上钦赐监国，下臣便是有天大的胆子又岂会以下犯上！那国子监生是臣门生不错，可他是受何人指使在何处何时刺杀于谁，臣一无所知，仅仅听一名小小的国子监生的一面之词就盖棺论罪，下臣不服！说臣几番对公主起杀心，那么还请太子将公主殿下请上殿来与臣对峙，臣问心无愧，只求还臣清白！”

这一声还臣清白的余韵可谓袅袅飘荡。

空谷般的大殿上死寂一片。

我瞥了一眼成公公，竖起食指，想要同他说再多听一会儿情形。

果然不是自己的人不懂自己的心，成公公仿似心领神会地点了点头，长吸一口气，高声喊：“襄仪公主到——”

我：“……”

整个大殿登时犹如一座大坟。

我应声徐徐前行，行得不快不慢，淡淡地扫过他们每一个人。

所有人都噤若寒蝉地挺了挺背脊，低头不语，好像生怕一个不留神，便要被闪瞎似的。

当然除了几个人。

这之中有随和如赵首辅，平和如李国舅，平静如卫清衡，平常如聂然。

我却也无心再分神去嗟叹恍若隔世，朝太子恭谨行了一礼便挥袖落座，而由始至终，康王都那般气定神闲着站着，连头礼都不点一下，姿态倨傲地望着我。

看来我的好皇叔不仅是胸有成竹，更是留有后招啊。

满朝文武见状不觉左顾右盼，成公公替主分忧道：“大胆，公主殿下在此，还不速速行礼！”

康王闻言沉下脸，眼中寒芒闪烁，语气沉冷地回敬道：“这大殿上几时有你这狗奴才说话的份儿！”

那与生俱来的皇家威严又岂是成公公能应付得了的。他一张口，成公公似寒了一下，立时噤口。

太子冷言道：“方才还口口声声要皇姐出来对峙，怎么？忠心如皇叔竟连基本的礼节都忘了？”

康王看了看太子，又瞧了瞧我，非但不惧反倒气焰嚣张地道：“若当真是公主殿下，臣又岂会罔顾君臣之礼？呵呵呵，只可惜，现下坐在这上头的……”他顿了顿，振袍直指我道，“根本就是冒充的！”

他这一声振聋发聩，满朝文武顷刻间抬起头面面相觑，不知该如何是好。

康王如此一举，倒确实是令人措手不及。

太子拍案而起："皇叔！御殿之上，岂容你胡言乱语！"

我不作声。

原来如此。既然，陆陵君行刺一案无从推脱，那么，只要我这个公主是假的，杀我，非但无罪，甚至可以说是有功。

只不过……谨慎如康王，无凭无据，又岂会诬陷得如此明目张胆？

"臣也是近日方才得知真相……"康王勾了勾嘴角，"已着刑部侍郎蒋丰查明，太子殿下若是不信，大可传上几位人证，以证虚实。"

这当口，太子说不了一个不字，很快，那所谓的几位人证就这般明晃晃地先后走上殿来。

当先而入的是一对步履蹒跚的年迈山村夫妇，大殿庄严的氛围吓得他们连路也走不好，只怕活了大半辈子都从未见过这等阵仗，一到跟前就双双跪下身连连叩拜太子。

康王让他们看看认不认得我。

谁料他们一抬头就犹如见到鬼魅般吓得瘫软在地，那老汉口中直呼："是她……就是她，她、她不是跌入山崖死了吗？怎么……怎么……"又转头问他的妻子，"老婆子，是我眼花了吗……"而他的妻子亦惊恐不已，"不会错，就是这姑娘……她……还活着？"

正当众人摸不着头脑之时，康王朝太子道："这两位是居住在灵山脚下五十多年的村民，在一年零九个月之前，也正是当朝驸马寿宴前夕，他们亲眼所见，襄仪公主因被人追杀而跌落悬崖，彼时他们并不知是公主，只等刺客走后下山寻探，看到了一具摔得血肉模糊的尸首后就立即报官——"他示意人呈上一个木托盘，掀开布盖，上面躺着一支精制的玉钗，"这是当年京师衙门对这桩无头悬案所备留的物证，臣已命宫中侍奉皇后多年的嬷嬷证实过，这支发钗乃是公主出嫁时皇后亲自准备，自那具尸首处寻到。"

康王把他凌厉的眼神转向我："既然公主已死，那么试问，如今坐在上面的这位'公主殿下'，又是何许人！"

这一声质问像把死寂的朝堂给激出了千层浪，那些缩头缩脑的朝臣也爹着胆子，交头接耳，议论纷纷。

接下来上来的人证更是惊俗骇世。

她的登场让本已有些闹哄哄的殿堂再度压得寂静无声。

直到跟前。

我眯了眯。

看着眼前这个生得与我有七成相似的女子。

不，这样的容貌只要稍加易容，说她就是我，也绝不会有人质疑。

康王：“这位，正是近两年来上朝替太子辅助监国的‘襄仪公主’。”

此言一出，满朝震惊!

我转头看向太子，尽管他想强烈掩饰自己的惊异之意，但……

我叹了叹气，看来我这弟弟还是心慈手软，在我归来后没忍心灭下这个口啊。

那“公主”缓缓抬眼，却不看太子，而是转头朝往第三排宋郎生的位置，指着他道：“是他，是驸马见民女生得与公主殿下极为相似，以民女家人性命为胁，让民女冒充公主殿下，欺瞒太子、欺瞒皇后，欺瞒满朝百官。”她垂泪俯身，“民女、民女后来实在是担惊受怕想要反悔，可、可驸马爷便说即使没我，他还能找第二个第三个‘公主’，若非……若非是康王救了民女，民女此刻只怕已身处黄泉之下了……”

她说得声泪俱下，话里虚虚实实，让人看见了实处，自也把那些虚处给信了去。加之近两年当我的替身，对公主府种种都如数家珍，连府上马夫的小儿子叫什么名字都能一一道出，朝中大小事务更是不在话下，甚至连上呈的物证都种类齐全，偷偷替换的奏章或是驸马在府中的案卷应有尽有，如此一来，只怕上上下下无人不信了吧。

或许，刑部还会顺便把杀害公主的罪一并让宋郎生给揽了去。

当然，康王高明之处还不仅限于此，她明明是太子找来的替身，却把所有责任都推向了驸马，可太子偏生还不能指认，若他承认这两年找了个假皇姐瞒天过海，只为自己独揽大权，满朝文武谁会再服从于他?

所以太子即使再想保住我，也会三缄其口。

这一保，恐怕连他自己的储君之位都难以保全了。

如果说，之前的那些人证物证，所指证的是公主已死，仍不能单刀直入地说明我是冒充的，那么第三次上来的这些人，才是康王真正准备压死骆驼的最后一根稻草。

因为，他们每一个人我都认识。

是我失忆一整年在陈家村朝夕相处的街坊邻居，有牛头叔、牛头婶、有村长、有狗娃、有池婆婆、有钧爷爷。

他们那样胆怯地问我："和风，你怎么就变成公主了呢？"

"和风姐姐！"

"你不记得牛头婶了吗？去年咱们还一起织过布呢，你手腕还让狗娃给烫伤了，你不记得了吗？"

我垂下眼睑，看着腕上依旧留疤的烫伤，听着那一声声犹如催命符般的关切问候。

直至此刻，我总算是明白，聂然前些日子似是而非的话，究竟是什么意思了。

为什么他一而再再而三地说有人要置我于死地。

为什么他总是让我离开这纷争这纠葛。

为什么他总认定我是假公主，我只是替身。

因为连他自己都这样认为，并向康王提供了这样的证据。

聂然就那样笔直地站着，静静地望着我，我也在望着他。

他根本不是煦方。

可他却利用了……已经消失的煦方。

我端坐在高处，殿宇百态，一目了然。

有贤名却无实权的康王为何如此气焰嚣张，他身后的那根线连向了夏阳侯镇守岭南的十万兵权，而聂然为何要与内阁首辅赵庚年的独女联姻——我转眸看向了永远都在沉默的赵首辅，还有满朝过半的赵党官员。

一切真相，皆已明朗。

康王再度抬手，一手指着宋郎生，一手指着我，"来人，还不快将这两个欺君弑主的逆贼给本王拿下！"

殿前的精兵应声而入。

我平生从未料过，这货真价实的公主，也会有被人指鹿为马的一天。

精兵已将宋郎生团团围住，眼见就要冲上前来。

康王满眼掩饰不住的亢奋，像极了一个杀红眼的刽子手，事到临头成功在望，岂能不喜不自胜？

自上殿以来，我半声未吭，直至此时此刻，我才缓缓松开了一直藏于袖中紧握的拳头，俯视着正要踏步上前将我擒获的几名精兵。可他们几人触上我的眼神，却慌乱了步伐，仅几步之遥，竟不敢再往前逾越一步。

我慢条斯理地站起身。

康王不明所以：“还愣着做什么！有什么好怕的！她是冒充的公主！”

精兵卫将闻言壮着胆子移步上前，我终于缓缓启齿，沉喝一声：“孙轩！”

当先而行的士兵见我忽然叫住他，瞠目看着我，似乎完全没能反应过来听到了什么。我盯着他道：“元宗十九年，你以武试第一入了三千营主巡哨，短短两年时日便以超群之能进了御林军，本有大好前程，却因家中老母病危而违反军令，本宫体恤你一片孝心，方才向父皇求情留你在宫中当这个侍卫亲军，怎么，时隔六年，你已忘了当初效忠的宣誓了吗？”

“公、公主殿下……”孙轩整个人完全呆住，旋即停戈而跪，叩首之声回响殿宇。

其他几位精兵见领头下跪，正不知所措间，我继续道：“梁方，若本宫没有记错，令尊可是前军都督府所辖的胡广都司梁远平？”

梁方满脸的不可置信，“家父……家父确实……”

我打断他：“元宗二十一年梁都司以区区一万兵力击溃南蛮五万寇贼，后他负伤辞世，临终前嘱托当年的中军都督将你带回京师安置为公主府亲兵，彼时你夜夜操练长枪吵得本宫难以入眠，本想赶你走，但看你枪法精准就将你推荐给了太子殿下……梁方啊梁方，你身为太子亲兵不听命于太子，他人发号施令倒踊跃得很，令尊未曾教过你无规矩不成方圆吗？！”

“哐当”一声，长刀落地，梁方跪下身伏在地上，“殿下……属下知罪……”

“池东！”

“邱明飞！”

“王之意！”

我一个个点着那些殿前侍卫亲军的名字，细数他们从军入伍的点滴历程，看着他们一个个跪下身高呼“公主千岁”，终于扬起了嘴角。

父皇曾教诲过我，宁可不记得那些皇宫贵族的名字，也要记住每一位负责守护你的兵士的名字。

因为他们所保护的，是你的性命安危。

不错，康王这一环扣一环的苦心筹谋委实令人不敢小觑，但，终究是算漏了一件事。

我是真正的襄仪公主。

那是即便万千铁证如山，也不可磨灭的事实。

也正是今日晨时，我问驸马担心与否，他在我耳边所低喃的话——

“担心？比阴谋斗诡策，我还从未见过……萧其棠会输。”

我目光冰冷地扫过殿堂内一干人愕然的眼神、诡异的神情，直落到康王身上，方才停了下来。

此时此刻，他的容色已有了掩不住的惊惶，却仍强自镇定下来：“你……你以为记下了这些亲兵的卷案名册，就能假扮襄仪公主了吗？”

皇叔，你终于把最后一丝黔驴之技也给用完了吗？

我扬起眉峰。

那么，接下来，轮到我了。

## （第十四章）

# 康王的阴谋

我起身离开金凳，一步步走下台阶，慢慢踱至康王跟前，问道：“记下名册？王爷是说，一个假冒公主的人，处心积虑调查这宫中近千侍卫亲兵的卷案还一一将人头对上，就是为了在有人揭穿她的时候以此掩人耳目？”我这样说着，像是被逗笑了，“康王的想法果真是独树一帜啊。”

话音方落我便敛起了笑，眼神扫向文武百官，“众位大臣是否也是这般认为？”

朝中大臣被我问得有些蒙。

向来安分尽忠的康王今日先是被“诬告”，继而更是让太子当朝质问他是否命人谋害公主，待公主上朝，他又搬来一堆人证物证力指公主是冒充的，如此一番动作，即便是傻子都看得出事有蹊跷，遑论这些朝臣皆是浸淫庙堂多年之人。

倘若监国公主当真已死，太子年纪尚浅，需得重选辅国重臣，然睿王远在千里外的边境，廉王清心寡欲无心政事，而最能担此重任的，除却他康王还有谁？

此刻，文武百官对我的身份尚是心存疑虑，对康王，又有几人是会真心信服的？

他们来回顾盼，望了望太子又望了望康王，最终还是落回了各自党羽的头头那儿，内阁两大首辅就在那儿杵着，赵首辅低头沉思，李国舅一个劲地盯着我瞧。我问：“舅舅，莫非连你觉得我是假的不成？”

我这舅舅素来八面玲珑，假若我真的是个假的那十之八九也是太子授意的，他又岂会驳自家侄子的面子？

李国舅恭恭敬敬地朝我举手行礼，“臣不敢，公主万金之躯又岂是无知贱民所能冒充的？只是刑部所呈证据又确令人费解，这其中蹊跷，还当查清方能替公主正名啊。”

我又走到刑部侍郎蒋丰跟前，问，“此案是你查的？”

蒋丰被我瞅得神情紧张，咽了咽口水，“正是微臣。”

他却忘了既然怀疑我不是公主，是不应当在我跟前唤“微臣”的。

我淡淡道：“一年多前的悬崖女尸案乃是由京师衙门所审的无头公案，既是无头公案，不知蒋大人又是如何得知的呢？”

蒋丰道：“京师衙门新任府尹沈融重翻旧案，并从中查出端倪，上报刑部，故……”

我打断道：“卷宗。”

蒋丰一呆，“啊？”

我冷然道：“还需本公主重复第二遍吗！”

于是我就在众目睽睽之下阅起蒋丰呈上的卷案，扫完后也不合上，只道：“沈融何在？”

沈融举袖站出：“臣在。”

我单手举着卷案，加快了语速：“此卷所载，在一年多前，京师衙役在一对老夫妇的带领下于灵山山崖底寻到了一具女尸，只因尸体头脑着地脑浆迸裂，面孔亦模糊不堪，唯有一支发簪无法识别身份，后成了宗悬案，而沈大人你却在重查案情时发现此发簪之玉品种稀有，极有可能来自宫中，方上报刑部，以上，可有遗漏之处？”

沈融颔首道：“并无遗漏。”

“那么，”我伸手拾起托盘上的玉簪平摊在掌中，“不如就由沈大人重复一遍，此玉为何玉？”

“此玉名琉璃种翡翠，其质地清亮似冰，色泽绿中透蓝，乃罕有的蓝花冰，应是南疆上供的贡品。”

“沈大人果然好眼力，不错，这确是当年襄仪公主出嫁时的嫁妆，莫要说是皇后身边的嬷嬷，想必公主府的许多丫鬟也能认得，但……”我有意顿住，转身去看康王，他的神情已然有些变化，我又回转过头看着满朝百官，朗声道，“我想，沈大人莫不是忘了，翡翠，是硬玉。”

沈融闻言一呆，像是想起什么看着我手中的玉簪。

我勾起嘴角，将目光落在掌中玉簪上，“硬玉，韧度尚不如和田，若是形状圆润倒也罢，可如此细长的发簪，落地……”话音未落，我松开了手，任凭手中玉簪悬空，在所有人倒吸一口凉气中，只听咔嚓一声——

我一笑接道：“……即碎。”

玉簪，碎成三截。

沈融登时面如土色，其余诸人更是呆若木鸡，康王当即直指我：“大胆！竟敢当庭毁灭证物！”

“本公主的东西本公主要如何处置，与旁人何干！”

康王气结：“你！”

我懒得理会他，径自转身，朝所有人展臂道：“这名贵的玉簪仅从本宫手中滑落便已碎得四分五裂，遑论壁立千仞？！当年那山下女尸头骨尽碎，而玉簪却完好无损，连一丝磕碰也不见，众位大人不觉得匪夷所思吗？！若仅凭一个饰品就能断定身份，倘若有一天公主府遭了窃，宝物流入民间，莫非满大街的姑娘都是襄仪公主？”

满朝文武闻言俱是连连称是，康王见势头不妙，道：“莫要听她胡言乱语！她根本就不是真正的公主！除了物证，那么多人证……”

“人证？”我悠悠截住他的话，俯身看着地上跪坐一地的证人，笑了笑，走到那对山村老夫妇跟前，蹲下身，让他们抬起头好好看看我，“老爷爷老奶奶，你们不必害怕，好好回想，当日跌下崖的女子，究竟比较像我，还是比较像她？”

那个“她”，自然就是康王带上的第二个人证，那个与我长得七八分相似，自称当了两年替身的“襄仪公主”。

山村老农夫先鼓起勇气抬头，看了看她，又回头瞅了瞅我，不可置信地揉了揉眼，“这、这两位姑娘分明生得是一模一样啊，究竟是哪个跌下悬崖，我、我怎么分得清，老婆子，你、你来瞧瞧……”

满堂唏嘘。

我不露声色地长出一口气。

果然，即便这对老夫妇当真在我失踪那日看到了我被人追杀，凶险万分之下早已噤若寒蝉，哪还有工夫仔细辨认人的样貌？如今时隔近两年，他们连路都走不稳就敢上殿指证，众人看在眼里，岂不贻笑大方？

而康王自以为找到第二个人证就能落实我是冒充这个罪名，这步棋委实走得差了些。

我起身，看向康王，这才回了方才他的质问："王爷所谓的人证，连我与那位姑娘都分不清，又如何能证明他们当日所见确是襄仪公主无疑呢？"

康王浑身大震，此时此刻方才意识到自己的破绽之处，他尚未开口，那极似"公主"的人证替主分忧，抢道："我，就是证据。若你当真是襄仪公主，为何这一年多来驸马爷要找我假扮公主！"

此时，我若是说出实情，说自己这一年多来流落民间，一个一年多不掌国事的公主又何德何能再担监国大任？而康王则能立刻跪下恍然称自己根本不知道真正的公主已然回来，所谓不知者不罪，他一心忠君爱国，太子自不能降罪于他。相反，太子在公主失踪期间欺瞒天下反而找了个替代品，群臣该如何看他？

不愧是在公主府我的床上睡过一年多的姑娘，想来是被我天生的聪慧给传染了，居然问得出这么磨人的问题。

我眨了眨眼问："姑娘你叫什么名字？"

"郁璃。"

"郁璃姑娘，你方才说，是'驸马见你生得与公主极为相似，以你家人为胁，让你冒充公主'，是否？"

郁璃道："是。"

我盯着她那酷似自己的脸蛋，弯下腰，"那么，你可还记得你是哪年哪月哪日在哪里被驸马所瞧见，他又是以什么样的方式要挟你的家人的？"

郁璃稍稍一怔，道："前年腊月十五，正值盛梅之季，民女在普陀庙烧香求平安，驸马爷亦在庙中，他远远见到民女，便差人让民女进公主府里去，他让民女假扮公主，若不听从，民女的爹娘便会性命堪忧。"

"原来如此。"我两手撑着膝站起，此时已有朝臣蹙起眉交头接耳，大理寺的几位官员更是连连摇头，而大理寺少卿徐宁之忍不住道："你胡说！"

郁璃跪在原地不知自己说错了什么，她微微偏头往后看，徐宁之指着她道："前年腊月宋大人与我还在冀州查案，又怎么可能会出现在京城的普陀庙中！"

我与宋郎生互相望了望，两人眼里均藏不住笑意。

早在我与宋郎生重逢时我就问过他，那个他们请来冒充我的假公主是如何安置的，她若揭穿这一切会否对太子不利呢？

他说，太子自己不出面却差人以驸马的身份骗来这个女孩进公主府隔帘长谈，过了十天半月待宋郎生从冀州回来方让他配合接着前边的戏继续演，正是为防有朝一日的今天。

郁璃脸上那点血色瞬间煞白一片，袖角的手默默拽紧，我道：“本公主不知是谁让你来这儿胡言乱语的，不过本公主想提醒你一件事，若你当真假扮过公主，罪同欺君……”

郁璃倏然抬头，我平静地盯着她的眼睛，道：“罪当论斩。”

郁璃颤着唇不知所措地望着我，眼泪早已在不知不觉中落下，等她意识到我的最后几个字后，终于，她磕了几声响头，泣不成声道：“公主饶命，是康王，康王见小女生得与公主极为相似，胁迫小女上殿作伪证的……”

康王的脸色苍白如宣纸，额间冒有细汗，不仅没冤枉成别人，反倒让人倒打一耙，事态演变到这一步只怕他是万万没有料到的。

然他苦心筹谋多年哪能轻易放弃？

康王依旧保持负手而立的镇定姿态，冷冷看着郁璃道：“此女找我时说要指认假公主，如今听人说要斩头又立刻改了口径，如此诡变之言岂可轻信？”

他指向陈家村那跪了一地的人问我，“难道，本王还能收买整个村的人来做这个伪证！”

我睁眼说瞎话：“可这些人本公主并不认识。什么陈家村，本公主根本没踏出过京城半步，可有太子殿下与满朝文武为证。”

“……你！”

我从容道：“天下间相似之人总是有的，眼前这郁璃姑娘是，方才听这些村民说什么‘和风’姑娘没准也是，王爷仅凭样貌便断定公主的真伪，未免也太过草率了吧？”

康王咬牙，连着冷笑几声道：“诸位大臣都是这样认为的吗！”他的目光扫视全场，似乎在等着什么人出面替他说话。

殿上所站皆是聪明人，哪个敢替康王说话？

当然，或许还有一个人能够证明我在陈家村生活过。

正是由始至终都默不作声的聂然。

今日这一切，夏阳侯亦是幕后主使之一，那么聂然就不会坐视不理。

果不其然，聂然微微抬首，举袖道："微臣以为，即便是那位郁璃姑娘，仔细看来与公主亦有不似之处……"

"但，"聂然说道，"微臣曾在进京述职的途中经过一个城镇，遇到到过一个渔夫与微臣竟相似到难以辨别……

"臣才知，天下之大，若当真有村民见过与公主容貌相仿的女子误认是公主，那也并非绝无可能。"

聂然说完了。

诚然他在朝中说话的分量并不重。然寥寥数语，于康王而言，夏阳侯这个靠山，没了。

康王傻眼了，所有人都怔住了，包括我。

我意外，并非因为他不帮康王。

毕竟，在聂然还是煦方的那两年中，夏阳侯对外是宣称世子卧病在府的。

夏阳侯有更重要的筹谋，康王不过是他想利用的棋子。

倘若事败，夏阳侯只会弃子。

然则，聂然只需默不作声即可，又为何要多此一举呢？

他是怕陈家村的人认出他……就是煦方吗？

不，他若埋在人群中，牛头叔牛头婶那样跪着根本不会发现他。

反而说了这番话，也许会给自己增加不必要的麻烦。

难道……他只是想要帮我？

我看不穿聂然深沉似海的眼神，此等时节，实不该多想。

我心平气和地提起裙摆，一步步地迈回金座之上。

然后，在回转的一瞬凛然道："还有谁怀疑本宫是冒充的，大可站出来！"

我的声音在整个大殿回荡，人人张目四顾，却无人回应。

我等了等，不见动静，"如此……诸位大臣皆不曾怀疑过本宫，是吗？"

众臣唯唯诺诺地称是。

我骤然拍案，案上摆着的奏折都蹦了三蹦："那方才本公主遭他人诬陷之时你们都干什么去了！怎么，莫不是见父皇卧病在床，你们一个个就想着忤逆他的意思把本宫从监国之位赶下不成！”

满堂群臣皆齐齐跪下，大呼“臣等失职，臣等该死”诸言。

“今日站在这殿上的，哪个不是高官厚禄，哪个不是位极人臣？可当储君有难，朝局有人肆意搅乱之际，衮衮诸公，竟无一人敢挺身而出，只知观摩局势而后动，明哲保身……”我深吸了一口气，“让本宫委实寒心呢。”

此言一出，直慑众人之心，所有人均大气不敢出，颔首长跪。

大殿中央还有一人没有跪下。

康王。

我不再容色平和：“皇叔，方才你说若我当真是公主殿下，你不会罔顾君臣之礼。”

康王一脸惨然之色，此时他若跪下那便是承认我公主的身份，承认自己图谋不轨肆意诬陷。可若不跪，满朝文武都跪了，哪还容得他不跪？

他终究还是跪了下去：“臣……叩见公主，公主千岁千岁千千岁。”

“诸位大臣，平身。”

此刻，众人皆起，唯康王一人独跪。

我道：“皇叔，你可认罪？”

康王道：“臣误信他人，以为公主已遭奸人所害，故痛心之余誓要揪出主使替公主报仇，是以反被人利用，今日酿成大错，但臣之忠心可对昭昭日月……”

“遭人利用？！”他话未掰完，太子已然听不下去了，“你处心积虑害我皇姐，国子监生陆陵君的供词写得清清楚楚，一切皆是你主使，画舫的刺客和国子监的刺客均是你派出的，现今又想把罪推到别人身上吗？”

康王毅然道：“臣确实以为公主已遭不测，故让我的门生暗查她的真实身份，若臣明知公主的身份还想杀之而后快，今日又岂会在大殿上公然指证公主？”

太子怒不可遏，“既然如此，那便……”他顿住，把脑袋往我身旁一凑，小声问道，“皇姐，把陆陵君传来作证，你看如何？”

我呆了一呆。

陆兄吗……

今日从公主府来皇宫之前，我曾拐去牢中看他。

他因审讯累累伤痕，打开牢门时还在昏睡，直待狱卒呵斥了几句他才迷迷糊糊地睁开眼。

我让狱卒退下，因衣着华丽挤不进牢里，所以只能站在外头。

陆陵君看到我的时候整个人僵了一下，他瞬间别过头，因为弧度太大似乎扭到脖子了，故抬手扶住，歪着后脑勺道：“既然公主殿下已经得到想要的供状，还来做什么……”

我心中想了百转千回：“一会儿，只怕需你上殿指证康王。”

陆陵君冷笑的声音很是夸张，依旧背对着我，“反正我决计不会出卖康王……”

我心口微涩，到了这关口，他还想瞒我，“好。”

陆陵君反倒一怔：“呃？”

我重复道：“殿审时，你就当着百官的面说你不曾知悉我的身份，你杀我，权因康王告知我将要对太子图谋不轨。”

陆陵君静静地听我说完，问：“为什么？”

我没回答他，提起裙子欲迈足离开，他要站起来，却踉跄了一下又摔回地上，我看见了他膝盖裹着的血布，那是我命阿左阿右射伤他的，我想象不出拔掉箭头还要接受审讯的他会有多痛，可他倒地后又重新撑起身子，一手扶着墙单腿跳到牢门前，“你，难道不想扳倒康王了吗？”

我摇头。

陆陵君颇有些着急，他想要握住我的肩膀，临近了又碍于自己脏污的手而停顿在半空，“你难道你不知，今日他若不倒，来日后患无穷吗？”

“所以呢？”

“……所、所以……”

我鼻头泛酸，努力压抑着胸腔前一波一波的愤意：“所以，你就要我昧着良知，把你推向死亡来换取一时的安宁吗？”

陆陵君见我如此这般，张口结舌，“你……”

“你可知当驸马告诉我你刺的那个位置根本死不了人时，我有多么气愤吗？”我回眸瞪他，瞪出了眼泪，“你怎么可以蒙骗我，用我的手去杀害我最好的朋友呢？！”

陆陵君呆呆地看着我，眼眶一刹那变红，饶是他巧舌如簧，此刻却说不出半句反驳的话来。

我毅然道："所以陆兄，即便你上了大殿说了你确奉康王之命杀我这样的话，我也会拼尽全力去推翻，你就不要抱有任何舍己为人的希望了，如此英雄行径一点也不衬你的脸，你长得可一点也不忠心耿耿。"

然而陆陵君却忽然跪下，跪在我的跟前。

那"咚"的一下直吓得我心胆一颤。

陆陵君低着头，嗓子哑得完全不像他的声音，"康王萧韦炎是杀我父母的仇人。"

我怀疑我听错了，"什么？"

"白兄，你只知我儿时曾为乞儿，你可想过我为何会做了乞儿？

"我爹本是江浙沿海抗倭的水师，他与我娘青梅竹马，原本是一对羡煞旁人的眷侣。直待萧韦炎南巡时无意间见到了我娘，并看上了我娘。"陆陵君用手拂过自己的眼角，"白兄这么聪明，后来的故事不用说你也猜得到吧？"

我慢慢蹲下身："他……为了得到你娘害死了你爹？"

"就像那日爆炸的官轮一般，我爹没有死在抗敌的战场上，而是被自己的人设计困在军船之上，活活烧死。"

我看着他，他说得那样平淡，可字字句句皆充斥着满满的恨意，"我爹死去的那晚我才六岁，我娘怕萧韦炎不肯放过我，遂拼死带我一路逃，可她为了救我，为了争取时间让我先走，终究还是未能逃过一劫，而我只能眼睁睁地看着我娘葬身于荒郊野岭之中，什么也做不了……"

他咽了几下口水，呼吸轻颤，却再也说不下去了。

"白兄，还记得我们初见时，我说我想要当襄仪公主的面首吗？"

他朝我笑了笑，眼里水波流转，"我一直以为襄仪公主无所不能，若有她助我，必能报仇雪恨。可没有想到，我遇到了你，那时我并不知你就是公主，还自以为是地把你拐到国子监。"

我没笑，往事当真不堪回首。

"我一直把你当成我的好兄弟，有回饮酒，你趁着我们睡着时跑到国子监后山去，我悄悄尾随你身后，然后，发现了你的女儿身，还偷听了你和聂司业以及卫祭酒的谈话。”

我哑然，“你……”

“你不是问过我是从什么时候开始知道你的身份的吗？那时，我才知道，你是公主。你失忆了……难怪……你不记得我。”

我蹙眉。

陆陵君摇了摇头，没有继续这个话题，“再后来，康王得知你在国子监，命我与苏樵一路监视你。直到下了杀令，我虽然暗中小心提防，却终究没来得及救下落水的你。”

原来……如此。

“那时候我以为你死了，恨不得立刻就杀死萧韦炎。不过当我发现你还活着的时候，我做了一个决定——若我以康王门客的身份在众目睽睽下对你进行刺杀，或许，是个良机。”

陆陵君讷讷抬头，定定地看着我，哪怕衣衫褴褛头发蓬乱，仍挡不住他眼睛的光华，“这条路虽然有去无回，但……”

他绽开了一个笑，“白兄，若你当真把我当成是你最好的朋友……”

他一字一句道：“成全我吧。”

当御殿的士兵把他押上殿前，康王眼里写尽了得逞在即，然而当太子逐条逐条地问陆陵君康王是否知悉我是公主、是否下令杀我时，陆陵君很肯定地答：“是。”

他每回答一字，康王的脸色便阴郁一分，可任凭他绞尽脑汁只怕都想不通明明否认还能活命，为何陆陵君要自寻死路。

就在陆陵君波澜不惊地陈述完所有前因后果，太子欲发雷霆之怒时，蒋丰站了出来，伏倒在地道：“太子殿下，一切皆是臣之所为……原本王爷一心想着在早朝时禀明，可臣恐假公主会肆意动权谋害王爷，故偷用了王爷私章借王爷的名命陆陵君痛下杀手……”

太子抿了抿唇，没憋住，翻了个白眼。

半路又杀出个顶罪的主。

我这皇叔虽说在钩心斗角方面资质平平，但做如此冒险之事又岂会不给自己留后手？

弃车保帅，能找来这么多心甘情愿的替死鬼，不得不令人肃然起敬。

陆陵君他并没有继续听蒋丰天马行空的顶罪措辞，而是低着头，双拳微微发颤。

他一定磕破脑壳都没有想到，即便康王亲自写下书函命他杀我，也未必能将其治罪。

这么多犬牙相错屹立不倒，哪个手上没沾染见不得人的勾当？

原本今日，我便没想置康王于死地，即便不为救陆陵君，这除掉父皇的同胞兄弟之事，哪会是我与太子这种韬光养晦的羽翼未丰之辈敢轻易做的？

但……陆陵君说他要报仇。

他说白兄，成全我吧。

究竟那时为何会鬼使神差地对陆陵君说："陆兄，就算是条死路，你若想走，我必为你一路保驾护航。"

但我答应别人的事，从来就没有收回的道理。

我双手手心捏紧金凳雕龙柄，再度起身。

蒋丰本还在说着什么，可当我这么一起，他不由得怔住，仰着脖子飘忽不定地看着我。

我不疾不徐地问："刑部掌天下刑罚之政令，蒋大人身为刑部侍郎，不如便由你自己说说，你所犯之罪，当以何处？"

蒋丰垂首，沉着嗓子道："臣谋害公主，天地不容……当秋后……处斩。"

我双眉一轩，"死罪？看来蒋侍郎若到了地下还当好好修读我大庆律法才是。"

蒋丰不明所以，我道："成公公，把本宫所带之物呈上来吧。"

成公公依言照做，捧着一个盖着黄布的大托盘缓行上殿，移步到我跟前。

我不带一丝犹疑，亲手将黄布掀开。

在一道跃入日光的衬印下，在所有不敢置信的眼光中，圣旨、尚方宝剑、传国玉玺同时出现在这大殿之上。

"三年前父皇于祭天大典后册立太子，亦正是当日并授本宫监国之位！父皇昭告天下时曾当着百官之面曰，'从即日起，监国公主之言即为朕之言，监国公主之行即为朕之行，监国公主之意即为朕之意，若有对其不从不敬妄言妄行者，视若欺君藐上！朕命尚方铸宝剑以赐之，上谏明君下打佞臣……'"我高举蛟龙金雕之剑，"……见剑如见君！"

抢先跪拜的不是别人，而是太子弟弟，在他撩袍之际赵首辅亦同时恭敬跪下，他们一个是身份尊贵的少年储君，一个是霸占朝纲的内阁之首，这一跪，无疑让父皇赐给我的剑添了更多力量，顷刻间，殿上呼啦啦再度叩首一片，齐声万岁，声势摄人。

我道：“方才蒋大人对谋害本宫一事供认不讳，赵阁老，你乃当朝元首，不如由您来说说，蒋丰该当何罪？”

赵首辅面上老态龙钟，“谋害公主如谋害圣上，罪同谋反，依大庆律，当满门抄斩！”

满门。

像是已看到屠杀血腥一般，蒋丰哆嗦如筛子的身子往前一倾，呆了半晌，眼神却忽然癫狂起来，像是垂死之人的最后挣扎，他的双膝往前跪挪几步，悲戚道：“臣……臣罪该万死，可并非主谋，真正……真正主使之人……是、是……康王……太子与公主若是不信，臣府中留有切实凭证……”

虽然是所有人心知肚明的答案，然而当康王最得力的心腹堂而皇之地背弃他时，康王一度紧绷的神色反倒是平静了下来。

这皇宫之中，往往不过利益为先，本就没有什么绝对忠心之人，成王败寇，与人无尤。

那之后的事，多半比预料中还要顺利些。

康王认罪，他不仅认了他预谋杀我的罪，还认了贪污结党所有罪责。

很多年后的民间说书人每每讲起“公主在金殿上大显神威逼得康王原形毕露”的时候，总能天花乱坠地把襄仪公主镶上金玉一般，夸得耀如神佛。

可却没有人知道，我是如何拼尽全力把我珍视的好友推向死亡的深渊。

退朝后，我握着尚方宝剑一步步走在回廊之上。

三年前，父皇在赐予我剑的那夜召我入宫，他问我：“你可知，朕为何不将剑给你弟弟，却给了你？”

我装傻：“因为父皇疼阿棠啊。”

父皇叹了叹气：“是父皇对不住你。”

那时，我又岂会不明白，权力与危机永远是如影随形的。

可如今，我却要感谢父皇，若不是这些权力，我也无法赢得这一仗。

精神松懈时才感到气血瘀在胸口，几日几番起伏，疲惫如潮水般侵袭而来，我听到身后的太子弟弟在唤我，想转头回他，却陷入一片黑暗之中。

“皇姐！”

睁开眼睛的时候，我躺在一片皑皑白雪之上，雪花如柳絮般飞舞，却意外地不觉得冷。

我压根没搞明白太子弟弟怎么就把我弄到了这儿。

四处寂无一人，我走了好一会儿子路才寻到一辆马车，车上有个小女孩怀里抱着一只小白兔细心喂食，我叫了几声小妹妹，她却低着头不应我，直到过了一会儿她喂好兔子去看窗外的景致。

然后我看到了她的脸——那是九岁时的我自己。

我这才意识到我是在梦里。

这感觉委实特别，在梦境里，并清晰地懂得这是梦，一切都似乎变得有趣许多。

小襄仪安静地摸着兔子，眼睛看着窗外，不知在想些什么稀奇古怪的事。

马儿一声长嘶，险些让她从座榻上滚下去。

她掀开车帘子，探头往外一瞧，车夫战战兢兢地告诉她，前边雪地里躺着一个人，似乎是一个流浪儿，十有八九是死了。

说着那雪地里的流浪儿动了动小手，小襄仪瞧见了，命令道：“明明没死，怎么能当成是死的呢？”

小襄仪让人给小乞儿裹上一层厚厚的被褥，车内炭火充足，不一会儿，小乞儿脸上冻成的霜便化了，她好奇地拿起帕子替他擦了擦脸，看到了一张精致乖巧的面庞。

小乞儿睁开了眼。

乌黑圆溜溜的眼睛木木地转了一圈，见小襄仪凑得他那么近，吓得滚了一圈。

接着，小襄仪从车柜里捣鼓出许多糕点，摆在小乞儿的跟前，“你饿了吗？”

美食当前，小乞儿不得不屈服。

满满一盒红豆糕转眼纳入腹中，小公主殿下生平第一次看到有人饿成这样，“慢慢吃，没人抢。”

想来是太久没有人关心过小乞儿的死活，眼前这粉雕玉琢的富家小姐居然不嫌弃他，小乞儿受宠若惊，半天才吞吞吐吐道：“谢……谢。”

小襄仪眼睛晶晶亮亮的，“你发呆的时候好像阿白哦。”

“阿白？”

“嗯，它就是阿白啊，有一周岁了呢。”小襄仪举起白兔，“阿白的爹在它很小的时候就被大坏狗咬死啦，它娘亲上个月也病死啦，如今它举目无亲，我是它最好的朋友。”

小襄仪不明白，为何她明明是在说自己的兔子，小乞儿却突然哭起鼻子来，像是她欺负他一样。

她又找出绿豆糕来，“有好吃的，你不要哭了。”

小乞儿拾起绿豆糕，不哭了。

小襄仪无可奈何地想，我怎么今天一整天都在喂宠物吃东西啊。

在她眼里长得可爱的都是宠物，小白兔是只小宠物，小乞儿是只大宠物。

谁知小乞儿囫囵吞枣地吞完绿豆糕后，继续哭。

小襄仪气得伸手就给小乞儿的脑袋一记栗暴，“我大哥说过，男儿有泪不轻弹，哭哭啼啼只会被所有人瞧不起，鄙视你，非常非常鄙视你！”

小乞儿被她敲蒙了。

“你乖乖地待在车上看好阿白，我下车办事，不准乱跑哦。”

小襄仪让车夫停下来，她悄悄跑到一间衣铺里给小乞儿选了件干净好看的衣裳，又买了更多好吃好喝的。

她想，每回她哭个不停的时候，大哥就是这样哄自己的。

她乐滋滋地想体会当大姐姐的成就感，谁料一回车厢，小乞儿和大白兔都不见了。

莫非小乞儿把大白兔偷走吃掉了？

她左顾右盼，见前方不远处好像有什么动静，忙跑出几步，看到了一群小乞丐围着一个人拳打脚踢，那不正是小乞儿吗？

小襄仪气得要命，拖着长长的裙摆冲到他们跟前，喊道：“住手！谁让你们人多欺负人少了！”

小乞丐们见来劝架的是个毛都还没长齐的小丫头，纷纷道：“你是谁啊，你管得着吗！”

小襄仪哼了一声，小手从衣袖里掏出一枚紫玉，玉上雕着飞龙，那是父皇亲赐信物，整个大庆她是唯一能够佩戴龙玉的女子，“本公主乃堂堂大庆襄仪公主，你们说本公主管不管得着？”

这时候马车旁的佩刀侍卫都适时赶上前来，一个个唰唰抽刀挡在小襄仪跟前，“大胆狂徒！胆敢对公主无礼！”

几个小乞丐就这样屁滚尿流连滚带爬地逃了。

只剩小乞儿一人蜷坐在地上，怀里抱着兔子，呆呆看着小襄仪。

那眼神犹如看到天神。

小襄仪扶他起来，“你怎么就跑出来呢？”

“阿白……跑出去了，他们要抢……你让我看好阿白……”

小襄仪觉得超级感动。

以往不论她多爱惜自己的兔子，身边的人都当她是不懂事，虽然确实是不懂事啦。只有小乞儿会为了她的朋友赴汤蹈火，小襄仪想，这果然便是卫先生说的那样，两肋插刀，义不容辞。

小乞儿把兔子还给她，小襄仪见他不动，问：“你愣着干吗？”

“你是公主啊……我怎么和你走？”

“为何不呢？”小襄仪奇怪，“你救了阿白，那就是我的朋友，你没有家，便和我回家好了。”

小乞儿完全呆住，他努力咽了咽唾沫，“朋……友？”

“我会和父皇说我需要伴读，这样以后我们就可以一起玩儿啦。”

小乞儿忍不住绽开笑容：“真、真的吗？”

阳光中，雪地上，墨黑散乱的头发，灵透的眼珠和灿烂的笑容，都让这个小乞儿闪耀起来。

小襄仪开心地眯着眼，“真的！”

小乞儿就这样被小襄仪捎走了。

奈何好景不长。

小襄仪的马车在途中遇到了刺客的伏击。

敌众我寡，十几个带刀侍卫很快就被利索解决。

车夫拼死带着马车驶入丛林，亦被流箭一击毙命。

小襄仪紧紧抱着兔子，惊得瑟瑟发抖。

眼见刺客就要追上，小乞儿反倒镇定下来，他对小襄仪说：“我们快把衣裳换着穿，我会引开他们，你往北方向逃。”

小襄仪无动于衷。

小乞儿也有些急了，“再不换就迟了！”

小襄仪含着泪，“可是那样你会死的。”

小乞儿愣了，“我的贱命怎么能和公主比？”

“大哥说过，人命皆可贵，那些侍卫有守护我的职责，你又没有……”小襄仪摇了摇头，“他们要杀的是我，你快逃吧。”

小乞儿盯着小襄仪，“你真是个奇怪的公主……”

他毅然脱下自己的衣裳，从柜子里翻出一件红色的裙裳穿上，稚嫩的小手握住了她的手，“可朋友保护朋友，不需要职责的。”

小乞儿说：“我一定不会死的，公主说过的，公主会带我回家。”

小襄仪不肯信：“你骗人。”

小乞儿伸出小拇指，“我与公主约定，我会去京城找公主，那时候，公主可不能装作不认识我。”

小襄仪将信将疑地和他拉了钩钩。

小乞儿立马跃出马车，小襄仪拉住了他的袖子：“我还不知道你的名字呢。”

“陆陵君，我叫陆陵君。”

梦境倏然崩塌，我幡然惊醒。

睁眼所望屋梁灿灿，却不是在公主府，而是东宫。

我坐起身的时候，太子弟弟正趴在我的床边呼呼大睡，浑然未觉。

想来是我晕厥的期间他放不下心让旁人照看，又担心如今的公主府不甚安宁，就把我安在东宫他的眼皮底下才满意。

我见圆桌上摆着粥菜，汤上冒着暖气，这才感到饥肠辘辘。

等我喝下热腾腾一碗鸡肉粥时，太子才睡眼惺忪地伸直懒腰，回头见我端坐，见他整个人都要跳起来，“皇姐！你终于醒啦！”

我掏了掏耳朵：“太大声啦。”

太子弟弟吐了吐舌头，就着我身旁坐下，“太医说你是因为太久不寐才一倒不起，只需睡个大饱觉就能醒来，皇姐，你晓不晓得，你睡了足足三天啊……”

“三天？为何不叫醒我？”

“我们哪敢吵醒你，尤其驸马，每天办完公务便早早来陪你，能看你一整夜……若非康王案牵连甚广让大理寺忙得腾不出手脚，他那架势巴不得要在东宫安张床陪你呢……”

我心头暖了暖：“他人现在何处？”

太子弟弟挠了挠头：“没准是忙陆陵君的后事去了……”

“后事？”我忙放下碗筷，握着太子的肩膀，“陆陵君已被杀头了吗？怎么会？就算是死囚也未到行刑的时候啊！”

太子弟弟被我晃得前后摆动，“没，没，他不过是被发配充军了。”

我：“……”

“皇姐你这是什么表情？”

“充军就充军，你胡说什么‘后事’！”

“后事……”太子巴眨着眼，“难道不是处理后来事的意思？”

“……”

我努力想把额间的青筋揉平。

太子晕头转向：“哎，原本，国子监生既非皇亲亦非国戚，所犯之罪必死无疑，说来也怪，驸马像是铆足了劲要救他，徐宁之说他几乎翻阅了所有大庆律，终于找到了能保他性命的律例，虽说刑部与都察院检察御史都不乐意，可在三司会审之上他言之凿凿确实让人无可辩驳，毕竟是看在皇姐你的面子上，惹了驸马谁都没有好日子过嘛……皇姐你说，驸马忽然对一个小小监生如此上心，该不会……”

太子像是想到什么不该想的事，摸摸自己的小心肝：“他该不会是断袖吧？！”

我瞪了一眼，他捂嘴不吭声了。

宋郎生的心意，我岂会不知？

他这么铁面无私的固执鬼，能一门心思地想钻律法的空子，不就是怕我会因陆兄的死而伤心难过吗？

想到此处我愈发地想念我的夫君……等等，方才太子说，陆陵君被判充军了？

“你可知陆陵君何时启程？”

太子悠然道：“今天啊……”

我：“……”

“皇姐你这又是什么表情？”

我站起：“配军路途遥远，陆陵君腿伤未愈，岂能让他今日就走？”

太子古怪地瞧着我：“你怎么知道他腿伤未愈？为什么你也这么关心他？莫非……啊，莫非你和驸马都喜欢上他了？那该如何是好？哎，皇姐，你要去哪儿？”

我乘着宫中快骑一路狂奔，出了城猛赶了五里路总算见到迤逦的充军队伍。

这一路我想过很多要和陆陵君说的话。

我想说“真抱歉我记忆力不大稳定现在才想起你来，你还活着真的太好了”，又想说“陆兄我没能保护好你我愧为朋友”，想着想着鼻子酸出各种情绪，不管如何接下来必然会是涕泪交错的画面。

然后当我策马驶到队伍近前，就听到了那个熟悉的声音夸张地对同行的伙伴们道：“哎哟，你们不知道，襄仪公主其实有很多恶习的！比如睡觉会打呼噜啊，还有吃饭不洗手，走路还有点外八，你们晓得吗……”

旁人将信将疑：“真的假的？”

“本公子可是奉命观察她数月，她在国子监的那段时间咱们朝夕相处，我若骗人，现在又岂会和你们一同来充军不是？”

有人又问道：“可襄仪公主看上去如此貌美……”

那人得意忘形，若非戴木枷锁只怕是要手舞足蹈了：“那都是上了妆的，她素颜真的一般般啦……”

我被这话呛到咳出声了。

陆陵君听到声音愣是停下步伐，同行的流犯见他驻足亦慢下脚步，疑惑地看着我，前头负责带队的官兵见队伍滞了下来，一路小跑上前，气势逼人道：“何人在此扰乱本军爷押送囚犯？”

我掏出玉鉴在那不识相的官兵眼前晃了晃，正想和颜悦色地请官兵让我和陆兄好好聊聊，哪想那官兵两眼一对，双腿登时就软了下来：“属、属下不知是公主殿下……求公主恕罪……”

周围发配的流犯闻见了，也都吓得屁滚尿流稀稀疏疏跪下身叩首。

我眉毛突突直跳。

看来几日前大殿发威一事给大家都造成了不小的心理阴影啊。

好在陆陵君没有随大流，只是朝我鞠了个躬，笑道：“白兄！”

我一手支着马鞍翻身跳到他跟前，正欲回敬他几句，跪在脚边的官兵却猛地拿着刀柄狠狠地敲陆陵君的脚踝，迫使他跪下：“大胆狂徒！见公主殿下还不行礼！”

陆陵君跪地的闷声直把我心抖了三抖，想起他膝盖上的伤，心疼瞬间转为愤怒，我伸手指着那官兵道：“谁让你动他的！”

那官兵傻眼：“呃，他、他、他见公主不叩拜……”

“他是本公主的人！本公主准他不拜！”

那官兵登时噤若寒蝉，一边亲手扶起陆陵君，一边直对他赔不是，我瞥见陆兄手腕上用刑未愈的伤，瞅着那木枷锁更是不顺眼，对那官兵道：“替他解锁！”

那官兵犹豫了片刻，结巴道：“殿、殿、殿下……这……这枷锁解开无处安放啊……”

我眨了眨眼，不想这竟是个敢于挑战权威的小兵。

此等勇士本公主哪有不给嘉奖的道理？

所以最后我让那官兵自己把枷锁给戴上了。

不管怎样，总算能找处安静地儿和陆陵君说说话了。

我心上掂量了一番，最后还是先拣了个比较重要的问题：“陆兄，你真觉得我素面朝天平平无奇？”

陆陵君：“……白兄，你来是与我说这个的？”

我道：“不是。”

“……”

我又斟酌了一番，重新道：“陆陵君，你，可愿当我面首？”

“……”

我咬了咬牙，“我想了许久，这是能救你的最好的方法了。”

他本来一副被噎着的表情，见我不似说笑，才叹息道：“还是不要了。”

“你不是曾说过，你陆陵君一不求入仕拜相封侯，二不羡清名流芳百世，平生最大的志向便是做襄仪公主的面首吗？现在既能达成夙愿，又能免予苦役，何乐不为？”

陆陵君哇了一声：“原话你都记得，愚兄佩服佩服。”

“此等惊世骇俗的话哪能轻易忘掉？”

陆陵君不好意思地挠挠头：“彼时我还不认识公主殿下，故而才会将一切都想得比较美好。”

“又诓人。”我道，“你足足吃了我两盒绿豆糕一盒红豆糕，还想装不认识我？”

陆陵君眨了眨眼：“你……记起来了？”

“你说呢！”我没好气道，“我还记得我一回宫就让大哥差人满天下地找一个叫陆陵君的孩子，结果呢！”

陆陵君怔怔地，冒出一句：“你那时候有来找我？”

“废话！”

陆陵君咧开嘴，笑得很是灿烂：“果真？”

我看不惯他那得意的样子：“倒是你，你又没失忆，怎么就不老老实实说呢？”

“说什么？”

“说……说我们过往的渊源啊，说你就是那个小乞丐啊……”

陆陵君哈哈一笑：“原来你到现在都没有发现啊！”

“发现什么？”

“那年，你把在雪地中等待死亡的我救回来，于你而言，或许只不过路途中的举手之劳，可于我而言，一路上车马流转，只有你肯停下来救一个脏兮兮的小乞丐，真是个好人。”他顿了一顿，“可你其实并不知道，在马车上醒来后，我看到你养尊处优，我问自己，何以上天如此不公，有人能够锦衣玉食，有人却注定孤苦。这样想着的时候，我就起了歹念。”

“……”

“你以为我是要救你的兔子吗？我只是把你马车上的贵重首饰都偷了趁机逃走，哪知你的阿白却追了上来……恰巧有几个乞丐看我遮遮掩掩不大对劲，我才顺势抱住阿白，装作是要保护兔子的样子……”

“结果你就没头没脑地跑来了，还特霸气地亮出你公主的身份。” 陆陵君笑了笑，“我吓得要死，只好扯了个弥天大谎。”

我努力顺了顺肺气：“得，我知道你是想嘲笑我那时候傻……”

“你是很傻，认贼作友还沾沾自喜……”

“……喂！”

陆陵君的声音不自觉地柔和起来，“可你却对我说，要带我回家。”

“你明明贵为公主，在危难之际却把我的性命看得和你自己的一样重要，我真没见过你这样的人。”陆陵君眼若晨曦，“虽然我很自私也很怕死，可那时候我告诉我自己，哪怕豁出这条命，也要保护好你。”

我耳根有些热：“陆兄，你一本正经的模样真的和你长得很违和……”

陆陵君斜眼：“可即使那个公主对我来说有多么与众不同，当我以为你是个会被驸马处置的面首时，我还是毫不犹豫地用约定把你换出来了啊。”

我这回倒是怔住了。

“回忆固然美好，可既然过去，我陆陵君绝不会眷恋不舍止步不前……”陆陵君笑靥粲然，“所以……就算康王告知我你是假冒公主的坏人，或是我得知你是货真价实的真公主，是男人也好，是女人也罢……于我而言，”陆陵君道，“你始终都是白兄。”

我心头暖流暗涌，只听他道：“是在岳麓茶馆相识，在国子监同院，白首如新，倾盖如故的白兄。”

“你说，哪有兄弟给兄弟做面首的道理？”

我被噎了一下：“那不过是权宜之计……”

“有什么好权宜的！”陆陵君笑得肆意奔放，“不过就是充军，男子汉大丈夫敢作敢为，我虽然没能长着忠心耿耿的脸，还是有些豪情壮志的嘛，保家卫国什么的……”

我当头给他一个掌盖，忍不住笑骂：“吹牛别吹太过！适可而止啊！”

陆陵君空手挥扇：“本公子句句肺腑！尔莫要以貌取人！”

我自然以为陆陵君只是不愿连累我才信口胡扯，谁又能想到，仅是数月之后，他就立下了战功，独揽八校之首，御赐仁勇将军之衔呢？

那头的官兵们等不及了想要赶路，碍于自己的小命又不敢催促，陆陵君哎哎几声，猝不及防地给了我一个大满怀，嘿嘿说：“这样他们瞧见了，一路上就不敢为难我啦。”

我笑：“你不要欺负他们，再怎么说也是尽忠职守的好将士呢。”

陆陵君眼神微动，明明是还想和我多攀谈的架势，可终道："白兄，虽说我在的时候，也没有怎么照顾你……但我还是要象征性地说一句离别之人都会讲的废话——顾好自己。"

我："你才是！"

他流露出想要煽情的神情，"我说的'顾'，既不是瞻前顾后的'顾'，更不是顾全大局的'顾'。那些'顾'，往往会让你顾此失彼，失去你最为重要的事物。"

我难得没驳他的话。

"好啦，意思就是，女孩子就是要无理取闹随心所欲些才讨人怜爱嘛。"

我也笑了："知道！"

天色渐黑，再不启程，怕是要留宿荒郊野岭了。

送他离去的时候，我无意瞧见了他转头那瞬敛去的笑容。

可我装作没有看见。

只留给他一个卖力挥手的背影。

走到很远的时候，队伍中好像又传来什么哄笑声了。

这家伙，不知又在造我哪门子谣。

我擦了擦忍了许久的泪珠，想回头去寻马儿，却看到马儿上坐着一个人。

京郊秀林，乌鸦栖树。

那人的脸色比乌鸦的羽毛还要黑，可眉目却比空谷清风还要雅致。

宋郎生，每次出现都是神出鬼没，偏偏是在我最需要他的时候。

不知怎的，心情蓦然好了些许。

"驸马，你是来找我的吧。"我伸手等他拉我上马，他深深看了我一会儿，两腿一夹，驭着马缰拐了个弯自己走了。

我："……"

见他没有停下的意思，我撒腿在后边跟上，喊道："喂——怎么不等我——"

那已经离我有些距离的宋郎生冷不防道："因你红杏出墙。"

果不其然……

我扬声唤道："我——没——有——"

宋郎生勒了勒绳放缓了速度，却没回头："哼。"

我：“……”

原本大睡初醒就有些体力不支，跑出几步跑倦了，我索性躺地上装晕。

等了等，等了又等，总算听到了嘚嘚的马蹄声。

宋郎生跳下马一把搂起我：“阿棠！”

我借机回搂住他的脖子紧紧不放手，得逞道：“阿生！”

“……”

阿生气得想把我从他身上扒下来。

“不好了！”我忽然想到什么，紧张地道，“驸马，我想起一件事。”

“何事？”

我无比认真地凝视着他的眼：“咱俩以后生的娃……是不是该取名生棠？你一见他就喊‘升——堂——’，然后他回‘威——武——’”

未出世的升堂的爹：“……”

晚霞退却，天空墨蓝。

被我磨到无计可施的宋驸马最终还是捎带上我回家了。

他虽说还是心不甘情不愿的样子，却紧紧地环着我生怕我跌下马。

这一路上，我发觉有好几条道路都悬挂着红灯笼，笼中无烛火，有些许陈旧破损，奇怪地问宋郎生：“何以这些灯笼我以前从未见过？又为何都只挂路的右半边？”

宋郎生没有说话，我以为他还在生气，转头瞪他，却见他颇有心事地抬首。

他缓缓道：“这些灯笼，是公主你命人挂上的。”

我讶然：“我？几时？”

他抿了抿唇：“在我生辰的……前一日。”

不知怎的，听他提到这个日子，我心底微微一颤：“我挂这些灯笼做什么呀？”

宋郎生摇了摇头：“那时你说你要告诉我一件事，但第二日……你便失踪了。”

一件事？什么事？

我局促地笑笑：“这样啊……都过去这么许久，这些灯笼怎么都还在啊？”

静了足足有一盏茶的工夫：“我以公主的名义，把它们留下来了。”

“为何？”

他揽我的力道稍稍加重了些："只是想，若能从这些灯笼中找出谜底，也许，就能找到公主了。"

简单的一句话，蕴含了那段岁月里，太多我看不到的他。

是否刮风下雪时损了灯笼，他都要唤人修补替换?

是否夜幕降临回府途中，他会独自走一走，望一望?

转眼到了公主府前，宋郎生下马，把手伸向我："到家了，下来。"

家?

我怔怔地望着我的驸马，恍惚间竟觉得有些不真实。

莫名地，我想起那年送恩师方良后，一样的两个人，一样的回途。

然而后来的后来，我们却经历了那样多，变了那样多。

今日陆兄同我说：那些"顾"，往往会让你顾此失彼，失去你最为重要的事物。

或许他说得没错，可我再也不愿尝到失去的滋味了。

心下有了决意，我把手放在他的掌心，借力跃下，迎上他的目光："驸马，我有个秘密，一直不敢和你说。"

"哦？"他挑起了眉，"宋升堂？"

"……我没在说笑……"我将他的手握得更紧了些，"这个秘密藏在心里好久了。从前，我以为我们之间横着别人，害怕说出来反倒自讨没趣，后来我知道事情并非我们看到的那样，又想着挑个更好的时机告诉你，可我此刻觉得我等不了了……"

宋郎生："……公主在说什么？"

"我是说……"我深吸一口气，"其实采蜜就是……"

"采蜜？！"

宋郎生讶异惊呼，可他目光却不是看着我，我顺着他的眼神方向扭头，竟在重重树影之下看到一个人。

月华之下，那人一身紫衣罗裙，瘦弱的身段显得弱不禁风，眉目却是清秀怜人。

若非皎月照着她斜影长长，我一定以为自己是撞见鬼了。

可惜不是。

采蜜。

这个在我身旁侍奉多年的小宫女，我怎么会看错。

没等我及时反应这个驸马口中已埋入土中的死人怎么会出现在这儿，下一刻，她奔上前一把搂住宋郎生。

“大哥哥！”

她的冲力太大，使得宋郎生往后一退，原本牵着我的手挣了开来。

我呆呆地望着自己空荡荡的手心。

再抬起头，宋郎生百年难得一见的震惊和无措落入眼中。

而采蜜长长的睫毛渗出一滴又一滴的泪珠，抽噎道：“采蜜……采蜜终于找到你了！大哥哥！”

# 第十五章 复活的采蜜

当一个你以为已经死了三五七年的人在一个月圆夜闷声不响地出现在你家门口……

在我自个儿幻想过的几百种宋郎生与采蜜重逢的场景中，此情此景算是最骇人的。

尽管她哭得梨花带雨好不动人，宋郎生依旧直着身子不为所动。

我尴尬地站在一边端详着这从小与我一同长大的小宫女，一时之间仍未能整理出什么所以然来。

就在此时，宋郎生同手同脚地退了两步，脖子不自然扭向我，问：“鬼？”

“……”我怎么就忘了，那段我为了逗驸马开心讲故事的岁月里，他一听就冒冷汗的就是鬼故事。

不等我提醒，但听扑通一声，采蜜晕倒在地。

宋郎生不仅不扶，反倒再退一步，我于心不忍，道：“她有影子啦。”

宋郎生阴恻恻地盯着她，僵着肩问我：“莫非是僵尸？”

我：“……”

不论如何，采蜜还是被我们抬回府里去。我差柳伯唤周文瑜来问诊，又让侍女替她盖好被褥，这期间宋郎生怔怔地坐在客屋里盯着采蜜，不知在想些什么。

我拉了把椅子坐他身旁，支着下巴问他：“她当年……不是被你埋了？”

宋郎生沉思片刻，慢慢道：“故我在想，是否坑挖得太浅了……”

言下之意是遗憾没能挖个深坑怎么就让她爬出来了是吗？

好在周文瑜及时赶到，施了几十针才让采蜜悠悠转醒。

她醒来的第一反应是找她的“大哥哥”，第二反应是泣不成声地和我打招呼。

我呵了一声，她红着眼睛低着头开始述说自己这些年的百转千回。

其实也没怎么复杂，那一年，她亡命天涯的路上不小心从马背上跌下后就失去意识了。

貌似宋郎生的坑确实挖浅了又加上大雨滂沱冲掉了些许埋葬在她身上的泥土，被个路过的好心人给救了。

所以大意上就是说她当年只是假死断了一会儿子气，却被宋郎生当真死人活埋了。

长时间的窒息让她半身不遂，足足躺了五年才能下床走动。

接下来两年时间她到处寻觅她的大哥哥，说到这里的时候她眼泪汪汪地盯着宋郎生，见我挑眉，她又接着道：“可我始终都找不着，想起我的失踪应会让公主殿下担心，就想先来寻殿下，怎料就见到了大哥哥你。”

我呵呵一笑，努力让笑容不那么像讥笑，“难为你过了七年还能想起本宫会不会担心你。”

采蜜一副茫然无措地看着我们，问宋郎生：“对了，大哥哥，何以你会在公主府呢？”

她睁着眼摆出这副浑然不知心上人已经娶他人为妻的神情，害得宋郎生怔怔张了张口，半晌无语。

一瞬间，我从驸马的眼里，瞧见了当年大哥哥宠溺小妹妹的眼神。

那本该是属于我的，现在却用来望另外一个女子。

采蜜见他不答话，又转头看向我说：“公主，他就是我那段时日常和你提及的大哥哥呀，采蜜每日回到玉龙山庄都会同你说起呢，你是因为采蜜认识他的吗？”

到此为止，我啧啧称奇，唯有感叹这丫头的演技已经到了炉火纯青的境界。

倘若我此前已经与宋郎生相认，她这番话不免会让宋郎生怀疑我是以她身份的名义骗得宋郎生的心，若没相认，那敢情好，我若马后炮说我才是当年的小妹妹，可不摆明着瞎说，若是我，为何和宋郎生私奔之人会是她？别忘了，当年的大哥哥唯一见过小妹妹的容貌，正是她。

她见我们俩都不说话，呆呆地等着，我猜接下来如果告诉她宋郎生是我的驸马她必然会哭着摇头“不可能，怎么会……”然后挣扎许久说“采蜜当年就不该活下来，采蜜这就走”诸如此类的话。

宋郎生到底还是开口了，“我……我已娶了公主为妻。”

采蜜静默须臾，眨巴眨巴眼以为自己幻听一般，“不、不可能，怎么会……大哥哥你是不是在骗我……公主，你怎么会……”

我扶了扶额，只见她继续喃喃自语，眼泪啪嗒啪嗒滴个不停，掀开被褥穿好自己的鞋袜道：“采蜜明白了，采蜜来错了地方，不，当年我就该被埋在那黄土里，不该惹公主和驸马爷烦心……采蜜这就走……”

未卜先知的我：“……”

剧情进展到这时，按理说宋郎生是要拦下她，并怀着浓浓的歉意和愧疚之情照顾她，我必然为之愤怒，两天一小醋三天一大醋，成天想着把采蜜赶走或者说一些“她根本就是假的”这样的话。

继而宋郎生会对这样的我感到痛心疾首，说“她毕竟是因为我才吃了这么多年的苦，我只是想好好补偿她，并无非分之想”。

而身为公主身为妻子更身为当年真正的小妹妹的我怎么可能容忍得下夫君维护一个女骗子？几番之下心灰意冷，让宋郎生签好和离书带着采蜜滚出公主府。

果不其然，宋郎生急匆匆地站起身，一把握住采蜜的手，“我岂会就这般让你走了？！”

采蜜不可置信地回转过头，“大哥哥，你……”

宋郎生对她道：“你稍等，马上就好。”

我脚下一软，不是吧，过程全都省略了，驸马这是要直接打包走人的架势吗？

待宋郎生返回时手上居然真拎着一袋包袱，路过我跟前时顿了一顿，“对不起。”

我：“……”

他将包袱递给采蜜，郑重其事道：“这些年我在朝中当官，俸禄不薄，可平日里大部分还是上缴给了公主殿下，这些是我攒下的，加起来总归还是有二百两的。”

采蜜与我："？"

宋郎生艰难地挣扎了一会儿，依依不舍地把手中包袱递给采蜜，道："给你路上当盘缠吧。"

采蜜："……"

我："……"

最毒驸马心。

我头一回觉得驸马毒得如此可爱。

但，只怕采蜜却不这样认为。

她风尘仆仆而来，绝不可能无功而返。可偏生自个儿哭着要走，驸马也不挽留，走也不是不走也不是，最后只能原地站着任由自己的眼泪扑簌簌地落。

这个采蜜已然不是当年那个会举着小拳头肆意地说"愿为公主效犬马之劳"的小宫女了。

我又悄然朝宋郎生面上瞥了瞥，虽说他一向毒舌刻薄，然而今夜之举措实不像是对一个千里寻来的昔日恋人的所为。

我心中数种滋味杂陈，只道："夜已深，采蜜身子骨还弱着呢，让她上哪儿去？先让她好好在这儿歇着吧。"

宋郎生没说什么，甚至没多看采蜜一眼，就跨门而出了。

屋里就剩我和采蜜二人。

忽然间，我不知该说些什么。

是痛斥她当年冒充我的名义私奔，还是质问她种种居心叵测？

自打我恢复小妹妹的记忆后，每回想起采蜜，只当是她当年在替我传话时迷恋上了驸马的天人之姿，坠入爱河，故不念及我们主仆情谊，才鹊巢鸠占，意外身亡的。

可现下看来，事情绝不这样简单。

从马背上摔到半死不活之人还被埋于土中，此时此刻能好端端地杵在这儿，若我会信她所谓的"被好心路人所救"，这监国再当下去只怕要亡国。

采蜜依旧在哭。

我双手横抱于胸前，靠在窗边看她哭，直到她不好意思继续哭的时候，我才开口道："若现在问你，当年究竟发生何事，今夜你为何而来，你会如实相告吗？"

采蜜神情中浮起一抹惑色，"当年大哥哥约采蜜在枫树下等他，他问我要否随他走，我心系于他，自然相随，谁知途中遇杀手遭遇不测……事情便是如此，何谓发生何事，何谓为何而来？”

我叹了叹气，想来她怕一言有失而露出破绽，誓要将这出烂戏演到底。

她又像在琢磨我的话，道：“公主是问大哥哥为何要离开京城吗？这，采蜜并不知晓。”

她是在暗示我，若我要追究她私自逃宫之罪，她就会揭穿宋郎生谋逆案的身份吗？

“这样啊，”我的笑停在唇边，“那——”

她抿了抿唇，眼眸闪过一丝警惕。

“早点休息，”我抬手在耳边，给了她一个温柔无比的笑，“晚安，采蜜。”

出了后花园，我止步在栅栏边，远远看着客楼小屋的灯熄灭，轻唤道：“阿左，阿右。”

两个影卫适时从阴影处蹿出，齐齐单膝跪下：“公主。”

“你们方才在屋顶都听到我们的谈话了吗？”

阿左阿右点头。

我淡淡道：“她右手虎口处有厚茧，应是练了剑，十之八九是当年救她之人所教，她此番前来，必有所图。阿右，你回明鉴司告诉陶渊，就说是我的意思，查一查采蜜这个人。”

阿右说完领命二字后嗖的一声就不见了。

阿左举拳问我：“公主，我呢？”

“没你什么事啊。”

阿左：“……那公主叫我出来是为哪般？”

我食指在下巴下敲了敲，“查岗。”

阿左：“……”

夜深人静时我总会抱怨父皇为何要把公主府建得这么绕。

当我找到宋郎生的时候，他正坐在水榭的一方小亭中。石桌油灯明明灭灭，晕得他侧颜红光闪闪，煞是好看。

我就在他对面坐下，双臂枕着脸颊看他，宋郎生微微偏头，也托腮和我静静对视，我被他的样子逗笑了，“干吗这样看我？”

他平平道：“瞧公主有没有吃醋。”

我嘁了一声：“我为何要吃醋，你就差没直接撵人走了。”

他忽然勾起唇角，却没反驳。这个笑，令我有些恍惚。我脱口而出：“驸马，你为什么要试探采蜜？”

他一怔：“什么试探？”

我斟酌了一下：“连周文瑜都说，她脾肺严重受损，只怕这一辈子都得靠药物撑着，还因你躺了五年，你转头就拿着二百两打发她走，说实话，我除了你在试探她以外想不到其他理由。”

宋郎生揉了揉额角：“瞒不过你。”

我坐直身子听他说。

“她方才若真心想走，早就走了……可她却一直在哭……”宋郎生叹了叹气，“阿棠，我想，她是想留下来把我从你这儿抢回去的。”

我一时间有些迷糊。虽然从我的角度是能够一眼瞧出采蜜的居心，但那是因为我才是真正的小妹妹呀，可宋郎生明明什么都不知道，却能在恩怨情仇迎面袭来的时候那么清晰明了地看穿本质——

找了个大理寺卿做夫君果真毫不浪漫。

“她不是你过往心心念念的未过门的妻子吗？那时你说什么也不肯娶我，不正是因为她吗？”我问，“她回来了，难道你一点儿也没有动心？”

宋郎生看着我，似笑非笑：“过去的人，对我来说没有意义。”

我心里没由来地一堵：“何谓没有意义？”

“我不愿再谈这件事。”

我不清楚自己怎么想，一句话从嘴里飘出：“只因不愿与今后牵扯，就极力撇清过去，驸马，我从不知你是如此无情之人……”

“我只是，”他截住我的话头，眉心微皱，片刻后才说，“我只是有些害怕，又要有什么人什么事让我们分开。”

这话猝不及防地触到我心尖上柔软的地方。

我总把自己联想成苦苦守候的采蜜，故而会对宋郎生的举动如此愤慨，却罔顾他一心向我的心意。

哪怕辜负小妹妹令他愧疚令他痛楚，也不愿他的公主再受伤害。

他如此待我，我岂可再有所隐瞒？

我一把拉起他往回走，他一头雾水地跟着，直到了书房门前方停了下来。

我盯着他的眼，“你就在这儿等着，我有东西要给你看。”

我踏进书房，在书堆里翻找那本之前被我收起来的棠心簿，那本属于我的日记上清楚载着我与大哥哥的那段时光，驸马看了必会知悉一切，我们之间亦不会再有阻碍。

可就在我找到棠心簿之际，无意间瞥见一道明黄色的信封，这信封的样子我认得，素来父皇有要事，皆会命掌事公公亲自走一趟送来信纸告之。

奇的是那信纸上的红火漆完好无损，从未有人将其拆封。

我心念一转，顺手拆开抽出那道信纸。

然后在打开的时候呆住了。

信上父皇狠狠地叱责我，说我不安分待在玉龙山庄避暑与宫女胡闹已被他知晓，回来必要好好惩戒我一番，但错有错着，他因派人追查那名书生的底细，发现了他爹正参与一桩谋逆案。信的尾声父皇让我好好留心，必要时要利用那名书生，勿要走漏风声。

我不可置信地捏着信，直待几番确认了落款与日期。

正是我刚认识大哥哥不久时，父皇写给我的亲笔信。

所谓与宫女胡闹，说的是我以采蜜的身份溜出山庄在民间逗留之事。

而信中几番提到的书生，恰是当时的大哥哥宋郎生无疑。

我闭起眼努力回想。

这封信……应是当年我溜出玉龙山庄，让采蜜乔装成我时，掌事公公送来的。

奇就奇在，何以采蜜由始至终都没与我提过这桩？照理说，父皇送来的信，她没理由藏着掖着。

“为何如此神神秘秘？”

宋郎生的声音忽然从身后飘来，我悚然转身。

我慌慌忙忙道：“不，不是让你在外边等着吗？”

他无语，“起风了很冷好吗？”

我心怦怦直跳。

头一次害怕被宋郎生察觉到我就是当年的小妹妹。

倘若那封信不假，倘若当年真是因我的关系才顺藤摸瓜查出那宗谋逆案……

不，这还不算最糟的……宋郎生若是瞧见这封信，会否更误以为我是为了助父皇查案才故意假冒宫女接近他……那——

“你不是说有东西给我瞧……”宋郎生低头四顾，“什么东西？”

我手心全是汗，下意识地把信纸背在身后，藏入袖口之中，然后顺手从书堆里拣起一本书给他，“这个……我是想起一本好书就想推荐给你看看……”

宋郎生端详着那本书的书封，一字一句道：“绣、榻、野、史？”

“……”

宋郎生的脸唰地就红了，“公主是在暗示……你想……那个吗？”

我哭丧着脸勉强点了个头。

“虽、虽然我也……但太医说公主还需好好调养数日……公主你别急……我们……”宋郎生的脸越来越红，“我们，来日方长。”

是夜，驸马翻来覆去久久才安静下来，而我回想着那封信的一字一句，犹如根根小刺，难除难安。

日上三竿。

我是让阿右从房梁上跳下来的动静给整醒的，醒来的时候驸马已去早朝，阿右持着一卷密卷递至我跟前，“公主，此乃采蜜卷宗。”

我将其展开，只听阿右道：“原来此前陛下也一度命人查访采蜜的下落，只可惜她这些年一直下落不明，明鉴司所留存的，皆是她失踪前的痕迹。”

我扫遍了上头所录采蜜的出身经历，并无不寻常之处，只是在最末尾处提及采蜜失踪那夜疑似被一名男子带走，明鉴司的影卫追上时除了一堆已经死去的杀手，再无其他可疑人。

而遗留下的物什，有刀剑，还有一个锦囊，锦囊里所盛，是半袋味道特别的碎肉干。

“碎肉干？”我不明就里，问阿右，“锦囊你带出来了吗？”

阿右从兜里掏出锦囊，锦囊底色为藕，金丝绣枝，绿丝绣叶，我一眼认出，“这是我的锦囊，我记得当年我不小心把它弄丢了……”

我将锦囊翻了过来，囊底破了一个小口，里边空空如也，阿右道：“碎肉干已发霉生虫，不过……”

“不过……”我接道，“依卷宗所录，那半袋碎肉干散发着淡淡的梅花香……”

阿右点了点头。

“阿右，”我道，“京城所有驯狗之所你都走上一遍……若再无线索，去明鉴司调出所有杀手组织的案卷逐一比对，尤其留心栽过梅花的……”

阿右犹疑道：“时隔多年，恐怕……”

我道：“狗喜欢嗅熟悉的事物，人也一样。”

阿右了然点头后凭空消失。

我穿好衣袜，在屋内来回踱了几轮，想起那封信就召唤阿左下来，把信递给他看，“这信封，若是在上了火漆的状况下，有没有可能已经被人拆开阅过了？”

阿左思虑了一瞬，自腰间抽出一枚刀片，小心翼翼地划开信封，掀开里头，肯定地道：“信已被动过，再原封不动地粘上，从外看，火漆未开，像是未曾碰过的样子。”

果然。

我长长地吸了一口气，“你轻功好，现下就去跟着采蜜，若有异处，回来禀报。”

阿左飞一般遁后我直接去了趟刑部。

刑部侍郎因康王一案被撤职查办，何尚书早已忙得焦头烂额，见我无事不登三宝殿更是一脸惆怅。好在我没出甚难题，只让他把近些年几桩大案的卷宗调出来，他恭恭敬敬请人搬出几箱后就留我一人在室，我直接翻出那年谋逆案，一览而尽。

那是一宗险些成功的谋逆案。

前禁卫军统领秦松、左右大将军路宁，趁父皇狩猎期间意欲逼宫篡位。

这群人原本皆为前朝旧臣，当年父皇打江山，亏得这群贪生怕死之徒投靠的投靠、投降的投降，方能顺利地直捣皇城称帝，从而改朝换代。

立朝初期，根基未固，他们手握军权，父皇虽不信任，却也不敢妄动，后洞悉他们狼子野心，先发制人，将计就计，终将叛党一网打尽。

而宋郎生的爹名为君锦之，一名小小书坊先生，在这宗谋逆案中所充当的角色，顶多就是一提供密谋场所的，至少从表面上看，并未起什么大作用。

让我比较在意的是， 这起谋逆案的主使头头秦松年过半百却无子嗣，即便是给他抢到皇位也当不了几年，费这么大劲造反是为哪般？

更让我疑惑的是，这卷宗上记载着君锦之等人在叛逃途中为官兵擒获万箭穿心而死……可宋郎生明明说过，他爹娘是被困在一个疫村染疫而亡的。

他既然承认自己的爹娘是货真价实的叛党，就根本没有撒谎的必要。

那么这其中出入的根源是什么呢？

我又看了一轮案卷，依旧毫无所获，只觉得重重疑点犹如星星般在眼前打着旋。

拆封过的秘信、把秘信藏起来的采蜜、冒充我的身份同宋郎生远走的采蜜、父皇派明鉴司追踪到死去的杀手，还有——盛着半袋碎肉干的我的锦囊。

我闭起眼，重新把所知的碎片梳理了一遍。

当年父皇先是从我这儿查出宋郎生的爹与谋反案有关，故而暗地里秘密查访。

那时的我忙着与宋郎生卿卿我我，出宫在外，与此同时，乔装成公主的采蜜偷看过我的信后原封不动地将信藏起来，未曾与我提及此事。

随后谋逆一案震惊朝野牵连无数，而宋郎生举家连夜逃离京城。

想到此处我倏然睁眼。

是了！

按理说，犯了滔天大罪的在逃要犯，父皇大可调遣举国兵马追杀，而非暗地里请一群无名无姓的杀手连夜暗害……

再者，若当年派去追杀宋郎生一家的杀手是父皇的人，他根本没有必要动用明鉴司的力量去追查。

那么，当年真正想要置宋郎生一家于死地的，另有其人。

那个人，正是悄然看过父皇秘信之人。

锦囊里的碎肉干是用来吸引猎犬，采蜜携同宋郎生一路逃走，实为引路——为想要追杀他的人引路。

结果埋伏的杀手六亲不认，连采蜜也想一齐杀掉，必是利用干净，弃子灭口。

奈何宋郎生武功高强，终究得以逃脱，他心系父母便匆匆葬了采蜜，谁料她大难不死——没准一开始就是诈死，只待那人救起她，并医治好她。

因此可以确认的一点是，采蜜的出现绝非偶然，是当年那个人觉得时机成熟，又要有所图谋了？

而他们的目标，究竟是我还是宋郎生？

抑或……皆有？

出了刑部，我一路漫无目的地瞎转悠，看着街道上的贩夫走卒来来去去，不知怎的就逛到大理寺前。

正犹豫着要否拉驸马吃个茶点，就瞧见他从大门快步而出。方迈出几步，有人自侧边走上前去，那人拎着檀木食盒，颇有些噤若寒蝉，却不是采蜜是谁？

宋郎生见采蜜出现，神情上也是愣了下，估计是问了句你怎么在这儿，采蜜登时耷拉下脑袋，小声地应答些什么，说着打开手中食盒，小心翼翼地举在他跟前。

此时我已走近，一眼便瞧见了食盒中的栗子糕——小妹妹最喜欢给大哥哥做的糕点。

那会儿的小襄仪十指不沾阳春水，却为了大哥哥，让小宫女手把手教自己做，口感尚不佳，但每往大哥哥那儿送去时，怀着的自是满心欢欣。

那时的她，还不知大哥哥一家的灾难皆会因自己而起，喜欢得纯粹而无虑，如今想起，倒是感慨万分了。

我不知宋郎生是不是也想到了那段岁月，他出神地望着那盒栗子糕，待余光与我的视线相触，他下意识地退后一步，“拿回去吧。”

他往我这儿走来，牵起我的手，对采蜜道：“我与公主还有约。”

采蜜摆出一脸快要哭的表情。

我委实不知派她来的人想要做些什么，拆散我们？但是装可怜这一套怎么可能会对宋郎生奏效。

也好，人近在眼前，总能探个究竟。

我笑问：“你怎么也在这儿？”

“我……”

“路过是吧？”我替她回答了，“本宫和驸马正要去隔壁的酒楼吃大骨汤炖羊肉，要不要一起？”

采蜜呆住，宋郎生也呆住，“她……一起？”

“为何不？”我理所当然地挑眉，“采蜜远道而来，自当盛情款待才好。”

所谓的大骨汤炖羊肉，是月扬酒楼新上的菜式。

那段在国子监的时日常听陆陵君那只大吃货谈及，不过可惜后来他搞刺杀搞得坐牢充军一口汤都没尝到。

我们仨找了桌不起眼的位置，要了四碟小菜一盏热茶后就等大骨汤送上，我趴在桌上玩着木筷，恍然走神间，忽听到有人道："和风姑娘？"

我茫然转眸，逆着光望见一位娇艳秀丽的红衫女孩，正一手持箸一手叉腰地瞪着我，重复问了一遍："和风姑娘？"

这个世上会叫我和风的，除了陈家村的村民、煦方，也就剩这个姑娘了。

没有错。

就是那个曾被我骗到树林绑架的那位、那个手拉手躲刺客跳崖聂然先救的那位，那个让我一度嫉妒得发疯想要自暴自弃的那位——赵首辅千金叫赵什么来着。

我费了好一会儿工夫才想起她的名字，忙站起身道："嫣然？"

赵嫣然吓一大跳，"我和你很熟吗？你这么亲热叫我作甚？"

"冒昧冒昧。"我摆了摆手，又拱了拱手，"甚巧甚巧。"

这时大骨汤很不识相地端了上来，锅大得骇人，赵嫣然一瞅眼睛就亮了，"原来这么大啊，我一个人点可吃不完……"说罢死死盯着我。

我干笑了两声，"一起一起。"

赵大小姐毫不客套，大大方方地在我身旁坐下，自然而然地从桌上拿起旁边宋郎生的碗，夹了一块特大的羊排到自己碗里，津津有味地吃了起来。

宋郎生："……"

我默默端起茶盏，瞅着嫣然这架势，内心暗暗盘算是不是要再上几碗米饭才管饱，只听她嚼着羊肉问我："我听然哥哥说，你最近当上公主啦。"

"噗。"一口好茶浪费了。

我咳道："一直都是，一直都是……"

她翘着小嘴："那你怎么不早说？早说了，当时也不至于弄成那样啊……"

我："一时忘了，对不住……"

"废话！看你背上插着根箭哗啦一声就被冲走了，本小姐连连做了好几夜噩梦好不好？"赵嫣然气呼呼地白了我一眼，"那你那个……后背的伤还好吗？有没有留下病根什么的？"

我心头一暖。

那时的和风，无论如何也想不到今日会被赵嫣然关心的景况吧。

宋郎生："何谓后背插根箭就被冲走了？"

赵嫣然不耐地扭头，"女人聊天男人不要插嘴好不……"然后她在看清他的样貌后声音弱了下来，"你谁啊？"

宋郎生双目微眯："在下宋郎生。"

我弱弱捧起茶杯，赵嫣然疑惑地问："谁谁？谁生的？"

"噗。"又浪费了一口好茶。

我继续咳道："他叫宋郎生，我，"我指了指我自己的鼻子，"我夫君。"

赵嫣然"哦"了一声，"名字读起来那么拗口，以后你自我介绍的时候还是直接说你是驸马好了……"

名字拗口的驸马："……"

我笑盈盈地撑着下巴看宋郎生难得吃瘪的模样，赵嫣然见我这般，小脑袋往我这儿凑，悄然问："那你现在有了驸马……是否已把过去的事放下了呢？"

话题转得太快，我一时转不过弯，刚考虑怎么接话，宋郎生不悦地唤小二来添碗，而采蜜忙不迭地双手奉上自己的碗，"大哥哥，先用我的吧。"

岂料我这厢还未发作，赵嫣然倒先不痛快了，她皱着眉瞪着采蜜，"你又谁啊！"

采蜜缩了缩脖子，"我……"

我道："她以前是我的宫女，后来出宫了，最近难得重逢就一起出来吃顿饭。"

"宫女？"赵嫣然耸着肩呵了一声，"区区一介宫女能与公主驸马同桌共食就该感恩戴德了，没人搭理你就乖乖吃饭，乱献什么殷勤啊……"

采蜜愕然，"我、我没有献殷勤……"

"没有？"赵嫣然盛气凌人地道，"没有你嗲声嗲气地喊别人的夫君'大哥哥'是何居心？人家没碗可以叫小二也可以与自己的妻子共用一个碗，你算哪根葱瞎掺和啊？！"

采蜜无助地捏着筷子看向宋郎生，"采蜜真的没有……"

"还说没有？"赵嫣然举着筷子指着她的眼睛，"你不是公主的宫女嘛，有外人欺负你你转头看公主的夫婿做什么？还有，不要总是用那副可怜兮兮的眼神瞧人，说两句就掉眼泪的不是先天不足就是居心叵测，不信你往周围瞧一圈还有谁没事像你这副德行的？”

采蜜咬着下唇，像是极力忍耐的样子，“采蜜绝无此意，请姑娘不要妄自猜测……”

赵嫣然笑着歪了个头，“你要真觉得委屈大可立张字据，写明从今往后自己的人生若与宋郎生有任何瓜葛就自愿赴死，我回头请我爹当朝首辅做个见证，有白纸黑字在我也无话可说啊。”

采蜜正待张口，赵嫣然悠悠然道：“否则接下来你说的所有话都不足为信。”

采蜜听到这儿早已眼眶尽湿，“既然这里不欢迎采蜜，采蜜走就是了……”

赵嫣然哈哈两声，旋即面无表情地摊手，“讲的好像有人会留你似的。”

下一刻，采蜜哭着跑了。

留下我和宋郎生目瞪口呆地看着赵嫣然。

“我平生最憎恨的就是这种装无辜的心机鬼了。”赵嫣然撇了撇嘴，“怎么？”

“没事没事……”我讪讪地给她夹了肉，“吃饭吃饭……”

一顿饭匆匆吃罢，宋郎生没说几句话就回大理寺去了。

我与赵嫣然一道沿街漫步，她见我若有所思，遂问：“你怎么都不说话？”

我逗她，“没，就是看你方才那般对采蜜，想起当时你对我，真的算很好了。”

赵嫣然斜眼，“明明是你把我五花大绑堵住我的嘴不让我说话的好不好？”

我歉然而笑，“抱歉抱歉。”

“再说，那时候理亏的是我啊。”

我不解，“什么？”

她没答我，我转眸看她，她长睫落寞垂下，“没什么，反正……你现在也有了喜欢的人，挺好的。”

我不知怎么，有些心疼她，缓缓开口道：“我早就放下了。”

赵嫣然茫然回望我，“什么？”

我微笑道：“你方才问我的啊……过去的事。”

赵嫣然的目光变得深沉，她看着我的眼睛，道：“真放下了，哪还记得我刚才问过这个问题。”

我一呆，她问：“疑问没有解开，心结又从何而解呢？”

我不知从何作答。

“如果你现在孤零零地过得很凄惨，我会透露给你听……”赵嫣然俏皮地吐了吐舌头，“可你都当上公主了，我打死也不会说的……”

我挪开眼，转移话题道：“什么叫当上公主啊，本公主一出生就是公主好不好……”

她也笑了，学着我的语气，“一点也不像好不好！”

我不敢去揣测她话里的深意，更没去追问她当时煦方一夜间变回聂然的原因，只是隐隐约约预感，那些真相包藏着太多我无法承担的东西。

我俩就这样闲聊到了赵府，临别前，赵嫣然绕着小辫子同我说：“你怎么比那个时候还瘦，要学我多吃肉。”

我心上暖流涌动，忍不住问：“赵姑娘，你为何要对我这样好？”

“你那时不是救过我……”赵嫣然柔和地笑笑，“我后来就一直想，要是还能见到你，我也要对你好点，绝不能叫你看轻了。”

我摇摇头，“你比我好，真的。”

赵嫣然闻言脸颊上浮起绯红，一溜烟跑回府邸了。

我刚转身又听她说：“下次再见就不要文绉绉地叫我赵姑娘了！”

这回是真没影了。

我站在原地不住地感叹，这般肆意纯粹的性子，还真是令人羡慕。

同是情敌，想到采蜜，又不住头疼。

连赵嫣然这样单纯的女孩都能把她给骂跑，采蜜这示弱示得太令人担忧了。

到目前为止，关于她突如其来的出现，还有她背后的那个人，全然没有头绪。

还有那封信……

我伸手入怀，却摸了个空。

信呢？！

我心突地一跳，忙将全身上下都摸了个遍。

依旧不见信的踪影。

在刑部审阅案卷时明明还确认过是藏在怀中，这期间岂会毫无察觉呢？

想起那封信的内容，我脑里顿时轰的一声，某种不好的念头从心底慢慢升起。

若是……被宋郎生瞧见，那可真是大事不妙了。

# 第十六章 对曲邀月楼

小时候，我一度怀疑过父皇是不是因为去过少林寺，才能丧心病狂地把自己的书房修葺成一栋藏经阁。

我想表达的是——在父皇的书房翻找史籍是一件极为痛苦之事。

最令人伤感的是除了父皇能进来的唯有我与太子弟弟。

所以待他批阅完五沓奏折，我当机立断地唤他来感同身受。

太子顶着两圈乌眼眶替我搬了两捆卷宗，坐在紫藤虎雕的宽椅上问我：“皇姐，你究竟想知道些什么？”

我席地而坐，一面浏览一面问道：“你是几时得知宋郎生是前朝叛党君锦之之子的？”

太子回忆了下，“你们成亲不到一年时。”

“从何得知？”

“想不通他这般人物何不通过科举入朝，命人调查一番，从大理寺丞何云那儿挖出来的。”

“对啊。”我瞧着他，“所以你不觉得奇怪吗？”

太子回望着我，“哪里奇怪了？”

“连你都能想到的事，父皇怎么可能想不到？”

太子欣然，“你是想夸赞本太子青出于而胜于蓝？”

“请不要曲解我的本意。”我纠正，“父皇，早知道了，且在我们之前。”

说罢我将手中的卷案递给他，上边载着君锦之与宋郎生的关联之处。

太子看完愣愣，不由得抬头，“既如此，父皇怎么可能会让你们成亲的？”

我摇头。

“不对，什么成亲，父皇怎么可能让他活得好好的？莫非父皇觉得驸马是真心待你……”

“……这种可能性连微乎其微都达不到，好吗……”

“……说来也是。”

我站起来，执起案前黄玉笔，在纸上胡乱画着圈：“我今日去刑部调看当年一案，无论如何也想不通当年的秦松为何要谋这个反？即便那时民间仍有许多忠于前朝之人，可秦松是主动降于父皇的，有谁会服从一个卖主求荣的人为皇帝呢？”

太子频频点头，“再者那么一大把年纪还膝下无子，就算被他侥幸得逞还不是得拥立别人……”

我笔下动作一顿，“你刚刚说什么？”

太子见我突然发问，呆了呆，“我说……若得逞不是还得拥立他人为帝……”

千种头绪在心中飞掠翻涌，却被太子弟弟一语惊醒。

我问太子，“前朝惠帝有几个皇子几个皇孙？”

“两个皇子三个皇孙……”太子把玩着案上的翡石雕，眨着眼，“都让父皇给杀了啊。”

“后宫呢？”

“一把火烧干净了，一个活口也没留。”太子有些不忍心地拧眉，“暴君啊……”

“很好，”我斜眼，勾了勾手指，“你去，把前朝的皇族族谱给我找来……”

“……父皇这儿会藏那玩意儿？”

“通常来说暴君灭门后都会有这种嗜好。”

“……”

前朝拥有皇室血统的王爷有九个。

两个病死，其余六个都死在对抗父皇军队的战场上。

除却一个漏网之鱼——惠帝的胞弟端王，早几年曾因功高震主得罪了惠帝被遣到了南方，江山易主后便不知所终。

太子同我一齐跪坐在几案旁看着族谱，族谱上的人名都被朱墨圈了红圈，不用想，自然是父皇画上去的。

太子道："这个端王素来具有贤名，当年惠帝若重用他也不至于沦为那般田地。可他也被圈了红，人怕是已经死了……"

我指着端王的名字，"你不认为这个红圈不论从粗细还是深浅都与其他的不同吗？"

太子凑近细瞧，"像是……事后补上去的。"

我笃定道："换而言之，这个端王是后来才死的。可立朝来，你有听父皇提过前朝端王之事吗？"

"大隐隐于市……"太子摸了摸下巴，"若这端王是秦松他们谋逆案中死去的话，那么当年那些人中究竟哪个才是……"说到一半却停了下来。

太子乍然抬头，与我诧然相视，异口同声道："君锦之！"

我被这种可能性激得后脊一凉——驸马是前朝皇室？

太子的脸白了白，旋即又反应过来："不可能，若当真如此，父皇早八百年前就会把宋郎生斩草除根了，又岂容许他当你的驸马？"

说来也是。

君锦之倘若真是端王，父皇就是动用神武大炮将他轰成灰都不足为奇，岂会由他连夜逃走呢？

太子见我一惊一乍，安慰道："那君锦之八成只是不小心牵涉其中的小人物，我想你是多虑了。皇姐，你和驸马自大婚以来就没消停过，你可知你失踪那会儿他都快患上相思病了，每夜离开大理寺就会走上几条街数灯笼。我于心不忍，便想找人拆了，谁知他气红了脸要来找我理论。唉，姐，他那样的人都能为了破灯笼发脾气，可想而知对你用情有多深。"

头一回听说这样的事，心底有股说不出的滋味蔓延开来，我问说："你可否知晓我当年挂那么多灯笼是何用意？"

太子连连摇头，"没准是当时你与驸马吵得太凶，你想哄他开心就……"

话未说完，我一抬手，“打住！何谓我与驸马吵得太凶？我们吵架了？”

太子歪着头瞧我，“你们几时不吵架了？”

“不是，你会否弄错了……”我道，“虽然我们起初相处是不大融洽，但后来，就是你找了颗忘魂散威胁宋郎生让他给我服下，这事你可还记得……”

太子点头。

“后来发现了，我一气之下离家出走……”

太子再点。

“我漂泊了一段时间，遇到了天灾，伤了腿又遭人迫害，被困陈家村，还差点被烧死了，你记不记得……”

太子摆出很认真在听我说话的神情，“所以呢？”

我拍案道：“所以我们怎么会吵架？！”

太子茫然呆滞地瞅着我，摊手道：“恕小弟愚钝，我似乎不是很明白这二者的因果关系……”

我登时翻了个白眼：“此前不和是因我不了解他对我的心意、他也不承认对我的情意，但那次他冒死救我后我们已经互诉衷肠了……历经磨难九死一生的相聚难道不是应该恩爱甜蜜难舍难分……”

太子睨了我一眼，“……性格不合？”

我：“……”

“其实，你们刚回来的时候的确柔情蜜意的，连上个早朝都会眉来眼去……”太子慵懒地靠在椅背上，双手放在暖手炉上摩挲，“可后来不知怎的，驸马恢复了对你爱理不理的样子，你也不似从前那样会百般讨好他……”

“为何？”

“我哪知道？”太子想了想，复又叹了叹气，“我还记得皇姐你失踪的前几日，父皇独自召见驸马入寝宫，不知他说了些什么冲撞了父皇，隐约是想让驸马做什么，驸马抵死不从，彼时天降大雨，父皇一怒之下就命他跪在寝宫外跪到答应为止。于是驸马就撩起袍子二话不说地跪着，足足从未时跪到了申时，直到皇姐你赶进宫，同父皇求情。”

“然后呢？”

“父皇难得不领你的请，你也执拗，转头就陪着驸马一起跪，一起淋雨。”

我被自己的情深意重打动了。

故而我们是因此冰释前嫌的吗?

“跟着呢?”

“跟着你们又从申时跪到了酉时，酉时跪到戌时，这期间雨居然一直没停……”

“……这期间，请问你在做什么?”

太子理所当然道：“替你们算时辰，还有观察天气。”

“……”果然是我太过位高权重了吗?

太子往炉里夹了炭火，“最后父皇到底还是心软，松了口让你们滚回府闭门思过……你喜出望外地扶他，他却甩开你走了，留你一人蹲在雨中痛哭……”

我怔住了。

宋郎生他……抛下了陪伴他淋雨的我，独自离去?

听着太子云淡风轻的叙述，即使我什么也想不起来了，那滋味，也委实难受。

只是何以宋郎生从未提过呢?

后来太子再说什么朝中政务，我都听不入耳了。

一直到我坐在回府的轿中，耳边还反反复复响着太子的那句“留你一人蹲在雨中痛哭”，越想越觉得心中似乎空缺了一块，不知该如何补全。

“轰隆隆”的雷鸣，转瞬大雨倾注而下，轿夫问我是否还要继续前行，我撩开轿帘见雨势凶猛，恰好旁边有个小亭，就撑着伞先在亭中避避这一阵雨。

亭中无人，我靠坐在长椅上，木讷地看这雨幕，仿佛把我带回到另一个雨夜中。

那夜的雨比此刻还大，我紧紧拉着他，“我不知你为何要如此，更不明白我们之间为何会走到今天这个地步，但既然说过生死与共……”

却听到他在挣开我的手时说的话——

“那些话，从来都是公主说的，我没有。”

只有这段破碎的记忆，再多的，怎么努力回想都想不起来了。

可记不得宋郎生这话的前因后果，却记起听到这句话时候的泉涌悲伤，我闭上眼仰起头，任凭斜雨溅在脸上，滑入衣间。

不知多久，脸上感受不到冰凉，睁开眼发现一只衣袖挡在眼前，替我遮住了袭来的雨点。

清风牵着广袖飘逸，我扭头去看衣袖的主人。

夜色下，那双深沉的眸中倒映出我自己的身影。

“聂然，你怎么会在这儿？”

他静静地看着我，开口道：“避雨。”

我这才发现他手中无伞，衣衫已落了不少雨，却不见得狼狈。相反我肿着的眼睛应当很煞风景，我避开他的目光，“这种雨应该很快就能停了。”

话音落后，陷入长久的无声之中。

就在我以为我们会一直这样呆坐到雨停时，他清冷的声音在耳边响起：“抱歉。”

我不明就里，“抱歉什么？”

“不知你是真正的襄仪公主。”

“哦。”我伸手让雨滴在掌中噼里啪啦地坠落，“我并没有把这件事放在心上。”

“为何你从不解释？”

我道：“解释不解释有什么分别？”

聂然缓缓道：“你若是假公主，那么驸马或许只是操纵你的人，可若是真的，那么他便是你的夫婿……”

我莫名其妙，“那与聂大人有什么关系？”

聂然垂眸道：“既然公主已有了心上人，当初又何苦……”

“我当时不是什么都不记得了吗？”我有些不耐，转头看他，“聂司业都把整个村的人都请入京了，你不要告诉我你不知情？”

他终于变了脸色，“公主的意思，如果恢复了记忆，那么即使是在陈家村时，你也会离开？”

我的心有些飘忽。

这个如果，卫清衡问过我，宋郎生问过我，如今连聂然也问。

那时候的和风究竟是喜欢煦方多一些还是宋郎生多一些……

“这种问题，与聂司业又有何干系？”我一瞬不瞬地看着他，“这个世上最该问我这个问题的人是煦方，可他已经不在了。他若还在，根本不会问我这样的问题令我两难，哪怕我想离开，他也会……”

他会放手，只要我好。

那个时候的煦方，是这样回答我的。

没有自信没有安全感的和风，总是喜欢问许许多多假设性的问题刁难煦方。

假若你是江湖魔头，假若你是武林盟主，假若你有喜欢的人，假若你儿孙满堂。

后来有一天，他们两个躺在小山坡上看日落，和风忽然问煦方："如果有一天，我的记忆恢复，想起了有一个非常相爱的人在等我回去，你会如何？"

煦方难得没有如往常一般奚落她，他沉默了很久才轻轻地说："我会放手，只要你好。"

可惜那时的和风并不满意这样的回答，相反以为他并不在乎她，她气得一哼，起身就跑，刚跑出几步就听到顶上的云层隆隆滚动的闷雷声，她素来怕闪电，又想起自己站在村落的最高处，忙捂住双耳，一时竟怕得有些不知所措。

闪电划破天空之际，有人用掌心盖住了她的眼睛，拉着她转身入怀。

我不知自己为何会忽然想起这一幕过去。

是因为宋郎生令我乱了心，还是聂然令我动了气。

聂然见我说话说一半，问："他会如何？"

我没有回答他，眼见天收了雨意，我弹了弹衣袖上的雨水，"我该走了，聂大人也早些回去歇息吧。"

说完正欲踏出小亭，耀眼的蓝光急骤驰过，闪电像利剑般直插而下，巨雷轰然而响！

不待我做出反应，便感到双眼被温热的手心覆上，臂上一紧的力量将我轻轻带入一个怀抱中。

咫尺而立，与遥若天涯的曾经重叠在一起。

四周一时安寂，连大雨滂沱落地的声响也听不清了。

眼睛上的触感如此熟悉，熟悉到让我几乎忘记呼吸。

我愣愣地站着，明知这种想法太过荒唐。

"你……是谁？"

我推开他的手，抬首望他。

"你究竟是谁？"

他的面上依旧风云清浅，眼中却是静水深流，正要张口，身后冰冷冷地响起一个声音："放开她！"

我回身，望向前方寂冷的长街，那一抹绯红官袍如此耀眼，令人无法逼视。

宋郎生明明撑着伞，浑身却浸了个半透，就这样阴沉沉地站在漫天细雨中，一字一句重复道："放——开——她！"

此刻宋郎生抿着唇，昏暗的天光下，那一动不动的姿态颇有些瘆人。

我急着想要挣开聂然，可他非但不放，握在我臂上的手更紧了紧。我诧异抬头，但见聂然的眼里似乎掠过一丝犹豫和困惑。

这厮平日里冷得和块冰似的，眼下忽然犯什么浑？

我正愁着怎么同宋郎生解释，扭头就瞧见一阵掌风袭来，砰的一声落在聂然的肩上，逼得他大退几步，险些撞上亭柱。

一切皆在瞬息之间，待聂然捂肩踉跄站定，宋郎生已稳稳当当地将我搂在怀里，他冷冷看着聂然道："若敢再对公主无礼，下一回就不止一掌了。"

我瞠目，宋郎生居然，没能收敛怒意？

原以为聂然会说些什么，诸如"下官无意冒犯公主"此类，可他非但不解释，还微微翘唇道："原来宋大人与江湖中那般争勇好斗的莽夫并无分别。"

是我看错了吗？

聂然那神态……与其说是在行礼，不如说是……挑衅？

他这般举措落入驸马眼中无疑是在火上添油，但宋郎生确实是打人在先，那一掌看上去不轻，十有八九会留下瘀痕。若再来几掌，以他的武功，没准能把人打个半残废。要是聂然跑去刑部那儿告驸马一状，说大理寺卿知法犯法殴打朝廷命官那可就大大不妙了。

我忙蹦到他们中间，拉着宋郎生的手防止他再度冲动，"你怎么动手打人？"

宋郎生面上一青，"我护着你，你倒反过来怪我？"

"聂司业不过是见我快要摔倒扶了我一把，你无故伤人，不怪你还能怪谁？"

宋郎生的脸色骤然转黑，所幸他没有下一步动作，猛一甩袖就这般跨回雨中，大步离开。

我瞥了聂然一眼，见他并无大碍，便反手拾起宋郎生丢在地上的竹叶青伞，迈开步伐追上前去。

斜雨纷纷，宋郎生走得很快，我跑了好一段路方才追上，这才发现明明撑着伞，若在雨中要走得急了，下半身衣裳也必是要湿个透的——便如宋郎生方才出现时的那样。

握着伞柄的手轻轻一晃。

他是来接我的，连官袍都来不及换，见雨势汹汹放不下心，从家里一路跑来寻我。

雨比方才还急，我将手中的伞抬了抬，想替驸马挡一挡雨，宋郎生不理我，跨出雨伞可遮挡的范围，步履飞快地往前走。

我再迎上前去，将伞罩上他的头顶，他索性往右一偏，偏不让我为他撑伞，把我抛在了身后。

这就是宋郎生，不管发生什么事，他留给我的，永远是那骄傲的背影。

有股酸楚蓦然而来。

我没有再想着替他挡雨，就这样保持着几步之远的距离，漫步在这漫天烟雨中。

到了府邸门前，宋郎生也没有搭理我的意思，只是余光瞥见我，整个人先是一愣，再大步跨到我眼前一把握住我撑伞的手将伞立直，“撑着伞都能淋成这样。”

我闷闷不乐，“你不帮我，伞这么重自然只能架在肩上啊。”

宋郎生脱口而出道：“两人一起公主只会被淋到更多！”

我看着早已被雨水淋得蔫不啦叽的宋郎生，喃喃道：“所以驸马是怕我淋着雨才不与我同行？”

宋郎生瞪了我一眼，“因为公主一直不安于室。”

“我没有。”

他哼了一声道：“方才我若不出声，谁知你们会如何。”

我气恼道：“什么如何不如何，难不成你连我也不相信？”

“我只知公主曾为了那个叫煦方的连性命也不顾，在赵嫣然说起他时，你甚至不敢与她对视……”宋郎生别扭地别过头去，“平日里，你在做什么我无从得知，找不到人时难免忧心，找到了，却见你在亭中为他人伤心落泪，如此，你可曾顾虑过我的感受？”

“宋郎生，在亭中令我伤心落泪的不是别人。”

他迷惘地看着我。

“是你。”我道，“我想起了那个雨夜里，在父皇寝宫前你对我说的话。”

宋郎生浑身僵了僵，我低下头踩着脚边那摊水道："还有你把我一个人给抛下时冷冰冰的模样。"

"公主，我……"

我不敢盯他，自顾自地踩着水，"从我失忆归来时便曾问过你，何以你明知我会恢复记忆还要瞒我失踪前发生的事呢？那时你说，你怕我会离开你……事实上，当我想起那些瞬间确实心里很是苦痛……"

我叹了叹气，"但相较之下，更令我害怕的是，在我因这些记忆而感到困惑不安时，你没能在我身旁陪伴我……"

话说到一半他忽然将我拉进怀里，"对不起。"

他的声音低沉得令人不敢细想，我缓缓道："接受了道歉，你是否便能将真相都毫无保留地告诉我了？"

搂着我的手颤了一颤，我懵懂抬头，正好望见了他深邃的眼，几经挣扎之下，终究还是垂下睫毛，没有言语。

连无条件原谅的话都说了，他究竟是犯了何等滔天大罪半点都不愿和我吐露呢？

我越想越是心凉，最后索性一把推开他，道："若连最根本的信任也做不到，那还有什么在一起的必要！"

说罢气呼呼地跑回寝屋里，摔上房门，熄了灯，整个人埋进榻上的锦被之中，心中计较着哪怕他再以枕头为借口，我也绝不理会。

可静了许久，都不见有人来叩门。

我爬起身，想要出去瞧个究竟，却从缝隙里窥见宋郎生失落的面容，静静立在门前，那眼里仿佛承载着什么千钧重的事物。

明明只隔着薄薄一扇门，此刻却宛距千里之遥。

我耷拉下眼皮，想起了那封丢失的信，想到自己也未见得能尽然坦诚，顿时有些心灰意败。

那夜之后，我有好几日没有同宋郎生说过话。

以往冷战多是我得罪了他，到头来经受不住的总会是我，唯有我主动哄着才算作罢。

这一回我还偏就意气用事了，不论府中还是朝上都视他为空气，他主动同我说话我也不大理会。

这一来二去驸马亦然不悦，便和我斗起了“见者绕道”的气。

这般幼稚之举连我的影卫都看不下去了，阿右倒挂在房梁上问我：“公主就不怕那采蜜借机挑事吗？”

我认真端看阿右给我绘制的京城地图，“她若能挑事，那便再好不过。”

同为女人，阿右简直觉得我的想法匪夷所思。

我转着毛笔，“几日来阿左不分昼夜地盯着采蜜，她除了每隔两日去城南药铺买药外，几乎哪儿都没去，药铺我们也查了，药方俱是周文瑜开的，皆无不妥之处。采蜜是摆明着受人指使接近公主府的，可她除了偶尔献殷勤外几乎什么也没做，委实不寻常。按兵不动的敌人最难以对付，与其这般风平浪静，倒不如起些波澜，方能筹谋应对之策。”

阿右同意点头，“然则，属下已查遍方圆百里所有驯狗之所，各大杀手组织的案卷也比对过，仍未寻到相关线索；京中所有栽种过梅花之地不是高门府宅便是风雅之所，不似有人会培育刺客……”

她话未讲完，有人啪嗒一声从窗外跳进来，阿右险些以为是刺客就要出手，见是阿左，整张脸都青了，“你进来前可以敲窗吗，公主若是在沐浴更衣当如何是好？”

阿左风尘仆仆而来，气还未喘平，“公主会在书房沐浴更衣？”

我伸手挡在他们二人之间，“采蜜跟得如何了？”

阿左道：“照旧，从城南药铺买完药便直接回来，现正熬着药，看不出有何蹊跷。”

阿右一脸嫌弃，“不过是跟踪个弱女子而已，怎就和大战个七八回合似的。”

阿左不满道：“她从东周街走到通济街再到儒林巷，这一路人少摊少树少毫无遮蔽之处，我只能远远跟着又不能跟丢，要不下回换你试试。”

我扫了一眼京城地形图，只觉得阿左复述的这路线有些不对劲：“去药铺沿着护城河的弦歌街一路向南就到了，何必要从通济街多绕那么一段路？”

阿左蹙眉迟疑道：“没准是……她对京城的路不大熟悉？”

采蜜生于京城长于京城，岂会有不熟悉路的道理？

阿右麻利起身，“属下这便去查通济街有何异处。”

“不必了。”我执笔在羊皮地图上弦歌街上的某处圈了起来，“该查的是这里。”

阿左阿右同时凑近，“邀月楼？”

我眯了眯眼，“能走的路不会有问题，刻意避行的才有蹊跷。”

弦歌街最醒目的莫过于文人雅士趋之若鹜的邀月楼，从阿右备给我种有梅花的京城府宅图能够看出，邀月楼的大小院落种满红梅。

当巧合重叠时不妨做个假设，假若当年伏击宋郎生的杀手出自邀月楼，那么采蜜舍近求远，极有可能是不愿被人认出。

但照理说同坐一条船，便是认出又有何妨？

阿左阿右各自领命离开后，我挠着头在房里兜来兜去，明知应适时放弃毫无根据的猜测，可一想起那封丢失的信总有种不好的预感。

我琢磨着该不该将书房拾掇一番瞧瞧有否遗漏的旁枝末节。

于是这一早上工夫几乎把地皮都给掀起来，遗憾的是依旧徒劳无功。

转眼到了晌午，我亦倒腾乏了，蹲久起身时还闹了一阵眩晕，脑门直磕上了檀木柜，哐当一声将柜顶的东西碰掉在地。

待我站定才瞧清那是一支玉箫。

那玉箫正是我在陈家村时替煦方买的，半年前与聂然在国子监重逢时他将玉箫还给了我。一晃神又是半年，如今手中再捧着这箫，回想到它是我省吃俭用一个铜板一个铜板攒来的，不由得嗟叹万分。

我揉了揉眼。

好在阿右回来得很是时候，她出现时脸上带着某种抑制不住的兴奋，门一关上便道：“公主料事如神，邀月楼果然有猫腻。”

我精神为之一振，“说来听听。”

阿右道：“邀月楼始于五年前，而公主要查的追杀案是在七年前，乍一听似乎并无关联。然，在邀月楼盖成前，那处原本是一间镖局，名为尚威。”

“尚威镖局？”我沉吟须臾，“这名字有点耳熟……是不是好多年前被一夜灭门的那个？”

“正是。”

尚威镖局灭门案当时应是轰动京城的，可那时候我顾着为大哥哥的不辞而别而伤怀……

我幡然醒悟，“尚威镖局是在追杀案发生后惨遭灭门的……可一个死过那么多人的地方有谁会把酒楼开在那儿？”

阿右道：“邀月楼的主人正是当年尚威镖局的唯一幸存者，镖头之女武娉婷。”

武娉婷这名字倒真是如雷贯耳，这几年坊间传闻的京城第一美人，也不知道是谁封的，重点是见过她容貌的人又屈指可数，除了听闻她琴艺超群世间罕有，其余一切皆是谜。

阿右将一包东西递给我，“阿左在潜入邀月楼时发现后院养着两只狗，为了偷狗粮还被狗抓伤了……唔，这是狗粮。”

我拿起来闻了闻，“用梅花花瓣煮的碎肉干？”

“公主说过，狗喜欢嗅熟悉的事物，人也一样。狗未必是同一条，可饲养的习惯不会轻易改变。”

如果当年采蜜手中的碎肉干是武娉婷给的，那么追杀宋郎生与君锦之的，应当就是尚威镖局之人……不，确切地说，是有人指使他们追杀，却在事成后再过河拆桥将其杀人灭口。

这样看来，采蜜不愿被发现行踪的理由就说得通了，武娉婷若是发现她还活着，必会紧追而上，誓要揪出那个背后的操纵者报仇雪恨才是。

但我搞不懂的是既然要灭门为何不一并把武娉婷杀了，斩草不除根，这个幕后人的思维委实诡异；还有武娉婷，死里逃生不是应当躲起来再寻出路吗？这样大摇大摆地在原地盖了个歌舞楼，连名字也不改地当起了京城第一美人，怎么看怎么像是诱敌来杀自己的？

摸不清的谜太多，再这般下去只怕我的脑壳要炸了。

我长叹一口气，“看来我要亲自去会一会这个武娉婷了。”

阿右道：“每月十六她都会亲自在邀月楼摆台抚琴。”

我大惑不解，“摆台？”

“她会在幕帘之后弹奏一曲，有人能以箫声相和，便有幸能与武娉婷共饮美酒。”阿右沉吟道，“这么多年，赶赴前来的风流名士不可谓不多，不过能和得上曲的却是寥寥无几。”

邀月楼是家歌舞酒坊，说白了就是在寻常酒楼的基础上多了美貌女子歌舞助兴，这样的酒楼在京中大大小小十来家，本也无甚独特之处。

可她先把自己捧上第一美人的位置，再用这种犹抱琵琶半遮面的方式吸引客人，这个武娉婷原来是个商道奇才——如果不是身负深仇的话。

我又叹了叹气，这样的人，哪怕是用公主的权威去压她，也未见得会乖乖顺从，遑论打听当年真相了。

我问阿右："你会奏箫吗？"

阿右窘然摇头。

"阿左呢？"

"……他连喇叭都不会吹。"她抬头望了望天，"公主若要寻擅箫之人，到乐坊不就……"

"来不及，今日便是十六了。再者，京城中会去凑这份热闹的人，只怕早就去过了。"

我低头看着手中玉箫，明亮的阳光透过窗照耀进来，照得玉箫剔透翠亮，几日前那个晚上聂然与煦方重叠的一幕不知怎的飘到眼前晃了一晃。

我认识的人中，他是唯一能把箫吹到极境中的。

然则，莫要说聂然身为国子监司业未必肯去这风月场所抛头露脸，想一想被宋郎生知晓的情形，就觉得有些犯怵。

可现下武娉婷是追查当年真相的唯一突破口，若是错过良机，只怕凶险来临时就措手不及了。

这个热气腾腾的晌午，我独自在书房内天人交战一番后，最终还是揣着玉箫来到了国子监。

来之前我已换上了青衫锦袍，算好了他放课的时间便等在敬一亭边门旁。

故而聂然远远瞧见我时整个人都愣住了，他讶然上下看了看我，"公主？"

我浅笑道："又不是第一次看我女扮男装，难道还认不出来？"

树荫下，聂然温和地勾了勾唇，凝视着我："既然公主易装前来，下官便不行大礼了。"

我点了点头，先问："唔，肩上的伤可好了？上次驸马有所误解，聂司业见谅。"

聂然道："本就无甚大碍，驸马心系公主，我并未放在心上。"

我欣然笑道："那就好，既然聂大人安然无事，抬个手臂吹个箫什么的，应当并非难事吧？"

聂然："……"

我把背在身后的玉箫伸到他跟前，言简意赅地道："咳，是这样的，京城第一美人武娉婷你知道的吧？我有事想和她单独说说话，可邀月楼的规矩是要有人能对上她的琴音才能一见，苦无良策之下就想到聂司业你了。"

聂然清秀的眉毛一动，以捉摸不透的口气道："原来公主找我是为这事，我还以为……"

见他话说一半，我不解道："以为什么？"

聂然摇了摇头，只道："邀月楼的'琴瑟和鸣会佳人'之说下官亦有说听闻，只是那武娉婷一曲名动京城无人能及，下官乐技拙劣，只怕未能替公主搭桥引见……"

我下意识截住他的话头："你可以。"

话音方落，聂然怔住，我也怔住，这才意识到这话说得太过熟稔，忙补救道："本公主的意思是，聂司业应对自己多些信心，嗯……再者，即便引见不成也不妨，我再想他法便是。"

聂然垂眸静静看了那支箫一会儿，就在我以为他会婉拒时，他接过我的箫，淡淡道："好。"

我诧异抬睫。

他道："公主稍候片刻，待下官换上便服就随公主同去。"

他答应得如此爽快，倒叫我有些无所适从了。

弦歌街离国子监不算太远，以免叫人认出公主府的车轿，我本想提议步行，不过刚出了国子监，就看见一辆马车停在跟前，马车很是考究，车辕镀着金漆，顶盖还镶着颗明珠，聂然示意我上车，我呵呵道："其实走一走锻炼一下身体也是极好。"

聂然平平道："去得晚了只怕就失去对曲的资格了。"

"……也对。"

我只好上了马车，心想这样招摇地坐着聂然的马车去邀月楼，要真让驸马撞上，只怕我们夫妻生涯也就到此终结了。

不过世事往往如此，你越不想来什么就偏要来什么。

到了邀月楼门口时掀开车帘，眼见暮色满京，时辰尚早，我想着不若在周遭走走，看看能否捕捉到什么线索。

孰料刚跳下马车就看到一道红影从远处的道路策马而来，那身姿潇洒得如日中天，除了宋郎生还会有谁?

我蓦地有些晕头转向，一个瞬间想了百种解释与说辞，定睛看去，宋郎生此时神情颇有些焦急，犀利的目光正左顾右盼。我忙低下头背过身，感到马蹄踏着从身后呼啸而过，再转头看去，他已疾驰远去。

聂然此时也下了车，顺着我的目光也回头瞅了一眼，“宋大人似乎是在寻人。”

我侧首，“唔……应当是在查办公务吧……”

这时邀月楼里传出奏乐声，管乐齐鸣，夜席已开。

聂然道：“走吧。”

我点了点头，展开扇子，两人一前一后迈步而入。

进楼之前，我又忍不住回首，往熙熙攘攘的人群中望去，心里想着要早些办完事回府陪驸马用晚膳。